Zatoka Gdańska
(Danziger Bucht)
zu Rußland
KALININGRAD
KÖNIGSBG (PR.)
Primorsk
Baltijsk (Pillau)
Svetly
Gvardejsk
Znamensk (Wehlau)
Čern'achovsk (Insterburg)
Gusev (Gumbinnen)
Majskoje
Černyševsk
Nesterov (Ebenrode)
Krasnolesje
Puszcza Romincka
Goldap (Goldap)
Szeskie
Wzgórza
Olecko (Treubg)
Pregola
Drużba
Ušakovo
Laduškin
Mierzeja Wiślana
Zalew Wiślany
Nowa Karczma
Frombork
Braniewo (Braunsberg)
Tolkmicko
Milejewo
Młynary
Jastarnia
Zatoka Pucka
Mierzeja Helska
Hel
Puck
Reda
Rumia
GDYNIA (GDINGEN)
Sopot
GD.-OLIWA
GD.-NOWY PORT
GDAŃSK (DANZIG)
Kartuzy
Pruszcz Gd.
Przywidz
Pszczółki
Tczew (Dirschau)
Skarszewy
Starogard Gd. (Pr. Stargard)
Pelplin
Gniew
Czarna Woda
Skórcz
Żuławy
Nowy Dwór Gd.
Nowy Staw
Nogat
ELBLĄG (ELBING)
Kanał Elbląski
Pasłęk (Preuß. Holland)
Miłakowo
Morąg (Mohrungen)
Malbork (Marienbg. (W.))
Sztum (Stuhm)
Dzierzgoń
Zalewo
Prabuty
Jez. Jeziorak
Kwidzyn (Marienwerder)
Susz (Rosenbg. i. W.)
Iława
Nowe
Wda
Jeżewo
Grudziądz (Graudenz)
Świecie (Schwetz)
Chełmno (Kulm)
Jabłonowo
Radzyń Chełmiński
Chełmża (Kulmsee)
Wąbrzeźno (Briesen)
Brodnica (Strasburg)
Drwęca
Kowalewo Pomorskie
Golub-Dobrzyń
Rypin
Górzno
Czarnowo
TORUŃ (THORN)
Lubicz
Poj. Chełmińskie
Łasin
Lubawa
Nowe Miasto Lubawskie
Lidzbark
Działdowo
Ostróda (Osterode i. O.)
Dylewska G.
Olsztynek
Stębark
Dąbrówno
Nidzica (Neidenbg.)
OLSZTYN (ALLENSTEIN)
Łyna
Dobre Miasto
Jeziorany
Barczewo
Biskupiec
Mrągowo (Sensbg.)
Mikołajki
Jez. Śniardwy
Ryn
Orzysz
Ełk (Lyck)
Prostki
Pisz (Johannisbg.)
Biała Piska
Szczuczyn
Wąsosz
Puszcza Piska
Pasym
Szczytno (Ortelsburg)
Jedwabno
Rozogi
Wielbark
Omulew
Pojezierze Mazurskie
Myszyniec
Puszcza Kurpiowska
Kolno
Stawiski
Jedwabne
Wizna
Łomża
Nowogród
Chorzele
Jednorożec
Orzyc
Krasnosielc
Ostrołęka
Śniadowo
Zambrów
Czerwony Bór
Mława
Żuromin
Szreńsk
Bieżuń
Radzanów
Wkra
Ciechanów
Przasnysz
Maków Mazowiecki
Różan
Ostrów Mazowiecka
Czyżew
Gołymin
Glinojeck
Raciąż
Sierpc
Drobin
Bielsk
Pułtusk
Narew
Brok
Małkinia Górna
Kosów
Sterdyń
Wyszków
Nasielsk
Nowe Miasto
Płońsk
Serock
Jez. Zegrzyńskie
Łochów
Węgrów
Sokołów Podlaski
Radzymin
Tłuszcz
Modlin
Nowy Dwór Maz.
Legionowo
Zakroczym
Wyszogród
Gąbin
Płock
Wisła (Weichsel)
Dobrzyń n. Wisłą
Włocławek
Ciechocinek
Aleksandrów Kujawski
Nieszawa
Inowrocław (Hohensalza)
Radziejów
Brześć Kujawski
Lubraniec
Kowal
Gostynin
Lubień Kujawski
Chodecz
Izbica Kujawska
Sompolno
Noteć
Przedecz
Kłodawa
Krośniewice
Kutno
Żychlin
Bzura
Sochaczew
Chodaków
Puszcza Kampinoska
WARSZAWA (WARSCHAU)
REMBERTÓW
Zielonka
Wołomin
Stanisławów
Kałuszyn
Liwiec
Siedlce
Mińsk Mazowiecki
Otwock
Świder
Konstancin-Jeziorna
Piaseczno
Pruszków
Podkowa Leśna
Błonie
Piastów
Brwinów
Milanówek
Grodzisk Mazowiecki
Żyrardów
Mszczonów
Łowicz
Łyszkowice
Skierniewice
Głowno
Stryków
Brzeziny
Koluszki
Łęczyca
Leśmierz
Ozorków
Zgierz
Poddębice
Aleksandrów Łódzki
Konstantynów Łódzki
ŁÓDŹ (LODSCH)
Pabianice
Zduńska Wola
Sieradz
Szadek
Łask
Tuszyn
Zelów
Widawa
Konin
Koło
Dąbie
Tuliszków
Turek
Uniejów
Dobra
Warta
Błaszki
Złoczew
Wieluń
Praszka
Krzepice
Kłobuck
Olesno
CZĘSTOCHOWA (TSCHENSTOCHAU)
Koniecpol
Herby St.
Pajęczno
Radomsko
Bełchatów
Szczerców
Piotrków Trybunalski
Sulejów
Pilica
Tomaszów Mazowiecki
Opoczno
Przysucha
Końskie
Diabla G.
Chełmo
Przedbórz
Włoszczowa
Łopuszno
KIELCE
Chęciny
Nida
Łysica
Łysogóry
Góry Świętokrzyskie
Skarżysko-Kamienna
Suchedniów
Wąchock
Starachowice
Ostrowiec Świętokrzyski
Ćmielów
Opatów
Iwaniska
Sandomierz
Ożarów
Zawichost
Iłża
Szydłowiec
Wierzbica
RADOM
Skaryszew
Jedlnia Letnisko
Zwoleń
Pionki
Kozienice
Radomka
Przytyk
Drzewica
Odrzywół
Wyśmierzyce
Białobrzegi
Nowe Miasto n. Pilicą
Mogielnica
Rawa Mazowiecka
Biała Rawska
Budziszewice
Grójec
Warka
Góra Kalwaria
Pilawa
Garwolin
Wilga
Żelechów
Maciejowice
Ryki
Dęblin
Wieprz
Baranów
Puławy
Kazimierz Dolny
Nałęczów
Poniatowa
Opole Lubelskie
Bełżyce
Lipsko
Solec
Wysokie Koło
Stoczek Łukowski
POLEN

A. Czaja

Beate Rygiert

Bronjas Erbe

Beate Rygiert

Bronjas Erbe

Roman

Claassen

Der Claassen Verlag ist ein Unternehmen
der Econ Ullstein List Verlag GmbH & Co. KG

ISBN 3-546-00191-5

Gesetzt aus der Sabon bei Franzis print & media, München
Druck: Graphischer Großbetrieb Pößneck

Für meinen Vater

»Die Vergangenheit ist nicht tot.
Sie ist noch nicht einmal vergangen.«

WILLIAM FAULKNER

I

Janek!
Die beiden Silben stehen ein paar Sekunden lang grell in der ungewöhnlichen Mittagsstille, die über den Häusern und Gärten der Kalischer Straße hängt. Dann setzen die Zikaden wieder ein.

Janek!

Diesmal zerbricht die lastende Stille der Gärten – das Schlagen einer Tür, eilig scharrende Schritte, in der Ferne rollt irgendwo ein Wagen über das Pflaster. Hinter allen Fenstern spürt man emsige Geschäftigkeit, verhaltenes Reden, die sachte Bewegung von Gardinen.

Jan läuft. Barfuß rennt er quer über die Wiesen, die Poduchowne von den ersten Häusern der Stadt trennen. Er springt über den Bach, der einen weiten Bogen um das Dorf zieht, schlüpft durch Hecken und Zäune, schwingt sich über vernagelte Bretter und gelangt so durch die Gärten in die Kalischer Straße.

Johannes!

Er kennt diesen Ton. Eile ist geboten. Dennoch bleibt er am Anfang der Straße kurz stehen und schaut hinüber zum Gutshof. Die Wiesen dort wimmeln von Militär. Man hat noch mehr Geschütze aufgestellt seit dem Morgen. Dann trabt er die Straße entlang und sieht schon von weitem die helle Schürze der Mutter in der Tür.

Schnell, Janek! Schnell, wir warten nur auf dich!

Die Suppe dampft in den Tellern, eilig wird das Tischgebet

gesprochen. Janek wundert sich. So früh ißt man doch sonst nicht zu Mittag. Aus den Augenwinkeln schielt er nach dem Bett der Eltern. Wäsche und Kleider liegen dort verstreut, daneben ein halbgefüllter Sack. Die Mutter sieht auf ihren Teller.

Wir fahren weg, sagt der Vater zwischen zwei Löffeln. Gleich nachher. Ihr müßt schneller essen.

Jan bleibt der Mund offen stehen.

Wir haben Glück, sagt der Vater, wir können mit dem Feuerwehrauto mit.

Wohin fahren wir denn?

Fort. Richtung Osten.

Die Mutter legt den Löffel weg, stützt die Arme auf den Tisch und fixiert ihren Mann mit dunklen Augen.

Ich weiß nicht, ob das richtig ist.

Ihre Stimme klingt gepreßt.

Alle anderen bleiben hier. Was sollen wir in der Fremde in solchen Zeiten? Von meiner Familie bleiben sie alle da.

Der kleine Pawełek haut mit dem Löffel in die Suppe, daß es spritzt. Józef Zygler nimmt ihn seinem Jüngsten lächelnd aus der Hand und füttert ihn.

Du weißt nicht, was du sagst. Wir sitzen in der Falle. Hinter uns steht die polnische Artillerie, und vor uns heben die Deutschen Schützengräben aus. Es ist Krieg, Bronja, Krieg.

Aber wir sind Deutsche! Bronja reckt energisch das Kinn gegen ihren Mann. Józef lacht sie nur aus.

Was, Deutsche! Und du glaubst, da machen die Geschütze einen Unterschied, weil du, Brunhilde Zygmunt, deutsches Blut in den Adern hast?

Bronja senkt ihren Kopf über die Suppe.

Turek liegt genau auf der Hauptfront. Wenn es ernst wird, bleibt kein Stein auf dem anderen. Glaube mir, es ist nicht mein erster Krieg. Mach die Kinder fertig. Es ist höchste Zeit!

Jan hat das Schlucken vergessen. Krieg. Ja. Seit drei Tagen ist Krieg. Täglich liest er die Schlagzeilen der Zeitungen vorne am Kiosk. Die polnische Bevölkerung ist zu Spenden für die Armee aufgerufen worden. Und gestern haben Soldaten zwei Männer gefesselt an ihrem Haus vorbeigeführt. Es heißt, sie seien Spione.

Iß deine Suppe, Janek.

Und auf der Wiese stehen die Kanonen bereit. Er beobachtet den Vater, wie er sorgfältig den Sack zubindet.

Zieh deine Schuhe an! Beeil dich ein bißchen!

Die Teller verschwinden vom Tisch. Wie im Traum nimmt der Junge wahr, daß die Mutter in aller Ruhe das Tischtuch mit den aufgestickten blauen Blüten zusammenfaltet, noch einmal zärtlich die Hand darüber gleiten läßt, als bemerke sie die Zornesröte nicht, die ihrem Mann langsam in den Kopf steigt.

Hier, das mußt du tragen.

In dem Korb ist Brot. An der Tür bleibt Jan noch einmal stehen und sieht in den schlichten Raum mit der Dachschräge und dem einen Fenster zurück, die beiden Betten, eines für die Kinder, eines für die Eltern, der Schrank, die Wäschetruhe und die Frisierkommode der Mutter mit dem kristallenen Schälchen, in dem ein Marienbildchen und ein paar trockene Rosenblätter liegen. So lange er denken kann, liegen sie dort.

Dann sperrt der Vater die Tür ab.

Bringen wir es hinter uns, murmelt Ewa und stopft den Inhalt ihrer Reisetasche in das Schrankfach, das die Mutter für sie leergeräumt hat.

Dein Vater freut sich so, daß du endlich mit ihm fährst, hat sie gesagt.

Ewa seufzt. Bleibt ihr eine Wahl? Was man versprochen hat, muß man auch halten, das ist eine eiserne Regel in der Familie, und wenn sie es sich recht überlegt, dann ist sie diejenige, die immer am stärksten darauf gepocht hat. Jajaja. Was man versprochen hat, das wird gehalten. Und sie hat es versprochen. Ja, hat sie gesagt, ja Vater, ich komme mit auf diese Reise, wenn dir so viel daran liegt. Eines Tages. Das war Jahre her.

Es sind zu viele Sachen für das eine Fach. Den dicken Pulli muß sie anderswo unterbringen. Und das blaue Leinenkleid sollte sie lieber auf einen Bügel hängen. Lächerlich, was sie alles eingepackt hat. An guten Ratschlägen hat es nicht gefehlt. In Polen ist es heiß, sagten die einen, in Polen wirst du frieren, die anderen, denk daran, das ist fast schon Sibirien. Komisch hat sie das nicht gefunden. Ihr ist das Lachen vergangen, schon vor einer ganzen Weile.

Ewa beißt sich auf die Lippen. Sie schaut aus dem Heckfenster über endlose Getreidefelder im verlöschenden Abendlicht, eine Filmkulisse, eine Phototapete. Sie starrt hinaus, und das Semmelblond des Weizens verschwimmt mit grünen Hügeln, auf denen Zypressen ihre dunklen Finger in den Himmel recken, mit blaßlila Feldern, die diesen ganz besonderen Duft nach Badesalz und Seife verströmen, Aix mit seinen Platanencafés und mittendrin Jean-Claude, lachend, Jean-Claude, lesend, Jean-Claude, der sie auf all diesen Reisen mitgenommen hat, aber da schüttelt sie sich, aus und vorbei, und jetzt fallen erste Schatten auf die Äcker – wo sind sie hier eigentlich?

Was tut sie hier? – an der Grenze zu einem Land, das sie nicht kennt, von dem sie kaum etwas weiß, über das sie höchstens in den Nachrichten gehört hat, vor allem damals, Anfang der achtziger Jahre. Ein Land, das sie im Grunde nicht interessiert.

Ich bin dort geboren, hat ihr Vater gesagt und sie angesehen, ein leichtes Lächeln um die Mundwinkel, nicht entschuldigend, nein, auch nicht bittend, mit diesem Ausdruck in den Augen, wie ein Kind, das weiß, daß es im Recht ist. Komm mit mir, hat er gesagt. Das ist mein größter Wunsch.

Ewa kann sich nicht erinnern, daß ihr Vater jemals Wünsche geäußert hätte. Immer war er es, der Wünsche erfüllte, ihre, die der Mutter und ihrer Schwestern. All die Jahre. Was wünschst du dir zu Weihnachten? Sie hatte seine Antwort gekannt. Dieses Lächeln und die Antwort: Ich hab doch euch. Mehr brauch ich nicht. Und jetzt. Fahr mit mir dorthin. Nach Polen. Einfach so, ohne Vorwarnung. Sicher. Natürlich wußte sie, daß er dort geboren wurde. Wie könnte sie das vergessen. Geburtsort des Vaters? Turek. Ob man die kleinen Kinder in der Grundschule immer noch danach fragt? Zu Beginn jeden Schuljahres, jedes Jahr das gleiche Spiel, Turek, fragt der Lehrer, ja wo liegt denn das? und dreißig Kinderköpfe drehen sich neugierig nach ihr um. Als ob ihr Name nicht genügt hätte. Ewa. Mit Weee. Und Zygler. Mit Ypsilon. Wo kommt denn das her? Aus Polen. Und die sechzig Kinderaugen werden immer größer. Ja. Ihr Vater kommt aus Polen. Und jetzt will er dort hinfahren. Bitte komm mit mir! Wie hätte sie nein sagen können?

Ewa schaut zu ihrem Vater hinüber.

Still sitzt er in der Dämmerung. Rührt sich nicht. Sieht vor sich hin, in Gedanken. Letztes Licht schiebt sich in breiten Streifen durch das Fenster des Wohnmobils, legt sich auf sein Haar, über die Augen. Es läßt seine sonnengebräunte Haut noch dunkler erscheinen, zeichnet glänzende Reflexe an Schläfe und Stirn, Schatten unter die Augen, um den Mund.

Er sitzt ganz still und schaut vor sich hin, und einen Moment lang ist es Ewa, als könne sie die Gedanken wie Schwaden hinter seiner Stirn vorüberziehen sehen.

Sie schreckt zusammen, als Licht aufflackert. Sie hat die Bewegung zum Schalter nicht wahrgenommen. Der Mann dort am Tisch starrt nicht ins Leere. Vor ihm liegt eine Karte, die er in aller Ruhe studiert. Manchmal bewegen sich seine Lippen, als schmecke er einen Namen auf der Zunge, als drehe und wende er einen Klang.

Ich habe kein Wörterbuch dabei, sagt Ewa unvermittelt und starrt in die leere Reisetasche zu ihren Füßen.

Ihr Vater reagiert nicht. Er langt nach seiner Lesebrille.

Was suchst du? fragt Ewa.

Jetzt schaut er auf. Über den Rand der schmalen Brille sieht er sie an. Wieder hat er dieses feine Lächeln auf den Lippen, das sich nicht festlegt, dem man nichts anhängen kann, weder Ironie noch Spott, schon gar keine Arroganz, ein Lächeln, das alles offen läßt.

Ich suche einen Ort, sagt er schließlich langsam und bedächtig, als sei er sich seiner Sache sehr wohl, der Worte aber, die er wählen muß, nicht ganz gewiß. Eine Stadt. Vielleicht.

Ewa verstaut ihre Tasche, schließt das Wäschefach und setzt sich ihm gegenüber an den Tisch. Polen steht Kopf.

Welchen Ort? Wie heißt er?

Das weiß ich nicht.

Ewa betrachtet das ruhige Gesicht ihres Vaters. Plötzlicher Ärger steigt in ihr auf. Zu Hause stapelt sich die Arbeit, und sie sitzt hier in diesem fahrbaren Wohnzimmer kurz vor der polnischen Grenze, an den Rändern der Welt, wo sich der Asphalt von der Erde löst und die Wege direkt über die Kornfelder in den Himmel zu führen scheinen. Einen Himmel, so blau und klar wie die Augen ihres Vaters, der nicht zu wissen scheint, wo er überhaupt hinwill.

Wie um alles in der Welt willst du ihn finden, wenn du nicht weißt, wie er heißt? Ihre Stimme klingt gereizt, sie hört sich selbst, während sie spricht, als stünde eine zweite Ewa neben ihr und wundere sich.

Ihr Vater nimmt die Lesebrille ab. Er antwortet nicht gleich, sein Blick geht an ihr vorbei aus dem Fenster.

Diese Reise ist anders, sagt er dann. Ich hab es dir gesagt.

Und nach einer Pause, in der er zögernd Worte wägt:

Ich weiß, wo ich hinwill. Aber wo diese Orte heute liegen, das weiß ich nicht. Nicht genau. Darum habe ich dich gebeten, mitzukommen. Ich brauche deine Hilfe.

Meine Hilfe, seit wann brauchst du meine Hilfe, will Ewa sagen. Aber sie schweigt. Preßt die Lippen aufeinander. Eine Woche lang werden sie jetzt also durch die Gegend fahren und irgendwelche Orte suchen, deren Namen niemand mehr kennt. Was versprichst du dir davon, will sie fragen, wie stellst du dir das vor, oh, eine ganze Menge gäbe es zu sagen, und nur mit Mühe zähmt sie die heftigen Worte und Sätze, die aus ihr herausdrängen. Aber da ist noch ein anderes Gefühl, das mit dem Ärger in ihr kämpft, ihm den Stachel nimmt und ihn langsam, unmerklich auflöst. Bilder tauchen auf, verschwommen und geriffelt, wie der nasse Sand an der Nordsee. Ein kleines Mädchen mit blonden Zöpfen. Weinend läuft es im Watt umher.

Sie ist nicht mehr da!

Und dann die große, warme Hand und die Stimme: Komm, ich helf dir suchen …

Aber ich weiß nicht mehr, wo sie ist.

Das macht nichts, sagt die Stimme und lacht, gemeinsam finden wir deine Burg bestimmt.

Das alles ist lange her. Sie haben sich verändert, alle beide, und doch ist alles beim alten, und sie werden finden, was er sucht, dort auf der Karte, auf der er sich nicht auskennt.

Gut, sagt sie. Aber du mußt mir mehr erzählen. Alles. Alles, was du weißt über diesen Ort. Damit ich dir helfen kann.

Er muß hiersein, östlich von Litzmannstadt. Łódź heißt das heute. Hier. Östlich. Oder südlich…

Sein Zeigefinger gleitet über das Papier.

Was ist dort passiert?

Du weißt, ich bin in Turek geboren…

Natürlich weiß ich das, unterbricht ihn Ewa.

… das heißt, genauer gesagt in Poduchowne, einem Dorf mit sechs Häusern am Rand von Turek…

Jaja, und weiter?

Johannes Zygler rutscht auf seinem Platz hin und her. Er räuspert sich. Seine Augen wandern von links nach rechts, immer wieder von links nach rechts, als lese er in einem unsichtbaren Buch und suche die richtige Stelle. Seine Hände auf der Karte werden lebendig, in weichen, streichelnden Bewegungen faltet er sie an einem Eck ein, streicht sie wieder glatt, um sie wieder zu falten, unablässig. Seine Lippen formen Worte, aber er spricht sie nicht aus.

Wie soll er beginnen? Welchen Einstieg wählen in diesen Fluß aus Erinnerungen und Bildern, an die keiner gerührt hat all die Jahre. Wo muß er einhaken, welches ist die entscheidende Stelle, sich abzustoßen vom sicheren Ufer der Gegenwart, in der er hier sitzt, an der Grenze zu dem Land, das er vor einem halben Jahrhundert verlassen hat, ihm gegenüber diese junge Frau, die sich alle Mühe gibt, ihre Ungeduld zu verbergen, seine Tochter, die dies alles noch nicht kennt, deren Erinnerungsstrom eine völlig andere Richtung nimmt als der seine? Sie gilt es hineinzuziehen, mitzunehmen auf diese Reise, die erst noch beginnen wird, die noch längst nicht begonnen hat, auch wenn sie bereits gute sechshundert Kilometer und einen langen Fahrtag hinter sich haben – die eigentliche Reise, das weiß Johannes Zygler, die steht ihnen noch bevor.

Er hat sie ausgewählt, weil sie sich auf Worte versteht, weil sie für alles Wörter und Namen findet, die ihm immerzu fehlen, nur die Bilder, deutlich trägt er sie in sich und nach ihnen wirft er nun seine Angel, versucht sie zu ordnen, ihnen ein Zuerst, ein Danach und ein Dann beizubringen.

Und unter all den Gesichtern, Landschaften und Szenen, die vor seinen inneren Augen vorüberziehen, sucht er nach diesem einen Tag, der das Ende seiner Kindheit bedeuten sollte. Nur, daß er ihn noch nicht so nennt. Ewa wird später diesen Namen für ihn finden.

Auf dem Weg zum Feuerwehrhaus schließen sich den Zyglers noch andere an. Sie treten aus den niedrigen Häusern, aus den Höfen, eilig und schweigsam, mit sorgenvollen Blicken zurück auf die verriegelten Fenster, die Kinder an der Hand oder auf dem Arm, mit Bündeln, Rucksäcken und Taschen bepackt.

Auf dem Platz steht schon der Mannschaftswagen mit laufendem Motor bereit. Jan wird hinaufgehoben und zieht seinen kleinen Bruder hinterher, mit Mühe findet die Familie Zygler noch Platz zwischen den anderen, die bereits Rücken an Rücken auf den beiden Bänken unter dem Dach aus Leitern sitzen. Es herrscht gedrängte Enge. Pawełek heult, weil man in der Eile sein Holzpferdchen vergessen hat. Eine alte Frau zetert, weil man sie nicht mitnehmen kann.

Nur die Familien der freiwilligen Feuerwehrleute, schreit der Kommandant, und schon setzt sich der Wagen in Bewegung, ein Ruck geht durch die Reihen, bis jeder etwas findet, um sich festzuhalten, und so schwankt der Marktplatz vorüber mit dem Rathaus, die Kirche aus rotem Ziegelstein, und bald sind auch die letzten Häuser verschwunden. Das Feuerwehrauto schlägt die Straße nach Osten ein, über Uniejów Richtung Warschau.

Sie fahren eine gute Weile, bis Jan merkt, daß sie nicht die einzigen sind. Zu seinem großen Erstaunen strömen aus allen Richtungen die Menschen zusammen, treffen sich auf der baumgesäumten Straße, auf Pferdefuhrwerken oder zu Fuß, kaum jemand reist so bequem wie sie in einem motorisierten Wagen. Trifft man an einer Wegbiegung auf eine neue Gruppe, hält das Auto kurz an, Männer und Frauen gestikulieren, schreien Botschaften durch den Staub, weisen mit weit ausgestreckten Armen in die Richtung, aus der sie kommen. Und dann geht es weiter.

Die Kinder auf dem Feuerwehrauto sind ausgelassen. Wann hat man je von einem solchen Ausflug gehört? Ganz Polen scheint auf den Beinen zu sein, wundervolle Abenteuer liegen vor ihnen. Ein Mädchen fängt an zu singen, und andere fallen mit ein.

Jan singt nicht. Er beobachtet von der Seite seinen Vater, der mit ernster Miene auf die Mutter einspricht. Er kann nichts verstehen, da sind das Singen und Lachen der anderen Kinder und der Motorenlärm, vielleicht spricht der Vater auch deutsch, wie er es immer tut, wenn es um Erwachsenendinge geht, die die Kinder nicht hören sollen. Der Vater redet und redet, und die Mutter hält ihren Kopf zur anderen Seite gewendet, als hörte auch sie nicht, was er sagt.

Irgendwann wird es stiller auf dem Wagen. Die Bänke sind hart, und die Hitze macht ihnen allen zu schaffen. Immer noch füllt sich die Straße, und bald fragt man nicht mehr nach dem Woher und dem Wohin, überhaupt nichts wird mehr gesprochen. Der Vater starrt stumm vor sich hin. Pawełek schläft in den Armen der Mutter. Auch Jan werden die Augen schwer.

Als er hochschreckt, steht die Sonne tief. Das Feuerwehrauto hat angehalten. Der Vater steht mit anderen Männern vor dem Wagen. Sie machen ernste Gesichter.

Was ist los, Mutter, fragt Jan und reckt seine zerschlagenen Glieder.

Wir haben kein Benzin mehr, sagt Bronja Zygler und preßt ihren Mund zu einem schmalen Band zusammen.

Wo sind wir hier?

Die Mutter zuckt die Achseln.

Irgendwo zwischen Turek und Łowicz, sagt eine Frau.

Nein! Ruft eine andere. An Łowicz sind wir schon längst vorbei.

Wieder hebt Bronja die Schultern. Macht es einen Unterschied?

Jan betrachtet seine Mutter. Er ist sehr stolz auf sie. Ich habe die schönste Mutter von ganz Turek, sagt er sich und sehnt sich danach, seine Hand auf ihr Haar zu legen.

Er sieht ihre Augen, in denen sich ihre Gedanken am ehesten spiegeln. Müde sind sie jetzt und ein wenig verbittert, als sie beobachten, wie die letzten Tropfen Benzin aus einem Kanister in den leeren Tank des Lastwagens geschüttelt werden, und Janek meint, auch einen Funken Spott in ihnen auszumachen.

Wenig später ist die Fahrt zu Ende. Die Reisenden steigen vom Wagen. Es bleibt ihnen nichts anderes übrig, als ihr Gepäck zu nehmen und sich dem Menschenstrom anzuschließen, der sich nach Osten bewegt. Der Vater zieht einen langen Riemen durch die Henkel des Brotkorbes und schnallt ihn Jan auf den Rücken.

Die Stimmung unter den Flüchtlingen ist gedrückt. Gerüchte gehen von Mund zu Mund, Angst flammt auf. Von Massakern ist die Rede, vom Vormarsch der Deutschen, von der Zerschlagung der polnischen Armee. Und dann verstummen die Menschen. Den Blick auf die Straße gerichtet, beschleunigen sie ihre Schritte.

Die übermütige Abenteuerstimmung gehört der Vergangenheit an. Jan denkt an die Abfahrt am frühen Mittag. Kaum zu glauben, daß das wirklich erst ein paar Stunden her ist. Er hat keine Ahnung, wie weit sie von zu Hause weg sind.

Es wird Nacht. Polnisches Militär gesellt sich zu den Flüchtlingen, mit ihren Ackergäulen vor den altertümlichen Geschützen treten die Bauern, die man in der Eile zu Soldaten gemacht hat, den Rückzug an. Nach Warschau, auch sie. Dort zieht sich die polnische Armee zusammen, heißt es, von dort werde man die Deutschen wieder aus dem Land werfen.

Weiter geht es, Stunde um Stunde. Jan trägt seinen Korb durch die Nacht, der Vater hat sich den Wäschesack auf den Rücken gebunden, um die Arme für den kleinen Paweł frei zu haben. So gehen sie neben einem Fuhrwerk der polnischen Armee her, und irgendwann dürfen sich Jan, die Mutter und der kleine Bruder auf den Wagen setzen.

Seid ihr Polen? fragt der Soldat.

Ja, sagt Bronja und beißt sich auf die Lippen. Polen.

Am nächsten Morgen erreichen sie die Außenbezirke einer Kleinstadt. Die Zyglers trennen sich von den weiterziehenden

Soldaten. Im Feuerwehrhaus, sagt Jans Vater, können wir sicherlich bleiben. Einen Tag und eine Nacht.

Ein kleines Häufchen aus Turek, das beisammen geblieben ist, durchquert die Vorstadt, erschöpft und hungrig schleppen sie sich durch den anbrechenden Tag. Es ist noch früh. Durch die offenen Türen kann Jan die Menschen sehen. Er beneidet sie um ihre Ruhe, die alltäglichen Gesten, mit denen sie den Tag beginnen, als sei nichts geschehen. Kaum bemerkt er, wie sein Vater witternd den Kopf in den Himmel hält, daß ein feines Dröhnen, ein Brummen wie von großen Insekten die Luft erfüllt und immer näher kommt. Unruhe erfaßt die Flüchtlinge, einige Bewohner des Städtchens treten vor die Türen, heben den Blick zum Horizont.

Und dann gellt ein Schrei, keiner weiß, wer angefangen hat zu rennen, und dann sind sie da, stürzen aus dem grünlichen Himmel. Jan sieht sie fallen, mit diesem Geheul, das ihm das Blut in den Adern erstarren läßt, sieht, wie sie sich wälzen, in Feuer zerbersten und wieder aufsteigen, als sei nichts gewesen. Alles gerät in Bewegung. Bronja Zygler hat ihren Ältesten am Arm gepackt und reißt ihn mit sich hinter ihrem Mann her, der den kleinen Paweł auf den Armen trägt, sie laufen und laufen, vergessen ist die Müdigkeit, vorbei an den offenen Fenstern und Türen, Jan sieht, wie die Menschen auf die Knie fallen vor Kreuzen und Heiligenbildern GEGRÜSSET SEIST DU MARIA VOLL DER GNADEN und die Flugzeuge spucken ihr höhnisches Gelächter DER HERR SEI die Flüchtlinge schreien und die Knienden in ihren Häusern beten lauter HEILIGEMARIA aus dem Gebet MUTTERGOTTES wird Gesang, der sich fortpflanzt von Haus zu Haus, wie der Schrecken, und anschwillt MARIA BREIT und das Dröhnen DEN MANTEL der Motoren BITTFÜR das Pfeifen der Geschosse MACH SCHIRM UND SCHILD die Erde, die aufreißt DARAUS Pflaster, das sich bäumt LASS UNS DARUN das Rattern der SICHERschinengewehreSTEHN die Schreie der HEILIGEtroffenen JETZTUNdas LäutenINDER-GlockenSTUNDEUNSERESTODES und die Alarmsirenen, die jetzt, viel zu spät, ebenfalls, und obwohl Jan rennt, ALLE-STÜRMwie er niemals gerannt ist, VORÜBER nimmt er doch jede Einzelheit wahr, prägt sich ihm jedes Detail messerscharf in sein Hirn, wie der beißende Metallgeschmack auf seiner Zunge: die weitausholende, bogenförmige Bewegung der Arme, mit der ein junges Mädchen mit dem Gesicht voraus in die Blumen eines Vorgartens fällt, das verzerrte Gesicht eines Jungen, der versucht, seinen verrückt gewordenen Hund zu beruhigen, die mageren Arme der alten Frau, die zitternd ein Kruzifix in den Himmel halten.

Jan keucht, Rauch steigt aus den frischen Trümmern, nimmt ihnen den Atem, die Sicht. Und dann sind sie da.

Im Feuerwehrhaus hört Jan die Stimme seines Vaters, die ihm befiehlt, sich an die inneren, tragenden Wände zu stellen, dort, wo die Kamine sind, und er stellt sich hin, hält sich fest an so einer Wand, neben ihm erkennt er fast die Gesichter seiner Nachbarn aus Turek nicht mehr, etwas Fremdes liegt über ihnen wie ein Schleier. Er sieht seinen Vater, bleich und keuchend steht der ihm gegenüber, die Mutter kniet mit dem Kleinen bei den Frauen und betet laut. Und er spürt, wie die Wand hinter ihm bebt, wie sie zittert, als wäre sie ein lebendiges Wesen, erst denkt er, es sei sein eigenes Zittern, aber dann ist er es, der die Wand festhält, bleib stehen, sagt er zu ihr, du wirst nicht einstürzen, und für einen kleinen, unendlich langen Augenblick zittert nicht nur die Wand, sondern die ganze Welt, alles bewegt sich, nur er steht still, das Beten der Frauen verwandelt sich in einen Aufschrei, oder sind es die Sirenen der Stukas, die sich wie Raubvögel auf das Feuerwehrhaus stürzen, fast ist ihm, als könne er sie durch das vibrierende Dach hindurch sehen, er spürt die nahen Explosionen, durch seinen schmächtigen Leib gehen sie und reißen an ihm, wieder und wieder, aber er gibt nicht nach, er bleibt stehen, wie es ihm gesagt worden ist, und irgendwann, nach einer Ewigkeit, steht auch die Welt wieder still und das Zittern verläßt die Wand, das Dröhnen und Detonieren verhallt nach und nach, die Stimmen der Flugzeuge entfernen sich, nur das Weinen und Klagen reißt nicht ab, und über allem läuten immer noch die Glocken.

Es war wie eine Kreuzigung, sagt Johannes Zygler, wie eine Kreuzigung …

Draußen ist es dunkel geworden. Sie sitzen im Schein der

Lampe, zwischen ihnen immer noch die Landkarte, darauf zeichnen seine rastlosen Hände Linien und Kreise. Irgendwo zwischen Łódź und Warschau liegt die Lesebrille.

Ist das der Ort, den du suchst? fragt nach einer Weile Ewa.

Johannes Zygler sieht auf. Die junge Frau, die seine Tochter ist, kann das Geheul der Stukas nicht hören. Er schüttelt den Kopf. Mühsam versucht er den Faden wieder zu knüpfen. Er ist noch lange nicht dort, wo er hinwill.

So sehr wir uns auch bemühten, vor der Front davonzulaufen, die Front war immer da, sagt er. Manchmal war sie schneller noch als wir.

Wie ging es weiter nach dem Angriff?

Irgendwann war alles ruhig. Wir sind dann hinausgegangen ins Freie und fort aus dieser Stadt, wir wollten nur weg, nach Osten, immer Richtung Warschau. Wir überquerten eine Brücke, dort lag ein toter Mann, dem ein Bein fehlte, ich sah dann nicht mehr hin, überall lagen Kadaver auf der Straße, in den Gräben und den angrenzenden Feldern, Menschen, Pferde, Fuhrwagen, Habgut, alles tot, zerstört, zerstreut. Wie lange wir so gingen, ich weiß es nicht mehr, weiß auch nicht, wo wir übernachtet haben, wie viele Tage ...

Irgendwann kamen wir dann in ein Dorf, wo wir bei einer Bauernfamilie bleiben konnten, uns ausruhen. Aber die Front war uns auf den Fersen. Und am nächsten Tag kamen sie auch in dieses Dorf, die Deutschen. Wir hörten vereinzelte Schießereien, und da nahm uns der Bauer mit in den Gemüsegarten, wo er einen kleinen Erdbunker ausgehoben hatte. Weißt du, wie einen Schützengraben, aber nicht in gerader Linie, sondern U-förmig abgewinkelt, damit eine Granate, die einschlägt, nicht alle treffen kann, die darin sitzen. Darüber hatte er Bretter gelegt und sie mit Erde bedeckt, so daß nichts davon zu sehen war. Dort hinein nahm uns die Bauernfamilie, und wenn wir auch etwas eng saßen, so waren wir doch sicher.

Aber nichts geschah. Niemand setzte sich zur Wehr, und die Deutschen fuhren mit ihren Fahrzeugen langsam durch das Dorf. Und da plötzlich tat meine Mutter etwas Ungeheuerliches. Als ein einzelnes, offenes Militärfahrzeug, immerhin mit einem Maschinengewehr bestückt, um die Ecke bog, kletterte meine Mutter aus dem Erdbunker und ging geradewegs darauf zu. Wir hielten alle den Atem an. Ganz ruhig ging sie auf die Soldaten zu und sprach sie auf deutsch an. Ob in Turek noch gekämpft würde, wollte sie wissen, oder ob sie wieder dorthin zurückkönne.

Ja, antworteten die Soldaten, Turek ist befreit, alles ist ruhig.

Wir haben uns also von den Bauern verabschiedet und uns auf den Heimweg gemacht. Als wir bei den deutschen Soldaten vorbeikamen, wollte einer sehen, was ich im Korb hatte. Er lachte über mein Brot, und noch viel mehr über das stumpfe Brotmesser, das dabei lag.

Aber Turek war weit. Wie weit, das weiß ich nicht.

Wieder betrachtet Johannes Zygler die Karte. Sein Zeigefinger umkreist langsam Łódź. Seine Lippen bewegen sich lautlos im Entziffern der polnischen Ortsnamen.

Vier Gestalten auf einer Straße. Vornweg ein elfjähriger Junge, einen Rucksack, nein, einen Korb auf dem Rücken. Dann eine Frau mit einem Bündel. Zuletzt ein Mann, der ein zweijähriges Kind auf dem Arm trägt, einen Sack über den Schultern.

Die Straße ist ein wenig erhöht, wie ein kleiner Damm. In einiger Entfernung stehen zu beiden Seiten Bäume in regelmäßigen, dichten Abständen, gerade so weit von der Straße entfernt, daß sie ihr keinen Schatten spenden können. Jedenfalls nicht um diese Tageszeit.

Plötzlich zerreißt eine Maschinengewehrsalve die Stille. Der Junge bleibt wie angewurzelt stehen. Panik erfaßt ihn. Heiß sind die Kugeln an seiner Wange vorübergefahren, er kann gar nicht glauben, daß sie ihn nicht getroffen haben. Und dann wieder, diesmal von der anderen Seite.

Geh weiter, Janek, geh immer weiter, gleichmäßig, nicht laufen, ganz ruhig, immer weiter.

Ja. Ruhig. Weiter. Die Stimme des Vaters im Ohr, macht der Junge einen Schritt und noch einen, einen nach dem anderen. Das Schießen hört jetzt nicht mehr auf, von rechts nach links, von links nach rechts, und sie auf der Straße mitten drin. Er geht in diesen Kugelhagel hinein, der sich wie ein Vorhang vor ihm auftut und sich hinter der kleinen Gruppe wieder schließt, ohne mehr als einen Zentimeter zu verschenken, geht und geht und kann die Leuchtspurmunition wie glühende Würmer direkt vor seinem Gesicht fliegen sehen. Sie sind mitten in die Front geraten, vor der sie seit Tagen weglaufen, sind unversehens selbst zur Frontlinie geworden, eine deutschstämmige Familie mit polnischem Paß seit vielen Generationen. Jetzt sind sie nichts weiter als bewegte Zielobjekte, wie die Figuren in den Schießbuden auf dem Jahrmarkt, auf die man für einen halben Złoty zielen darf, und wenn man sie trifft, kippen sie nach hinten weg, und ein Glöckchen ertönt.

Und immer noch setzt Jan einen Fuß vor den anderen, hat kein Gefühl für die Zeit, die vergeht, keinen Begriff von der Entfernung, die er zurücklegt, starr sieht er geradeaus auf die Funken vor sich in der Luft, ein paarmal schielt er nach rechts und nach links, aber er kann nichts erkennen als die Pappeln, die sich sacht im Wind bewegen.

So ziehen die Zyglers über die Straße, die zur Grenze wurde, für ein paar Stunden vielleicht oder auch nur für Minuten, und dieser Krieg, der gerade erst über dieses Land hergefallen ist, er läßt sie passieren.

Und dann sind sie durch, und alles ist vorbei.

Am nächsten Morgen nähern sie sich Görlitz. Das Wohnmobil holpert über die unebenen, schmalen Straßen, die sich durch Getreidefelder und Wiesen schlängeln. Hin und wieder duckt sich ein schiefergraues Dörfchen in eine Mulde, dann wieder nur einförmige Landschaften und endloser, fahler Himmel. An Wegbiegungen stehen verbeulte Richtungsschilder, zwischen »Hochkirch«, »Niederseifersdorf« und »Kleinsaubernitz« findet sich auch hin und wieder ein Pfeil mit der Aufschrift »Polen«.

Ewa ist seit einiger Zeit verstummt. Dieses äußerste Eckchen Bundesrepublik ist ihr alles andere als geheuer. Sie denkt an die Grenze auf der gegenüberliegenden Seite Deutschlands, denkt an Kehl, Mulhouse, das Elsaß, die Übergänge, die sie kennt wie ihre Westentasche. Und Sehnsucht erfaßt sie, eine merkwürdige Unruhe, als habe sie sich in der Richtung getäuscht. Westwärts war ihr Blick bislang gerichtet, alles Wichtige in ihrem Leben hat sich dort abgespielt. Die Jahre in Paris, Jean-Claude. Wie lange hat sie nichts mehr von ihm gehört, aber natürlich, sie ist es ja, die den Kontakt abgebrochen hat, sie hat dafür gesorgt, daß er nicht weiß, wo sie jetzt lebt. Damit er sie nicht aufstöbert. Damit das alles endlich ein Ende hat. Und meistens ist sie ja ohnehin unterwegs. Die grüne Grenze hinter dem Rhein jedenfalls, wo man in den alten Zollhäuschen heute Blumen oder Töpferwaren verkauft, erscheint ihr hier nun fast wie eine Pforte zum Paradies.

Ein Schilderwald in den Randbezirken von Görlitz reißt sie aus ihren Gedanken. »Polen« liest sie und lotst ihren Vater über die Kreuzung. In Schleifen werden sie durch die Stadt geschleust, und dann endet die Fahrt in einer Autokolonne, deren Ende hinter einer Biegung der Straße nicht abzusehen ist.

Ewa steigt aus, um herauszufinden, wie weit es noch bis zur Zollstation ist. Sie geht an Autos vorüber, in denen ärmlich gekleidete Männer bündelweise Geldscheine zählen. Eine Frau um die Fünfzig lehnt sich auf die offene Wagentür und lacht ihr mit goldglänzendem Gebiß zu. Ein paar Kinder drücken sich die Nasen an den Scheiben platt. Obwohl es ziemlich warm ist, kommt sie sich in ihren kurzen Hosen und dem ausgeschnittenen Oberteil falsch angezogen vor. Bildet sie es sich ein, oder wird sie aus unzähligen neugierigen Augen ganz unverhohlen gemustert?

Nein, sie werden nicht allzulange warten müssen. Gleich hinter der Kurve in einer Senke sieht sie die Baracken der Zollabfertigung. Sorgfältig studieren die Beamten jeden einzelnen Paß, stellen Fragen, winken das eine oder andere Fahrzeug auf die Seite. Dies hier ist noch eine richtige Grenze.

Auch er hat schlecht geschlafen, denkt sie, als sie wieder ins Wohnmobil steigt, mit diesen dunklen Rändern sieht er aus wie eine Nachteule. Beide haben sie sich in dieser ersten Nacht von einer Seite auf die andere gewälzt. Ewa hat nicht aufhören können, auf jedes noch so leise Geräusch zu horchen. Und die Hitze ließ nicht nach und machte ihre Träume schwer.

Johannes Zygler ist wieder einmal dort gewesen, wie in vielen Nächten der vergangenen Jahrzehnte. Aber mit einem Unterschied. Vielleicht ist es das ungewohnte Übersetzen der Bilder in Worte am gestrigen Abend gewesen oder die räumliche Annäherung an die Orte der Geschehnisse – die Bilder, die in seine Träume gespült wurden, waren noch nie so deutlich, hatten nie diesen Grad an Realität, als wäre alles erst gestern geschehen, als sei er noch der elfjährige Junge und mit seinen Eltern unterwegs durch diesen Schrecken.

Er sieht sich wieder auf jenem Platz stehen, vor sich die Kirche, die sich ähnlich wie die zu Hause backsteinfarben in spitzen Formen gen Himmel reckt, er geht zur Mauer und berührt sie mit den Fingerspitzen, nur noch größer ist sie, noch prächtiger, und die Häuser um diesen Platz sind höher als die in Turek. In eines der Häuser gehen sie, da ist das erleichterte Gesicht des Vaters, der sie von der Kirche wegholt, er hat eine Unterkunft gefunden für seine Familie. Die Frau mit dem schmerzlichen Zug um den Mund nickt ihnen zu, als sie zu ihr in die Wohnung treten, am Tisch sitzt reglos und stumm der Mann – keiner stellt auch nur eine einzige Frage. Die Frau bringt warmes Wasser für die wunden Füße. Dann deckt sie für alle den Tisch und richtet die Schlafplätze.

Als er am nächsten Tag aufwacht, stehen die Männer am Fenster. Er springt vom Sofa, läuft zu ihnen. Seine Mutter kann ihn nicht aufhalten. An der Kirche stehen Soldaten mit dem Gesicht zur Mauer, gerade so, wie er gestern abend dort gestanden hat. Wieso sehen sie sich die Mauer so genau an, mit dem Gesicht so nah? Es sind polnische Offiziere, soviel kann er erkennen.

Was tun die da? Warum stehen sie dort?

Seine Stimme klingt ihm selber fremd, viel zu laut, viel zu hoch. Keiner gibt ihm eine Antwort, der fremde Mann, dessen Gäste sie sind, sieht ihn nur an, sieht ihn lange an, und dann zieht er die Vorhänge zu. Langsam und sorgfältig. Aber ein kleiner Spalt bleibt offen. Die Mutter legt den Arm um ihn, will ihn zum Tisch führen, wo ein Glas warme Milch steht, aber er entwindet sich ihrem Griff, rückt einen Stuhl zum Fenster. Mit riesigen, graublauen Augen, wie sie in dieser Familie keiner hat, alle sind schwarz oder dunkelbraun – mit diesen fremden Augen starrt er in das Zimmer, aber er sieht nichts, er lauscht, und wenn ihm auch der Vater bei Strafe verboten hat, aus dem Fenster zu sehen, so tut er es doch, immer wieder, die stehen ja immer noch da, immer noch. Sie stehen dort, stundenlang, die Sonne steigt hoch über den Kirchturm hinweg, und sie stehen, immer mit dem Gesicht zur Wand. Er weiß, etwas Außergewöhnliches ist im Gange, etwas Schreckliches, er kann es in den Augen seiner Mutter lesen, in den Mienen der anderen. So stehen sie. An der Kirche. Die Offiziere. Unbeweglich. Ruhig.

Und dann mit einem Mal geschieht etwas. Ein deutscher Soldat zerrt einen Zivilisten herbei, mit einer Hand hat er ihn am Kragen, in der anderen hält er eine Pistole. Der Mann schlottert und schlenkert mit Armen und Beinen wie eine Gliederpuppe, deren Gelenke mit Gummibändern verbunden sind. Er fällt auf die Knie, hebt die gefalteten Hände und wird wieder aufgehoben, weitergeschleppt, wie ein räudiges Tier. Und dann läßt der Deutsche ihn los. Er fällt ins hohe Gras, das ihn verdeckt, und der Soldat nimmt die Pistole in die rechte Hand und zielt damit ins Gras, dort, auf die Stelle, und schießt. Einmal. Zweimal. Dreimal. Viermal. Noch heute bohren sich diese Schüsse in seine Schläfe, rauben ihm den Schlaf.

Aber das war erst der Anfang. Im Traum weiß er es, jedesmal an dieser Stelle weiß er genau, dies ist erst der Anfang des Schreckens, während er damals ... Aber auch damals hat er es gewußt, es stand in den Gesichtern der Erwachsenen, auf den Rücken der immer noch an der Kirchenwand stehenden polnischen Kriegsgefangenen. Nichts ist zu Ende.

Und er bezieht wieder seinen Posten dort am Fenster, die Milch hat sein kleiner Bruder getrunken, der nun wieder schläft, er hat von all dem keine Ahnung, aber er, er muß Wache halten, das ist er den polnischen Offizieren dort unten schuldig, er denkt an die Soldaten mit ihren traurigen Fuhrwerken, die sie auf ihrem trostlosen Marsch nach Warschau ein Stück weit begleitet haben, denkt an die Geschichten seines Vaters, die er aus dem letzten großen Krieg mit nach Hause gebracht hatte, wo auch er ein polnischer Soldat gewesen war, damals,

als für alle anderen der Krieg längst zu Ende war, aber für Polen erst anfing, als die Deutschen sich nach Westen zurückzogen und ihre Waffen daließen, damit die Polen weiter gegen die Russen kämpfen konnten, und sie hatten es geschafft, es gab wieder ein Land auf der Welt, das Polen hieß, nach so langer Zeit, und heute stehen da draußen die polnischen Offiziere in der Mittagssonne wie wertloses Fleisch.

Jetzt erkennt er durch den Vorhangspalt, wie Spaten ausgeteilt werden an die polnischen Offiziere, wie sie beginnen, in die Rasenfläche neben der Kirche Löcher zu graben.

Sie werden den Toten begraben, sagen die Erwachsenen, aber die Mutter fängt an zu zittern, wie er es nie an ihr gesehen hat. Und die Offiziere da unten graben, bewacht von einem Soldaten mit einem Gewehr in der Hand, sie graben und graben, wozu denn so viele Löcher, entfährt es ihm, aber der Vater, der hart neben ihm steht und wie er durch den Spalt im Vorhang schaut, legt ihm die Hand auf den Mund, und dann weiter oben, vor die Augen, aber er kann dennoch sehen, alles sieht er durch die Finger hindurch, sieht genau, was geschieht, sieht, wie sie da unten ihre Jacken ausziehen und weitergraben, wie schließlich einer von ihnen zur Wache geht, sich Feuer geben läßt für eine Zigarette, in aller Ruhe raucht und zurückgeht zu den anderen, auch die lassen ihre Spaten stehen, verteilen Zigaretten und zünden sie eine an der Glut der anderen an. Ganz ruhig stehen sie da und blinzeln in die Herbstsonne, nur der blaue Rauch steigt über ihren Köpfen auf. Und dann treten sie die Kippen mit den Stiefelspitzen in den Rasen und nehmen wieder ihre Spaten. Jetzt ragen nur noch die Oberkörper aus den Löchern, was um alles in der Welt soll das werden?

Und da. Jetzt klettern sie alle heraus. Geben die Spaten ab. Stellen sich in Reih und Glied am Rand der Gruben auf. Und jetzt sieht er sie. Erst jetzt. Sieht sie dort hinten liegen im Gras. Bei dem Maschinengewehr. Das explodiert, spuckt Feuer, und sie fallen alle, alle, wie sie da stehen, fallen kopfüber, jeder in sein eigenes Loch. Das war es also. Und als hätte sich eine Kugel verirrt, bricht Jan vom Stuhl wie ein Stück Holz, vornüber stürzt er hart auf den Dielenboden.

Vor ihnen steigen die Menschen wieder in ihre Autos. Es geht ein Stück voran.

Wenn wir diese Stadt finden wollen, dann mußt du mir genau erzählen, was du über sie weißt.

Johannes Zygler nickt. Die Kolonne kommt wieder zum Stehen. Junge Frauen in polnischen Grenzeruniformen schreiten mit prüfenden Blicken die Wagenschlange ab.

Da ist die Kirche, der Platz mit den Häusern ringsherum ...

Ewa sieht über die Blechdächer hinweg. Über den grauen Baracken flimmert die Luft.

Mehr weißt du nicht?

Wenn ich sie sehe, die Kirche und die Häuser, wenn ich sie sehe, dann erkenne ich sie. Das weiß ich genau.

Und dann sind sie über der Grenze. Ewa atmet auf. Sie sucht in ihrem Atlas nach den passenden Seiten. Vergeblich. Polen ist ein fetter weißer Fleck am Rande Europas in der Übersicht auf der ersten Seite.

Zygler langt nach hinten und zieht die Polenkarte heraus.

Wo liegt Breslau? Sie faltet die Karte auf.

»Breslau« wirst du nicht finden. Wrocław heißt das hier.

Wie schreibt man das?

Sie sieht auf und versucht ein paar Straßenschilder zu entziffern. Przesieczany ... Bolesławiec ... Schweiß bildet sich unter ihren Achseln. Sie, die in so vielen Ländern zu Hause ist ... *Objazd*?

Das heißt Umleitung, sagt Johannes Zygler ruhig.

Ewa schaut ihn von der Seite an. Ihr ist ganz flau geworden. Ohne jede Grundkenntnis, ohne die geringste Ahnung von der polnischen Sprache ist sie ins Auto gestiegen und einfach losgefahren. Nicht einmal aussprechen kann sie diese Silben. So wenig war dieses Land in ihrem Kopf existent gewesen, daß sie, die Fremdsprachenspezialistin, die Vermittlerin zwischen verschiedenen Kulturen, nicht einmal daran gedacht hat, sich ein Wörterbuch zu besorgen! Und das merkt sie schnell, das zeigen ihr Wörter wie *objazd*, *ulica* und *miasto*: Mit den Sprachen, die sie beherrscht, kommt sie hier nicht weit. Polnisch ist anders als alles, was sie kennt.

Es ist nicht so schwer, wie du denkst. Es gibt Regeln. Man muß sie kennen. Und Johannes Zygler spricht seiner Tochter geduldig vor. Erklären kann er es nicht. Aber seine Zunge formt mühelos die passenden Zischlaute zu diesen seltsamen Buchstaben und ihren Kombinationen, zu ch und cz, zu ć und ż, sz und rz und dż ś, und wie sie alle heißen, die irgendwo zwischen einem deutschen t und dem sch angesiedelt sind, der Gaumen eine Landkarte, mit ebenso unerforschten weißen Flecken für Ewa, wie Polen im Straßenatlas.

Ewa schwirrt der Kopf. Das kann ich mir nicht merken, stöhnt sie. Das klingt doch alles gleich.

Zygler lacht.

Nu mal langsam, sagt er, das lernt man nicht an einem Tag. Probier's mal mit *dzień dobry*! Das heißt: Guten Tag.

»Tschenn dobre«, versucht es Ewa.

Na also, lobt Zygler und wiegt den Kopf, man merkt gleich, daß dein Vater aus Polen kommt. Du bist begabt!

Und er lacht herzlich, während Ewa sich vorkommt wie ein ABC-Schütze.

Probier's noch mal, *dzień dobry*, siehst du, so schwer ist das doch gar nicht. Ein bißchen weicher, so, und Ewa spitzt die Ohren, jetzt hört es sich eher an wie: »dschenj dobre« oder »dchenj dobre«, verdammt, stöhnt sie, diese Polen haben sicherlich eine ganz andere Zunge als wir Deutschen.

Und dann wird sie still. Daß ihr Vater polnisch spricht, das hat sie gar nicht gewußt. Nie hat er davon gesprochen. Aber ja, warum sollte er es verlernt haben. Wie alt warst du eigentlich, als du von Polen fortgingst, fragt sie scheu. Was weiß ich eigentlich von ihm, denkt sie und starrt immer noch auf die für sie unlesbaren Schilder, die an ihr vorübergleiten, und ihr Herz zieht sich zusammen. Fremd fühlt sie sich, auf eine physische Art und Weise, die weh tut, sie kennt das von anderen Ländern, deren Sprachen sie nicht verstehen kann.

Sechzehn, sagt Zygler. Auch er lacht nicht mehr. Aber polnisch hab ich nicht mehr gesprochen, seit ich elf Jahre alt war.

Ich hatte keine Ahnung. Ich meine, daß du das kannst. Wieso hast du nie ...?

Zygler zögert. Seine Sicherheit scheint verflogen.

Ein Leben lang hab ich mich bemüht, anständig deutsch zu lernen, das weißt du doch. Es war nicht wichtig. Außerdem, ich habe viel verlernt. Du wirst es sehen.

Aber du kannst dich verständigen? Ewa klopft das Herz bis zum Hals. In einem Land zu sein, dessen Menschen sie nicht versteht und die sie nicht verstehen können, war für sie immer schon schier unerträglich. Es ist, als entziehe man ihr den Boden unter den Füßen.

Verständigen? Aber ja. Außerdem sind die Menschen hier freundlich und hilfsbereit. Und viele sprechen deutsch.

Gartenzwergheere am Straßenrand bringen Ewa auf andere Gedanken. Schau doch nur, ruft sie, und Zygler hält an. Zum Halbkreis formiert stehen sie in ihren bunten Uniformen auf dem freien Feld und warten auf Käufer. Der Größe nach präsentieren sie sich Ewa zum lächelnden Gruppenphoto: In den vorderen Reihen die Kleinen, dahinter die Großen, die Größten reichen ihr immerhin mit den Spitzen ihrer roten Zipfelmützen bis zur Hüfte. Mit Laterne, Rechen und Schubkarre bewaffnet warten sie auf ihren Einsatz im Blumenbeet, in ihrem Gefolge großäugige Rehe, auch lebensgroße Störche, auf einem Bein oder mit ausgebreiteten Schwingen, zum Abflug bereit.

Laß mich ein Stück fahren, sagt Ewa, als sie wieder in den Wagen steigen. Johannes Zygler ist es recht. Er macht es sich auf dem Beifahrersitz bequem. Die Bilder, die er sieht, seit er die Grenze überschritten hat, wecken andere aus den Tiefen seiner Erinnerung. Mit halbgeschlossenen Augen erzählt er von dem Storchenmast in Turek, auf dem jedes Jahr ein Vogelpaar seine Jungen aufzog, von den Tieren und Pflanzen auf den Sumpfwiesen am Rande der Stadt.

Du kannst dir nicht vorstellen, wie vollständig unberührt dieser Landstrich war. Direkt vor den Toren der Stadt fanden ich und meine Freunde ein Stück Paradies, einen riesigen, unergründlichen Spielplatz.

Für eine Weile fällt Zygler wieder in Schweigen. Das Wohnmobil ruckelt und huckelt durch flaches Bauernland. Rechts und links der schmalen, baumgesäumten Chaussee erstrecken sich weite Felder und Wiesen. Der Straßenkarte auf seinen

Knien schenkt Zygler keine Beachtung. Sein Blick geht über die Felder weit fort, in ferne Zeiten.

Im Winter waren die Wiesen zugefroren und bildeten große Eisflächen, auf denen liefen wir Schlittschuh. Man mußte natürlich vorsichtig sein, und es kam vor, daß eines der Kinder einbrach, klitschnaß und durchgefroren rannte es dann so schnell es nur konnte nach Hause. Im Frühjahr versanken wir dort bis über die Waden im Sumpf und stakten umher wie die Störche, fingen Frösche, beobachteten Vögel und fanden im Gras verborgene Nester mit türkisfarbenen, ockergelben und gefleckten Eiern. Rings um Poduchowne zog ein Bach seine große Schleife. In welche Richtung man auch lief, immer kam man ans Wasser. Das hatte es uns Kindern angetan. An manchen Stellen war der Bach fast zwei Meter breit, dann wurde er wieder schmaler und man konnte bequem mit einem Bein auf dem einen und mit dem anderen auf dem anderen Ufer stehen. Das Wasser war so klar, daß man es höchstens an dem Gekräusel um größere Steine herum wahrnahm, du konntest den sandigen Grund und die Tiere darin sehen wie durch reines Glas.

Auch später, als wir schon in der Stadt wohnten, bin ich, wenn ich Zeit hatte, immer wieder zum Bach hinausgelaufen, alleine oder mit Mieszko. Wir haben uns dann einen Korb geliehen und sind auf Fischfang gegangen. Haben uns ins Wasser gestellt und die Fische mit den Füßen in den Korb geschubst.

Einmal, da bekomme ich einen Riesenschreck: Ich ziehe den Korb heraus, und was sehe ich darin? Eine Schlange! Im hohen Bogen werfe ich den Korb auf die Wiese, renne hinterher und schau mir das Getier vorsichtig an. Und weißt du was, es war gar keine Schlange, sondern ein Aal – der erste Aal meines Lebens. Den hab ich dann nach Hause gebracht.

Im Sommer, da haben wir Staudämme gebaut, so daß sich das Wasser zu einem Schwimmbecken sammelte. Aber wenn das Wasser zu tief wurde, riß es die Dämme nieder, und wir konnten wieder von vorne beginnen.

Johannes Zygler schweigt. Vielleicht ist er eingeschlafen. Mittlerweile haben sie die Autobahn erreicht, von der sich Ewa einiges versprochen hat. Sie ist ein Stück Historie, diese Autobahn, aber keine gute Straße. Die hat Hitler gebaut, sagt Zygler unvermittelt. Kennst du die Geschichte? Sie hat einmal die Olympiastadt Breslau an Berlin anbinden sollen, jedenfalls in der offiziellen Version. Aber Olympia ist nie nach Breslau gekommen, statt dessen rollten die Panzer auf der Straße nach Osten.

Seitdem ist hier offensichtlich nichts mehr geschehen, denkt Ewa. Löwenzahn blüht unbehelligt in den zahllosen Rissen, und die Innereien des Wohnmobils schlagen rhythmische Trommelwirbel.

Wie ein Maschinengewehr, sagt Zygler.

Gegen Nachmittag erreichen sie Breslau. Wrocław, versucht es Ewa immer wieder. Seit dem Morgen übt sie auch *dzień dobry* und *dzękuję bardzo*, sie will sich vor den polnischen Verwandten nicht vollständig blamieren.

Du siehst aus wie deine Mama, Ewa, sagt Ania, und streicht ihr ein paar Strähnen aus dem Gesicht. Ewas Wangen sind noch naß und klebrig von der Begrüßung. Wie in Frankreich wird auch hier geküßt, aber nicht diskret in die Luft, sondern richtig, zweimal auf jede Seite, herzhaft und feucht.

Zum Glück spricht Ania deutsch. Aber sie ist die einzige in der Familie, und Ewa wird aus vier lächelnden Augenpaaren neugierig begutachtet. Alle sprechen sie auf sie ein, hüllen sie in einen Schwall von Freundlichkeit und Worte, auf die sie nur bedauernd die Schultern zucken und verlegen zurücklächeln kann. Nicht einmal *dzień dobry* ist ihr mehr eingefallen, vorhin, als sie aus dem Auto stieg.

Nach dem Essen wird der Tisch abgeräumt. Etwas Besonderes bereitet sich vor. Alle, selbst Anias Enkelsöhne, sehen erwartungsvoll zu, wie sie den Wohnzimmerschrank aufschließt und verschiedene Schachteln und Alben hervorholt. Es ist die Zeit der Familienphotos. Sogar Johannes Zygler zieht ein Album aus der Tasche. Ewa glaubt zu träumen. Durch den Nebel ihrer Müdigkeit sieht sie sich und ihre Schwestern als Säuglinge, Schulanfängerinnen, sieht sich zur Ersten Kommunion gehen, dieses Bild mit der Zahnlücke, das sie so haßt, ihre Schwestern als Bräute und auch sie selbst neben Jean-Claude, wie kann er nur ... Zygler, dem ihre Empörung nicht entgeht, blättert schneller.

Und dann die polnische Verwandtschaft. Ania scheint sich vorgenommen zu haben, Ewa über die Familienverhältnisse aufzuklären. Unzählige Gesichter gleiten über das beigebraune Tischtuch. Völlig Unbekannte begleitet Ewa vom Tag ihrer Eheschließung zur Taufe ihres Erstgeborenen, zu dessen Kommunion und schließlich auch diesen vor den Traualtar. Sie lauscht den Erklärungen über die komplizierten Verästelungen eines Stammbaumes. Sie nickt, ihre Augen beginnen zu tränen, sie schaut zu den Cousins hinüber, einen verschwörerischen Blick möchte sie austauschen, ein verständnisvolles Lächeln unter halbwegs Gleichaltrigen, aber nichts dergleichen findet sie dort, ehrfürchtig und aufmerksam verfolgen die jungen Männer das Zeremoniell, denn um ein solches handelt es sich, Ewa beginnt es zu ahnen, eine Art Ritual muß das sein, dem sie hier die Ehre hat, unterzogen zu werden, und vollends geht ihr die Bedeutung dieser Handlung auf, als Ania ihr mit feuchten Augen das Photo einer aufgebahrten Toten zeigt, dann das Bild eines Leichenzugs.

Das ist meine Mama, sagt Ania leise, und Ewa begleitet auch diese ihr unbekannte Frau in ihren letzten irdischen Momenten, wird Zeugin der Augenblicke, in denen der Sarg geschlossen und in die Erde versenkt wird. Und auch das Gesicht des Priesters lernt sie kennen, der ihre Großtante zur letzten Ruhe geleitet hat. Sie dreht das Photo um und liest: 1971.

Lauter bewegte Gesichter um sie, die sie warm anlächeln, ihr zunicken, und sie versteht: Erst jetzt wird sie als Mitglied der Familie betrachtet. Erleichtert lehnt sich Ewa zurück. Aber Ania hält noch einen anderen, mit Goldfolie überzogenen, alten Pappkarton an ihre Brust gepreßt.

Hier, Ewa, hier habe ich noch andere Photos. Werden dich interessieren, sagt sie und beginnt umständlich, den Karton zu öffnen.

Ewa wirft ihrem Vater einen flehentlichen Blick zu. Da mußt du durch, sagen ihr seine blauen Augen mit einem verschmitzten Lächeln, da kann ich dir nicht helfen. Ania hat inzwischen ein paar vergilbte Photographien vor sie hingebreitet.

Schau, sagt sie, dies ist deine Großmutter, Bronja Zygler, geborene Zygmunt, die Schwester meiner Mutter.

Plötzlich ist Ewa hellwach. Die Frau auf dem Photo ist ungefähr in ihrem Alter, dunkelhaarig und von einer fast abweisend ernsten Schönheit. Sie hat sich bemüht, elegant auszusehen, trägt eine Pelzjacke und einen merkwürdigen Hut, eine Art Männerhut, den sie gewagt in die Stirn gezogen hat. Die Krempe verschattet ein wenig die schwarzen Augen, die sie voll traurigem Stolz an dem Betrachter vorbei auf etwas gerichtet hält, das ihre ganze Aufmerksamkeit in Anspruch zu nehmen scheint. Vielleicht ist es das, was Ewa an ein Szenenbild aus einem Film erinnert, an eine Figur wie Ingrid Bergmann in Casablanca, und unwillkürlich hört sie diese Frau auf dem Photo zu ihrem unsichtbaren Gegenüber sagen: »Das hätte ich nie von dir gedacht, daß du mich einmal so enttäuschen würdest.«

Gierig greift Ewa nach den anderen Photos. Sie sieht ihren Vater als kleinen Jungen in kurzen Hosen, eine Baskenmütze auf den Locken und mit verbundenem Daumen. Lässig lehnt er sich auf ein Spazierstöckchen. Bronja Zygler mit ihrer Schwester im eleganten Kostüm beim Einkaufen ... Sie versucht die Bilder in ihrem Kopf zu ordnen, sich zu erinnern. Das war dieselbe Frau, die sie als bettlägerige, gebrochene Alte, im dunklen Zimmer liegend und unverständliche, wispernde Worte vor sich hinsprechend, in Erinnerung hat. Vor der sie sich immer gefürchtet hatte. Sie kann es kaum glauben.

Ich war ein kleines Mädchen, als sie starb, sagt Ewa, und schiebt die Photos auf der Tischdecke hin und her.

2

Im Flur ist es dämmrig. Stimmen dringen aus dem Zimmer hinter ihrem Rücken, am lautesten die des Großvaters, unterbrochen von keuchendem Husten. Wie eine Hand ist diese Stimme, legt sich an ihre Kehle. Sie sieht sich um, da sind drei Türen, kurz über Scheitelhöhe die Türklinken. Sie geht durch den schrägen Lichtstrahl, in dem Staub tanzt. Zieht mit beiden Händen eine Klinke herunter. Blocker, Schrubber, Besenstiel, ein Lappen sitzt auf dem Eimerrand wie ein graues Äffchen. Leise die Tür wieder zu.

Aus dem Zimmer ruft jemand. Noch mal. Und noch einmal. Aber es ist nicht ihr Name. Es klingt falsch. Das E ist eng und kurz. Das weiche W ist hart und scharf wie ein Pfiff. Der Großvater ist es, der sie ruft. Und wieder das Husten wie von einem großen Tier. Sie duckt sich zwischen Mäntel, die an einem Haken hängen. Schlüpft in die Geborgenheit einer Jacke mit dem Duft ihres Vaters. Ihr Herz schlägt viel zu laut. Aber die Tür bleibt geschlossen.

Da. Ein Schnaufen und Tapsen die Treppe herunter.

Jetzt kommt es. Das große Tier, das in Großvaters Brust rasselt und hustet. Und manchmal brüllt, wenn sein Gesicht dunkelrot wird. Und jetzt kommt es die Treppe herunter und wird sie …

Goldene Locken und hängende Schlappohren leuchten auf, als der Lichtstrahl sie trifft.

Zeus! Lieberlieber Zeus.

Sie drückt ihr Gesicht in das Fell, atmet auf und zieht den scharfen Hundegeruch in sich ein. Die Wärme. Die klugen Augen mit den Tränenschlieren dicht vor ihrem Gesicht. Feucht die Zunge.

Macht sich los und trottet zu einer Tür. Winselt.

Da hinein?

Sie zieht probehalber an der Klinke. Die Tür springt auf. Der Hund verschwindet im Dämmer. In dem Dunkel Kontur, Umrisse von Schrank und Bett. Fahler, saurer Geruch. Ein leiser Jammerlaut, wie von einer Katze.

Zeus steht vor dem Bett und wedelt mit dem Schwanz. Sie auf Zehenspitzen hinter ihm her. Wer liegt denn da im Bett? Am hellichten Tag? Ein langer Zopf, dunkel und silbern, hängt auf den Boden herab. Eine schrumpelige Hand auf dem Laken. Dann der Schreck. Zwei Augen, schwarz und bohrend. Langsam, ganz langsam lösen sie sich von der Zimmerdecke und wandern her zu ihr. Sie will weglaufen. Es geht nicht. Festgewurzelt steht sie. Jetzt haben diese Augen sie erfaßt. Und wieder dieser Klageton, darin kehlig, kaum verständlich Worte. Ewa ... du ...

Ewa fährt hoch. Fast schlägt sie sich die Stirn am Wohnwagendach. Die Luft ist stickig, ihr Mund ausgetrocknet. Sie sieht zu ihrem Vater hinüber. Er atmet ruhig.

Ewa klettert aus ihrer Koje, holt eine Flasche Mineralwasser aus dem Kühlschrank, öffnet leise die hintere Tür. Johannes Zygler hebt den Kopf.

Was ist?

Mir ist so heiß. Muß an die Luft.

Sie setzt sich auf die Schwelle, läßt die Beine baumeln. Der Himmel ist klar, aber die Sterne leuchten nur matt. Ein gelblicher Dunst hängt über Wrocław. Sie lauscht auf die Geräusche der Großstadt, sieht in die dunkle Blättermasse des einzigen Baumes im Hof.

Dort oben, siebte Fensterreihe von unten, gleich neben der Feuerleiter, schlafen Ania und ihre Familie. Alles ist dunkel. Ewa hat keine Ahnung, wie spät es ist. Nur in dem Wohnblock gegenüber sind zwei Fenster erleuchtet. In der Nähe bellt ein Hund. Ein Dröhnen wie von einem Generator ...

Sie spürt leicht die Hand ihres Vaters auf dem Kopf.
Was ist, kannst du nicht schlafen?
Ewa rutscht ein Stück zur Seite. Ihr Vater lehnt sich an die Tür, kratzt sich am Knie, schlingt dann die Arme um seine Schultern. Er scheint trotz der Wärme zu frösteln.
Hast du geträumt?
Sag mal ..., beginnt Ewa und kaut auf einer Strähne herum, was war das eigentlich für eine Krankheit?
Was meinst du?
Was Großmutter hatte. Wieso konnte sie nicht mehr gehen?
Zygler schaut in den Himmel, betrachtet lange die Fensterfront des Wohnblocks gegenüber. Die Lichter dort gehen aus, erst das eine, dann das andere. Wieder kratzt er an seinem Knie herum, vielleicht hat ihn eine Mücke gestochen. Schließlich holt er tief Luft, hält sie an, bläst sie langsam und geräuschvoll wieder aus. Dann sagt er:
Diese Krankheit? Er war die Krankheit.
Ewa glaubt wieder diese Stimme zu hören und das Husten.
Er?
Ja, sagt Zygler und geht zurück zu seinem Bett.
Komm, laß uns schlafen. Der Tag morgen wird lang.

Ania sitzt auf dem Sofa im Eßzimmer. Nachts klappt sie das Sitzmöbel um, und aus dem Eßzimmer wird ihr Schlafzimmer.
Eßt. Eßt doch, sagt sie müde und winkt mit der Hand in Richtung Schüssel. Sie atmet schwer und wischt sich mit dem Taschentuch den Schweiß.
Schmeckt dir der Weißkohl nicht?
Ewa nickt und schluckt. Walerian und Stanek, die Cousins, stehen im Türrahmen und machen ungeduldige Augen. Sie haben schon gegessen und warten darauf, der deutschen Verwandtschaft die Stadt zu zeigen. Man ißt nicht zusammen, alle haben nicht Platz an dem Tisch. Zwei Zimmer für fünf erwachsene Menschen aus drei Generationen. In der Küche haben die anderen rasch im Stehen gegessen. Nun wollen sie sehen, ob es den Gästen schmeckt.
Du mußt essen, Kind, du bist ja so dünn!
Ewa winkt stöhnend ab. Aber sie will nicht unhöflich sein.

Ania, sagt sie, um abzulenken, erzähl mir von meiner Großmutter. Von Bronja Zygler. Was war sie für eine Frau?

Ania wischt sich die Stirn mit dem Taschentuch.

Was fragst du mich? Frag deinen Vater.

Nein, Ania, ich will es von dir wissen.

Ihre Augen wandern hilflos zu Zygler, der Weißkohl ißt.

Ich hab dir die Photographien gezeigt, was willst du mehr?

Ania reibt sich die Beine. Aber Ewa läßt nicht locker. Und dann erzählt sie:

Eine schöne Frau war sie, die schönste der ganzen Stadt. Jeden Mann hätte sie haben können. Aber ihre Eltern haben sie dem Józef Zygler gegeben. Weil der auch Deutscher war, »Deitschkathole«, wie man damals sagte. Und wegen der Weberei. Das arme Mädchen, hat meine Mama immer gesagt. Und sie war traurig, Jesusmaria, so traurig wie schön war sie, bis sie den anderen kennenlernte. Hajo Harmsen. Das war ein feiner Mann ...

Ewa fängt einen Blick ihres Vaters auf. Auch er hört auf zu essen, etwas zu abrupt legt er das Besteck hin und wischt sich umständlich den Mund mit der Serviette ab. Ein wenig blaß ist er unter der Sommerbräune geworden, aber das scheint Ania nicht zu bemerken.

Er hat mir oft geschrieben, später, als Bronja so krank war und nicht mehr schreiben konnte. Und Seidenstrümpfe hat er geschickt. Ich habe es gern, wenn sich Frauen schön machen, hat er dazu geschrieben.

Ania seufzt und lächelt gedankenversunken.

Weißt du noch, Janek, wie er uns damals die Puppen geschenkt hat, meinen Schwestern und mir? Solche Puppen hatte niemand. Meine hatte rote Haare, eine Seltenheit, was war ich stolz. Und dann setzt sich mein Bruder aufs Sofa und es macht knacks, und ab war er, der Kopf von der Puppe, einfach abgebrochen –, was hab ich geweint. Und du, Janek, hörst du mir zu? Du hast sie mir wieder repariert, das hab ich dir nie vergessen.

Kannst du dich an diesen Abend erinnern? Du bist gekommen, um mit Henryk zu spielen. Aber an diesem Abend war Henryk fortgelaufen, wegen der Puppe, die er mir zerbrochen hatte, und ich hab dagesessen und geheult. Komm, hast du gesagt, laß sehen, Ania, was ist los mit der Puppe, vielleicht kann ich sie heilmachen, und hast dir den kaputten Hals angesehen. Und dann ging die Tür auf, und deine Mutter kam herein mit Hajo Harmsen, der war doch damals Beamter bei der Post. Er hatte den Arm um deine Mutter gelegt und war wütend, als er dich bei uns sah.

Ania fächelt sich Luft zu. Ihr Blick geht zum Fenster hinaus in den Himmel. Sie ist wieder das kleine Mädchen, das um seine Puppe trauert.

Und du hast immer weiter in der Puppe herumgestochert und so ein Gummiband aus dem Puppenkopf herausgezogen, glaube ich, jedenfalls hast du sie tatsächlich wieder hingekriegt. Ein bißchen schief saß der Kopf, aber er saß, und ich war ja so glücklich, aber deiner Mutter, der war das gar nicht recht, daß du da warst. Und Hajo Harmsen, komisch, der hat sich auch überhaupt nicht gefreut, daß die Puppe wieder ganz war, und dann sind sie auch bald wieder gegangen, die beiden, und die Puppe war repariert und du wie der Blitz hinaus in die Dunkelheit.

Ania schweigt. Sie sieht vor sich hin, schlenkert das Taschentuch. Johannes Zygler sitzt immer noch am Tisch und starrt auf den Teller mit den Weißkohlresten.

Das sind alte Geschichten, Ania, sagt er dann und schiebt den Teller endgültig von sich. Er sieht seine Cousine lächelnd an.

Alte Geschichten.

Als sie dann im Wagen sitzen unterwegs nach Osten, als sie Wrocław und die Stadtführung, die weinende Ania und die winkenden Cousins hinter sich lassen, die bis zuletzt versucht haben, ihr ein paar Brocken Polnisch beizubringen, möchte Ewa gerne wissen, was sich hinter der Geschichte von der zerbrochenen Puppe wirklich verbirgt.

Es ging gar nicht um die Puppe, nicht wahr?

Aber ihr Vater ist heute wieder mal nicht sehr gesprächig, das merkt sie schnell. Er muß sich auf den Weg konzentrieren. Es ist schon spät. Das Abschiednehmen hat länger gedauert als geplant.

Wenn wir heute noch bis Turek kommen wollen …

Aber wieso bis Turek? Wir können doch Halt machen, wo immer wir wollen.

Vielleicht hat ihn Anias Erzählung doch verstimmt, trotz seines Lächelns, dem Ewa ohnehin nicht so recht traut. Sie muß wieder an ihren Traum denken. Hajo Harmsen. Ihr Stiefgroßvater, wie sehr hatten sie und ihre Schwestern sich vor ihm gefürchtet. Ania hat recht, er konnte freundlich sein, oh ja. Du bist doch sein Liebling, sagten ihre Schwestern immer, aber sie hätte gut und gern darauf verzichtet, ihre Schwestern liefen nicht Gefahr, auf seinen Schoß gezogen zu werden und den Rücken getätschelt zu kriegen, bist Opas Liebling, dieses Unbehagen wird sie nie vergessen. Flink wie eine Katze wurde sie, wenn es galt, wieder rechtzeitig von diesen Knien hinabzugleiten, um den nach Zigarren riechenden Küssen zu entgehen. Ja, sie als einzige in der Familie hatte es heraus, seine gefährlichen Zornausbrüche abzuwenden, hin und wieder sogar ein Eis aus ihm herauszuleiern. Was an einem Tag ganz in Ordnung war, konnte am nächsten das böse Tier in ihm wecken. Alles, was man sagte, war mit diesem Risiko verbunden. Aber sie konnte es nicht lassen. Die ganze Familie hielt den Atem an, wenn sie ihr Stimmchen erhob. Heute könnte man Eis essen, nicht wahr, Opa, was meinst du, wurde zu einer stehenden Redewendung in der Familie. Nicht immer klappte es. Besser war, es gar nicht erst zu versuchen und sich unsichtbar zu machen. Mit Zeus im Garten zu spielen. Ihn an der Leine auszuführen. Oder mit den Eltern an die Ostsee zu fahren. Puppen jedenfalls, da ist sich Ewa ganz sicher, haben weder sie noch ihre Schwestern je von diesem Großvater bekommen.

Über allem schwebte immer auch noch der andere Großvater, der richtige, wie ihr Vater sagte. In Polen. Aber mehr als ein Phantom von ihm drang nie bis in ihre Kindheit vor. Briefe mit farbenprächtigen Briefmarken, um die sich die Schwestern stritten. Und zu Weihnachten bunt bemalte Oblaten, groß wie Pfannkuchen.

Warum hat uns denn dein Vater nie besucht, fragt sie in das Schweigen hinein.

Tja, sagt Johannes Zygler, wenn er das gekonnt hätte. Aber

damals war das nicht so leicht. Außerdem. Ich bin mir nicht sicher, ob er überhaupt Lust dazu hatte. Sobald es möglich war, hab ich ihn besucht, kannst du dich erinnern? Du warst ja noch klein.

Und ob sie sich erinnert. Damals war sie vier oder fünf Jahre alt. Zwei Wochen war er fort, und eine Wolke voller Angst hatte über ihnen allen geschwebt, bis er wieder zurückgekommen war. Polen. Irgendwie klang das damals gefährlich.

Es hat Monate gedauert, bis ich mein Visum bekam. Jeden Tag hab ich mich bei den Behörden melden müssen. Die hatten meinen Paß einbehalten, und mir war wirklich mulmig zumute. Das war 1966, und ich hatte meinen Vater mehr als zwanzig Jahre nicht gesehen.

Ewa denkt an den Kater, den er ihr von dort mitgebracht hatte. Mit einer grünen Latzhose und Augen, die bei Nacht leuchteten. Im nachhinein war ihr Polen als ein Wunderland der Spielsachen vorgekommen. Wie kam es, daß sie sich später nie mehr für dieses Land interessiert hat?

Warum hast du mir nie mehr davon erzählt?

Zygler sieht sie von der Seite kurz an.

Ich hab dir erzählt, sagt er. Du hast nicht zugehört. Und dann hab ich's gelassen.

Johannes Zygler hat sich einen langen Streifen aus Papier gemacht und ihn neben dem Lenkrad befestigt. Darauf stehen in großen schwarzen Buchstaben die Namen der Orte, durch die sie kommen werden. Oleśnika. Syców. Ostrzeszów. Grabow. Błaszki. Warta. Ewa versucht, wie sie sich auf der Zunge anfühlen.

Was ist das für ein Strich auf dem o? Und dieses durchgestrichene l?

Ihr Vater spricht ihr vor. Er weiß, wie es klingen muß. Und sie spricht ihm nach, lacht, weil es ihr nicht gelingen will, probiert es wieder, bis sie müde wird. Das gleichmäßige Motorengeräusch tut das seine.

Möchtest du einen Schluck Tee? Ein bißchen Schokolade?

Behaglich streckt sich Ewa in ihrem Sitz. Sie ist froh, nach dem Trubel bei Ania ein wenig Ruhe zu haben.

Sie schließt die Augen. Bunte Bilder wirbeln durch ihren Kopf. Namen, Begriffe, polnische Wörter, deren Bedeutung sie schon wieder vergessen hat. »Dschängkuje«, »broschebardzo« ...

Lächelnde Gesichter, winkende Hände, eine Handvoll Photos, verblaßt, zum Teil zerknittert, tanzen einen Reigen. Da bleibt eines eine Weile stehen. Es ist eine kleine, quadratische Photographie mit weißem, gezackten Rand. In der linken, hinteren Bildhälfte stehen unter einem blühenden Baum dicht aneinandergedrängt drei kleine Mädchen mit riesigen Schleifen im Haar. Jede hält eine Puppe an sich gepreßt, und alle schauen sie erschrocken nach links, zeigen dem Betrachter das Profil. Im Vordergrund sind in einer Reihe noch andere Puppen im Gras oder auf Stühlchen sitzend so aufgebaut, daß man zweimal hinsehen muß, um die kleinen Mädchen von den Puppen zu unterscheiden.

Dann verändert sich das Bild. Das kleinste der Mädchen preßt ihre Puppe so fest an sich, daß sie zerbricht und der Kopf ins Gras fällt. Das war Henryk, schreit Ania und weint. Die Puppen erheben sich und gehen mit knackenden Bewegungen zu dem abgefallenen Puppenkopf. Laßt ihn liegen, ruft Henryk, der neben Jan Zygler steht. In feinen kurzen Hosen und mit Schleifen unterm Hemdkragen, das Haar millimeterkurz rasiert, halten sie beide lange weiße Kerzen in den Händen und starren unternehmungslustig in die Kamera. Nicht anfassen, sagt da auch Jan, das ist eine Bombe, die muß man erst entschärfen.

Aber da ist ein Mann mit schweren Stiefeln in die Photographie mit dem Zackenrand gestiegen. Er ist viel zu groß für das Bild, die Puppen schreien auf und spritzen auseinander, schon hat er sie zertreten, alle, mit einem einzigen Polterschritt. Ich mag es, wenn Frauen sich schön machen für mich, sagt er mit seiner heiseren Stimme und zieht Anias Schleife auf.

Ewa ruckt hoch, als der Wagen abrupt bremst. Ein altertümliches Pferdegespann biegt in aller Gemütsruhe aus einem Feldweg ein. Sie hat so etwas bisher nur auf Photos gesehen, der alte Bauer auf dem Kutschbock scheint sich nicht am Straßenverkehr zu stören. Und schon fallen Ewa die Augen wieder zu.

Ein anderes Bild taucht auf, das Portrait eines Mannes. Es ist ihr richtiger Großvater, Józef Zygler, und seine kleinen, dunklen Knopfaugen blicken drein, als wollten sie dringend etwas sagen. Aber der Mund ist fest geschlossen, gerade, wie mit dem Lineal gezogen, liegt die schmale Oberlippe auf ihrem fleischigen Gegenstück. Ernst sieht er aus, der hagere Mann, nur die großen Ohren, deren obere Spitzen leicht nach außen gebogen sind wie bei einem Luchs, geben ihm etwas Heiteres.

Sie hat ihn nie kennengelernt. Er ist gestorben, bevor sie sich überlegen konnte, nach Polen zu fahren. Schaudernd erinnert sich Ewa an die Photos mit der aufgebahrten Leiche dieses Mannes, viele Jahre später, vom Leichenzug und dem Grab mit der Aufschrift: JÓZEF ZYGLER. Wann geboren? Wann gestorben?

Daß du so wenig über deine Familie weißt, hatte Jean-Claude einmal gesagt, und sie hatte gelacht. Was war ihr diese Familie, die sie nicht kannte, was verband sie mehr mit ihr als dieser dumme Vorname und dieser eine ungewöhnliche Buchstabe in ihrem Nachnamen? Nein. Die Welt war weit und verlockend gewesen. Auf Polen hatte sie gut und gerne verzichten können.

Und dann muß sie wieder eingeschlafen sein, denn als sie die Augen aufmacht, steht der Wagen am Straßenrand. Der Sitz neben ihr ist leer. Es ist kühler geworden, fröstelnd tastet sie nach der Strickjacke, reibt sich die Augen.

Ganz flach ist das Land hier, keine Bäume, keine Sträucher, die die strenge Linie des Horizonts verwischen könnten. Die Sonne steht tief und tönt den tagsüber so hitzebleichen Himmel blauviolett. Und jetzt erst sieht Ewa, daß der Horizont doch so tief nicht verläuft, wie sie dachte, daß da unter dem Lichtstreifen ein zweiter steht, sein Spiegelbild, den ein weitgezogenes Wasserband reflektiert.

Es ist eine Flußlandschaft, und sie versteht zum ersten Mal, was dieses Wort bedeutet. Was sie sieht, hat keine Ähnlichkeit mit den Flüssen zu Hause, dies ist wirklich eine Landschaft, von einem Fluß ungestört geschaffen und geformt über viele Jahrhunderte hinweg. Dieses Wasser läuft, wie und wo es will, es wurde nicht in ein reguliertes Bett gedrängt, es sucht sich seine Wege selber in weiten Schleifen, Gerinnsel und Geströme, überflutet Wiesen und frißt sich weit ins Gelände, verläuft sich in Tümpel und Sümpfe.

Langbeinig stehen Vögel reglos im Schilf, Möwen stoßen ihre spitzen Schreie in die Stille. Und dort steht ihr Vater und sieht auf das Wasser hinaus.

Sie steigt aus dem Wagen, zögert, stellt sich leise neben ihn. Lange schauen sie auf den Fluß, der so breit und behäbig in seinem Bett liegt, daß man genau hinsehen muß, um herauszufinden, in welche Richtung er eigentlich fließt. An den Rändern ziehen kleine Kräusellinien in eine andere Richtung als die Strömung in der Mitte des Flusses. Still ist es, da ist nur das Kratschen der Vögel, Schwapp- und Glucksgeräusche des Wassers, leise, vereinzelt. Hin und wieder fährt ein Auto die Straße entlang.

Das ist die Warthe, sagt Zygler endlich, nach ihm haben die Deutschen diese Gegend benannt. Warthegau. Auch Turek gehörte dazu. Es ist nicht mehr weit von hier. Das ist der Fluß meiner Heimat.

Liegt Turek denn an diesem Fluß? fragt Ewa.

Nein! Zygler schaut sie müde und mit leisem Vorwurf an. Hast du nicht die Karte gesehen? Turek liegt an keinem Fluß. Aber hier über die Warta, wie die Polen sagen, sind die ersten Siedler gekommen, aus Österreich und aus dem Riesengebirge. Auch unsere Vorfahren kamen auf riesigen Flößen hier herauf. Woher genau, das weiß man nicht. Sie gingen an Land und rodeten die Wälder, bauten Dörfer. Denn alles Land hier war ein einziger Urwald.

Ewa versucht sich das vorzustellen.

Viele Bauern kamen aus Schwaben, »Szwaby« ist hier heute noch ein Schimpfwort für die Deutschen. Unsere Familien gehörten zu den Tuchmachern, sowohl die Zygmunts als auch die Zyglers hatten in Turek Webereien mit mehreren Stühlen, mit Angestellten und Heimarbeitern. Sie stellten Bett- und Tischwäsche her, auch Stoffe für Schürzen und so was. Auch mein Vater war Weber, es war das einzige, was er gelernt hat, nicht einmal lesen und schreiben konnte er besonders gut, gerade so das Nötigste. Aber er hat einen Webstuhl mit in die Ehe gebracht. Ich kann mich noch gut an ihn erinnern, in Poduchowne stand er noch, später hat mein Vater ihn zerhackt und verheizt, als damit kein Geld mehr zu verdienen war. Überall wurden die dampfangetriebenen Webstühle eingeführt, und die Preise fielen.

Vom Wasser zieht kühle Luft herüber. Johannes Zygler fröstelt.

Wollen wir weiterfahren?

Aber er ist noch nicht fertig mit seiner Betrachtung der Warthe. Ewa holt ihm einen Pullover aus dem Wagen. Sie gehen ein paar Schritte am Fluß entlang. Eine Vogelgruppe flattert verschreckt aus dem Schilf auf, als die beiden näher kommen, einen Moment lang umgeben sie ärgerliche Schreie und lautes Geflatter.

Wahrscheinlich haben wir sie beim Brüten gestört, meint Zygler. Ein Trampelpfad führt am Wasser entlang auf eine Baumgruppe zu. Etwas Weißes flattert unter diesen Bäumen, Ewa kann nicht erkennen, was es ist.

Und meinen Vater haben sie hierher zum Volkssturm geholt. Als einen der letzten. Er hat schon zu den Älteren gehört, laß mich mal rechnen, er muß damals fast fünfzig Jahre alt gewesen sein, und trotzdem haben sie ihn noch geholt, fünfundvierzig irgendwann im Frühjahr, als schon alles verloren war ... Hier irgendwo muß das gewesen sein.

Und du?

Ich? Ich war damals an der Weichsel oder schon auf der Flucht, keine Ahnung. Ich habe ja lange nichts von meinem Vater gewußt. All das hab ich erst viel später erfahren, Jahre später, als er aus der Gefangenschaft zurück war. In den Fünfzigern.

Der Pfad steigt leicht an, die Baumgruppe befindet sich ein paar Meter über dem Wasserspiegel.

Ich weiß nur, daß sie hier versucht haben, die Russen aufzuhalten. Alte Männer und halbe Kinder.

Wieso hat er auf der Seite der Deutschen gekämpft?

Er war ja Deutscher.

Ich dachte, er sei in Polen geboren?

Ja ... Das ist kompliziert, Ewa, wie soll man das auch verstehen? Schau, in den Kämpfen nach dem Ersten Weltkrieg hat er in der polnischen Armee gedient, hat mitgeholfen, daß Polen wieder ein eigener Staat wurde.

Also hat er sich doch als Pole gefühlt?

Zwischen den Bäumen steht eine Statue auf einem steinernen Sockel. Es ist eine lebensgroße Madonna, um deren gefaltete Hände viele weiße und rote Bänder geschlungen sind.

Das kann man nicht so einfach sagen, sagt Zygler nachdenklich. Pole, Deutscher – das hat für ihn keine Rolle gespielt. Irgendwie war er beides.

Vor der Marienstatue sind die gespannten Bänder in einigen Metern Entfernung wie Zeltschnüre am Boden festgemacht. Da sie alle die gleiche Länge haben, bilden sie einen Halbkreis vor der Mutter Gottes. Es ist das Flattern und Knattern dieser Seidenbänder im Wind, was Ewa schon von weitem gehört hat. Zu Füßen der Heiligen sind kunstvolle Schleifen drapiert, auch der Sockel ist mit diesen weiß-roten Bändern geschmückt. Es ist eine kindliche Madonna aus pastellfarben bemaltem Stuck, ihr hellbraunes Haar fließt schlicht um ihren Kopf, den Hals und die Schultern. Fast knabenhaft wirkt sie, und einen Moment lang denkt Ewa, es könnte auch ein Christus-Jüngling sein, wären da nicht das weiße Gewand und der himmelblaue Mantel. Es sieht aus, als sei die Madonna gefesselt und auf dieser Erde festgepflockt, oder als gingen von ihren betenden Händen lauter Segenstrahlen aus, die ringsum auf die Erde fallen, sie fruchtbar machen und heilig. Wie um das zu beweisen, blühen links und rechts der Figur, dort, wo zwei Bänder den Boden berühren, weiße und rote Stockrosen. Ewa hat auf der Fahrt schon viele solcher Statuen gesehen, alle mit diesem seltsamen Bänderschmuck, aber keine paßte so in diese Landschaft, keine hatte eine so rührende Ausstrahlung wie diese kindliche Muttergottes am Wartheufer.

Und doch war hier vor fünfzig Jahren auf beiden Seiten des Flusses schwere Artillerie stationiert gewesen, Geschütze hatten die Nacht taghell werden lassen, Menschen starben oder wurden verschleppt.

Die Sonne ist untergegangen. Die Farben leuchten für kurze Zeit noch intensiver auf, bevor sie sich im Schwarz-Weiß-

Dämmer auflösen, das Gras verströmt seinen Abendgeruch, aber vom Wasser her zieht es feucht unter die Kleider.

Wollen wir heute nacht hierbleiben? fragt Zygler.

Ewa ist alles recht. Einen Abend nur sie beide, bevor in Turek die restliche Verwandtschaft über sie hereinbrechen wird.

Nach dem Abendessen holt Ewa das in Papier eingeschlagene Päckchen hervor, das ihr Ania beim Abschied zugesteckt hat. Als sie es aufwickelt, fallen ihr die alten Photographien entgegen.

Sie legen sie nebeneinander auf den Tisch. Bronja mit dem Hut, Anias Bruder Henryk mit seinem Cousin Janek. Janeks Vater Józef, das Portrait mit den Luchsohren.

Zygler dreht und wendet es. Zwischen seine Augenbrauen gräbt sich eine Falte. Zwei kleine Mulden entstehen an seinen Mundwinkeln, die sich fast unmerklich bewegen.

Du hast deinen Großvater nicht gekannt.

Ewa wartet ab. Sie kennt inzwischen die Art ihres Vaters, von Dingen, die sie beide genau wissen, auszugehen und sich dann vorsichtig weiterzutasten und die Worte zu finden für das, was er eigentlich sagen will. Sie muß Geduld haben, bis er soweit ist. Geduld ist nicht ihre Stärke. Aber hier in dieser Abgeschiedenheit spürt sie die Unruhe nicht mehr so sehr. Es ist, als habe sich die Stille dieser weiten Landschaft auf sie gelegt.

Wir haben Zeit, denkt Ewa und schenkt sich Wein ein. Einen ganzen Abend. Eine ganze Woche.

Nein, sagt sie dann, deinen Vater habe ich nicht gekannt.

Du kanntest nur diesen anderen. Zu dem hast du Großvater gesagt.

Wieder zucken die Grübchen an seinen Mundwinkeln.

Und ich selbst habe meinen Vater nur dieses eine Mal wiedergesehen. Nach all den Jahren …

Mein Vater war etwas Besonderes. Er konnte zwar kaum lesen und schreiben, und meine Mutter hat ihn deswegen verachtet, aber dafür hatte er andere Fähigkeiten, mit denen er durchs Leben kam. Er war ein fröhlicher Mensch und lachte den ganzen Tag. Er lachte auch, wenn meine Mutter mit ihm zankte. Er hat immer gesagt: Sie meint es ja nicht so. Aber da hat er sich getäuscht.

Weißt du, Wunder waren für ihn alltäglich. Sie gehörten zum Leben wie Essen und Trinken. Hab ich dir jemals die Geschichten aus dem polnisch-sowjetischen Krieg erzählt?

Ewa schüttelt den Kopf. Viel mehr würde sie ja interessieren, wie das weitergegangen war damals, auf der Flucht, zu Beginn des Zweiten Weltkriegs, aber sie sagt nichts.

Zygler wirft seiner Tochter einen prüfenden Blick zu.

Weißt du überhaupt, von welchem Krieg ich spreche? Ein vergessener Krieg. Europa war damit beschäftigt, die Scherben des Ersten großen Krieges zusammenzukehren. Aber hier ging es weiter. Es sollte wieder ein Land geben, das Polen heißt, nachdem es über hundert Jahre zwischen Preußen, Rußland und Österreich aufgeteilt gewesen war wie ein Sahnekuchen. Wo aber sollten die Grenzen verlaufen? Im Lauf der Geschichte hatte es so viele verschiedene Grenzverläufe gegeben, daß es unmöglich war, sich zu einigen. Besonders kompliziert war das mit der Ostgrenze. Auf der Friedenskonferenz 1919 in Paris wurde dann eine Linie gezogen, die Curzon-Linie. Aber die Polen waren damit nicht zufrieden, sie verlief ihnen viel zu weit im Westen. Und so wurden alle wehrfähigen Männer in Polen aufgerufen, sich zu melden, ob jüdischer oder deutscher Herkunft, damals hat kein Mensch danach gefragt. Auch mein Vater wurde eingezogen und kämpfte an der russischen Front. Und da ist dann ein solches »Wunder« passiert.

Diese Geschichte hat mein Vater oft erzählt. Und jedesmal ein bißchen anders. Sie lagen also dort in ihren Stellungen, und wie das oft so war, hat sich viele Tage lang nichts bewegt. Endlich kam der Befehl, die Russen aus ihren Löchern zu jagen. Sie haben also die Seitenbajonette auf die Gewehre gesetzt und sich bereitgemacht zum Sturm. Und dann ging es los. Mitten in den Feuerhagel hinein. Mein Vater lief und lief und rechts und links fielen die Männer getroffen zu Boden, er aber kam heil durch. Es war eine wilde Schießerei, und sie haben es tatsächlich geschafft, die Russen aus ihren Stellungen zu jagen.

Wie sie sich wieder gesammelt hatten, musterte ein anderer Soldat meinen Vater von oben bis unten und fragte:

Ja und du, Józef, bist nicht verletzt?

Nein, sagte mein Vater.

Ja fehlt dir denn gar nichts?

Nein. Wieso fragst du so?

Und der andere sagte:

Ja sieh dir doch einmal deinen Mantel an.

Da zog mein Vater seinen Mantel aus und hielt ihn vor sich, und siehe da, er war ganz und gar durchlöchert. Wie ein Sieb. Aber er hatte keine einzige Wunde.

Johannes Zygler lächelt in sich hinein.

Und weißt du auch warum?

Ewa schüttelt den Kopf.

Immer, wenn mein Vater diese Geschichte erzählte, hat er bedeutungsvoll hinzugefügt: Zur selben Stunde, während ich durch den Kugelhagel lief, haben die Frauen zu Hause der Madonna eine Kerze angezündet und für mich gebetet. Die Mutter Gottes war es, sie hat dieses Wunder bewirkt.

Aber das war noch nicht alles. Ein anderes Mal, als es wieder nicht vorwärts und nicht rückwärts ging, hat sich mein Vater mit anderen fünfzehn Männern freiwillig gemeldet, um im Hinterland die russische Führung zu überfallen. Die saßen dort in einem Haus auf einem einsamen Hügel und fühlten sich ziemlich sicher. Mein Vater und die anderen Freiwilligen schlichen sich bei Nacht durch die feindlichen Stellungen hindurch. Kurz vor dem Haus aber wurden sie entdeckt, und die Russen stürmten heraus. Das war natürlich eine viel zu große Übermacht gegen sechzehn Freiwillige, und der polnische Offizier rief zum Rückzug. »Auf, Jungs«, rief er, »alle nach links, hinter mir her, alle Mann nach links!«

Aber meinem Vater fiel plötzlich ein, daß die Russen das ja auch gehört und bestimmt auch verstanden hatten, da werden sie alle fangen und töten, dachte er, und so folgte er einer Eingebung und lief als einziger nach rechts. Denn er wußte, dort war ein breiter Fluß. Aber auch hinter ihm liefen ein paar Russen her, und so konnte er den Fluß nicht erreichen. Voller Panik legte er sich flach in eine tiefe Ackerfurche. Die feindlichen Soldaten waren ganz nah, einer trat ihm sogar auf die Schulter, daß er vor Schmerz fast aufgeheult hätte und dachte, jetzt ist alles vorbei. Und er hörte, wie sie fluchten, er konnte verstehen, wie der, der ihm auf die Schulter getreten hatte, sagte: »Wenn ich hier so ein polnisches Schwein finde, das zerhacke ich mit meinem Säbel.« Er lag ganz still, die halbe Nacht, bis es wieder ruhig wurde, dann schwamm er vorsichtig durch den Fluß und brauchte zwei Tage, um wieder durch die Front zurück zur polnischen Seite zu gelangen.

Dort haben sie ihm seine Geschichte nicht glauben wollen. Die dachten, er sei ein russischer Spion und wollten ihn erschießen. Bis sich dann doch herausstellte, daß tatsächlich ein Józef Zygler bei diesen sechzehn Freiwilligen gewesen war. Er war der einzige Überlebende.

Es ist dunkel geworden.

Wenn man ihm so zuhört, denkt Ewa bitter, könnte man meinen, ein Krieg sei ein einziges aufregendes Abenteuer. Die Muttergottes wird's schon richten.

Johannes Zygler knipst das Licht an und schaut die Photographie seines Vaters noch einmal genau an.

Und im Frühjahr fünfundvierzig saßen sie dann hier und hatten keine Chance. Keine Wunder mehr. Verheizt. Kanonenfutter. Oder Gefangenschaft. Hinterher haben sie gesagt, man könne nicht wissen, was schlimmer sei. Sie wurden eingekesselt, mußten sich ergeben, Kinder und alte Männer, hier, in diesem kalten Winter. Das ist nun mehr als fünfzig Jahre her.

Zyglers Gesicht ist müde, eingefallen und grau, wie Ewa es nie an ihm gesehen hat. Er legt das Portrait zurück in die Reihe, die Ewa mit den Bildern gelegt hat. Da liegt es neben Bronja mit dem gewagten Männerhut, die stur an ihm vorbeisieht. Mit diesem stummen Vorwurf in den schwarzen Augen, dieser Verachtung.

3

Hinter dem Haus ist ein Garten. In dem Garten wachsen Sträucher: Stachelbeeren, Johannisbeeren. Aber zwischen den gezackten Blättern sind keine Früchte mehr.

Ein Baum steht in dem Garten, ein Baum mit Birnen, grün hängen sie im Himmel, manche kriegen rote Bäckchen. Sie müssen gelb werden, sagt Onkel Damian. Jetzt sind sie noch hart.

Jan geht um den Stamm herum, seine Hand gleitet an der Rinde entlang. Vielleicht wird eine herunterfallen, summt er in sich hinein. Eine frühe, gelbe, weiche, saftige, die jetzt noch verborgen ist zwischen dunkelgrünem Laub, so verborgen, daß auch Onkel Damian sie noch nicht sehen kann.

Am anderen Tag fällt in langen Schnüren Regen aus dem Himmel, und der Garten liegt fremd und fern hinter der nassen Fensterscheibe.

Tante Zosia backt Streuselkuchen. Ihre schwere Gestalt bewegt sich ruhig und sicher in der Küche umher. Jan sitzt auf der Holzbank und sieht zu, wie sie Blasen in den Teig schlägt. Der Teig hat dieselbe Farbe wie Zosias Gesicht, in den Wangen und dem Kinn sind Grübchen, wenn sie lacht. Er hält ihr das Blech fest, als sie den Teig auseinanderzieht, er darf nicht reißen, sagt sie, und der Teig wächst unter ihren Händen über das schwarze Blech und quillt die Ränder hinauf. Als es an die Streusel geht, kommen Paweł und die kleine Luzie angelaufen. Auch sie wollen helfen, aber Jan weiß, es geht ihnen nur ums

Naschen. Zwischen seinen Händen aber mischt sich die Butter mit Mehl und Zucker, und weil er der Liebeherrgott ist, läßt er Manna auf die glatte Teighaut regnen, in gleichmäßigen Bröckchen oder Bomben: Krachbum schlagen sie Krater in die Teigblasen.

In dem Zimmer über dem Flur liegt die Mutter in Tante Zosias Bett. Ihr schönes Gesicht ist gelblichgrün, seit Tagen kann sie nichts essen. Jans Streusel werden sie gesund machen, das denkt auch Onkel Damian, der das Blech zur Bäckerei trägt.

Als der Regen aufhört, bahnt sich Jan nasse Wege durch den Garten bis zum Birnbaum. Was wir jetzt brauchen, ist Sonne, sonst werden die Birnen nicht weich. Aber die Kartoffeln sind reif, und als die Sonne wieder hervorkommt, holt Onkel Damian Körbe aus dem Keller und stellt sie neben das Kartoffelfeld. Mit einem Ruck reißen er und Jans Vater die Pflanzen aus dem Erdreich, an deren Wurzeln die gelbbraunen Knollen hängen. Jan sammelt sie auf und wirft sie in die Körbe.

Jan denkt an den Tag, an dem sie hier angekommen sind. Müde, schmutzig, halbtot vor Angst und Erschöpfung. Pawełek hat den ganzen Weg geheult und geschrien, bis auch er zu müde dazu war und nur noch ein Wimmern hören ließ von Zeit zu Zeit.

Nach Litzmannstadt, hatte der Vater gesagt, zu meinem Bruder. Der Weg nach Turek ist zu weit auf einmal. Lieber den Umweg in Kauf nehmen. Sich ausruhen. Wer weiß, vielleicht fährt ja der Bus wieder. Die Mutter sagte schon lange nichts mehr.

Tante Zosia schrie laut auf und warf die Arme in die Luft, als sie vor ihrer Tür standen. Dann heizte sie den Wasserkessel auf und bezog das Ehebett frisch, schlachtete ein Huhn und kochte einen Riesentopf voller Suppe.

So viel heißes Wasser. Einer nach dem anderen kam in den hölzernen Zuber, Jan biß sich auf die Lippen, als die Blasen aufgingen und sich die Haut von den Füßen löste. Am nächsten Tag war die Wäsche dran. Aber während die Mutter im Zuber herumrührte, wurde es ihr plötzlich so schwarz vor Augen, daß sie sich am Rand des Bottichs festklammern mußte. Zosias Geschrei holte den Vater herbei. Er trug seine Frau aus dem Keller, die am ganzen Leib zitterte und grau im Gesicht wie Löschpapier war.

Im Garten erbrach sie sich. Die Hühnerbrühe floß nur so aus ihr heraus, dazwischen das Schmalzbrot in kleinen Brocken. Der kostbare Kaffee, in kleinen Schlucken hatte sie ihn andächtig getrunken. Schließlich würgte sie noch ein bißchen Galle heraus, und alles andere, was sie auf dieser Reise in sich aufgenommen hatte: das Brot aus Janeks Korb und die Kartoffeln bei dem Bauer mit dem Erdbunker und die Milch bei den freundlichen Leuten und die Schreie der Verwundeten, die Körper der Offiziere, die in die Gruben fielen, und die zerrissenen Leichen auf den Straßen, alles floß aus ihrem aufgerissenen Mund, lief ihr in langen, bitteren Fäden das Kinn herab und warf sie auf die Erde.

Seitdem liegt sie in Tante Zosias Bett, die auf dem Sofa im Wohnzimmer schläft zusammen mit Onkel Damian. Ohne ein Wort zu sagen hatten die beiden den Verwandten das Bett überlassen, als sie so überraschend vor der Tür standen.

Die Tage vergehen. Der Streuselkuchen ist längst aufgegessen. Endlich steht die Mutter wieder auf, stumm und schmal sitzt sie im Sessel mit einer Decke über den Knien. Jan bekommt Angst, wenn er sie anschaut. Dann legt er schnell sein Gesicht in ihren Schoß und zieht ihre Hand auf seinen Kopf.

So könnt ihr doch nicht fahren, sagt Tante Zosia, erst muß Bronja wieder zu Kräften kommen.

Und sie nimmt Jan mit sich in die Küche. Er soll ihr helfen, Pflaumenmus zu kochen.

Zygler streicht sich Marmelade aufs Brot.

Wie lange seid ihr in Litzmannstadt geblieben? will Ewa wissen.

Ich weiß nicht genau. Zwei Wochen vielleicht?

Und vom Krieg war da gar nichts zu spüren?

Weißt du, das Haus von Onkel Damian stand ziemlich außerhalb, eine Art Vorortsiedlung war das mitten im Grünen, da hat man nicht viel mitbekommen. Ich hab auch nicht gefragt. Ich war elf Jahre alt und hatte genug erlebt fürs erste.

Aber nach einiger Zeit ist es mir doch langweilig geworden. Auch mein Vater wurde unruhig, und das übertrug sich auf mich. Wir wollten nach Hause, machten uns Sorgen, wie wir unsere Wohnung und die Verwandten antreffen würden.

Zygler ißt sein Frühstücksbrot auf. Es ist schon gegen neun Uhr, sie haben beide lange geschlafen. Ewa ist davon aufgewacht, daß ihr Vater mit Tassen und Tellern hantierte.

Wie weit ist es noch bis Turek? fragt Ewa.

Vielleicht dreißig Kilometer? Vielleicht auch vierzig.

Ewa räumt den Frühstückstisch ab, schüttet den übrigen Kaffee in die Thermoskanne. Rasch ist alles verstaut, nichts darf auf dem Tisch stehenbleiben. Dann geht sie noch einmal hinaus an den Fluß, zupft ein paar Gräser ab, sieht hinüber zu der Bändermadonna. Schäfchenwolken hängen tief über dem flachen Land. Vielleicht wird es heute ein Gewitter geben.

Zygler läßt den Motor an, und sie steigt in den Wagen.

Und, fragt Ewa nach einer Weile, wie seid ihr dann schließlich nach Turek zurückgekommen?

Mit dem Bus. Mein Vater hatte recht. Drei Wochen nach Kriegsausbruch fuhr schon wieder der Bus zwischen Litzmannstadt und Turek. Heute heißt das Łódź. Onkel Damian und Tante Zosia haben uns Geld für die Fahrkarten gegeben. Wir hätten beim besten Willen nicht mehr zu Fuß nach Hause gehen können. Mutter schon gar nicht.

Ewa schlägt die Karte auf. Sie will wissen, wie weit das ist von Łódź nach Turek, überlegt, wo der Bus wohl entlanggefahren ist. Viele Möglichkeiten gibt es nicht.

An einer Wegkreuzung zögert Zygler und bleibt stehen. Ein windschiefes Schild steht zwischen den beiden Wegen. Auf der verbogenen Tafel steht »Turek«. Der Pfeil zeigt geradewegs in den Himmel.

Rechts, sagt Zygler.

Links, meint seine Tochter.

Sie lachen.

Rechts sieht's schöner aus, sagt Ewa, und schon legt Zygler den ersten Gang ein. Die Straße wird zum Feldweg, rechter Hand zeigt sich immer wieder der Fluß zwischen Bäumen und Sträuchern. Wenden können sie hier nicht. So fahren sie weiter, sehen hin und wieder einen Bauern auf dem Feld, zu weit weg, um ihn nach dem Weg zu fragen.

Zygler läßt sich nicht aus der Ruhe bringen. Seine Gedanken scheinen ganz woanders zu sein.

Zu Hause haben wir unsere kleine Wohnung genau so angetroffen, wie wir sie verlassen hatten. Zu richtigen Kampfhandlungen war es nicht gekommen. Aber man hat uns schreckliche Dinge erzählt. Die Deutschen hatten eine Handvoll Leute an die Wand gestellt. Ein Dutzend oder ein halbes, ich weiß nicht mehr, wie viele. Es hatte eine kleine Schießerei gegeben, als die letzten polnischen Soldaten auf ihrer Flucht auf einen versprengten deutschen Lastwagen stießen, der sich in die Stadt verirrt hatte. Die Deutschen haben einfach einige herausgegriffen und erschossen.

Zygler muß in den ersten Gang schalten. Umsichtig umfährt er ein paar tiefe Schlaglöcher.

Unseren Verwandten ging es allen gut. Wir hätten eigentlich genausogut zu Hause bleiben können, aber hinterher weiß man das ja immer besser. Es hätte auch ganz anders kommen können.

Vor ihnen taucht wieder eine Weggabelung auf, wieder ein zerbeultes Schild mit der Aufschrift »Turek«. Diesmal zeigt es nach links.

Siehst du, sagt Zygler und lacht, das war eine Abkürzung.

Wir kamen zurück nach Turek, und alles schien wieder seinen gewohnten Gang zu gehen. Und doch war alles anders.

Er schweigt, betrachtet die Landschaft. Sie kommen durch Dörfer, die lediglich aus ein paar Hütten bestehen. Davor sitzen alte Menschen in Gruppen beieinander und sehen ihnen verwundert nach.

Was war anders?

Ewa muß lange auf die Antwort warten.

Ja, was war anders? Meine Mutter hat sich bemüht, so zu tun, als sei alles beim alten. Wir waren Deutsche, das hat meine Großmutter schon immer gesagt. Und meine Eltern haben ja auch deutsch miteinander gesprochen, aber nur, wenn wir Kinder sie nicht verstehen sollten. Ich konnte nur polnisch, und das ging jetzt nicht mehr. Nicht für einen deutschen Jungen, hat meine Mutter gesagt. So schnell wie möglich mußte ich jetzt deutsch lernen. Denn ich mußte zur deutschen Schule gehen, und da verstand ich nicht mal die Hälfte von dem, was der Lehrer sagte. Ich merkte auch, daß meine Mutter sich geniert hat, wenn ich auf der Straße polnisch mit ihr sprach, jedesmal hat sie nach allen Seiten geguckt, ob mich wohl jemand gehört hat. Und manchmal ist sie dann sogar richtig wütend geworden.

Sie sagte auch nicht mehr Janek zu mir wie früher. Du heißt Johannes, sagte sie wieder und wieder, und wenn ich darüber lachte, sah sie mich so merkwürdig an mit ihren schwarzen Augen. Und Paweł hieß jetzt Paul. Aber dem war das egal, der war ja noch klein.

Eigentlich hab ich gerne deutsch gelernt. Meine Großmutter hat mich immer gelobt, wenn ich Fortschritte machte. Aber ich hatte auch Angst, eine Angst, die ich mir nicht recht erklären konnte. Irgend etwas hing in der Luft, auch wenn alle so taten, als sei gar nichts.

Jan schlendert die Straße entlang. Er bleibt stehen und betrachtet die Bäume in der Kalischer Straße. Sie sind erst im vergangenen Jahr gepflanzt worden, wie störrische Besen stehen sie in einer Reihe und schütteln das letzte Laub ab. Jan hebt eines der gezackten, blutroten Blätter auf und besieht sich die dunkelgrünen Adern und Flecken. Dann wirft er es weg. Er biegt um die Ecke. Schulstraße heißt die Straße jetzt. Hier geht er seit ein paar Wochen zum Unterricht. Das Gebäude ist viel kleiner und schäbiger als die prächtige polnische Schule. Die ist jetzt geschlossen. Es gibt sowieso nur noch wenige Schüler.

Mutter, warum müssen die polnischen Kinder nicht mehr zur Schule gehen?

Immer häufiger bekommt er keine Antworten auf seine Fragen. Hat es das früher gegeben? Überhaupt hat sich seine Mutter verändert. Alle haben sie sich verändert, aber seine Mutter ganz besonders.

Jan treibt eine wurmige Kastanie vor seinen Füßen her. Er ist jetzt Deutscher. Als Deutscher muß er natürlich deutsch sprechen. Das Dumme ist nur, daß er kaum ein Wort deutsch kann. Mit einem Knall prallt die Kastanie an der Schultür ab.

Als er sich umdreht, sind sie schon da. In ein paar Metern Entfernung haben sie sich hinter ihm aufgepflanzt. Jurek sieht pfeifend in die Luft, und Lech spielt mit einem Stöckchen, das er um seinen Mittelfinger kreisen läßt. Nur Mieszko schaut Jan direkt an, seine seltsamen Augen, eines braun und das andere grün, bohren sich herausfordernd in die seinen.

Jan wartet ab. Auch er wendet den Blick nicht von dem seines Freundes. Er kennt die Regeln. Aber man hat ihm verboten, weiterhin mit seinen polnischen Kameraden zu spielen. Nicht einmal mehr reden soll er mit ihnen, hat seine Mutter gesagt. Vor allem nicht auf offener Straße.

Er versteht das nicht. Eigentlich wollte er dieses sinnlose Verbot nicht beachten. Aber dann haben die Deutschen Maria abgeholt, die Tochter des Malermeisters Steiner. Sie hat mit der Halka Freundschaft gehalten. Mit der Halka! Sie als Deutsche …, hat man sich hinter vorgehaltener Hand zugeflüstert. Maria ist fort. Wohin, das weiß keiner. Und dem alten Steiner wollen sie das Geschäft wegnehmen.

Breitbeinig, wie festgewachsen steht Mieszko auf der sandigen Straße. Seine Hände stecken zu Fäusten geballt in den Hosentaschen, Janek kann sehen, wie sich der Stoff beult. Keiner der beiden zuckt auch nur mit der Wimper. Allmählich steigt Jan die Hitze in den Kopf, aber er hält dem Blick seines Freundes stand.

Mieszko fehlt ihm. Mit niemandem kann man so aufregende Spiele erfinden wie mit ihm. Die deutschen Kinder in seiner Klasse sind ihm fremd. Er versteht sie kaum.

Wollen wir zum Großbauern hinauslaufen und sehen, was die Pferde machen? will er fragen, aber kein Ton kommt über seine Lippen.

Jan muß daran denken, wie er Mieszko zum ersten Mal begegnet ist. Er war gerade erst mit seinen Eltern von Poduchowne in die Stadt gezogen. Es war Winter, er hatte Schlittschuhe bekommen und übte mit ihnen auf den zugefrorenen Straßenrändern vor dem Haus. Auf der anderen Straßenseite stand ein Junge. Er war größer und älter als Jan, breitbeinig stand er da und schaute herausfordernd zu ihm herüber. In der

Hand hatte er ein Klappmesser. Er ließ die offene Schneide wie spielerisch in den anderen Handballen fallen, immer wieder. Zuerst hatte Jan den Jungen ignoriert, da war er näher gekommen, langsam, ohne sein Spiel mit dem Messer zu unterbrechen. Jan verstand. Dieser fremde Junge mit den merkwürdigen Augen steckte sein Terrain ab. Wollte klarmachen, wer hier das Sagen hatte. Aber er würde sich daran gewöhnen müssen, daß es von nun an auch Jans Terrain war. Jan zog einen Schlittschuh aus, nahm ihn in die rechte Hand und ahmte die Geste nach. Wie ein Messer ließ er die scharfe Kante des Schlittschuhs immer wieder spielerisch in den linken Handballen fallen. Das ging eine Weile so, dann steckte der Junge sein Messer weg. Kam auf ihn zu. Auge in Auge standen sie sich gegenüber. Dann reichte ihm der Junge die Hand.

Das ist lange her. Und wieder stehen sie da, Auge in Auge.

Jurek hat aufgehört zu pfeifen und sieht forschend zu Mieszko hinüber.

Jan weiß, heute ist es an ihm, seinem Freund die Hand zu reichen.

Im Wald müßte es Pilze geben, man kann sie bis hierher riechen, aber auch das sagt er nicht, statt dessen sieht er hinter Mieszko das Gesicht des deutschen Lehrers am Fenster. Mieszkos Augen folgen seinem Blick, sehen gerade noch, wie sich die Gardine bewegt. Ein häßliches, verächtliches Lächeln zieht sein Gesicht in die Breite.

Szwaby, sagt er leise und spuckt in den Sand. Genau zwischen seine und Jans Füße setzt er diesen dunklen Fleck mit der kleinen Schaumkrone.

Dann gibt er seinen beiden Gefährten unmerklich ein Zeichen mit dem Kinn. Breitbeinig und gemächlich setzen sie sich in Bewegung. Jan sieht ihnen nach. Er starrt auch dann noch hinter ihnen her, als schon lange niemand mehr zu sehen ist.

Gegen Mittag erreichen sie Turek.

Über die Ebene der Kornfelder hinweg sehen sie schon von weitem die Hochhäuser der Neubausiedlung. Am rechten Horizont dampfen wie Spielzeugklötze vier Kühltürme vor sich hin.

Ein Kohlekraftwerk? Ewa ist verblüfft.

Ja, das ist ihr ganzer Stolz. In den sechziger Jahren haben sie hier Braunkohle gefunden. Das gab eine Menge Arbeitsplätze. Jeder zweite aus Turek arbeitet »in der Kohle«.

Eine stille Aufregung ist über Johannes Zygler gekommen.

Laß uns erst eine Runde um den Marktplatz drehen, sagt er, ehe wir Danka besuchen.

Sie durchqueren die Neubausiedlungen. So was würden wir zu Hause nicht Neubau nennen, denkt Ewa, die bauen hier ja so wie wir in den Fünfzigern.

Noch erstaunlicher ist das Nebeneinander von neuer und ältester Bebauung. Alte, windschiefe Holzhütten mit Strohdach ducken sich zwischen die Wohnblöcke, schmiegen sich gelegentlich sogar haltsuchend an die Betonplatte an. Aber je näher sie dem Ortskern kommen, desto mehr verschwinden die neuen Häuser, lassen Raum für die völlig intakte Struktur einer Kleinstadt aus dem Ende des vorigen Jahrhunderts.

Siehst du die Kirche? Eine leichte Röte ist in Zyglers Gesicht getreten, seine Augen leuchten.

Natürlich sieht Ewa sie. Allein ihr Schiff überragt die Stadthäuser um mehr als das Doppelte, und erst der schmale, spitz zulaufende Turm, hoch sticht er in den Himmel hinauf. Fast wie eine Kathedrale reckt sich die Kirche über das kleine Städtchen. Sie ist aus rotem Backstein gebaut und hat eine prächtige, nach oben strebende Fassade. Eigentlich müßte sie von zwei Türmen bekrönt sein, aber wie bei vielen Kirchen ist nur der linke ausgeführt, rechts ist gleich auf dem Turmansatz ein Dach aufgesetzt wie ein Hütchen. Aber als wären dennoch Kräfte am Werk, die diesen Stummelturm zum Wachsen anregen wollten, sprießen an seinen Ecken kleine, schmale Türmchen hervor wie Pilze, die einen Baumstamm umwuchern.

Sie biegen zum Marktplatz ein. Alles ist ganz anders, als Ewa es sich vorgestellt hat. Dieser Marktplatz ist weit und großzügig, ein genaues, wie mit dem Lineal gezogenes Rechteck. Blumenrabatten und Ziersträucher umgeben einen kleinen zentralen Platz mit Springbrunnen, zu dem von Buchshecken eingesäumte Wege führen.

Die ein- bis zweistöckigen Häuser ringsherum scheinen in hellen Ockertönen, Gelb und Rosé zu lächeln, mit den weiß abgesetzten Gesimsen und Fensterstöcken sehen sie aus wie altmodische Sofakissen mit weißen Litzen. Ewa muß an die Leichtigkeit südlicher Kleinstädte denken. Und es ist nicht nur die Architektur.

Sie spürt sofort, daß hier ein anderes Tempo herrscht als zu Hause. Sie sieht es an der Großzügigkeit des Platzes, in den Mienen der Menschen, die in aller Ruhe ihren Geschäften nachgehen, an den Gesten, mit denen sie einander grüßen. Und sie denkt verwundert, daß sie sich in diesem polnischen Städtchen sehr wohl fühlen wird.

Ihr Vater hat begonnen zu erzählen, Geschichten und Namen strömen nur so aus ihm heraus, da ist kein Zögern, kein Suchen nach den passenden Wörtern mehr, er ist an seinem Ort, denkt Ewa, so spricht einer, der sich zu Hause fühlt.

Jan kaut an seinem Bleistift herum. Er starrt zu dem kleinen Dachfenster hinaus auf das sich langsam dunkelblau färbende Viereck des Himmels. Schwere Wolken hängen seit dem Morgen über Turek, ein Geruch von Schnee liegt in der Luft.

»Der Junge zieht den Wagen«.

Buchstabe für Buchstabe malt Jan den Satz in sein Heft. Deutsch ist schwer. Manche Wörter schreibt man groß und andere klein.

Unten auf der Straße nähert sich das Geräusch eines Wagens, Geklapper von Pferdehufen. Jan läuft zum Fenster. Er hat richtig gehört. Sein Vater kommt nach Hause. Rasch schnappt sich Jan seine Jacke und wirft sie sich über, während er die Treppen hinuntersaust.

Weiße Dampfschwaden steigen aus den Nüstern des kleinen Pferdes. Jan öffnet das Tor zum Hof. Sein Vater lacht ihm zu.

Gut Kohle verkauft heute, sagt er und führt sein kleines Gefährt in den Hof.

Die Menschen fürchten sich vor dem Winter. Gibt neue Mütze für dich und Schuhe für Mutter!

Gemeinsam befreien sie das Tier von den Riemen und Halftern, dann führt es Jan in den Stall. Er legt ihm Heu und Hafer hin und reibt seinen feuchten, warmen Rücken mit einem Lumpen ab, legt ihm eine Decke über.

In der Stube hat sein Vater schon Kohle nachgelegt und sich die Schürze umgebunden.

Was wollen wir heute essen? Ist noch vom Kohl da?

Jan brummt etwas, er sitzt schon wieder über seinen Büchern. Mit geschickten Fingern schält sein Vater Kartoffeln.

Was ist, hättest du heute Appetit auf Würste?

Jan sieht von seinem Schulheft auf. Macht sein Vater Witze? Aber der zieht ein Päckchen aus der Tasche seiner Jacke, die schon am Haken hängt, und eine Reihe von Würsten quillt daraus hervor, dick und dunkelrot baumeln sie vor seinem Bauch. Józef lacht über das verdutzte Gesicht seines Ältesten.

Wo ist deine Mutter? fragt er dann, während die Kartoffeln auf dem Herdfeuer brodeln.

Drüben auf der Post. Beim Putzen. Warum schreibt man manche Wörter groß und manche klein?

Das mußt du deine Mutter fragen, wenn sie kommt. Hat sie den Kleinen mitgenommen?

Nein, sagt Jan und räumt seine Schulsachen zusammen, Paweł ist bei Tante Frania. Danka hat ihn geholt.

Józefs Lächeln verschwindet.

Müßte längst schon wieder dasein.

Da hören sie unten die schwere Haustür klappen, auf der Treppe ein Gepolter und das Brüllen eines Kindes. Józef reißt die Tür auf. Schnaufend kommt die zwölfjährige Danka die Treppe herauf, den kleinen Paweł mehr schleppend als tragend. Der Kleine schreit wie am Spieß und hört auch nicht auf, als Józef ihn Danka abnimmt.

Ist Tante Bronja nicht da?

Danka sieht sich suchend um.

Ich dachte, ich hätte sie verpaßt. Sie war nicht an der ulica Szeroka, da dachte ich, ich sei zu spät …

An der ulica Szeroka?! Was soll sie an der ulica Szeroka?

Danka schaut mit großen, unruhigen Augen hinter der dicken Brille von Józef zu Jan und wieder zurück.

Na … putzen. Beim Herrn Harmsen.

Józef starrt sie mit offenem Mund an. Aber da tritt auch schon Bronja ins Zimmer, mit fliegendem Atem, geröteten Wangen, ihr Blick gleitet über sie alle hinweg, hastig nimmt sie den weinenden Paweł von Józefs Arm, und zu Danka sagt sie leise, zischend, ohne ihr einen Blick zu gönnen: Geh nach Hause.

Als sich der Kleine beruhigt hat, zieht sie den Mantel aus und setzt sich zu Tisch. Józef hat sie nicht aus den Augen gelassen. Während er Kraut, Kartoffel und Würste auf die Teller verteilt, starrt er sie aus kleinen, schwarzen Augen an. Bronja aber meidet seine Blicke.

Als sie die Wurst auf dem Teller sieht, lacht sie auf, nimmt sie in die Hand und beißt hinein.

Wie kommen wir zu so was?

Durch ehrliche Arbeit.

Bronja fährt herum, wirft Józef einen lodernden Blick zu, dessen Feuer aber gleich wieder erlischt.

Schön, daß du auch mal wieder etwas nach Hause bringst, sagt sie dann harmlos. Aber die Spitze ist nicht zu überhören.

Die Leute kaufen Kohle.

Bezahlen sie die auch? Oder mußt du wieder mehrere Schuhe durchlaufen, bis du dein Geld bekommst?

Jan lauscht mit atemloser Spannung. Sie reden mal wieder über Geld, soviel versteht er. Oder geht es eigentlich um etwas ganz anderes? Allein der Klang ihrer Stimmen und die Mienen sprechen Bände.

Ich wußte gar nicht, daß du jetzt auch für diesen Herrn Harmsen putzt.

Dann weißt du es jetzt. Bronja hat ihr Kinn vorgereckt und schaut ihrem Mann direkt ins Gesicht.

Das Geld kann ich gut gebrauchen. Außerdem ist er ein gebildeter, sympathischer Mensch. Und unserem Johannes wird er Nachhilfestunden geben. In Deutsch.

Danka wohnt mit ihrer Familie in der Vorstadt. Wie riesige Zigarettenschachteln stehen die Wohnblocks in langen Reihen, einer wie der andere. Hier kann man sich endlos verlaufen.

Warte, da muß es eine Nummer geben.

Wirklich, an jeder Querseite wurde einmal eine riesige Zahl aufgemalt, jetzt sind sie verblichen und blättern vor sich hin. Zygler kramt in seiner Tasche, zieht einige Zettel heraus, keiner ist der richtige. Ewa steigt aus dem Wagen und sieht an den Häusern hinauf. Auf den vielen kleinen Balkons über ihr stehen Menschen, die aufgeregt miteinander schnattern und schüchtern auf sie herunterlächeln. Dann geht ein Rufen von Balkon zu Balkon, pflanzt sich fort, Fenster werden geöffnet und wieder geschlossen.

Ein Rudel Kinder biegt um die Ecke. In einiger Entfernung bleiben sie stehen, drängen sich dicht aneinander, betrachten mit großen Augen das Wohnmobil. Es ist heiß. Die Sonne steht senkrecht über ihren Köpfen. Aus den offenen Fenstern klingt Töpfegeklapper. Zygler sucht immer noch seinen Zettel. Dann sieht er die Kinder und geht zu ihnen hinüber.

Danka Przyskowa?

Ein kleines Mädchen lächelt glücklich und nickt. Keiner sagt etwas.

Danka Przyskowa, *gdzie mieszka*?

Das Mädchen kichert und nickt heftiger, macht eine unbestimmte, kokette Bewegung mit der kleinen Hand in Richtung der Wohnblocks hinter ihr.

Zygler kratzt sich am Kopf.

Da kommt eine Frau um die Ecke gelaufen, eine mädchenhafte Gestalt mit schlohweißem Haar.

Janek, ruft sie und schließt Zygler in die Arme.

Na endlich! Warten schon seit gestern abend! Große Sorge. Was ist passiert?

Nichts ist passiert, wir haben uns Zeit gelassen, das ist alles.

Danka Przyskowa mustert prüfend die fremde Nichte aus Deutschland. Ewa überragt sie um einen guten Kopf, doch die alte Dame wirkt alles andere als klein, ihre aufrechte Haltung und der direkte, lebhafte Blick durch vergrößernde Brillengläser verleihen ihr eine gewisse Autorität.

Dann lächelt sie und wirkt sofort um Jahre jünger.

Ewa Zygler, sagt sie feierlich und faßt sie an den Händen, willkommen in Turek, Heimatstadt deines Vaters.

Ihr Lachen ist das eines jungen Mädchens.

Kommt! Schnell. Essen steht auf Tisch. Liebe Güte, sag ich, wenn heute bis Mittagessen nicht kommen, geh ich nach Polizei. Müssen gleich Ania telefonieren. Werden viele Autos aus dem Westen überfallen, wißt ihr das nicht? Aber hier alles sicher, könnt Wagen ruhig stehenlassen. Alle Nachbarn wissen, und Häuser haben tausend Augen. Ihr schlaft bei uns! Zygler lacht hell auf:

Nein, Danka, wirklich nicht, wir haben unser Bett immer dabei. Und außerdem, wo sollten wir schlafen? Du hast ja keinen Platz!

Platz ist immer, sagt Danka stolz und wirft den Kopf in den Nacken.

Unter den tausend Augen der Häuser führt sie Danka an offenen Eingängen vorbei, vor denen Frauen und Kinder auf Bänken sitzen. Sie grüßen Ewa und Zygler herzlich, als seien sie alte Bekannte. Danka wirft ihnen im Vorübergehen wie eine Königin hie und da einen kurzen Gruß zu. Dann sind sie da. Auch hier steht die Haustür offen. Im Treppenaufgang umgibt sie Kühle und ein penetranter Geruch nach frischer Farbe, von Stockwerk zu Stockwerk von den unterschiedlichsten Essensdüften zu einer neuen Note moduliert.

Aufzug ist schon lange kaputt, sagt Danka seufzend.

Auf dem nächsten Treppenabsatz sitzen ein paar Kinder und spielen mit einer schwarzen Katze. Ein Mädchen, vielleicht fünf Jahre alt, springt auf und spricht schnell und singend auf Danka ein. Es hat grünblaue, schräg geschnittene Augen und einen blonden Zopf, dessen Ende sich ringelt wie der Schwanz der Katze, die den Kindern die Treppe hinunter entwischt. Danka antwortet etwas und zeigt auf Zygler und Ewa, da schenkt ihnen das Kind ein bezauberndes Lächeln, schlägt seine langen Wimpern zu Zygler auf, und ehe sich Ewa versieht, hat das Mädchen beide Arme um ihren Hals geschlungen und ihr einen lauten, feuchten Kuß auf den Mund gedrückt.

Mein Enkelkind, Moniczka, sagt Danka mit deutlichem Stolz.

In der Stube ist es eng. Auf dem Sofa sitzt ein alter Mann mit großporiger, geröteter Gesichtshaut, traurigen Augen und hilflos gefalteten Händen vor dem Bauch. Moniczka hüpft wie ein Gummiball auf ihm und dem ächzenden Sitzmöbel herum. Dabei spricht sie unentwegt mit Ewa. Und wenn diese auch die Schultern zuckt und immer wieder ihr »Niärosumiem« sagt, sieht sie das Kind nur mit klaren Augen nachsichtig an und spricht dann weiter, leise, sanft, singend und sehr deutlich. Aber alle Deutlichkeit der Welt läßt Ewa kein Polnisch verstehen.

Ada, Moniczkas Mutter, trägt die Suppe auf. Es ist auf dem Sofatisch gedeckt, alle müssen ein wenig zusammenrücken. Auch Adas Freund ist da. Er trägt ein Unterhemd und kurze Sportshorts. Dennoch läuft ihm der Schweiß über die Stirn, und er starrt verlegen in den laufenden Fernsehapparat, der auf dem dunklen Wohnzimmerbuffet thront. Es ist ein großer Farbfernseher, und Ewa hat Mühe, den Blick von ihm zu wenden, auch wenn sie kein Wort versteht.

Sie versucht, sich mit dem Rücken zu dem Apparat zu setzen, aber die Gäste müssen die Ehrenplätze einnehmen, darauf wird bestanden, und das sind natürlich die mit dem besten Blick zum Bildschirm.

Der alte Mann mit dem verlorenen Blick ist Dankas Ehemann. Während des ganzen Essens spricht er kein Wort.

Janek, sagt sie später, müßt aufpassen. Kein Geld liegenlassen. Immer auf Taschen schauen. Victor trinkt. Was ihm in Hände fällt, macht er zu Geld. Und Geld zu Schnaps. Mir hat er neue Pelzmütze aus Deutschland von meinen Freunden, hat er versetzt und vertrunken. Und sogar Puppe von Moniczka. Schlimm, schreckliches Schicksal, solcher Mann.

Wie alt bist du? fragt Ewa, und ihr Vater übersetzt.

Moniczka lächelt.

Pięć.

Dabei hält sie eine Hand mit gespreizten Fingern vor ihr Gesicht.

Ewa nickt.

»Pientsch«.

Pięć, bestätigt Moniczka. Und dann fällt ihr ein Spiel ein für die Tante aus Deutschland. Sie hebt einen Finger hoch, und sagt:

Jeden.

Das ist leicht. Ewa spricht es auf Anhieb fehlerfrei aus.

Dann der zweite Finger:

Dwa.

Auch das geht. Dwa.

Trzy.

Aber Ewas »Tschi« stellt das Mädchen nicht zufrieden. *Trzy.* »Tchi«? Moniczka runzelt die Stirn, läßt es aber durchgehen.

Cztery. Pięć. Sześć. Siedem. Osiem. Dziewięć.

Ewa muß passen. Moniczka lacht ein helles Lachen. *Dziesięć.* »Dscheschengsch«? Ewa weiß nicht, wo sie ihre Zunge unterbringen soll bei all diesen merkwürdigen, halb gezischten, halb geschnalzten Lauten. Und als Moniczka als gute Lehrerin von vorne beginnt, hat Ewa alles längst vergessen.

Jan hält den Bleistift umkrallt, daß die Fingerknöchel weiß hervortreten. Unter seiner linken Hand wölbt sich das Papier feucht auf und bleibt an ihr kleben.

Wie heißt das auf deutsch?

Jans Mund ist trocken, mit ungeheurer Anstrengung versucht er zu schlucken.

Wie das heißt, hab ich gefragt! Lies!

Die Stimme des Mannes ist hart und heiser. Jan hält den Blick gesenkt.

Dieser Junge ist unbeschreiblich dumm.

Jan spürt, wie heiße Röte in sein Gesicht steigt. Kurz hebt er den Blick zu seiner Mutter, heftet ihn dann wieder auf die Buchstabenkette in dem Buch vor sich. Es gelingt ihm, zu schlucken. Er holt tief Luft.

Där-Jun-gä-dschjet-dän-Wa-gän.

Eine Weile stehen die langgezogenen Silben im Raum, zerplatzen wie Seifenblasen in der Stille. Dann saust ein schwerer Arm krachend auf Jans Buch, knapp an seinem Gesicht vorbei, ein scharfer Luftzug hat ihn gestreift.

Idiot! Polnischer Schwachkopf! Dich werd ich's lehren!

Jan ist zurückgefahren, hat schützend die Hand vors Gesicht gehoben. Das Gesicht des Mannes ganz nahe vor dem seinen, dunkelrot lodernd vor Zorn, messerscharf der Blick aus eisblauen, weit aufgerissenen Augen.

Du wirst ihn nicht schlagen! hört Jan leise, aber bestimmt die Stimme seiner Mutter.

Aus dem wird niemals ein Deutscher.

Er *ist* Deutscher.

Der Mann hat von ihm abgelassen. Mit verschränkten Armen steht er wieder hinter dem Tisch, sein Blick fixiert Jans Mutter.

Für mich wird er immer ein verdammter Polacke bleiben.

4

Ewa tritt fest in die Pedale. Es ist ihr nicht wichtig, wohin sie sie fahren, wichtig ist allein der blaue Himmel mit den Schäfchenwolken über ihr. Jedes der Kinder, die sich wieder um das Wohnmobil geschart hatten, um der Operation »Räder vom Gepäckträger holen« mit viel Eifer beizuwohnen, hatte seinen Anteil Luft in die Schläuche beigesteuert, jetzt huckeln die harten Reifen über die geflickte Teerdecke, schütteln sie durch und vertreiben die Schläfrigkeit, die Ewa nach dem Mittagessen überfallen hat.

Sie atmet die Nachmittagsluft, horcht auf das Quietschen der Pedale, das Knarren des Sattels und blinzelt in das schräge Sonnenlicht. Sie hat ihre Sonnenbrille vergessen. Zwischen den halbgeschlossenen Lidern registriert sie Häuser aus Holz, wetterschief hinter brettergezäunten Vorgärten, auch hier wieder mannshohe Stockrosen, weiß, rosa und rot. Monizckas feines Stimmchen echot in ihrem Kopf, *jeden, dwa, trzy … Mamusia*, hat sie vorhin Ada gefragt, warum ist die Tante aus Deutschland so dumm? Ihr Vater hat erst ungerührt übersetzt, seiner Tochter dann dieses Lächeln geschenkt, dieses alte, langvergessene, das sie als Kind so getröstet hatte, wenn sie einmal, selten genug, mit einer schlechten Note nach Hause gekommen war.

Die Blumen und Holzhäuser sind verschwunden, jetzt fahren sie durch eine stille Straße mit zweistöckigen Wohnhäusern und ordentlichen Gehsteigen. Platanen säumen die Straße,

Ewa blinzelt zu den lichterfüllten Kronen hinauf, in ihren Schatten zittern ein paar Erinnerungen an frühere Reisen, gaukeln Bilder aus Frankreich, dort, im Süden, aber hier sind zwischen den Platanen Autos geparkt, Ladas in den Farben der sechziger Jahre, Zimt und Waldmeister, Zinnober und Himmelblau. An einer Ecke hält Zygler an und steigt vom Rad. Lange betrachtet er das Straßenschild, bewegt stumm die Lippen. Dann schüttelt er den Kopf.

Und weiter geht es. Ewa will es scheinen, als drehten sie eine lange Schleife um das Zentrum des Städtchens. Einmal kommen sie an eine neue Straßenkreuzung mit Kreisverkehr, die noch nicht ganz fertig angelegt ist. Sie lassen sie rechts liegen und umrunden weiter die Stadt, ziehen kleine, enger werdende Schneckenrunden. Wieder und wieder steigt Zygler vom Rad und betrachtet lange Straßenschilder. Kratzt sich am Kopf. Lacht auf.

Jetzt haben sie die schon wieder umbenannt. Natürlich. Wie soll man sich da auskennen. Die Deutschen haben den Straßen damals lauter neue Namen gegeben. Deutsche Namen. Und jetzt wieder neue: Straße des 3. Mai. Piłsudski-Allee.

Wer war denn das?

Ewa erntet einen fassungslosen Blick.

Du weißt nicht, wer Piłsudski war? Mein Gott, sagt Zygler und verlagert sein Gewicht, was hat man euch nur beigebracht in der Schule?

Aber das hat Zeit. Komm. Dort vorne müßte die Feuerwehr sein. Und schon sitzt er wieder auf seinem Rad.

Es ist Sonntag. Aber zur Kirche geht man schon seit ein paar Wochen nicht mehr. Die Kirche ist geschlossen.

Die Deutschen sind also keine Christen? hat Jan seine Großmutter gefragt.

Doch, natürlich. Wie kommst du darauf?

Warum schließen sie dann die Kirche zu?

Was weiß ich. Wegen der Polen vielleicht. Weil die katholisch sind.

Aber wir sind doch auch katholisch. Sind wir dann doch keine richtigen Deutschen?

Junge, Junge, frag nicht so viel. Du verstehst das doch nicht. Das ist Politik. Wir sind Deutsche. Deutschkatholen.

Schlauer ist Jan nicht geworden.

Man geht also nicht mehr zur Kirche. Dennoch hat Jan heute seinen Anzug angezogen. Heute ist ein großer Tag, sagt seine Mutter. Heute kannst du zeigen, daß du ein deutscher Junge bist. Und dann bindet sie die Schleife unter Jans Kinn.

Ach, hat sein Vater abgewunken, so ein Theater. Jungvolk. Wenn ich das schon hör.

Herr Harmsen sagt, das ist eine wichtige Sache.

Jan beißt sich auf die Lippen. Eigentlich hat er keine Lust mehr hinzugehen.

Es hat getaut und außerdem geregnet. Jan trägt seine guten Schuhe und geht in Schlangenlinien um die Pfützen herum. Vor dem Feuerwehrhaus stehen schon ein paar Gleichaltrige. Nicht alle sind so fein angezogen wie er. Vom vielen Regen ist der Platz völlig aufgeweicht.

Dann kommt ein stämmiger Junge mit stoppeligem Flachshaar, kaum älter als Jan. Er marschiert auf den Platz, haut die Hacken zusammen und beginnt, in schrillen, abgehackten Silben Kommandos zu brüllen.

In eine Reihe. Stramm gestanden.

Jan versteht nicht viel.

Jungvolk ... Führer ... deutsche Jugend ... Dienst am Vaterland ...

Jan schielt zu seinem Nachbarn zur Linken hinüber, der mit weitaufgerissenen Augen auf das Flachshaar starrt. Der hat seine Rede beendet, schert sich nicht um den matschigen Grund, marschiert spritzend an ihnen vorbei, sieht jedem der Kinder mit verkniffenen Augen ins Gesicht.

Los, schreit er dann. Rechts um und Marsch.

Und die Reihe setzt sich in Bewegung. Jan fühlt, wie die Nässe an seinen Hosenbeinen hochsteigt, wie sich die Schuhe mit Wasser vollsaugen. Er wagt nicht, an sich hinunterzusehen, fragt sich, was seine Mutter wohl sagen wird. Ob sie sich das so vorgestellt hat? Mit den anderen marschiert er über den Platz. Er denkt an Harmsen, und die Wut steigt in ihm hoch. Wichtige Sache. Nun ja.

Und so vergeht die Zeit. Stehen. Stramm. Grüßen. Marschieren. Immer hat das Flachshaar etwas auszusetzen, weist mit strenger Miene die kleinen Soldaten zurecht.

Und dann fällt ihm etwas Neues ein.

Stillgestanden. Ausrichten.

Die Burschen haben keine rechte Lust mehr. Wann sie wohl nach Hause dürfen? Eine Stunde dauert dieses Spiel jetzt schon. Aber der Anführer ist nicht zufrieden.

Stillgestanden. Ausrichten. Wieder und wieder. Er ist ganz und gar nicht zufrieden. Und dann platzt ihm der Kragen.

Hinlegen. Auf die Erde. Alle.

Ungläubig sehen die Kinder sich an. Dann betrachten sie den schlammigen Grund.

Los. Hinlegen. Worauf wartet ihr!

Schon liegen die ersten im Matsch. Einige zögern. Dann gibt einer nach dem anderen unter dem heiseren Gebrüll nach. Jan will seinen Augen nicht trauen. Jetzt liegen alle bäuchlings im Dreck, ob Anzug oder nicht, dem Führer ist das egal, er will Gehorsam, absoluten Gehorsam.

Das tu ich nicht, sagt er. Mehr zu sich als zu dem Flachshaar. Nein. Ob Führer oder nicht, in meinem einzigen Anzug leg ich mich nicht in diese Pfütze.

Der kommandierende Junge ist ganz nah an ihn herangetreten. Er ist ein wenig kleiner als Jan, dennoch versucht er, den Widerspenstigen mit furchterregenden Blicken zu bannen.

Gehorsam ist das erste, sagt er mit gepreßter, kindlicher Stimme, der er versucht, Autorität beizumischen. Einen Moment lang sieht Jan das Gesicht von Hajo Harmsen vor sich. Der wird niemals ein Deutscher. Jan preßt die Lippen zusammen, stellt sich breitbeinig hin und sieht den stämmigen Jungen mit klaren Augen an.

Bei diesem Wetter nicht, sagt er bestimmt, runzelt die Stirn und sieht über die hellen Stoppel hinweg in den Himmel.

Das Kreischgewitter des kleinen Kommandeurs hallt über den ganzen Platz. Auf der Straße bleiben ein paar Leute stehen, schauen zu den Kindern herüber, von denen vielleicht ein gutes Dutzend im Dreck liegt und zwei sich gegenüberstehen wie Kampfhähne.

Na, soll er eben schreien, denkt Jan und wird ganz ruhig.

Los. Hinlegen. Ich sag das jetzt zum letzten Mal.

Jan richtet seine blauen Augen auf den Schreihals. Der ist ganz dunkelrot im Gesicht. Jan lächelt.

Nein, sagt er.

Das Feuerwehrhaus ist ein Neubau aus Klinkersteinen. Der Hof davor ist sauber gepflastert. Zygler starrt über den Platz. Merkwürdig, sagt er. Früher war der viel größer.

Bei jedem Schritt quietschen die schmutzverkrusteten Brocken, die einmal Jans gute Schuhe gewesen sind. Aber Jan geht aufrecht und in aller Ruhe, nicht wie die anderen, die nach Hause hasten wie verschämte Erdgeister. Wie er auf die Straße tritt, sieht er gerade noch Mieszkos Gestalt, ehe sie um die nächste Ecke verschwindet.

Am nächsten Tag in der Schule spielen sie Völkerball. Zuerst ist das Volk groß, drängt sich im Spielfeld. Dann wird einer nach dem anderen abgeschossen. Das Volk, das die anderen trifft, bis keiner mehr übrig ist, hat gewonnen.

Jan ist ein guter Völkerballspieler. Wie kein anderer weicht er dem Ball aus oder fängt ihn auf. Jeder hat ihn gern in seiner Mannschaft.

Ein Junge, der gestern noch mit der Nase im Dreck gelegen hat, ist in der Gegenpartei. Auch er ist gut im Fangen und Treffen, am Ende bleiben er und Jan übrig. Eine Weile geht es hin und her, aber dann fängt Jan den Ball und trifft seinen Gegner so unerwartet und heftig, daß der lang hinschlägt. Und obwohl Jans Mannschaft ihn jubelnd feiert, hört er doch böse gezischelte Worte: Ich gerb dir das Fell, Polacke. Wart nur. Gehorsam verweigert. Nach der Schule. Wirst schon sehn.

Als die Klingel ertönt, ist Jan unter den ersten, die das Gebäude verlassen. Draußen stellt er sich an die Mauer direkt neben den Ausgang und wartet ab. Einer nach dem anderen quellen die Schüler heraus. Schließlich kommt auch der Junge, der ihm Schläge angedroht hat, laut prahlend durch das Tor. Dem hau ich eine … werdet schon sehen … Und erstarrt mit offenem Mund, so plötzlich und unerwartet sieht er sich seinem Widersacher gegenüber. Jan schaut ihn einfach nur an. Da senkt der Junge den Blick und geht ohne ein Wort davon. Und wieder entdeckt Jan Mieszko. Auf der anderen Straßenseite steht er wie zufällig und grinst.

Mieszko macht mit dem Kopf kaum merklich ein Zeichen und setzt sich in Bewegung. Jan folgt ihm. Bald ist ihm klar, wo sein Freund hin will.

Durch lose Bretterzäune, verwinkelte Hinterhöfe, auf Schleichwegen, die nur Mieszko und seine Freunde kennen, gelangen sie in den Hof von Jureks Großvater. Dort sind sie sicher. Keiner wird sie hier belauschen. Die Tür zu dem Bretterverhau, in dem der Alte seine Werkzeuge aufbewahrt, steht halb offen. Von Mieszko keine Spur.

Jan streckt den Kopf in den Schuppen und kann zunächst nichts erkennen. Unbehagen überfällt ihn. Was, wenn man ihm hier auflauert? Aber dann hört er die Stimme seines Freundes.

Du wolltest dich also nicht in den Dreck legen, wie?

Jan schlüpft hinein und zieht die Tür hinter sich zu. Mieszko sitzt auf einem Leiterwagen und pafft eine Zigarette.

Das ist nicht klug. Hitler braucht gehorsame Schergen. Weißt du das nicht?

Langsam gewöhnen sich Jans Augen an das Dämmerlicht. Er schaut sich um, obwohl auch Jurek und Lech in der Nähe sind.

Wir sind allein, sagt Mieszko. Möchtest du auch eine?

Jan setzt sich zu dem großen Jungen. Mieszko zündet eine zweite Zigarette an seiner an und reicht sie seinem Freund. Der bemüht sich, mit Würde zu rauchen und ein schmachvolles Husten zu unterdrücken.

So ist das jetzt also. Du ein Deutscher. Wer hätte das gedacht. Aber so sind nun mal die Zeiten. Und die Welt steht Kopf.

Jan sieht auf seine Zigarette, von der er vorsichtig und übertrieben sorgfältig die Asche abstreift.

Weißt du eigentlich, was vor sich geht?

Mieszkos Stimme klingt ungeduldig. Jan sieht auf.

Was meinst du damit?

In welcher Welt lebst du eigentlich? Merkst du nicht, daß wir immer weniger werden? Was denkst du, wo unser polnischer Lehrer ist? Und der Pfarrer?

Ich weiß es nicht, sagt Jan wahrheitsgetreu. Wenn er ehrlich ist, hat er sich bis jetzt auch keine Gedanken darüber gemacht.

Sie sind fort. Mieszkos Stimme wird leise und eindringlich, er sieht sich um, als sei auch dieser Ort alles andere als sicher.

Und sie werden nie wiederkommen. Man sagt, sie sind in einem Lager. Aber ich sage dir: Sie sind tot.

Jan sieht seinem Freund ins Gesicht. Seine beiden seltsamen Augen, das eine grün, das andere braun, sehen an ihm vorbei in unbestimmte Weiten.

Wieso soll denn der Pfarrer tot sein? Und der Lehrer! Wie kommst du darauf? fragt Jan, aber ein kalter Schauer kriecht ihm über den Rücken.

Mieszko antwortet nicht. Er horcht auf Schritte, die näher kommen und sich wieder entfernen. Er drückt seine Zigarette sorgfältig aus und verstaut den Stummelrest in seiner Tasche.

Weißt du denn, was in der Kirche vor sich geht? fragt er dann leise.

In der Kirche? Jan verschluckt sich am Zigarettenrauch.

Ich zeig dir was. Du wirst staunen. Um vier im Park. Du weißt schon, am See. Und jetzt lauf nach Hause. Deine Mutter macht sich sonst noch in die Hose wegen dir.

Spotte du nur, denkt Jan und überlegt, welche Ausrede er für heute nachmittag erfinden könnte. Er ist nicht gut im Lügen.

Ewa wird langsam müde. Ihr Vater ist in tiefes Schweigen versunken. Immer noch steht er vor dem Feuerwehrhaus und starrt auf den gepflasterten Vorplatz. Menschen gehen vorüber, eine Frau schleppt zwei pralle Einkaufstaschen die Straße herauf. Ewa schiebt ihr Fahrrad zur Seite, um sie vorbeizulassen, aber die Frau bleibt stehen, setzt die Taschen ab und verschnauft ein wenig. Dabei schaut sie interessiert in die Richtung, in die auch Johannes Zygler starrt. Was gibt es da Interessantes zu sehen, kann Ewa förmlich ihr die Gedanken vom Gesicht ablesen. Sie fühlt sich unbehaglich. Nein, dort gibt es gar nichts zu sehen, ein gepflasterter Platz, dahinter das Gebäude. Die Frau zuckt die Schultern, betrachtet Zygler neugierig und sagt etwas zu Ewa, die von einem Bein auf das andere tritt. »Fschistko poschondku« hört sie, oder so ähnlich jedenfalls, eine Frage muß es sein, das hört sie am Klang der Sprachmelodie. *Nie rozumiem*, sagt sie verlegen ihren Standardsatz, nix verstäähn, und sie schämt sich einmal mehr. Ah, sagt die Frau strahlend, »sniämiäz«, und nickt dabei. Keine Ahnung, denkt Ewa, aber sie nickt ebenfalls und lächelt zurück, während die Frau ihre Taschen nimmt und kopfschüttelnd davongeht.

Ewa atmet auf. Ihr Vater scheint gar nichts bemerkt zu haben.

Wollen wir weiter? schlägt sie vor.

Er sieht verwirrt auf.

Ja. Ja, natürlich. Laß uns schauen, ob es den Park noch gibt.

Es zeigt sich, daß Jan an diesem Nachmittag keine Ausrede braucht. Seine Mutter ist gar nicht da. Sie ist beim Putzen. Und der Vater kümmert sich nicht. Ihn quälen ganz andere Sorgen als die Frage, ob sein Sohn vielleicht mit Polen verbotenen Umgang pflegt.

Der »Park« ist ein verwildertes Stück Grün am unteren Ende der Stadt, das zwischen der ulica Gorzelniana und der ulica Parkowa mit Wegen und Bänken einigermaßen geordnet beginnt, sich dann nach Süden hin bis zum Dorf Łąkowa zieht und irgendwann übergeht in Felder und Wiesen. In diesem unordentlicheren Teil des Parks liegt ein kleiner See, gespeist vom Foluzs, dem Fluß, der auch um Poduchowne seine weite Schleife zieht. Im Sommer ist dieser Teich ein kleines Badeparadies für die Kinder, jetzt liegt er schwarzblau und stumpf zwischen den kahlen Winterbäumen.

An einem dieser Stämme lehnt Mieszko.

Komm, *Szwabie*, ich zeig dir, was ihr Deutschen mit unserer Kirche macht.

Und schon setzt er sich in Bewegung.

Vom Park bis zur Kirche ist es nicht weit. Sie müssen nur die ulica Parkowa hinauflaufen, und schon stehen sie vor dem mächtigen Koloß, der sich über alle anderen Gebäude der Stadt erhebt. Seit einigen Wochen ist es still in ihr geworden. Die Glocken sind verstummt, rufen nicht mehr zum Morgengebet und zur allabendlichen Messe. Ihre Tore sind seit langem verschlossen.

Heute aber herrscht eine ungewöhnliche Geschäftigkeit vor den Stufen des Haupteingangs. Jan reißt die Augen auf. Das Portal ist weit geöffnet. Zwei Lastwagen stehen davor. Ein dritter fährt gerade heran. Von Osten, aus Richtung Uniejów kommt er. Von den Lastwagen steigen Menschen – Männer, Frauen, Kinder, ärmlich und fremd gekleidet, allem Anschein nach Bauern, mit Körben voller Federvieh, mit Säcken, Bündeln, Gepäck in allen Formen.

Wo kommen die denn her? fragt Jan entgeistert.

Die Menschen von den Lastwagen sehen sich ängstlich und erwartungsvoll um, recken die Glieder, stellen sich dann in Grüppchen zusammen. Aber schon sind deutsche SS-Offiziere und Wehrmachtsoldaten an Ort und Stelle und treiben die Ankömmlinge höflich, aber bestimmt in die Kirche.

Was sind das für Menschen?

Jan kann sich nicht vorstellen, daß all diese Leute von weither gekommen sind, um die Kirche in Turek zu besichtigen. Eine Wallfahrt? Hat es noch nie gegeben, soviel er weiß. Und all das Gepäck? Das sieht fast so aus…, aber das kann nicht sein. In der Kirche wohnt Gott, da können doch nicht diese Menschen einziehen…

Kannst du verstehen, was die da reden? fragt ihn Mieszko. Jiddisch ist es jedenfalls nicht.

In Jans Nähe stehen Männer, die heftig diskutieren. Er spitzt die Ohren. Merkwürdige Laute hört er, einen seltsamen Singsang. Und dennoch ist es ihm, als schimmere etwas Bekanntes durch. Das sind keine Polen, denkt er. Und dann wird es ihm klar. Diese Menschen sprechen deutsch, aber ein seltsames, ungewohntes Deutsch. Fremde Worte sind darunter, die erinnern ihn an das wenige Russisch, das sein Vater manchmal sprach, als er noch vom letzten Krieg erzählte. Mieszko wiegt den Kopf, als er ihm das erzählt. Aus Rußland. Und deutsch. Werden deutsche Auswanderer sein, so wie ihr.

Aber was wollen die hier?

Keine Ahnung, sagt Mieszko. Sicher ist, daß die Deutschen sie in unserer Kirche einquartieren.

Jan sieht ihn entsetzt an.

In der Kirche? Und was soll dann mit ihnen geschehen?

Mieszko schweigt finster vor sich hin.

Das werd ich auch noch rauskriegen, sagt er dann. Verlaß dich drauf. Ich hab da so ein Gefühl. Willst du morgen nach der Schule wieder zu dem Schuppen kommen? Vielleicht weiß ich dann mehr.

Die Jungen ziehen sich in den Schatten der Häuser zurück. Der Kirchplatz ist jetzt leer. In der Kirche gehen Lichter an. Jan würde zu gerne einen Blick hineinwerfen. Er kann es nicht glauben, was er da eben erlebt hat.

Mieszko reicht ihm die Hand.

Kannst du schweigen?

Jan nickt.

Zu niemandem ein Wort. Mieszkos Händedruck schmerzt.

Vor einem Haus in der ulica Kaliska steht ein Mädchen mit einem großen Korb voller Kirschen. Zygler geht auf das Haus zu und berührt mit den Fingerspitzen die Mauer. Es trägt die Nummer 43. Dann kauft er dem Mädchen eine große Tüte mit Kirschen ab. Sie setzen sich unter die hohen Ahornbäume, die die beiden Fahrbahnen der Kalischer Straße teilen, auf eine Bank, zwischen sich die Tüte.

Zygler ist still geworden.

Ewa steckt eine Kirsche in den Mund und zerbeißt die krachende Haut, und sofort ergießt sich eine Flut wildsüßen Geschmacks über ihre Zunge. Eigentlich wollte sie warten, bis sich eine Gelegenheit böte, die Früchte zu waschen, aber jetzt ist ihr klar, daß sie nicht eher aufhören wird, sich die großen schwarzen Kugeln in den Mund zu schieben, bis die Tüte leer ist. Die Kirschen schmecken nach wiedergefundenem Vergessenen, nach Kindheit. Zuhause, als das Heim ihrer Eltern noch ihr Zuhause war, stand früher ein Kirschenbaum mit ebensolchen Früchten im Garten, herzförmig, schwarz und süß. Es war ihnen verboten, in seinen Ästen herumzuklettern, und trotzdem taten sie es jeden Sommer, wenn die Früchte reif waren. Ewa war eigentlich noch zu klein und kam nicht recht an die Früchte heran. Unten saß sie auf der ersten Astgabelung, und ihre großen Schwestern warfen ihr die allerschönsten Zwillingskirschen in den Schoß, die man sich über die Ohren hängen konnte, und manchmal auch Trauben von drei, vier oder fünf Kirschen, alle ganz oben am Stiel in einem kleinen Knötchen verbunden. Einmal war Christina heruntergefallen, ein Ast war abgebrochen. Hab ich es euch nicht gesagt, hatte die Mutter geschimpft, Kirschbäume sind nicht zum Klettern da. Die Schwester war mit ein paar Schrammen und dem Schrecken davongekommen, aber abends im Bett fing sie an zu weinen und wollte gar nicht wieder aufhören. Ewa kroch zu ihr ins Bett, streichelte ihr das Haar und wollte sie trösten, aber Christina weinte immer heftiger. Meine Mutter ist tot, sagte sie schließlich, und eine kalte Hand langte nach Ewas Herz. Draußen auf der Terrasse hörte sie ihre Eltern miteinander reden, aber hier im Kinderzimmer schluchzte Christina, ihre Mama sei im Himmel, und obwohl Ewa nicht verstand, was sie meinte, so begriff sie doch, daß etwas Schreckliches geschehen war oder eben erst geschah, daß da etwas war, ein Geheimnis, als hätte sie es immer gespürt. Was sagst du da, Mama und Papa sitzen draußen im Garten, hörst du sie nicht, sagte sie voller Angst, aber Christina schüttelte den Kopf, nein, das ist deine Mama. Meine ist im Himmel.

Und weil ihre Schwester weinte, weinte auch sie, kann es etwas Schlimmeres geben, als wenn eine Mama tot ist und im Himmel, und weinend kletterte sie aus dem Bett und lief hinaus in den Garten. Mama, heulte sie, stimmt das, daß du gar nicht die Mama bist von Christina, warum sagt sie, daß du im Himmel bist? Da wurde sie hochgehoben von starken, schützenden Armen, Scht, machte ihr Vater und wiegte sie auf seinem Schoß, alles ist gut, meine Kleine. Und als sie sich ein wenig beruhigt hatte, ging der Vater nach Christina sehen und ihre Mutter erklärte ihr, daß die Mama ihrer Schwestern gestorben sei, als Christina noch ein ganz kleines Baby war, aber jetzt sei sie die Mama von allen dreien, von ihr und ihren Schwestern, und alles sei gut. Ewa weinte nicht mehr. Mit tränenmüden Augen blinzelte sie in eine Welt, in der die Möglichkeit bestand, daß eine Mama starb. Auf dem Gartentisch stand eine Schüssel mit Kirschen. Ihre Mutter nahm eine und ließ sie am Stiel vor Ewas Mund hin- und herbaumeln. Aber Ewa wollte keine Kirschen mehr.

Die Sonne fingert sich golden zwischen den Ahornblättern hindurch, malt Kringel und Flecken auf ihre Gesichter. Ewa schaut auf. Das Kirschenmädchen klaubt ein paar faulige Früchte aus ihrem Korb und verjagt eine Wespe.

Dort oben, genau über dem Mädchen mit den Kirschen, sagt Zygler plötzlich.

Ewa sieht hinauf. Sie sieht ein kleines, quadratisches Giebelfenster unter der Spitze des Dachfirsts. Der angefangene Satz hängt wie die Zwillingskirschen an Ewas Finger in der Luft. Weitere fünf Kerne fliegen aus ihrem Mund in den Sand, bis Zygler weiterspricht.

Dort oben hab ich oft gesessen.

Ewa schluckt Kirschensaft.

Habt ihr hier gewohnt?

Ja. Zuerst dort hinten.

Zygler weist unbestimmt über die rechte Schulter in die Tiefe der Kalischer Straße, die sich hinter Ahornlaub verliert.

Dann sind wir umgezogen. Hierher. Gegenüber der Post. Die Wohnung hier war ein wenig größer als die andere. Obwohl wir immer noch alle in einem Zimmer schlafen mußten. Aber es reichte. Und später – ja, da war sie ohnehin groß genug. Als sie fortging. Mit dem Kleinen.

Ewa sieht ihren Vater von der Seite an. Ganz in sich gekehrt sitzt er da, der alte Schmerz brennt bitter wie vor Jahren.

Die Schuhe geschnürt, die Jacke übergezogen sitzt Jan auf dem Bett und wartet auf seine Mutter. In froher Erwartung läßt er sich immer wieder auf die Matratze fallen und von der Federung sanft hochwerfen.

Es ist schon zu spät, Jan. Heute gehe ich allein zu Frania. Du bleibst bei deinem Vater.

Das Bett hört auf zu wippen. Jan starrt auf den Rücken seiner Mutter. Bronjas Gesicht schwebt halb verschattet in der Tiefe des Spiegels über der Komode, weit weg, unansprechbar. Sie trägt eines ihrer neuen Kleider und bürstet sich das Haar, daß es glänzt. Der Vater sitzt im Dämmerlicht am Tisch, ganz in sich verschlossen, wie ein zugeschlagenes Buch.

Aber ich will mitkommen und mit Henryk und Ania spielen.

Jan richtet sich auf. Seine Jacke spannt jetzt auf einmal an den Schultern. Ihm wird heiß und eng. Das hat es noch nie gegeben. Immer nimmt ihn seine Mutter mit zu ihrer Schwester, warum soll er heute …

Es ist noch gar nicht spät und …

Still, sagt Bronja Zygler und legt die Bürste weg. Du weckst noch deinen Bruder auf.

Aber …

Johannes, es ist genug. Ich gehe heute alleine. Und dabei bleibt's.

Schon ist sie in Hut und Mantel an der Tür, wirft noch einen strengen Blick zurück auf ihren Ältesten, dann ist sie fort.

Jan lauscht ihren raschen Schritten nach, die Treppe hinunter, zur Haustür hinaus. Er preßt die Lippen zusammen. Sein Gesicht brennt. Hinter seinen Augen läuft ein kleiner See zusammen, gleich tritt er über die Ufer. Sein Vater steht langsam auf, zündet eine Lampe an.

Ich versteh das nicht … Warum darf ich nicht … Wieso soll ich auf einmal …

Es ist besser, du bleibst hier, unterbricht ihn sein Vater.

Jan wendet sich um. Sein Vater sitzt wieder da wie zuvor, in sich zusammengesunken, die Augen auf das Tischtuch gerichtet. Die abgearbeiteten Hände bewegen sich wie müde Tiere im Schein der Lampe.

Jan sieht zu dem anderen Bett hinüber, in dem Pawełs kleine Gestalt bereits tief unter Federbetten begraben liegt. Und plötzlich springt er auf, rennt zur Tür, merkt nicht, wie er einen Stuhl umreißt, und schon ist er die Treppe hinunter.

Es ist nicht weit zum Haus seiner Tante. Man kann verschiedene Wege gehen, die ulica Kaliska hinauf bis zum Marktplatz, an der Kirche vorbei und dann rechts hinein in die ulica Parkowa, die in den Stadtgarten mündete. Man kann aber auch quer durch die Hinterhöfe laufen, über Mäuerchen klettern, durch Zäune schlüpfen und braucht so nur ein paar Minuten.

An diesem Abend vergehen keine drei Minuten, und Jan stürmt vom Hof her in die offene Küche seiner Tante, so, wie er es immer tut.

Tante Frania steht am Ausguß und wirft ihm einen nervösen Blick zu.

Ist Henryk da? Jans Augen gleiten suchend durch die Küche. Auf dem Küchentisch steht ein Tablett mit Streuselkuchen. Daneben liegen die guten Servietten. Er denkt an das schöne Kleid seiner Mutter. Gibt es heute vielleicht eine Feier?

Henryk ist nicht da. Und du gehst am besten wieder nach Hause.

Aber da ist Jan schon in die Stube geschlüpft.

Er liebt diesen Raum. Auf der einen Seite steht ein großer runder Eßtisch mit strengen Stühlen, dahinter eine Vitrine mit Geschirr und Gläsern und einer bunten Schachtel, aus der die Tante manchmal Süßigkeiten holt. Tante Frania und Onkel Karol haben ein vornehmes Haus mit einem Zimmer zum Essen und Arbeiten und einem zum Schlafen, dazu noch eine Küche und einen eigenen Garten. Seine Mutter spricht oft davon, wenn er längst bei Paweł unter den Federn liegt und die Eltern noch am Tisch sitzen. Immer wenn das Gespräch auf das Haus der Tante kommt, verstummt sein Vater, und die Stimme seiner Mutter, die von all den wunderbaren Dingen dieses Hauses erzählt, erfüllt Jan mit Sehnsucht und begleitet ihn in seine Träume.

Aber es sind nicht die schönen Möbel und die Wunder der Vitrine, die Jan so fesseln. Auf der anderen Seite des Raums, fast wie auf einer entrückten Bühne, stehen drei Webstühle auf einem erhöhten Podest. Auf dem kleineren webt Onkel Karol einfache Leintücher, auf dem schmalen fertigt Tante Frania bunte Borten. Die Krönung aber ist der große Webstuhl mit den enormen Aufbauten, auf dem man breitlaufende Stoffe mit den wundervollsten Mustern weben kann. Seit er ein kleiner Junge war, liebt es Jan, unter diesem Ungetüm zu sitzen, wenn an ihm gearbeitet wird, noch heute träumt er dann von Wogen und Wellen, das Weberschiff schießt über ihn hinweg, der

Warenbaum ächzt wie die Takelage eines Segelschiffs, Jan hat nie das Meer gesehen, auch sein Vater nicht, aber trotzdem hat er ihm von allem erzählt, wie nur er erzählen kann. Herrlich ist es, dort unten zu sitzen, vor den Blicken der Mutter geschützt, vor Ausrufen wie: Meine Güte, Jan, du bist ja auch noch hier, du lieber Himmel, marsch nach Hause, schnell ins Bett. Denn dort unten war nicht Turek, war nicht Polen, dort unten galt eine andere Wirklichkeit, die um ihn herum in Bewegung geriet, und er mittendrin, hineingeworfen in den Kampf mit unbekannten Giganten, unter dem schwankenden Himmel einer niemals ruhenden Weltenmechanik.

Unter dem großen Webstuhl sitzt heute abend die kleine Ania und weint. Jan streckt den Kopf zwischen das Gebälk. Schluchzend hält das Mädchen eine Puppe in den Armen.

Was ist los, Ania, warum weinst du?

Das Mädchen richtet große feuchte Augen auf ihn. Ihr Gesicht ist rot und verschwollen.

Henryk, schluchzt sie. Er hat sich draufgesetzt.

Jetzt sieht Jan, daß der Puppe der Kopf fehlt.

Was ist passiert? fragt er und schlüpft zu seiner Cousine zwischen das Gestänge des Webstuhls.

Er hat sich draufgesetzt, plärrt Ania und zieht unter ihrer Schürze etwas hervor. Es ist der Kopf der Puppe, an langen roten Haaren baumelt er vor Jans Gesicht hin und her.

Was für ein Geschrei hatte es um diese Puppen gegeben. Sie waren ein Geschenk von Harmsen, alle drei mit echtem Langhaar, so wie die stolzen Besitzerinnen, Ania und ihre Schwestern, und die Tureker Mädchenwelt stand eine Weile Kopf. Anias Puppe war heftig diskutiert worden: Sie hatte als einzige rotes Haar, und die neidischsten unter den Freundinnen hatten verlangt, man müsse sie als Hexe im Kohleofen verbrennen. Aber auch die schärfsten Gegnerinnen roter Haarpracht mußten letztlich zugeben, daß Anias Puppe die schönste war von allen.

Geh nach Hause, Janek, Henryk ist nicht da. Tante Franias Beine stehen als braunbestrumpfte Säulen vor dem Eßtisch. Jan hört das Klirren von Gläsern.

Los mach schon.

Jan nimmt den Puppenkopf und schaut in ihn hinein, schüttelt ihn, schaut wieder. Dann betrachtet er lange das Innere des aufgebrochenen Halses. Aber er ist nicht so recht bei der Sache. Stimmen nähern sich, er hört das helle Lachen seiner Mutter. Unter dem Webstuhl hervor sieht er, wie die Tür aufgeht, er erkennt die Beine und Schuhe seiner Mutter. Aber sie ist nicht allein. Wem gehören die schwarzen, glänzenden Stiefel an ihrer Seite?

Warum ist der Bengel hier?

Diese Stimme kennt er gut. Der lodernde Zorn aus den Augen seiner Mutter schmerzt jedoch heißer als die unfreundlichen Worte.

Ich hab doch gesagt, du sollst ihn ...

Jan gleitet tiefer zwischen die Flanken des Segelschiffwebstuhls. Er hat die Mechanik durchschaut. Ein kleines Band ist gerissen.

Ich hab ihm gesagt, er soll wieder nach Hause gehen. Aber er hört ja nicht.

Mit geschickten Fingern greift er in das Innere des Puppenkopfes und zieht das elastische Band heraus.

Er ist ein verstockter Teufel. Das hab ich deiner Schwester schon immer gesagt. Aber sie will ja nichts davon hören.

Aus den Tiefen des Puppenkörpers angelt Jan mit einem der Häkchen, wie sie seit Urgedenken beim Steuermann der großen Takelage liegen, das andere abgerissene Ende heraus. Ein paar Knoten und fertig. Der Kopf sitzt wieder auf den Schultern der schönen Roten.

Los. Nimm ein Stück Kuchen und verschwinde.

Jan tut, als hörte er seine Tante nicht. Er beginnt mit leiser Stimme mit Ania zu sprechen. Aber er weiß nicht, was er sagt, seine Ohren sind hinausgestülpt in die Welt jenseits des Webstuhls, gierig saugen sie die Worte der Erwachsenen ein.

Die glänzenden Stiefel scharren ungeduldig unter dem Eßtisch. An ihrer Seite finden die Schuhe seiner Mutter auch keine Ruhe. Dann Stühlerücken, heftige Bewegungen und laute Schritte.

Komm. Laß uns gehen. Ein kleiner Spion hat uns gerade noch gefehlt.

Die Tür schlägt zu.

Und noch ehe Tante Frania mit in die Seiten gestemmten Armen etwas sagen kann, ist Jan auch schon unter dem Webstuhl hervor und an ihr vorbei durch die Küche hindurch in der Dunkelheit verschwunden.

Jan weiß, er muß vorsichtig sein. Er schlägt sich durch Gärten, die er kaum kennt. Sein Ziel ist nicht das Haus seiner Eltern, sondern die Kreuzung beim Marktplatz. Egal, wohin sie wollen, dort müssen die beiden vorbei. Ein Hund schlägt an, ganz in der Nähe. Zum Glück hat er gute Augen, fast wie eine Katze kann er im Dunkeln sehen. Auf dem Marktplatz ist alles ruhig. Schnell hinter die Litfaßsäule, von dort kann er alles überblicken.

Doch da packt ihn eine Faust eisern im Genick, und ehe er denken kann, treffen ihn harte Schläge mitten ins Gesicht. Jan schreit, er kann nichts sehen, immer wieder prallt diese Faust auf seinen Kopf, funkenzerstäubend über die Augen, knirschend und malmend an seinen Kiefer.

Das wirst du mir ..., hört er knurrend die verhaßte Stimme nah an seinem Ohr, das wirst du nie wieder ..., verzweifelt versucht Jan, sich zu wehren, sich loszureißen, nie wieder hinter uns herspionieren ... Laut heult er auf in seinem Zorn, seinem Schmerz, der Ohnmacht, nie hat sein Vater ihn geschlagen, seine Mutter erst recht nicht, den Kämpfen der Altersgenossen hatte er sich tapfer und meistens siegreich gestellt, und hier schlägt dieser Deutsche, dieser Harmsen, der straflos seiner Mutter den Arm reicht, schlägt ihn hier auf offener Straße, vor ihren Augen.

Es ist genug, hört er von weit, weit her die leise Stimme seiner Mutter. Die bekannte, so vertraute, jetzt so fremde, ferngerückte Stimme, und noch mehr Tränen schießen Jan aus den verschwollenen Augen.

Es ist genug. Laß ihn los.

Und wirklich, die Faust läßt ihn los, nein, schleudert ihn voller Verachtung von sich, daß er taumelt und sich mit brennenden Handflächen auf dem Trottoir aufstützen muß, um nicht der Länge nach hinzuschlagen. Blind vor Tränen – oder ist es Blut? – blind vor Haß und Scham läuft er davon, läuft und läuft, und irgendwann steht er zu Hause vor seinem Vater. Der mustert ihn von oben bis unten, holt eine Schüssel mit Wasser und wäscht ihm das Gesicht.

Lange kann Jan nicht sprechen. Längst hat er aufgehört, sich des Schluchzens, das ihn schüttelt, zu schämen. Alles ist schwer und dunkel und grau, auch das Gesicht seines Vater, der es vermeidet, ihm in die Augen zu sehen.

Endlich, stockend und sprudelnd, in abgerissenen Sätzen, fallen die Worte ungeordnet aus seinem Mund, und dann findet er wieder zu seiner Empörung, Haß glänzt in seinen Augen, und Blut schießt ihm ins Gesicht, das er schmerzend verzieht unter den Händen des Vaters.

Der schweigt. Schweigt lange, und versorgt den geschundenen Kopf seines Sohnes. Dann sagt er bedächtig und langsam:

Ich hab es dir gesagt. Du hättest zu Hause bleiben sollen.

Die Tüte ist leer. Das Kirschenmädchen hat seinen Platz geräumt. Die Sonne ist hinter die Häuser abgetaucht. Es wird kühl.

Kurze Zeit später, fährt Zygler fort, sind wir hierhergezogen, gegenüber der Post. Unten im Haus war die Wehrmachtsküche untergebracht. Mein Vater konnte unter der Besatzung nicht mehr mit seinem Wagen herumfahren, die Lebensmittel waren rationiert, und ihre Zuteilung unterlag amtlichen Kontrollen, auch sonst fand er keine Arbeit. Also hat er in der Wehrmachtsküche mitgeholfen. Frühmorgens stand er auf, um die Wasserkessel zu füllen und aufs Feuer zu stellen, damit der Kaffee fertig war zur richtigen Zeit. Er hat sehr gut gekocht, besser als meine Mutter, und er tat es wirklich gern. Für uns ist damals einiges abgefallen, ich kann mich erinnern, daß im Kleiderschrank meiner Eltern Kommisbrote gestapelt waren, manchmal die ganze Rückwand hoch. Was sie damit gemacht haben, weiß ich nicht, aber sicherlich haben sie es weiterverschenkt …

Oder auch verkauft? fragt Ewa.

Ihr Vater zögert. Dann zuckt er die Schultern. Vielleicht auch verkauft.

Damals gab es ja Lebensmittelkarten, und die Polen hatten viel kleinere Rationen als wir Deutschen. Der Schwarzmarkt blühte, für die, die es sich leisten konnten. Auch Harmsen hat damals seine Geschäfte gemacht mit der Hilfe meiner Mutter. Immer wieder ist sie mit ihm aufs Land gefahren zu Bauern, die sie kannte, von denen haben sie Fleisch und Wurst mitgebracht und in der Stadt für teures Geld weiterverkauft. Und meine Mutter hat natürlich auch so manches mit nach Hause gebracht.

Und dein Vater sah einfach so zu?

Mein Vater ... Was hätte er schon tun können?

Jan ist aufgewacht, mitten in der Nacht. Er hat geträumt, benommen fingert sein Bewußtsein nach den Bildern, die noch in undeutlichen Schwaden über seinem Bett hängen. Sein Nachthemd ist naßgeschwitzt, dicht an ihn gekuschelt schläft Paweł wie ein kleines Hündchen.

Mit einem Mal ist Jan hellwach. Da sind Schritte auf der Treppe, leise, ganz leise tasten sie sich auf den knarrenden Stiegen hoch, es sind die Schritte seiner Mutter. Vom Bett der Eltern hört Jan, wie der Atem seines Vaters stockt. Auch er liegt wach, lauscht angespannt den Schritten entgegen.

Da öffnet sich leise die Tür. Eine Gestalt schlüpft herein, leises Rascheln von Stoff und das Klacken der Schuhe, dann leichte Schritte auf bloßen Füßen. Im Bett der Eltern knirschen die Federn.

Es ist mitten in der Nacht. Ich frage dich nicht, wo du herkommst, das weiß ich ohnehin. Aber daß du so gottvergessen bist ...

Jan liegt starr. Niemals hat er seinen Vater so sprechen hören, so als hätte er keine Luft für die Worte.

Hast du vergessen, daß du zwei Kinder hast? Wenn ich dich schon nicht kümmere, dann wenigstens ...

Die Stille nach diesen abgerissenen Sätzen ist schlimmer als alles andere. Und dann geraten die Federwogen in Bewegung. Die Lampe wird angezündet, Jan blinzelt geblendet in den Raum. Teilnahmslos steht seine Mutter im Unterkleid vor dem Stuhl, auf den sie ihr Kleid gelegt hat, und wendet ihrem Mann den Rücken zu. Józef hat sich im Bett aufgerichtet.

Du bist eine Ehebrecherin, weißt du, was das bedeutet?

Während Józef noch spricht, wird die Tür zum Treppenhaus aufgerissen, eine Gestalt steht in der Tür, eine Gestalt in der Uniform der Deutschen, und sie hat die Pistole aus dem Halfter gerissen und auf den Mann im Nachthemd gerichtet, der aufrecht im Bett sitzt. Und eine Stimme schreit, eine Stimme, die heiser und häßlich und überaus verhaßt ist, sie schreit in das Zimmer, in dem Jan mit seinem Bruder im Bett liegt und sein Vater das Federbett an sich klammert, sie schreit an der Frau vorbei, die im Unterkleid mitten im Zimmer steht:

Laß sie in Ruhe! Oder ich schieße dich nieder.

Jan wird sich fragen, ob er die Szene nicht geträumt hat. Er wird die drei erwachsenen Menschen vor sich sehen, immer wieder, wie in einem Film, oder ich schieß dich nieder, ein schlechter Film, das dachte er später, laß die Frau in Ruhe, die Frau, schön und aufrecht in ihrem seidenen Unterkleid, mit bloßen Füßen, die Haare ein wenig aufgelöst, und dieser Schrecken in ihrer Haltung, ihr Gesicht kann Jan nicht sehen, sie gefriert wie zu einem Gemälde, diese Szene, der Mann mit gezückter Pistole, mit blitzenden Augen, blau, blau wie Eis oder Stahl oder sehr kaltes Wasser, und der ausgestreckte Arm, die durch und durch angespannte Haltung, sonst schieß ich dich nieder, und der Vater im Bett, im weißen Nachthemd, beide Hände ins Federbett verkrallt, mit diesen aufgerissenen Stecknadelaugen, den aufgerichteten Luchsohren, dem die Frau weggenommen wird, und der sich nicht einmal beklagen darf, sonst schieß ich dich nieder, eine Szene, wie sie nicht vorkommen dürfte im Film eines Lebens.

Er hat wirklich auf deinen Vater gezielt?

Johannes Zygler steht auf.

Komm. Es wird kalt. Und Danka wartet. War da nicht etwas mit einem Besuch bei ihrer Tochter? Und dieser angeheiratete Cousin …

… Und deine Mutter, sie hat gar nichts gesagt?

Aber ihr Vater sitzt schon auf seinem Rad. Seufzend folgt ihm Ewa. Wieder sieht sie sich inmitten von lächelnden Gesichtern bei laufendem Fernsehprogramm, Unmengen von Essen vor sich, Berge von Photos um sich, und die Laute einer Sprache im Ohr, die ihr so fremd sind wie die Sprache der Chinesen.

Muß das denn sein mit dieser Verwandtschaft, ruft sie ihrem Vater hinterher.

Ja, sagt ihr Vater, das muß sein. Wir wollen doch niemanden vor den Kopf stoßen. Wir müssen unsere Zeit ganz gerecht verteilen. Das wird genau registriert. Und Dankas Schwiegersohn wollte dich doch in die Braunkohle fahren. Los, komm. Danka wird mit uns schimpfen.

5

Man kann sie schon von weitem sehen. Unruhig geht Danka vor dem Wohnblock auf und ab, die Arme in die Hüfte gestemmt. Dann hat sie sie erspäht.

Wo bleibt ihr denn. Meine Tochter wartet. Habt ihr vergessen, Einladung und Kuchen?

Ewa wird keine Zeit zugestanden, sich umzuziehen oder ein bißchen frisch zu machen, Bist schönes Mädchen, auch so schön genug, und schon klettern alle in das Wohnmobil, das zuckelt die abgezirkelten Neubaustraßen entlang, die nicht einmal Namen haben, sondern Nummern und rätselhafte Buchstabenkombinationen, viermal ums Eck zu einer weiteren Hochhausschachtel. Man hätte auch zu Fuß gehen können, denkt Ewa und trottet lustlos hinter Danka und ihrem Vater her. Da schiebt sich eine kleine Hand in die ihre, Moniczka schenkt ihr einen strahlenden Blick aus ihren Katzenaugen, ihre rosaroten Lippen formen ein paar Worte, die Ewa in sich aufnimmt wie eine kleine Melodie.

Jesteś zmęczona, ciociu Ewo?

»Tschotschu«, echot es in Ewas Kopf, als sie auf den Aufzug warten, und wieso »Ewo«? Sie zuckt die Schultern, schaut in schrägen Augen unter den langen Wimpern und lächelt zurück.

Sie gibt sich geschlagen. Neue Gesichter betrachten sie eingehend, viele feuchte Münder küssen schmatzend ihre beiden Wangen, aber Moniczka läßt ihre Hand nicht los. In raschem

Stakkato, wie es Ewa noch nie von ihr gehört hat, spricht sie auf ihre viel größeren Cousins ein, Stanek und Waldek, die achtjährigen Zwillinge, die sich bis in ihre griesgrämigen Mienen gleichen wie ein Ei dem anderen. Moniczka sprudelt und skandiert Befehle, die Jungen setzen sich wortlos in Bewegung, und ehe sich Ewa versieht, wird sie auf den Balkon gezogen. Moniczka greift in eine mit Blättern ausgeschlagene Kiste und hält der Tante aus Deutschland eine Schildkröte entgegen. Das Tier rudert mit seinen Schaufelbeinchen in der Luft, zieht den faltigen Kopf in den sicheren Panzer zurück, und selbst Moniczkas gurrende Stimme, ihr sanftes Anklopfen können es nicht dazu bewegen, anständig guten Tag zu sagen. Ewa nimmt ihr die Schildkröte aus der Hand, und wie auf ein Zauberwort, ausgesprochen von einem der also doch sprachbegabten Jungen, von Stanek oder Waldek, das kann man nicht so genau sagen, laufen die Kinder in die Wohnung zurück und sind verschwunden. Ewa lacht vor sich hin und legt die Schildkröte vorsichtig wieder in die Kiste zurück. Sie tritt an die Balkonbrüstung und sieht sich um. Noch ein ganzes Stück weit reiht sich eine Häuserschachtel an die andere. Ganz hinten erheben sich im Grün der Felder die vier Kühltürme des Kohlekraftwerks.

Komisch, denkt Ewa, egal wo man diese Kolosse antrifft, immer sehen sie unwirklich aus, wie durch eine Photomontage in die Landschaft versetzt. Fett schmauchen die Türme vor sich hin, als gehörten sie zu einem Kinderspielzeug.

Tam daleko to kopalnia, w której pracuję.

Ewa schrickt zusammen, sie hat nicht bemerkt, daß jemand neben sie getreten ist. Diesen Mann hat sie noch nicht gesehen, vorhin bei der Begrüßungsküsserei war er nicht dabei. Feierlich reicht er ihr seine Hand.

Jestem Andrzej, sagt er und schaut ihr lächelnd in die Augen.

Andschi, sagt Ewa benommen von dem Blick aus dunkelblauesten Augen.

Ty zapewne jesteś Ewa. Ewa nickt, ihre Kehle ist wie zugeschnürt. Andrzej lächelt, weist auf das Kohlekraftwerk und spricht zu ihr, seine Stimme ist warm und sehr kehlig, und irgendwie erinnert sie sein Sprechen an die kleine Moniczka.

Nie rozumiem, sagt Ewa, und plötzlich wird sie traurig, warum spricht sie nicht die Sprache ihres Vaters, wieso ist dieses Polnisch so anders, diesen Mann hier, wer immer er auch sein mag, würde sie jetzt gerne verstehen.

Andrzej lacht wieder, wenn er lacht, blitzen Zähne und Augen. Nie im Leben hab ich so dunkelblaue Augen gesehen, denkt Ewa, und jetzt muß auch sie lachen. Andrzej spricht weiter mit ihr, *której pracuję* und deutet wieder auf das Kraftwerk, macht mit den Händen geschäftige Bewegungen, »brazuje«, »brazuje«, wiederholt Ewa ratlos, aber ja, daß er dort arbeitet, das hat ihr Vater doch schon erzählt, und er lacht, *tak, tak*, und redet weiter, und sie antwortet ihm auf Deutsch, ja, es gefällt ihr in Polen, nein, sie hätte das nicht gedacht, warum sie nicht schon früher, nein, das wisse sie auch nicht, sie kann selbst nicht verstehen, daß ihre Welt bis jetzt so klein und eng und nur mit einer Blickrichtung nach Westen, allenfalls noch nach Süden, aber der Osten, das wurde höchste Zeit, und sie genießt das Singen seiner Sätze, immer wieder nickt er sehr ernsthaft, wenn sie etwas sagt, er stellt ihr Fragen, das kann sie deutlich hören, und dazwischen lächelt er wieder oder lacht, und Ewa will, daß er niemals aufhört zu lachen, probehalber sagt sie ein paar Sätze auf Französisch, *Je ne sais pas, si tu me comprends*, Andrzej lächelt und nickt wieder ernsthaft, *tak, tak*, mit den verschiedenen Sprachen kam das Elend in die Menschheit, so jedenfalls versteht ihn Ewa, auch sie nickt ernst, probiert es auf Englisch, *I am an interpreter and do not understand any of the language*, und wieder das blitzende Lächeln, *è una strana esperienza, sai*, und Ewa lacht, dieser Mann verströmt einen Sandelduft, daß es ihr fast den Atem verschlägt.

Er nimmt sie am Arm und führt sie zurück ins Wohnzimmer, Ewa spürt kleine Stiche von Enttäuschung, aber im Wohnzimmer ist niemand. Andrzej weist mit großer Geste auf das Sofa, unsicher nimmt sie Platz, wo sind denn alle hingegangen, da setzt er sich neben sie, rückt nah heran, legt etwas Schweres auf ihre Knie, schlägt es auf – was? – ein Photoalbum.

Ewa lacht, daß das Album hüpft.

Andrzej scheint sich über den Erfolg zu freuen, wirklich, eine gute Idee, so ein Album, und schlägt die Seiten um. Ewa sieht einen kleinen Jungen an einem Zaun. Er steht ganz gerade, mit hängenden Armen und strahlt in die Kamera. Er hat dieselben Augen wie Andrzej.

Bist du das? fragt Ewa, und deutet mit dem Finger auf den Mann neben ihr.

Tak tak, to jestem ja, nickt er, und weist ebenfalls mit dem Finger auf sich. *To jestem ja*, sagt Ewa, das ist doch gar nicht so schwer. Seite um Seite blättert er das Album um, der Junge auf den Bildern wird größer, steht in Gruppen von anderen Kindern, trägt Gummistiefel und steht breitbeinig auf einem Bauernhof, dann sitzt er auf einem Pferd. Auf dem Bild mit den langen Reihen von Mitschülern erkennt ihn Ewa unter allen anderen, am besten an seinen Augen, die sind die gleichen geblieben, sein Mund dagegen ist schwer zu vergleichen, ein Schnurrbart verdeckt heute die Kontur der Oberlippe. Andrzej blättert weiter, und Ewa sieht auf die schönen, langen Hände, die denselben Goldton haben wie die Arme mit ihren goldbraunen Härchen. Golden und dunkelblau, denkt Ewa, dieser Mann arbeitet nicht in der Kohleförderung, dazu hat er zu schöne Hände, sie schließt die Augen und atmet den scharfen Geruch ein, das ist kein Aftershave, das ist der ganz eigene Duft dieses Mannes, unverwechselbar und betörend.

Andrzej blättert weiter, erzählt zu jedem Bild eine kleine Geschichte, der Ewa andächtig lauscht, dann ist das Album zu Ende. Und noch ehe er ein neues, das schon bereitliegt, aufschlagen kann – Ewa hat am kitschigen Einband erkannt, daß es sich um ein Hochzeitsalbum handelt –, geht die Wohnungstür auf, und die ganze Horde quillt lachend und schwatzend herein. Vorneweg stürmen die Kinder, mit einem Satz springt Moniczka auf Ewas Schoß, schlingt die Elfenarme um ihren Hals und erzählt ihr schnurrend eine aufgeregte Geschichte. Die Zwillinge tapsen verlegen hinterher, bleiben vor der Balkontür stehen, mit hängenden Armen, ganz wie auf dem allerersten Bild im Album, denkt Ewa, und dann kommt Danka mit Elżbieta und Ada, die den Onkel aus Deutschland untergehakt haben und ihn jetzt auf den besten Sessel komplimentieren. Sie wollten unbedingt das Wohnmobil sehen, sagt er, und ehe Danka mit ihren Töchtern in der Küche verschwindet, lacht sie Ewa an, hast schon Bekanntschaft gemacht mit meinem Schwiegersohn. Andrzej. Bester Schwiegersohn von Welt.

Erst als der Kuchen vor ihr steht und eine Tasse duftenden Kaffees, kommt Ewa dazu, Dankas zweite Tochter Elżbieta, Andrzejs Frau, in Ruhe zu betrachten. Schmal sitzt sie auf einem Hocker nahe der Tür zur Küche, vom Kuchen bricht sie sich nur ein kleines Stückchen ab, in ihrer Tasse dampft ein Kräutertee. Elżbieta ist magenkrank, hätte Danka das nicht schon erzählt, man sähe es deutlich an ihrer grünlichgrauen Gesichtsfarbe und den mißmutig herabhängenden Mundwinkeln, die die Zwillinge von ihr geerbt zu haben scheinen.

In aller Ruhe betrachtet Ewa die ganze Familie, sieht, wie Danka in ihrer weißhaarigen Würde mit den schwarzen, lebhaften Augen hinter den Brillengläsern ihre Töchter regiert. Alle Augenblicke springt Elżbieta auf und läuft in die Küche oder ans Wohnzimmerbüffet, um etwas zu holen, während Andrzej sich angeregt mit Ewas Vater unterhält, auch ihr hin und wieder einen Blick zuwirft, in dem kleine Goldpunkte zu schmelzen scheinen.

Was für ein ungleiches Paar, denkt Ewa, aber erlebt sie das nicht oft, und sicherlich sind Jean-Claude und sie auch nicht gerade das Traumpaar gewesen. In Gedanken vergleicht sie Andrzej mit Jean-Claude und muß lachen, so wenig Ähnlichkeit haben sie miteinander, und dann erschrickt sie. Wie kommt sie darauf, die beiden miteinander zu vergleichen? Natürlich hat ihr Vater wieder seine Photosammlung auspacken müssen, was heißt müssen, gern zeigt er die Bilder seiner hübschen Töchter, diesmal aber läßt er das Hochzeitsbild von ihr und Jean-Claude beiseite. Ihr drohender Blick war gar nicht erst nötig gewesen.

Und du? Bist nicht geheiratet, fragt Danka, und Ewa haßt sie in diesem Augenblick, alle Blicke sind auf sie gerichtet, nein, sagt sie, nicht mehr. Dankas Augen weiten sich vor Schreck.

Wenn die wüßten, auch ihre Schwestern, die hier in weißen Kleidern und glücklichen Mienen auf dem Tisch hingebreitet liegen, keine einzige ist mehr mit dem Mann an ihrer Seite zusammen. Und Ada mit der kleinen Moniczka hat ja schließlich auch keinen Mann, ob der schwitzende Freund im Unterhemd der Vater ist? Ewa bezweifelt es.

Und Kinder, hast du wenigstens Kinder?

Nein, zum Glück hat sie keine Kinder, was sollte sie in ihrem Leben mit Kindern anfangen, und der alte, heiße Schmerz bricht auf, sie sieht sich wieder die weißen Korridore entlangschleppen, die Nachtschwester kommt und will sie ins Bett zurückbringen, aber sie kann nicht liegen, sie will nicht liegen, ihr Unterleib schmerzt, und nicht nur ihr Unterleib, ihre Seele schmerzt, und doch kann sie nicht weinen ...

Nein, ich habe keine Kinder.

... und werde auch nie welche haben, und in dieser Nacht, als hätte sie es gespürt, an den weißen Klinikwänden stand es geschrieben, in dieser Nacht hat er sie zum ersten Mal betrogen.

Moniczka, die sich auf ihrem Schoß eingeringelt hat wie ein Kätzchen, sagt etwas, und alle lachen erleichtert auf. Ihr Vater übersetzt.

Moniczka sagt, du brauchst gar kein Kind, du hast ja sie.

Später in ihrer Koje kann Ewa lange nicht einschlafen. Immer noch hört sie Dankas Stimme. Hast du wenigstens Kinder? Die alte Hexe, denkt Ewa und dreht sich auf die Seite. Dann diese andere Stimme, die weichen, kehligen Vokale zwischen all den Zischlauten, die Polen nutzen ihre Mundhöhle ganz anders aus, um mit ihren Zungen Laute zu formen, wie eine Melodie klingt es dann und trägt sie davon. Beim Abschied hatte Andrzej sie angesehen und ihrem Vater gesagt – seit die anderen da waren, hat er sie nicht mehr direkt angesprochen, denkt Ewa mit einem großen Seufzer in der Brust –, daß er sie morgen am Nachmittag in die Braunkohle mitnehmen würde. Wenn sie das wolle. Ja. Natürlich will sie. In die Braunkohle oder sonst wohin. Wenn es sein muß, auch in die Braunkohle. Ewa lächelt im Halbschlaf. Er werde sie um vier Uhr abholen, hatte ihr Vater gesagt. Und daß er mitkommen würde. Aber das, hat Ewa beschlossen, wird sie ihm schon noch ausreden. Du verstehst doch gar nicht, was er sagt. Oh doch, lieber Papa, denkt es in ihrem schlaftrunkenen Schädel, alles versteh ich, alles, wenn ich ihm nur in die abgrundblauen Augen sehe, dann verstehe ich Polnisch und Russisch und Chinesisch und jede Sprache dieser Welt.

Aber schon schiebt sich wieder Danka dazwischen, ein Lächeln, fein wie Nadelstiche, bester Schwiegersohn von Welt, freundlich legt sie den Finger tief in die Wunde, bist nicht gerheiratet, hatte gleich heraus, wo es am tiefsten schmerzt, dein Vater, hat sie vor dem Schlafengehen zu ihrem Cousin aus Deutschland gesagt und groß die braunen Augen aufgeschlagen, dein Vater war schlechter Mensch. Hat unsere Bronja unglücklich gemacht. Hat nichts getaugt, keine Arbeit, kein Geld. Weiß noch wie heute, zu meiner Mutter ist Bronja gekommen, geweint hat sie Augen aus Kopf, hat doch der Józef Decke für Ehebett, handgewoben von Vater und Schmuckstück von Aussteuer, hat der Józef verkauft und versetzt, hat nicht gefragt. Und ich frage dich, Janek, tut das ein guter Mann? Meiner, ja, der, trägt alles zum Pfandleiher, alles, was nicht festgenagelt, sogar Spielzeug von Moniczka, Alkohol kauft er, der schlechte Mensch, und Tante Bronja, oh ja, hat viel gelitten, hat so kommen müssen…, aber da ist ihr Vater aufgestanden, Ewa hat er gesagt, komm, wir müssen schlafen gehen, war ein anstrengender Tag heute, und morgen wollen wir uns noch ein bißchen umschauen, nicht wahr, Ewa? Das ließ sie sich nicht zweimal sagen, hatte Dankas Gerede längst satt und war froh, endlich gehen zu können, allein zu bleiben mit ihren Gedanken, mit den neuen Eindrücken, dem neuen Duft, noch immer hatte sie ihn in der Nase, im ganzen Körper.

Am nächsten Morgen erwacht Zygler mit einem Lächeln auf dem Gesicht. Von den Weiten der Felder hinter der Stadt hat er geträumt und einem jungen Burschen, der ohne Sattel auf einem Pferd ritt.

Heute fahren wir nach Poduchowne hinaus, sagt Johannes Zygler. Danka hat zwar gesagt, das lohnt sich nicht, dort sollen sie jetzt die Klinik gebaut haben, aber vielleicht ist doch noch etwas übriggeblieben.

Sie gehen gar nicht erst zum Frühstück hinauf. Ewa überlegt, was sie heute anziehen soll. Auswahl hat sie schließlich genug. Warum nicht das blaue Leinenkleid, ganz schlicht und blau wie der Sommerhimmel und vorne von oben bis unten durchgeknöpft. Vielleicht nicht gerade das passende Kleid für einen Ausflug in die Braunkohlehalden, aber um so passender für ein Rendezvous.

Rasch frühstücken sie im Stehen, dann binden sie die Räder los.

Den Bach werden sie ja nicht zugebaut haben, denkt Zygler, und vielleicht steht noch der Hof vom Großbauern. Er kramt in seinem Gedächtnis nach dem Namen, aber auch als Kind haben sie ihn nur den Großbauern genannt. Bis er dann wegfuhr eines Tages mit seiner ganzen Familie.

Wieder wundert sich Zygler, wie klein die Welt doch geworden ist. Was früher eine große Entfernung gewesen war, schrumpft heute auf fünf Fahrradminuten zusammen. Bald kommen sie nicht mehr weiter. Das Klinikgelände ist weiträumig abgezäunt.

Macht nichts, sagt Zygler, probieren wir den anderen Weg.

Über einen sandigen Weg laufen zwei Jungen um die Wette. Mieszko hat die längeren Beine, wie immer schlägt er als erster beim Gatter an. Aber das hilft ihm nicht viel, denn Szymon ist Jans Freund. Szymon, der Herr über die Pferde des Großbauern, wartet immer, bis auch Jan angekommen ist, dann erst nimmt er den Strohhalm aus dem Mund, auf dem er den ganzen Tag herumkaut …

In Zyglers Kopf mischen sich Traumbilder mit Erinnerungen. Er sieht ihn wieder vor sich, den Sandweg, hier, wo die betonierte Krankenhauszufahrt ausläuft, und nach ein paar Metern ist alles wie damals.

Als Jan noch so klein war, daß er gerade an den Bauch der großen Ackergäule heranreichte, hatte ihn Szymon auf den Rücken eines der Tiere gesetzt. Seitdem war er immer wiedergekommen. Auch als er schon lange in der Stadt wohnte, lief er zu den Pferden hinaus, wann immer er konnte.

Nie wird er die Auszeichnung vergessen, die Szymon ihm als einzigem zuteil werden ließ. Alle anderen Jungs haben ihn glühend beneidet, auch wenn sie geringschätzig Luft in die Backen bliesen und auf die Erde spuckten. Er hatte eine Nacht mit Szymon bei den Pferden im Heu schlafen dürfen, direkt neben seiner Bettstatt hatte ihm der Großknecht ein Lager bereitet. Alles an diesem Bauernhof war groß, und da Szymon, der Herr über das Vieh und die Pferde, ein Großknecht war, mußte der Bauer auch ein Großbauer sein, immerhin hatte er das meiste Land und die stolzesten Tiere im ganzen Umkreis.

Aber der größte war Szymon.

Dabei war die erste Begegnung gar nicht so harmonisch verlaufen, erzählt Zygler seiner Tochter, während sie den sandigen Feldweg entlangradeln.

Ich war noch ziemlich klein, vielleicht drei oder vier, und hatte wie meine Freunde nichts als Unsinn im Kopf. Wir hatten uns kleine Peitschen gebastelt, Weidenruten mit Schnüren, und überlegten, wo wir die am besten ausprobieren könnten. Da kam mir die Idee, zum Großbauern zu laufen und seine Bienen ein bißchen zu ärgern. So sind wir also dorthin gelaufen und haben kräftig mit unseren kleinen Peitschen auf die Bienenstöcke eingedroschen, aber, au weh, statt Angst vor uns zu haben, kamen die Biester alle wie eine dunkle, summende Wolke herausgeflogen. Wir in Panik nichts wie weg, ließen alle Peitschen fallen und rannten schreiend davon, was die Füße hergaben. Am Abend sahen wir aus wie die Streuselkuchen, das war vielleicht ein Gejammere unter uns Helden, und den Bienen, das kannst du mir glauben, sind wir seither immer mit großem Respekt begegnet.

Und Szymon? fragt Ewa.

Szymon stand am Gatter und sah uns rennen und lachte, daß er sich den Bauch halten mußte. Als ich gerade an ihm vorbei lief, sagte er, du Knirps hast deine Peitsche verloren, da bin ich stehengeblieben, hab ihn angeguckt, er hatte so einen dichten, dunklen Bart im Gesicht, vor dem wir uns alle ein bißchen fürchteten, und plötzlich schämte ich mich wegen meiner Feigheit, kehrte um und holte mir die Peitsche. Seitdem waren Szymon und ich Freunde.

Aber da waren doch die Bienen?

Ich hatte Glück. Nicht mehr Stiche als die anderen auch.

Der Weg teilt sich jetzt vor ihnen. Zygler steigt vom Rad, hält Ausschau.

Ja, sagt er, links geht es zum Dorf, rechts muß der Bauernhof sein.

In der Ferne sehen sie verschiedene flache Gebäude, es sind mehr als früher, natürlich, wahrscheinlich haben sie den großen Besitz in kleine Parzellen aufgeteilt.

Laß uns erst schauen, was vom Dorf übgriggeblieben ist, sagt Zygler, und steigt wieder auf das Rad.

Groß war es ohnehin nie gewesen, sein Poduchowne, sechs Häuser verteilt auf zwei Straßen, die sich trafen wie die beiden Linien eines Y. Gut die Hälfte hat der Klinikbau gefressen, aber zwei, drei der niederen Häuser stehen noch, das kann er jetzt schon sehen.

Diesen Weg, das werde ich nie vergessen, bin ich oft mit meinem Freund gegangen. Mieszko kam gern mit mir nach Poduchowne hinaus. Am beliebtesten war das Pferde-von-der-Koppel-Holen, Szymon hat uns manchmal diese Aufgabe überlassen. Nicht die edlen Tiere, um die hat er sich selbst gekümmert, aber die beiden kleinen Ackergäule, die durften wir mit Gras anlocken, und dann haben wir uns ohne Sattel auf den Rücken der Pferde geschwungen und in der Mähne festgekrallt.

Wie treibt man Pferde an? Wir hatten nichts, und so zog ich mir den Gürtel aus der Hose, mein Pferd sollte laufen, schnell laufen, so schnell wie möglich, und einmal lief es auch, daß mir Hören und Sehen verging, ich drehte mich um, um zu sehen, wo Mieszko blieb, aber ich sah nur eine riesige Staubwolke. Und dann, mir blieb beinahe das Herz stehen, sah ich vor uns die Kuhherde, die wir zuvor in Richtung Hof getrieben hatten, ich dachte, die sind längst in den Ställen, aber nein, ganz gemächlich sind sie vor uns hergetrottet und haben uns den Weg versperrt.

Ich hab versucht, mein Pferd anzuhalten, brrrr und hooo, aber das hörte nicht, spürte wohl immer noch meinen Gürtel, und rannte wie von Sinnen, ich dachte schon, jetzt ist es aus, jetzt gibt es einen Zusammenstoß mit den Kühen, aber wie durch ein Wunder hat sich direkt vor uns zwischen den Kuhleibern eine schmale Schneise geöffnet, durch die raste mein Pferd hindurch und zum Tor hinein. Hier bin ich durch, dachte ich, aber was, wenn der Gaul direkt in den Stall stürmt, dann muß ich vorher runterspringen. Zum Glück blieb das Tier im Hof stehen, als wäre nichts gewesen.

Der Weg mündet in die geteerte Dorfstraße. Von Poduchowne ist doch mehr übrig, als sie sich erhofft hatten. Natürlich gibt es heute mehr als sechs Häuser, man kann deutlich erkennen, wann wieder neu gebaut worden war. Von den ganz alten Häusern, Ewa denkt, eigentlich sind es größere Hütten aus Holz mit tief heruntergezogenen strohgedeckten Dächern, schief von Wind und Wetter und all der Zeit, die sie auf dem Buckel haben, von diesen alten Häusern sind noch drei, nein, vier übriggeblieben.

Hier bin ich geboren, sagt Zygler. Aber sein Geburtshaus steht nicht mehr.

Er weist in Richtung der Klinikmauer.

Dort hinten muß es gestanden haben. Es war ein Haus wie dieses hier. Innen bestand es aus zwei Räumen, und der Boden war gestampfter Lehm.

Jedes dieser Häuschen hat einen Garten, in dem Gemüse und Blumen angepflanzt sind. In einem Garten steht ein Kirschbaum, der über und über vollhängt mit leuchtenden Früchten. Ein klappriger Lattenzaun lehnt sich an ihn an. Vor einiger Zeit ist er wohl sorgfältig ausgebessert und gestrichen worden, aber schon blättert die Farbe wieder ab. In allem erkennt Ewa liebevolle Pflege, die aber gegen den Verfall nicht ankommen kann. Der First des Hauses hängt durch, als hätte ihn eine riesige Hand eingedrückt, die Wände stehen schief, und das Dach hat lauter Flicken.

Es fehlt an Material, sagt Zygler.

Dann gibt es auch andere Häuser, die nach dem Krieg entstanden sein müssen. Aber alle strahlen dieselbe Ärmlichkeit aus. Das Klinikgelände ist wie mit einem großen Skalpell aus dem Dorf herausgeschnitten worden. Man kann noch genau die Dorfstruktur erkennen, die Wunde, die geschlagen wurde, im Geiste wieder schließen. Die Neubautätigkeit am Krankenhaus hat sich in keinem Detail auf das angrenzende Dorf ausgewirkt. Direkt neben den Bauerngärten mit Kohl und Gurken ragt dieser häßliche Funktionsbau empor, bei dem man sich keine Mühe gegeben hat, den Fabrikcharakter zu verbergen. Altes duckt sich im Schatten des Neuen, moderne Technik grenzt an eine fast archaische Siedlung.

Weiter hinten, dort, wo das Dorf in Felder übergeht, stehen ein paar neue, für die Verhältnisse fast luxuriöse Einfamilienhäuser, wie man sie auch in Deutschland an den Ortsrändern findet. Mit ihren weißgetünchten Mauern wirken sie fremd und üppig neben dem bescheidenen Dorf.

Hier wohnen wohl die Ärzte, sagt Ewa. Irgend jemand wird doch von dem Ganzen profitieren, oder?

Die Ärzte ganz bestimmt nicht, meint ihr Vater. Frag Danka. Wenn du hier krank wirst, dann mußt du selber ein kleines Sümmchen auf den Tisch legen, sonst kümmert sich keiner um dich. Als Arzt bekommst du hier nur einen Hungerlohn. Die meisten haben noch eine andere Arbeit.

Wieso weißt du das alles, fragt Ewa.

Zygler steigt wieder auf sein Rad.

Weil ich Danka immer mal Geld schicke. Für den Arzt. Aber jetzt komm.

Sandwege, sobald sie die Gegenwart verlassen. Sandwege führen in die Vergangenheit. Zygler läßt sein Rad stehen und geht über die Wiese, deren Gras ihm bis über die Knie reicht. Ewa bekommt feuchte Füße, als sie ihm folgt. Dort hinten, wo Pappeln wachsen und Sträucher eine dunkelgrüne Linie bilden, fließt das Bächlein, von dem ihr Vater erzählt hat.

Zygler blickt nachdenklich in das schmale Rinnsal.

Merkwürdig, sagt er, auch das war mal breiter.

Unsicher kratzt er sich am Kopf. Aber der kleine Junge, den nur er sehen kann, steht breitbeinig über dem Wasser, ein Bein auf jedem Ufer, und fängt Fische mit den Händen. Heute spielen die Kinder wohl nicht mehr hier am Bach. Die Ränder sind zugewachsen, und wo sie damals gestaut hatten, wuchs längst schon wieder Gras.

Im Winter, sagt Zygler, da war die ganze Wiese zugefroren. Und in den Bach haben wir dann Löcher gehackt.

Ich weiß jetzt, was diese Leute in unserer Kirche zu bedeuten haben, sagt Mieszko und springt über den Bach, daß die Eisschicht kracht. Komm, sagt er, ich zeig dir was.

Jan ist noch atemlos vom Weg aus der Stadt heraus. Sein Freund hat ihn hierherbestellt, an ihren Sommerplatz, wie sie ihn nennen. Aber jetzt ist nicht Sommer, es ist Februar, und auf den Wiesen knackt noch brüchig gefrorener Schnee. Jan spürt, wie die Feuchtigkeit in seine Schuhe kriecht.

Wo willst du hin? fragt er unmutig, als er sieht, wie sich sein Freund in Bewegung setzt, aufrechten Gangs, die Hände in den Hosentaschen zu Fäusten geballt.

Zum Kowoł-Bauern.

Was willst du denn bei dem?

Wirst schon sehen.

Jan trottet hinter Mieszko her. Was interessiert ihn der Kowoł-Bauer? Er hat ganz andere Sorgen. Was soll er sagen, wenn Mieszko ihn nach seiner geschwollenen Lippe fragt? Aber Mieszko fragt nicht. Er interessiert sich gar nicht für ihn. Keiner interessiert sich mehr für ihn. Auch Jan ballt unwillkürlich die Fäuste in den Taschen.

Die Bauern fahren weg, sagt Mieszko. Von einem Tag auf den anderen.

Aber wo fahren sie hin?

Nach Osten. Und alle haben sie Angst. Sie haben es schriftlich bekommen. Von einem Tag auf den anderen. Kannst du dir das vorstellen?

Und warum müssen sie weg?

Frag deine deutschen Landsleute. Die Deutschen hassen uns Polen. Wir sind nichts als Dreck für die. Keine Schule und nichts zu fressen.

Die Jungen stapfen durch den Schnee. Unter einer Gruppe von Eichen liegt hingeduckt der Kowoł-Hof. Vor dem Wohnhaus steht der Pferdewagen, Pan Kowoł und seine Frau tragen Sachen heraus und verstauen sie auf dem Wagen.

Sie packen. Da siehst du es.

Die Jungen gehen in einiger Entfernung in Deckung. Jan kennt den Bauern kaum, seine Großmutter hat früher bei ihm Getreide eingekauft, aber da war er noch klein.

Aber warum müssen die Bauern denn wegfahren? Was soll aus dem Hof werden? flüstert Jan.

Dummkopf. Hast du immer noch nicht verstanden? Man braucht Platz für die Leute, die in der Kirche wohnen. Bei den Przybylaks war es dasselbe. Letzte Woche waren sie noch da. Heute wohnt eine Familie von diesen Fremden auf ihrem Hof.

Das ist doch Unsinn. So etwas Dummes macht doch kein Mensch. Was soll das, die Leute in den Osten schicken, damit andere Leute aus dem Osten ihre Höfe kriegen!

Jan ist empört.

Mieszko verzieht sein Gesicht zu einer hämischen Bemerkung, klappt dann aber seinen Mund wieder zu und stößt Jan in die Rippen. Ein deutsches Militärfahrzeug biegt in den Hof ein und zwei Uniformierte steigen aus. Sie besehen sich den halbgepackten Wagen von allen Seiten, als Pani Kowoł gerade aus der Tür kommt. Sie läßt vor Schreck fallen, was sie in den Armen trägt, ein Federbett und ein Kissen, auch eine Decke kullert aus dem Packen heraus. Die Deutschen betrachten breitbeinig die Sachen, dann schreien sie einen Befehl. Jan kann nichts verstehen, auch Pani Kowoł nicht, sie versteht kein Deutsch, da brüllt der SS-Mann noch viel lauter. Alles wieder hinein, hört Jan, und die Gesten des Deutschen lassen keinen Zweifel, den ausgestreckten Arm versteht auch die Bäuerin, aber sie will nicht, kann nicht glauben, ja soll sie denn ihr Bettzeug dalassen, Los, alles sofort wieder hinein, und zögernd sammelt sie die Decken wieder auf, schaut noch einmal unschlüssig zum Wagen, zu den Deutschen, dann wendet sie sich um und verschwindet im Haus.

Jan sitzt wie erstarrt. Auch Mieszko sagt kein Wort. Sie beobachten, wie die Deutschen die Bauersleute zur Eile antreiben, wie sie Gegenstände vom Wagen zerren und in den Dreck werfen, sehen, wie Kowoł und seine Frau die Sachen wieder aufheben und zurück ins Haus tragen. Endlich sind die Deutschen zufrieden. Papiere werden ausgetauscht, dann klettern die Kowołs auf ihren Wagen und fahren davon. Die Bäuerin weint, und der Bauer sieht sich alle paar Meter nach seinem elterlichen Hof um, auf dem die Kowołs geboren wurden, heirateten, alt wurden und starben, seit Menschengedenken. Dann ist der Wagen nicht mehr zu sehen.

Als auch das Auto der Deutschen verschwunden ist, bricht Mieszko das Schweigen.

Na. Was sagst du jetzt. Das ist es. So gehen die Deutschen um mit uns Polen.

Jan überlegt. Er kann das nicht glauben.

Der Kowoł-Bauer muß etwas Böses getan haben. Und das ist die Strafe. Anders kann das gar nicht sein. Er hat etwas Schlimmes getan.

Und dein Vater, fragt Mieszko, und ein häßliches Feuer glimmt in seinen ungleichen Augen, hat der auch etwas Böses getan?

Mein Vater?

Dem stiehlt man zwar nicht den Hof, denn er hat gar keinen, aber die Frau, die stiehlt ihm ein Deutscher, oder ist das etwa nicht wahr?

Laß meine Mutter in Ruhe, aber vielleicht hat Jan das nur gedacht, denn schon hat er sich auf den viel größeren Jungen gestürzt, sich in ihn verbissen und verkrallt, plötzlich haßt er diesen Mieszko, haßt ihn auf den Tod, umbringen will er ihn, ihm sein böses Maul stopfen, das Lügen und Verrat und die schreckliche Wahrheit ausspricht, für die Wahrheit, ja, für die will Jan ihn jetzt töten, ein für allemal zum Schweigen bringen. Und erbittert prügeln sich die beiden Jungen, sie sind gleich stark, auch wenn Jan kleiner ist, ist er doch wendiger, und der heilige Haß, der ihn ergriffen hat, macht ihn zu einem gefährlichen Gegner.

Irgendwann laufen sie auseinander, mit blutenden Nasen und Händen und aufgesprungenen Lippen, es kommt nicht mehr darauf an, denkt Jan, dessen Wut verraucht ist, aber die Schmach und der Schmerz tief innen, nicht der schmerzende Körper, auch wenn er hinkt, das merkt er gar nicht, sondern dieser Jammer, der in seinem Inneren frißt, das weiß er, der wird so schnell nicht heilen.

Aber er hatte recht, sagt Zygler, Mieszko sagte immer die Wahrheit. Und ein Jahr später war auch der Großbauer nicht mehr da. An den wagten sie sich als letzten, er hatte großen Einfluß, die besten Pferde weit und breit, und die Deutschen liebten gute Pferde. Außerdem zog sich das lange hin, ob er wohl deutsches Blut in den Adern ..., na ja, wie auch immer, eines Tages mußte auch er gehen, und zu dieser Zeit durften die Bauern gar nichts mehr mitnehmen von ihrem Hab und Gut. Mit einem einzigen Koffer ist er davongefahren.

Das Dorf liegt schon wieder weit hinter ihnen, sie haben die Räder zurück zur Weggabelung geschoben und schauen hinüber zu den Gebäuden des Bauernhofs.

Wohin ist er gefahren? fragt Ewa.

Ins Generalgouvernement. Man hat uns gesagt, das sei das Land der Polen. Aber. In Wirklichkeit ...

Und Szymon?

Szymon ist schon früher verschwunden.

Verschwunden?

Er war Nationalpole. Aber das hab ich erst viel später erfahren. Komm, sagt Zygler und steigt auf sein Rad. Laß uns noch schnell zum Großbauern hinüberfahren.

Und schon sitzt er wieder auf dem Sattel und radelt davon. Ewa hat Mühe, ihn auf dem sandigen Weg einzuholen.

Warte doch, ruft sie, als sie ihn erreicht. Du hast doch noch gar nicht zu Ende erzählt. Wie ging das weiter mit dir und Mieszko? Habt ihr euch denn nie versöhnt?

Zygler sagt lange nichts. Schon glaubt Ewa, er habe sie gar nicht gehört.

Wie das weiterging? Nun ja, da war anderes wichtig. Wir sind uns wohl ziemlich lange aus dem Weg gegangen. Ich war sehr beschäftigt, und die Zeit verging, ich weiß nicht wie. Die Schule hat mich in Beschlag genommen, der Dienst beim Jungvolk, das war alles neu und lästig, drei Nachmittage in der Woche, aber der Sport hat mir auch viel Spaß gemacht. Und manchmal gab es abends Lagerfeuer mit Liedern und Spielen.

Mieszko und ich, wir haben uns aus den Augen verloren. Aber dann im Sommer, ja, es muß im Sommer vierzig gewesen sein, da sind wir uns wieder über den Weg gelaufen. Es war ziemlich heiß. Ich kam von der Schule, und da stand er und schaute mich so an, da fragte ich ihn, ob er Lust habe, mit mir schwimmen zu gehen.

Mieszkos grünes Auge zuckt ein wenig, aber dann nickt er. Ja, sagt er, schwimmen, um drei. Und schon ist er weg.

Zu Hause fällt Jan ein, daß er eigentlich zum Jungvolk muß, aber heute läßt er fünfe gerade sein und das Jungvolk-Treffen ausfallen. Es ist zu heiß, denkt er, das ist kein Wetter zum Exerzieren, das ist ideales Wetter zum Baden.

Als Jan zu ihrer geheimen Stelle kommt, lehnt sein Freund schon an einem Baum.

Wo ist dein Fahrrad, fragt er, und steigt von seinem.

Mieszkos Blick ist finster.

Du lebst wirklich hinterm Mond, Janek. Wo mein Fahrrad ist, willst du wissen? Hab es abgeben müssen, wie alle Polen.

Abgeben?

Irgendein *Szwab* fährt jetzt wohl damit herum.

Jan versteht immer noch nicht. Umständlich stellt er sein Fahrrad ab und setzt sich zu seinem Freund ins Gras.

Du hast dein Fahrrad abgeben müssen?

Ja bist du schwerhörig? Liest du nicht das Amtsblatt? Stehen aber interessante Dinge drin. Geht dich das ja alles nichts an, nicht wahr. Von dir will ja auch niemand das Fahrrad haben. Für dich gibt es die Schule, du mußt dich nicht heimlich zur Lehrerin schleichen, damit sie dir das Schreiben und Rechnen …

Mieszko beißt sich auf die Lippen.

Ach, vergiß das alles. Komm. Laß uns schwimmen.

Die beiden haben den See für sich allein. Sie werfen die Kleider von sich und stürmen ins Wasser. Mieszko ist größer als Jan und kräftiger, sein brauner Körper glänzt in der Sonne und gräbt eine breite Furche durch das dunkle Wasser. Aber Jan ist schneller, flink wie ein Fisch taucht er unter Mieszko hindurch, der kann nie wissen, wo sich Jans Stoppelhaupt prustend gleich wieder aus dem Wasser heben wird. Dann liegen sie faul in einer Grasmulde, Halme zwischen den Zähnen. Die Sonne reflektiert sich im Wasser und wirft wellentanzende Lichter in die Baumkronen.

So könnte es eigentlich immer sein, denkt Jan, und dann denkt er gar nichts mehr, hört das Wasser mit kleinen Schlägen gegen das Ufer plätschern, atmet den Duft von Gras und Erde, spürt die Sonnenstrahlen auf seinem Rücken.

Macht dir wohl Spaß, knurrt Mieszko neben ihm.

Jan blinzelt. Er hat keine Ahnung, wovon sein Freund spricht.

Heute würdest du dich schon in den Dreck werfen, oder?

Jan rührt sich nicht. Er lauscht auf die Wellen und das Rauschen der Blätterkronen. Vielleicht, wenn er nicht hinhört, vielleicht lösen sich hingesprochene Worte einfach in Luft auf und sind so gut wie gar nicht erst gesagt. Ganz sicher ist es so. Er braucht sie nur einfach nicht zu hören, diese Worte. Aber Mieszko gibt keine Ruhe.

Bist ein guter Deutscher geworden.

Willst du schon wieder streiten?

Mieszko hat sich auf die Seite gelegt und rupft das Gras büschelweise aus. Und sein Schweigen wiegt schwerer als die Worte vorher.

Ich möchte nur gerne wissen, sagt er endlich, ob man sich auf dich noch verlassen kann.

Tja, sagt Jan und wirft sich auf den Rücken, das mußt du wohl alleine entscheiden.

Mieszko preßt den Mund zusammen und reiht die ausgerissenen Grashalme einen neben dem anderen auf einem großen grauen Stein auf.

Ihr werdet dort zu Einzelkämpfern ausgebildet.

Er legt Halm neben Halm, eine lange Reihe.

Für den Krieg. Wirst sehen, die schicken euch noch in den Krieg.

Jan zuckt mit den Schultern.

Das ist doch alles Unsinn. Und wenn schon. Du hast doch selbst gesagt, wir müssen die Russen aus dem Land halten.

Mieszko seufzt. Jan findet, er sieht aus wie ein erwachsener, alter Mann.

Polen ist umringt von lauter Feinden. Aber hör gut zu: Die unsrigen sind weit, aber sie werden wiederkommen.

Mein Gott, du redest wie ein Verrückter.

Da richtet sich der große Junge auf, packt Jan bei den Schultern.

Hast du vergessen, wie ich heiße?

Mieszko heißt du.

Das ist mein wirklicher Name, ja. Aber getauft wurde ich auf Jan, so wie du, weißt du das nicht mehr?

Doch, natürlich weiß es Jan. Mieszko hat die polnischen Stämme geeinigt und ist zum katholischen Glauben konvertiert, noch vor der Jahrtausendwende, und als sie diese Geschichte gehört hatten, Lechs Großvater hat sie ihnen erzählt, damals, in dem Geräteschuppen im Hinterhof, andächtig hatten die kleinen Buben um den alten Mann herumgesessen, Mieszko, der große Polenführer, 966 in Gnesen, damals hatte sein Freund verkündet, von nun an sei er Mieszko, der große Polenführer, und niemand dürfe ihn mehr Jan nennen. Den anderen war es recht, damit gab es keine Verwechslungen mehr, und außerdem stimmte es, Mieszko war ihr Häuptling, ihr Anführer, und dabei war es geblieben.

Die Deutschen haben es nicht gemerkt, kichert er jetzt, die kennen sich nicht aus in der polnischen Geschichte, Mieszko Olzak steht in der Liste, Pole bleibt Pole, und so soll es sein.

Dann blickt sein grünes Auge wieder finster.

Irgendwann muß man sich entscheiden, Janek. Bist du Deutscher oder Pole, bist du Freund oder Feind, dazwischen gibt es nichts.

Was soll das, du weißt genau, daß wir Deutsche sind. Volksdeutsche. Das kann man sich doch nicht aussuchen. Kannst du dir vielleicht aussuchen, ob du Pole sein willst oder nicht?

Mieszko spuckt im hohen Bogen in den See.

Glaubst du vielleicht, ich will etwas anderes sein als ein Pole?

Nein. Natürlich nicht. Und ich bin eben, was ich bin. Deswegen bin ich doch immer noch dein Freund.

Lange sagt Mieszko nichts. Schaut auf den See hinaus. Dort springen ein paar Fische, silbern glänzen sie für einen Moment im Sonnenlicht, fallen klatschend zurück ins Wasser.

Bist du das wirklich?

Ja.

Mieszko wendet sich wieder dem Stein zu. Nimmt einen Grashalm aus der Reihe, sieht ihn prüfend an, zieht ihn dann langsam durch die Zähne.

Die Deutschen wollen uns dumm halten. Aber wir sind schlauer als sie. Zwei Stunden Unterricht täglich, glaubst du, das ist genug, um alle Dinge zu lernen, die man wissen muß?

Jan schweigt, sieht seinen Freund groß an.

Ich verrat dir ein Geheimnis. Werd ja dann sehen, ob du wirklich mein Freund bist.

Wieder klatscht es zwei- dreimal auf dem See, aber als sie hinsehen, sind nur noch die Kreise zu sehen, die sich langsam und unaufhörlich ausbreiten, schließlich aneinanderstoßen und ihre Ringe ineinander verflechten.

Wir gehen alle heimlich zur Schule. Im Untergrund.

Mieszkos Stimme ist kaum noch zu hören.

Im Untergrund?

Das ist gefährlich. Wenn die Deutschen uns erwischen, bringen sie uns alle um.

Jan starrt seinen Freund an.

Aber warum denn?

Der polnische Junge antwortet ihm nicht. Schweigend sieht er weit auf den See hinaus.

Hör zu, Janek. Es könnte sein, daß ich dich einmal brauche.

Ein Fischreiher zieht über dem See seine Kreise.

Kann ich mich dann auf dich verlassen?

Ja, das kannst du.

Du würdest mich niemals verraten?

Nein.

Kannst du das schwören?

Jan spürt eine kalte Angst in sich aufsteigen, die ihm fast den Atem nimmt. Aber da ist auch etwas Heiliges zwischen ihnen, das ihn stolz macht und stark.

Ja. Ich schwöre, ich verrate dich nicht.

Bei der Mutter Gottes?

Bei allem was mir heilig ist.

Mieszko streckt seine Hand aus. Jan ergreift sie. Lange halten sie sich so, Auge in Auge, Jan kommt es vor, als brenne die Hand seines Freundes wie Feuer. Dann lacht Mieszko mit einem Mal laut auf und zieht Jan mit einem Ruck auf die Beine.

Komm, schreit er, auf ins Wasser.

Und dort toben die Jungen wie die kleinen Kinder, bis sie

müde und hungrig sind und die Sonne schon hinter den Bäumen steht.

Zu Hause empfängt Bronja Zygler ihren Ältesten mit glühendem Gesicht und Augen wie Dolche.

Wo bist du gewesen?

Beim Schwimmen. Warum …?

Und das Jungvolk?

Jan sieht sie fragend an.

Die Polizei war da. Du sollst sofort zur Wache kommen. Du warst nicht beim Treffen. Das ist ein großes Vergehen.

Bronja Zygler mustert ihn mit schmalen Augen.

Die Polizei im Haus. Wie kannst du mir das antun! Geht einfach zum Schwimmen, hat man das schon mal gehört, geht zum Schwimmen statt zum Dienst. Mit wem warst du dort?

Aber …

Mit wem?

In Jans Kopf dreht sich alles. Zur Polizei. Ein Vergehen.

Die Mutter schüttelt ihn unsanft an den Schultern.

Mit wem warst du am See? Etwa mit diesem Polen, dem Mieszko? Jan, sieh dich vor. Weißt du nicht, daß uns das alle Kopf und Kragen kosten kann? Du sollst nicht mit Polen Umgang haben, wie oft habe ich dir das gesagt.

Aber er ist mein Freund.

Nein, schleudert ihm Bronja ins Gesicht, ein Pole ist niemals der Freund eines Deutschen, merk dir das. Merk dir das ein für allemal, sonst sperren sie uns bald alle ein. Und du bist Schuld. Willst du das? Willst du uns alle ins Verderben stürzen? Du bist Deutscher, vergiß das nicht, und Deutscher zu sein in diesen Zeiten ist eine Auszeichnung, ein großes Glück. Ach, was red ich. Du bist wie dein Vater. Und jetzt geh. Zur Polizeistelle. Na los, geh schon. Aber du warst alleine am See, hörst du, alleine. Bete zu Gott, daß euch niemand gesehen hat.

Jan setzt sich in Bewegung. In seinem Kopf kreiseln Worte und Bilder. Die Polizei war gekommen, wie zu einem Verbrecher. Während er in aller Ruhe am See lag, haben sie nach ihm gesucht.

Eine Weile steht er vor der Polizeiwache, ehe er den Mut hat hineinzugehen. Der Wachmann trägt den Totenkopf am Kragen.

So, sagt der. Du bist also nicht zum Treffen gegangen. Hattest wohl etwas Besseres vor?

Der Polizeibeamte zieht eine Akte hervor.

Na mal sehen. Johannes Zygler. Deine Eltern sind Volksdeutsche. Denkst du, du machst ihnen damit Ehre?

Jan weiß nicht recht, ist es besser, zu sprechen oder zu schweigen.

Denkst du, der Dienst am Vaterland ist eine Sache, zu der man kommen oder gehen kann, wie es einem gerade paßt?

Jan entscheidet sich fürs Schweigen.

Ach, und reden kann er auch nicht? Der Beamte sieht ihn durchdringend an, beugt sich ein Stück weit über den Schreibtisch Jan entgegen.

Ist dir wohl zu anstrengend, die sportliche Ertüchtigung, was? Wo hast du dich herumgetrieben? fragt er dann leise.

Ich war Schwimmen, sagt Jan. Es war so schönes Wetter heute.

Der SS-Mann schaut erstaunt, zieht die Augenbrauen hoch. Schwimmen? Hmm, na ja. Mit wem warst du schwimmen?

Mit niemandem. Jans Kehle fühlt sich trocken und staubig an, er hat das Gefühl, nie wieder irgend etwas sagen zu können.

Soso. Mit niemandem also.

Der Mann hinter dem Schreibtisch blättert weiter in der Akte. Er blättert und hört nicht auf damit. Jan merkt, daß ihm die Knie zittern. Schließlich schlägt der Wachmann die Akte zu, daß feiner Staub aufsteigt. Dann schiebt er ein Blatt Papier so hin, daß Jan es lesen kann. Darauf steht:

Nasi
Są
Daleko
Ale
Powrócą

Weißt du, was das heißt?

Janek nickt. Die unseren sind weit, aber sie werden wiederkommen.

Das haben Unbekannte heute nacht an die Fassade der NSDAP geschmiert. Hast du eine Ahnung, wer das war?

Janek kann nichts sagen. Er schluckt trocken und schüttelt den Kopf, bis ihm schwindelig ist.

Bist du dir ganz sicher? Vielleicht hast du eine Vermutung?

Nein. Jan wundert sich selbst, als er seine rauhe Stimme hört. Er schluckt noch einmal.

Nein.

Der Totenkopf blickt ihn lange an. Dann steht er auf.

Komm einmal mit, ich zeig dir was.

Jan geht hinter dem Mann zum Büro hinaus und den Flur entlang. Ganz hinten wird eine Gittertür aufgeschlossen.

Hier, sagt er, sieh dir das ganz genau an.

Jan starrt in die Zelle. Sie ist klein. Eine Pritsche, mehr hat nicht Platz, ein kleines vergittertes Fenster unerreichbar hoch oben unter der vergilbten Decke.

Das ist der Ort für solche wie dich, sagt der Mann mit dem Totenkopf, sieh ihn dir nur genau an.

Und dann schließt er die Zelle wieder zu.

Geh, sagt er, für heute kommst du noch einmal davon. Aber sieh dich vor. Wenn du noch einmal fehlst beim Dienst …

Eine kleine, ewig lange Weile steht Jan wie angewurzelt auf dem Flur. Dann stürzt er aus dem Gebäude, rennt die Straße hinunter und eine zweite, rennt, ohne anzuhalten, läuft zur Stadt hinaus und über die Wiesen, und erst am Bach bei Poduchowne hält er an. Er kniet sich ins Gras, beugt das Gesicht über das Wasser. Er kann kleine Fische sehen, wie sie dort unten hin- und herflitzen. An der Oberfläche spiegelt sich ein fremdes, keuchendes Gesicht mit aufgerissenen Augen.

Das Tor ist geschlossen. Hinter den Gitterstäben fletscht ein deutscher Schäferhund seine Lefzen.

Wir müssen da nicht unbedingt hinein, oder? fragt Ewa zaghaft.

Aus einer der Scheunen kommt ein Mann den lehmigen Weg herunter zum Tor. Er betrachtet die beiden Fremden mißtrauisch mit schmalen Augen, schreit den Hund an, der nicht auf ihn hört, und fragt etwas. Zygler versucht zu erklären, aber der Mann kann ihn nicht verstehen, der Hund hört nicht auf zu bellen, und eigentlich, so denkt Ewa, will der Mann auch gar nichts verstehen. Schon wendet er sich wieder ab, erschrocken sieht Ewa, wie an der Schläfe ihres Vaters eine Ader anschwillt und sich seine Hände in das Gitter krallen. Da taucht wie aus dem Nichts eine alte Frau auf, ganz klein und vertrocknet, mit einem riesigen Buckel und einem Gesicht wie ein Winteräpfelchen im März. Sie stößt schrille Laute aus, und mit einem Mal verstummt der Hund, zieht den Schwanz ein und verschwindet, der Mann macht ein betretenes Gesicht, und da öffnet sich auch schon das Tor. Mit einer weitausholenden Geste, die man überall auf der Welt versteht, werden sie hereingebeten.

Während ihr Vater mit der Frau spricht, überlegt sich Ewa, wie alt diese Frau wohl sein mag. In ihrem Mund sind kaum noch Zähne, das zu einem Knoten gebundene Haar ist so dünn, daß die Kopfhaut rosig hindurchschimmert, aber ihre Augen sind lebhaft, aufmerksam und voller Wärme. Einem kleinen Mädchen, das herbeiläuft, skandiert sie ein paar Silben zu, daß es die Augen aufreißt und ins Haus läuft.

Ewa fängt ein paar Namen auf, *Mój ojciec ... Józef Zygler*, und das Gesicht der Alten legt sich in alle Falten, dann hellt es sich auf, *tak, tak*, heftiges Nicken und ein Schwall von Worten, die auch ihr Vater nicht entschlüsseln kann, das steht ihm deutlich ins Gesicht geschrieben, und die Alte lacht und haut ihm mit ihren knochigen Händen auf die Oberarme, so hoch sie eben hinaufreicht, *tak, tak, Zygler, Józef Zygler*. Da kommt das kleine Mädchen aus dem Haus, in der Hand ein Tablett mit drei kleinen Gläschen, Wasser ist das nicht, das ist Ewa klar, das soll wohl Vodka sein, denkt sie, als es wie Feuer ihre Kehle hinunterstürzt, ablehnen kommt nicht in Frage, hat ihr Vater mit einem kurzen Blick signalisiert.

Wer war die Frau, fragt Ewa, als sie wieder draußen sind. Den ganzen Hof haben sie besichtigen dürfen, der Schweinestallduft wird noch eine Weile in ihren Kleidern hängen, und eine Tüte mit Kirschen haben sie auch mitnehmen müssen.

Keine Ahnung, sagt Zygler und lächelt verschmitzt, sie kannte meinen Vater, anscheinend hat sie ihn gemocht, aber ich hab so gut wie nichts von dem verstanden, was sie gesagt hat.

Du hast nichts verstanden? fragt Ewa verblüfft.

Na ja. Jedenfalls nicht sehr viel.

Ein wenig verlegen ist er schon. Er räuspert sich, verstaut die Kirschen auf dem Gepäckträger, dann sagt er:

Aber du, du mußt das doch wissen. Das Wesentliche sagen die Menschen sowieso mit dem Gesicht und den Händen. Mit dem Körper. Verstehst du.

Ach, denkt Ewa und ruft sich das Nicken und Schulterzucken, das Lachen und tak tak ihres Vaters noch einmal vor Augen. Natürlich. Auch das ist eine Möglichkeit.

6

In Dankas Wohnung ist Ada beim Kochen. Ewa geht zu ihr in die Küche, aber zu zweit ist es fast zu eng, sie steht halb auf dem winzigen Balkon, auf dem sich auch Moniczkas Katze sonnt. Ewa will helfen, aber es gibt nichts zu tun, Ada rührt in dem Gemüseeintopf und versucht, Ewa ein paar Worte Polnisch beizubringen, *dobrze, dobrze*, das geht doch schon ganz gut, als ein kleiner Schrei die beiden den Kopf ins Wohnzimmer stecken läßt. Moniczka kommt mit ausgestreckten Händen auf sie zu, drei Mozartkugeln liegen auf den Handflächen. Fünf hat ihr Ewa gestern geschenkt, und das kleine Mädchen war hingerissen von den goldenen Kugeln. Jetzt sind es nur noch drei, aber Moniczka hat keine gegessen, *nie mamusiu*, bestimmt nicht, glaubt Ewa zu verstehen, überall hat sie gesucht, und eine Träne, groß wie eine Perle, hängt in ihren Wimpern. Im Eck sitzt der Großvater mit der geschwollenen Nase und lächelt traurig vor sich hin. Plötzlich bricht das aufgeregte Geschnatter zwischen dem Kind und seiner Mutter ab, die Blicke wandern zum Alten. Der sitzt in seinem Sessel, wiegt mit dem Oberkörper und lächelt sein Lächeln.

Nunu, sagt er und streckt die Hand nach seiner Enkelin aus, die aber duckt sich, tritt einen Schritt zurück, blickt auf die drei Kugeln in ihrer Hand, scheint ein paar Zentimeter zu wachsen, auf ihrem Gesicht erscheint ein Ausdruck, wie ihn Erwachsene oft nicht haben in solchen Augenblicken, es ist ein Ausdruck der Würde, einen Augenblick steht Moniczka da wie eine Königin, dann schenkt sie dem Alten ein Lächeln, nicht vorwurfsvoll, auch nicht verachtend, mitleidig vielleicht, ein Lächeln, mit dem eine Königin ihrem Narren einen dummen Streich verzeiht, dann wischt sie sich die Träne ab, dreht sich um und geht in ihr Zimmer.

Andrzej hat angerufen, verkündet Danka beim Suppelöffeln, hinter ihrem Rücken jagen weiße Farmer eine Horde Indianer, oder umgekehrt, Indianer jagen eine Horde weißer Farmer, dann wechselt das Bild auf das Gesicht einer schönen jungen Frau mit hochgeschlossener, tadellos weißer Stehkragenbluse, die lautlos die Lippen bewegt. Der Ton ist abgeschaltet während des Essens, aber die Macht der Bilder zwingt Ewa doch immer wieder, auf den Bildschirm zu sehen, und während die blonde Dame in der Totalen ihre schönen Lippen bewegt, sagt Danka nach einer langen suppenschlürfenden Pause, läßt sich vielmals entschuldigen, kann nicht fort heute um vier, lieber morgen den Ausflug zum Kraftwerk, morgen nachmittag, da wird es gehen, und tut ihm so leid.

Ewa löffelt den Eintopf. Hätte sie sich ja denken können. Und außerdem. Was wollte sie in einem Kohlekraftwerk. Vielleicht würde sie sich endlich einmal hinlegen am Nachmittag, viel gibt es in diesem Kaff wohl nicht mehr zu sehen.

Warum kommt nicht zu mir? Besichtigung von Schneiderei.

Danka strahlt stolz und erwartungsfroh.

Janek, müßt kommen.

Später macht Ewa den Abwasch. Sie fühlt sich träge und schwer, diese Verwandtschaft, die Enge und die ständigen Verpflichtungen gehen ihr auf die Nerven. Sie hängt das Spültuch zum Trocknen auf den Balkon, schaut sehnsüchtig zum tiefblauen Himmel hinauf. Wenn man doch irgendwo schwimmen gehen könnte oder sich einfach auf eine Wiese legen. Sie denkt an das Ufer der Warthe, die Weite, die Einsamkeit, an den See im Park, von dem ihr Vater ihr erzählt hat. Meilenweit möchte sie weg sein, allein, oder vielleicht doch zusammen mit einem Menschen, vielleicht jemandem mit dunkelblauen Augen und goldener Haut.

Bester aller Schwiegersöhne. Ewa schüttet das schmutzige Spülwasser aus. *Dobrze*. Vergiß ihn.

Die kleine schwarze Katze wacht auf, streckt sich und streicht ihr um die Füße. Im Wohnzimmer sitzt der Alte im Sessel und starrt auf den Bildschirm. Ein Raumschiff der Konföderation jagt die Klingonen. Oder umgekehrt.

Jan liegt im Bett. Er schläft noch nicht, döst vor sich hin. Am Eßtisch sitzen sein Vater und Wojtek im Lampenkegel, zwei Gläser vor sich. Seit ein paar Wochen schläft Wojtek bei ihnen in der schrägen Kammer. Wenn es dunkel ist, kommt er, trinkt noch ein Glas mit dem Vater, der Mutter geht er aus dem Weg, und morgens, wenn Jan aus den Federn kriecht, ist er schon wieder unterwegs.

Was macht denn der Wojtek den ganzen Tag?

Auch darauf gibt es keine Antwort. Sein Vater heißt ihn schweigen und schärft ihm ein, niemandem etwas zu sagen, kein Wort von Wojtek und dem Schlafen in der schrägen Kammer. Niemandem. Ehrenwort. Jan hat es geschworen.

Jetzt sitzen die beiden Männer dort über ihre Gläser gebeugt, grinsen breit vor sich hin und sagen lange nichts. Es ist eine ganze Weile her, seit Jan seinen Vater so fröhlich gesehen hat.

Komm, sagt er zu Wojtek, trink noch einen.

Ja, sagt Wojtek, da wirst du froh sein, ja, das glaub ich. Wann fährt er denn?

Nächste Woche, sagt Jans Vater. Hätte schon früher. Ja. Aber nächste Woche. Bestimmt.

Ja, sagt Wojtek und leert das Glas, da kannst du froh sein, das wird ja auch Zeit. Wird Zeit, daß die Braunen aus Polen verschwinden.

Die Braunen machen mir nichts. Unten, die Küche, seitdem sie hier sind, haben wir genug zu essen. Aber dieser eine. Der soll sehen, daß er nach Hause kommt.

Ja, sagt Wojtek, soll er sehen. Und sie. Was sagt sie dazu?

Sie? Józefs Miene wird finster. Nichts sagt sie. Nichts. Was soll sie schon sagen.

Ja, sagt Wojtek. Was wohl. Die Weiber. Aber wird ihn vergessen. Wirst sehen. Vergessen. Das Reich ist weit. Und eines Tages, Józef, eines Tages werden sie alle wieder gehen.

Sollen sie gehen, sagt Józef, sollen sie gehen oder bleiben. Sind Menschen wie wir. Glaub mir, einer wie der andere, wollen alle nach Hause. Und den großen Krieg haben sie ja so gut wie gewonnen.

Na ja, sagt Wojtek, das werden wir sehen. Gewonnen ... zerronnen ... Aber Polen ...

Laß das, sagt Józef, das mit der Politik, ich will nichts hören. Wir sind Deutsche. Volksdeutsche. Für sie ist das wichtig. Deutsche. Ja. Aber ich sag dir: Bleib ich nicht immer der Józef, ob ich Pole bin oder Deutscher oder was sonst auch immer, bleib ich nicht immer der, der ich bin? Hab ich im letzten Krieg nicht gekämpft, glaubst du, da wär einer auf den Gedanken gekommen zu fragen, bist du Deutscher, bist du Pole, ein Gewehr in die Hand und fürs Vaterland kämpfen, und das Vaterland hieß Polen, hier bin ich geboren, hier, Wojtek, hier will ich auch sterben, was interessiert mich, was die da oben machen und sagen und wollen, anpassen muß man sich, die Ohren dicht an den Kopf anlegen, der Wind weht mal so und dann so, die da oben kommen und gehen, aber ich muß sehen, daß die Kinder was zu essen haben, und daß der Józef auch der Józef bleibt.

Ja, sagt der Wojtek, ja, bist ein guter Kerl, Józef, aber ein bißchen Politik hat noch keinem geschadet, vor allem in diesen Zeiten ...

Geh mir fort mit der Politik, Józef wird hitzig, hat schon manchem den Kragen gekostet, und glaubst du, ich will, jetzt wo der geht, glaubst du, da will ich mit meiner Bronja noch über Politik streiten, nein, Wojtek, ich bin des Streitens müde, ich will endlich Frieden haben, ein klein wenig Frieden ...

Ja, sagt Wojtek, aber wir sind mitten im Krieg, auch er ist erhitzt, im Krieg, und du wohnst über der Gulaschkanone unserer Blutsauger, siehst nichts, hörst nichts, gar nichts merkst du von all dem, was sie da machen mit uns? Du, ja, du bist Deutscher, plötzlich bist du Deutscher, das geht dich jetzt alles gar nichts mehr an, aber ...

Still, sagt Józef und wird blaß, still, hörst du nicht, da kommt sie aber früh heute, und auch Jan ist erstaunt, so früh ist sie schon lange nicht mehr nach Hause gekommen, aber es sind ihre Schritte die Treppe herauf, kein Zweifel, so geht nur sie, und so entschieden wie die Schritte heute auf der Treppe klackern, ist sie nicht in bester Laune. Da langt der Wojtek auch schon nach seiner Mütze, steht auf, nichts für ungut, sagt er, die Muttergottes wird uns segnen, und verschwindet eilig in der Kammer.

Sein Vater ist also heiter wie schon lange nicht mehr, pfeift beim Kartoffelschälen, singt beim Wasserschleppen, und in der Wohnung sitzt die Mutter mit weißem Gesicht, die Hände im Schoß, und ihre Augen sehen nicht, was Jan sieht, nicht die Stube, nicht die Kinder, nicht die Wände, durch die Wände hindurch sehen sie, über Turek hinaus, in unbestimmte Fernen.

Auch Jan ist froh, aber das Gesicht seiner Mutter macht ihm Sorgen. Er ist froh, daß er weg ist, der Mann, der ihn geschlagen hat, der ihn und seinen Vater so mit Schmach bedeckt hat, aber der Kummer seiner Mutter ist auch sein Kummer, und so leidet er still mit ihr, ist ganz besonders brav, aber das bemerkt sie gar nicht. Einmal nimmt er ihre Hand, da sieht sie ihn an, erstaunt, als wache sie auf aus einem tiefen Traum. Und dann reißt sie ihn an sich, drückt ihn und fängt an zu schluchzen, Jan will, daß das aufhört, seine Mutter soll nicht weinen, glücklich soll sie sein, schön und stolz, und lieber soll sie zanken mit ihm und mit ihren schwarzen Augen funkeln.

Sie hat jetzt wieder Zeit für ihn. Jan genießt es, mit ihr in der Stube zu sitzen, auch wenn sie kaum mehr etwas redet, kaum mehr lacht und so seltsame Dinge von ihm will. Er soll lernen, seine Strümpfe zu stopfen, ein großer Junge sollte das können, es ist ihm recht, alles ist ihm recht, wenn sie nur wieder zufrieden ist und aufhört, auf Wände zu starren. So lernt er also Stopfen, lernt, Knöpfe anzunähen, soll auch lernen, wie man die Wäsche macht, aber da kommt der Vater dazu und stellt die Fragen, die Jan nicht stellen mag: Warum soll denn der Junge die Wäsche waschen, was soll das alles? Und dann ist nicht mehr davon die Rede.

Hier. Hier war das Ghetto, sagt Zygler.

Ewa sieht sich erschrocken um.

Wo? fragt sie.

Hier. Diese beiden kleinen, parallelen Straßen, sie verbinden die ulica Kaliska, die Kalischer Straße mit der ulica Żeromskiego. Die Schmale und die Breite Straße hießen sie, siehst du, so heißen sie sogar noch heute: ulica Szeroka und ulica Wąska. Man hat beide Zugänge mit Brettern zugenagelt und Stacheldraht gespannt. Und innen drin, da haben dann die Juden gewohnt.

Ewa schnappt nach Luft.

Wann war das? fragt sie dann.

Zygler kratzt sich am Kopf.

Wann das war ... Mein Vater ist mit mir einmal dorthin gegangen, ins Ghetto, obwohl das bei Todesstrafe verboten war, das war im Winter vierzig-einundvierzig.

Ihr seid ins Ghetto gegangen?

Ja, sagt Zygler. Ich brauchte dringend eine Mütze.

Du kannst da nicht hingehen. Bronja war empört.

Er braucht eine Mütze. Soll ihm der Verstand erfrieren?

Henryk braucht auch eine. Aber man bekommt keine.

Mützen haben wir immer beim Krzeszewski gekauft.

Der ist Jude und sitzt im Ghetto.

Wenn er dort ist, dann gehen wir eben ins Ghetto. Komm Janek.

Jan ging hinter seinem Vater her. Es war schon fast dunkel, die tiefblaue Stunde der Dämmerung. Es war nicht weit bis zum Ghetto, an der Post vorbei, Richtung Marktplatz. Bei der letzten Querstraße vor dem Ghetto hielt Józef Zygler inne, bog nach links ein, sah sich ein paarmal um, läutete dann an einer Tür. Ein älterer Mann machte ihnen auf, Józef wechselte ein paar belanglose Worte über das Wetter und die Kälte, fragte nach einem anderen Mann und wurde hereingebeten. Aber sie betraten kein Zimmer, sondern wurden durch den Flur zur Hintertür hinaus in den Hof geführt, auf ein Hinterhaus verwiesen und verabschiedet.

An diesem Hinterhaus ging Józef Zygler mit seinem Ältesten vorbei, betrat ein anderes, sie gingen ein paar Flure entlang, durch Türen hindurch, Jan mußte achtgeben, nicht zu stolpern, denn überall lag dort in der Dämmerung etwas Weiches im Weg, doch dann merkte er, daß es Menschen waren, die hier lagerten, und erst, als seine Augen sich an das Dunkel gewöhnt hatten, sah er, daß hier alles voll war mit Menschen, jeder Quadratzentimeter besetzt, Frauen, Männer und Kinder lagen oder saßen auf Decken oder Lumpen, die Ausdünstung so vieler Menschen hing schwer in der Luft, Jan sah in verwucherte Gesichter und in Augen voller Drangsal. Sein Vater bewegte sich inmitten dieses Elends ganz natürlich, fragte hier und da nach dem Mützenmacher, erhielt auch Auskunft, und dann kamen sie in ein Zimmer, in dem in der einen Ecke eine junge Frau mit drei Kindern auf einer Matratze saß, das kleinste schrie in ihren Armen, und in der anderen Ecke wohnte der Gesuchte mit seiner Familie, Frau und zwei erwachsene Söhne, die düster an der Wand lehnten, die Arme verschränkt, und Jan mit mißtrauischen Blicken musterten.

Der Mützenmacher erhob sich von seinem Stuhl.

Dobry wieczór, Panie Krzeszewski, sagte Józef höflich. Mein Sohn braucht eine Mütze.

Der Alte sieht Józef ins Gesicht, dann von ihm zu Jan und wieder zurück. Schließlich wendet er sich zu einer Truhe, öffnet sie, und holt ein paar Fellmützen heraus.

Wollen mal sehen, ob dem jungen Herrn eine paßt, sagt er und hält sie Jan entgegen.

Der Weg hinaus kommt Jan entsetzlich lang vor. In den Fluren und Zimmern, durch die sie gekommen waren, hat man inzwischen Licht angezündet, und das Elend des überfüllten Ghettos, die notvolle Enge stehen in voller Helle vor seinen Augen. Es fällt ihm schwer, diesen Menschen in die Gesichter zu sehen, eilig und mit gesenktem Kopf geht er hinter seinem Vater her, der hier und da einen Gruß in die Gruppen wirft, worauf die Gespräche verstummen und ihnen ungläubige Augen nachschauen. Jan fühlt eine Beklemmnis, er spürt, daß hier ein großes Unrecht geschieht, er kann nicht verstehen, warum diese Menschen hier so hausen müssen, während sie zu viert so ein großes Zimmer haben. Er achtet ängstlich darauf, niemanden zu treten, möglichst keinen zu stören, und dann sind sie auch schon im Freien, durchqueren vorsichtig den Hinterhof, verabschieden sich bei dem Mann im Vorderhaus und gehen heim.

Zu Hause sitzt Bronja mit dem Kleinen beim Abendbrot.

Jan zeigt stolz seine Mütze, und Paweł schreit, weil er auch eine haben will. Aber er wird still, als Jan ihm die Mütze in den Schoß legt und er das weiche Fell streicheln darf.

Ich hab gedacht, ihr kommt niemals wieder, sagt Bronja gepreßt. Jan wundert sich. Fast klingt eine kleine Enttäuschung in ihrer Stimme mit.

Merk dir, sagt Józef, ich komme immer wieder.

Bronjas Augen wandern über Jans Kleidung.

Und die haben gar nichts gesagt?

Jan sieht an sich herab. Er erschrickt. An seinen Kleidern trägt er, wie immer, die Abzeichen der Hitlerjugend.

Und später haben wir dann selbst dort gewohnt.

Im Ghetto?

Nein, später, als die Juden längst fort waren.

Ewa betrachtet die Häuserzeilen entlang der ulica Wąska. Ein Ghetto hat sie sich immer ganz anders vorgestellt. Nichts erinnert mehr an Stacheldraht und zusammengepferchte Menschen.

Komm, ich zeig dir, wo.

Ewa folgt ihrem Vater in die ulica Szeroka. Ihr ist es, als gehe sie über weiche Menschenkörper. Ihr Vater ist schon weit voraus. Aufgeregt geht er an den Eingangstüren vorbei, zögert ein wenig, schaut in eine Hofeinfahrt, in eine andere, dann ist er sich sicher.

Hier, sagt er, zuerst haben wir hier vorne gewohnt mit Blick auf die Straße. Und später sind wir in den hinteren Teil gezogen, komm mit.

Durch die Einfahrt gelangen sie in den Hinterhof. Kein Mensch ist zu sehen. Zur Straße hin ist die Fassade getüncht, aber das Rückgebäude zeigt rote Klinkermauern. Zygler ist irritiert.

Nanu, sagt er, wo ist denn der Schuppen? Hier hatte ich meine Tauben, sehr schöne Tauben ..., aber wo ist der Schuppen geblieben?

Ewa sieht es zuerst. Eine feine Linie läuft die Mauer schräg herunter, wo das Rostrot der Klinker heller geblieben ist.

Hier, sagt Zygler, hier verlief das Dach. Das ist alles, was vom Schuppen geblieben ist.

Aber er ist zufrieden. Wirklichkeit und Erinnerung passen wieder zueinander wie ein Puzzleteil ans andere.

Ewa sieht ihn an. Ihr Vater erscheint ihr plötzlich sehr fremd.

Was war das für ein Leben, drei Straßen entfernt von einem jüdischen Ghetto, und dann wird es geräumt, warum erzählst du mir davon nichts, wann wurde es geräumt, wo kamen all die Menschen hin, und ihr hattet nichts Besseres zu tun, als hier die Wohnungen in Beschlag zu nehmen, wo so ein Elend ...

Ewa bricht ab, starrt auf die Häusermauern.

Ich weiß nicht, was du meinst, sagt ihr Vater. Wir brauchten eine Wohnung. Hier wurden welche frei ...

Weil man ihre Bewohner in die Gaskammern geschickt hat. Mit Mühe unterdrückte Ewa das Bedürfnis, ihren Vater anzuschreien.

Ja, sagt er, ja, du hast recht. Aber das haben wir damals nicht gewußt. Jedenfalls ich nicht. Keine Ahnung, was mein Vater wußte. Ich war ein Kind. Hab mir keine Gedanken gemacht. Irgendwann waren sie weg. Es hieß, die müßten jetzt arbeiten, die Juden. Das schien mir nichts Schlimmes. Arbeit zu haben war ein Privileg. Mein Vater war immer froh, wenn er Arbeit fand. Wann sie weg waren? Ich weiß es nicht. Irgendwann waren die Straßen leer.

Ein Volk von Nichtwissern und Tätern, denkt es in Ewa. Sie will das nicht denken, würgt einen bitteren Geschmack hinunter.

Ihr Vater betrachtet sie.

Ich war zwölf Jahre alt, sagt er. Wie soll ich das erklären. Es war ruhig in der Stadt, eine Ruhe der Gräber, sie schnitt einem den Atem ab, wenn man durch die Straßen ging. Alles schien ruhig und geordnet, aber keiner bewegte sich mehr frei, auch wir Kinder nicht. Angst hing in der Luft. Und Mißtrauen. Irgendwann stellte ich keine Fragen mehr, ich bekam sowieso keine Antworten. Und Sorgen hatte ich so schon genug.

Ewa starrt immer noch auf die roten Mauern. Sie weiß. Hätte sie damals gelebt, wie hätte sie sich verhalten? Das sind Fragen, die keiner beantworten kann. Aber sie hätte sich anders verhalten wollen. Und ihr Vater – sie hätte sich eben gewünscht, daß er … wer möchte nicht gerne einen Helden haben als Vater.

Zygler sieht sie lange an. Und als hätte sie ihre Gedanken ausgesprochen, sagt er:

Dann wärst du nicht auf der Welt.

Willkommen, willkommen, zwitschert Danka und strahlt übers ganze Gesicht.

Es ist dämmrig und feucht in dem Parterrezimmer. Das einzige Fenster geht direkt auf einen engen Hinterhof hinaus. Auf dem großen Schneidertisch liegen zugeschnittene Teile aus weißem Stoff. Auch im Regal liegen Stoffballen, weiß an weiß, seidig schimmernd und blütenrein, und leuchten um so stärker, als die Wände schäbig und vergilbt sind. Danka hat Bilder aufgehängt von strahlenden Schönheiten in Prinzessinnenkleidern. Auf einem Tischchen liegen drei abgegriffene Modezeitschriften, es sind Burda-Sonderhefte aus Deutschland. Auf einer Schneiderbüste sind weißseidene Stoffbahnen drapiert. Hinter einem Vorhang, der über eine Schnur gezogen ist, können sich die Kundinnen umziehen.

Danka schneidert Brautkleider. Stolz zeigt sie ihnen die neue Singer. Aus Deutschland. Elektrisch. Mit vielen verschiedenen Stichen. Dennoch muß Danka ihre Werkstatt aufgeben. Sie wird alt. Sieht nicht mehr die weiße Naht im weißen Stoff. Und vom angestrengten Sehen werden die Augen immer schlechter und tränen in einem fort.

Das ist doch auch zu dunkel hier, sagt Ewa, du brauchst hellere Räume.

Ja, Mädchen, hast gut reden, seufzt Danka, erst finden und wer soll bezahlen. Und Lage ist gut, am Marktplatz, kann man nichts Besseres finden.

Aber, wieder seufzt sie, noch zwei Monate, dann Schluß. Bin

zu alt. Leute haben kein Geld. Schau, Ewa, schöne Stoffe. Aber zu teuer. Und meine Arbeit, ach, verdiene fast nichts. Reicht gerade für Miete.

Aber du hast noch so viel Stoff …

Ach Mädchen, jammerschade, daß du schon geheiratet. Würde schönstes Hochzeitskleid nähen für dich …

Da steht Ewa auf und drängt zum Gehen.

Danka zuckt die Schultern und zeigt ihnen den Weg hinaus auf die Straße.

Draußen hat das Wetter umgeschlagen. Wolkenmassen ballen sich über dem Kirchturm zusammen. Ein Windstoß fegt Staub um die Ecken des Marktplatzes.

Ich würde noch gerne zum Friedhof gehen, sagt Zygler zögernd, das Grab meines Vaters besuchen, aber das ist nicht das richtige Wetter.

Ewa betrachtet den Himmel.

Meinst du, es gibt ein Gewitter? Schau mal, da hinten ist der Himmel noch ganz blau. Wo ist denn der Friedhof?

Ja, sagt Zygler, das ist die Frage. Irgendwo außerhalb, aber ich weiß nicht mehr wo. Ich hätte Danka fragen sollen.

Unschlüssig stehen sie auf dem Gehsteig. Da kommt ihnen ein alter Mann entgegen, groß, gebeugt, mit leicht hinkenden Schritten und gesenktem Kopf.

Przepraszam, sagt Zygler, und der Mann bleibt stehen, *czy można zapytać* … aber dann bricht er ab, starrt dem Mann ins Gesicht, und auch der Mann starrt Zygler an. Ewa wird unruhig, sie versteht nicht, was vor sich geht, und dann sagt der Mann etwas, leise, sehr leise, und Zygler nickt mit dem Kopf, *tak*, sagt er, und Ewa glaubt, Tränen in seinen Augen zu sehen, *tak tak, jestem Jan, Janek Zygler*, und ein kurzes Zögern, den Bruchteil einer Sekunde lang etwas fast wie Feindschaft, dann fassen sich die beiden Männer an den Schultern, schütteln sie, fast sieht es aus, als wollten sie miteinander ringen, dann schlagen sie sich auf die Oberarme, lachen, schütteln die Köpfe, schlagen wieder und sprechen miteinander in Wortbruchstücken und Satzfetzen, die Ewa nicht versteht, legen auch die Stirnen aneinander, als wollten sie ihre Kräfte messen, lachen wieder, nehmen sich in die Arme und hören nicht auf, einander auf Rücken und Schultern zu schlagen.

Dann fällt Zygler ein, daß er nicht alleine ist.

Moja córka Ewa, sagt er, und als Ewa dem Mann die Hand schüttelt, sieht sie in ein grünes und ein braunes Auge.

Jan geht seinem Freund aus dem Weg. Hin und wieder sieht er seine hochaufgeschossene Gestalt wie zufällig in der Nähe des Schultors stehen, wenn er herauskommt. Dann tut er so, als sehe er ihn nicht und geht schnell nach Hause. Aber er schämt sich. Und außerdem fehlt ihm Mieszko. Aber er will auch nicht in diese Zelle gesperrt werden. Er hat niemandem ein Wort erzählt von dem, was sich auf der Polizeiwache ereignet hat. Wenn er daran denkt, wird etwas ganz kalt in seinem Innern.

In der Schule teilt er seit einem halben Jahr mit Fredi Fischer die Bank. Er ist mit seiner Familie aus Weißrußland gekommen und wohnt jetzt auf dem Kowoł-Hof. Fredi hat immer ein dickes Pausenbrot dabei mit fetter Wurst, und manchmal tauscht er mit Jan, auch wenn das kein gutes Geschäft ist. Sein Vater ist eigentlich Metzger, aber jetzt ist er Bauer, und wenn man etwas zum Schlachten hat, dann geht man zum Fischer hinüber, heimlich in der Nacht, keiner macht das so sauber wie er. Eigentlich ist es verboten, und wen die Deutschen erwischen, den bestrafen sie hart. Aber wirklich abschrecken tut das niemanden, wer etwas zum Schlachten hat, der schlachtet, wer sollte auch zurechtkommen mit den Lebensmittelrationen von den Kärtchen, die man sich einmal im Monat abholen kann? Janek jedenfalls ist fast immer hungrig.

Fredi ist gut in Deutsch und Jan ist gut in Rechnen, und so helfen sie sich gegenseitig. Manchmal erzählt Fredi von dort, wo er herkommt. Oder von der abenteuerlichen Fahrt nach Turek und wie er mit seiner Familie die ersten paar Tage in der Kirche gewohnt hat.

Im Klassenzimmer hat der Lehrer eine Europakarte aufgehängt, auf der er die Erfolge der Wehrmacht mit Nadeln und Kordeln markiert. Darauf zeigt Fredi Jan einmal, wo er herkommt und welchen Weg sie genommen haben.

Wieso wolltet ihr nicht zu Hause bleiben, fragt ein Mädchen. Ich würde nicht fortgehen von Turek.

Aber wenn doch alle weggehen, sagt Fredi, unser ganzes Dorf ist losgezogen, jedenfalls alle Deutschen, und die Russen haben uns das Leben schwergemacht.

Als wir zur Grenze zwischen Rußland und dem Generalgouvernement gekommen sind, da haben uns die russischen Soldaten gefragt: Na, wo geht's hin? Und wir: Nach Polen, ins Deutsche Reich. Da haben die Soldaten nur gelacht und gesagt: Geht ihr nur vor, wir kommen dann nach.

Denen hauen wir eins aufs Maul, wenn die sich hertrauen, sagt ein Junge. Aber nachdenklich sind sie doch alle und starren auf das riesige russische Reich, bis der Lehrer kommt und sie auf ihre Plätze scheucht.

Jan geht also zur Schule, er geht zum Jungvolk, und wenn er die Schularbeiten gemacht hat, hilft er seinem Vater oder seiner Mutter. Auch wenn sie wenig spricht und gar nicht mehr singt, so hat er sie doch wieder für sich alleine.

Eines Tages sagt sie, sie fährt zu ihrer Schwester nach Kalisch. Sie sitzt am Tisch und sieht auf ihre Hände. Die Hände halten einen Brief in einem Umschlag.

Hier, sagt sie, meine Schwester hat geschrieben. Ich soll sie besuchen. Sie hat mir sogar das Geld für den Bus geschickt.

Ich komme mit, sagt Jan.

Ich auch, ich auch, ruft Paweł.

Du mußt zur Schule, sagt Bronja und sieht an Jan vorbei.

Aber ich hab bald Ferien, protestiert er.

Da paßt es der Tante nicht. Paul und ich fahren schon nächste Woche.

Am Tag vor ihrer Abreise packt die Mutter den Koffer. Sie legt all ihre schönen Kleider hinein.

In Kalisch werde ich endlich wieder Gelegenheit haben, sie zu tragen, sagt sie. Meine Schwester wird Augen machen.

Ihr Frauen! Immer mit großem Gepäck. Józef schlägt lächelnd die Augen zur Decke. So viel Kleider für zehn Tage!

Aber Bronja schiebt ihr Kinn vor und hört nicht auf ihn. Sie ist wieder die alte, hat Farbe im Gesicht und Glanz in den

Augen und singt seit Tagen vor sich hin. Jan ist froh darüber, auch wenn er traurig ist, daß er nicht mitfahren darf. Er kann sich an seine Tante Katarzyna kaum erinnern, so lang hat er sie nicht gesehen. Aber Kalisch ist weit, vierzig Kilometer weit weg.

Und so reisen sie ab. Jan und sein Vater bringen die beiden zum Bus. Seine Mutter hat Tränen in den Augen, als sie ihn umarmt.

Zehn Tage, sagt Jan tröstend. Ich hol dich ab.

Dann ist es Zeit einzusteigen. Paweł winkt und lacht, auch die Mutter drückt sich das Gesicht an der Scheibe platt, der Bus fährt langsam unter den Bäumen, die den Marktplatz umsäumen, fort in Richtung Kalisch.

Die nächsten Tage hat Jan viel zu tun. Beim Jungvolk dürfen sie jetzt mit Luftgewehren schießen üben. Jan ist geschickt, er trifft am besten von allen.

Aber dann kommt das Wochenende, und es ist auf einmal leer und sehr still in der Stube. Sein Bruder, die kleine Nervensäge, fehlt ihm, er vermißt die Stimme seiner Mutter. Noch nie war sie so lang weg gewesen. Ihr Duft hängt allgegenwärtig im Zimmer. Jan zählt an den Fingern ab. Am Donnerstag kommen sie wieder.

An diesem Tag geht Jan von der Schule direkt zum Marktplatz. Er weiß, mittags um zwei kommt der Bus aus Kalisch an.

Jan steht schon um ein Uhr auf seinem Posten. Ob sie ihm etwas mitbringen werden? Ein Geschenk von der Tante? Sicher wird sein Vater wieder guter Dinge sein, wenn erst die Mutter und der Bruder zu Hause sind. Jan kann es nicht verstehen: Von Tag zu Tag wird er düsterer und verschlossener.

Die Zeiger an der Kirchturmuhr kriechen schneckenlangsam im Kreis. Jan schlendert einmal um den Marktplatz herum, wirft lange Blicke zur Kirche hinüber, aber ihr Portal bleibt verschlossen. Schon lange wohnen keine Menschen mehr darin.

Endlich kommt der Bus. Er zieht seine Schleife um den Platz, kommt zum Stehen. Ein paar Reisende steigen aus. Seine Mutter und sein Bruder sind nicht dabei. Jan kann es nicht fassen. Ob sie den Bus verpaßt haben?

Als er sicher ist, daß alle ausgestiegen sind, dreht er sich unschlüssig um die eigene Achse. Dann geht er nach Hause.

Sie sind nicht gekommen, sagt er.

Sein Vater antwortet nicht.

Dann werden sie wohl morgen kommen. Aber das sagt Jan mehr zu sich selbst. Er muß sich beeilen. Es ist Zeit fürs Jungvolk.

Am nächsten Tag steht er wieder an der Haltestelle. Der Bus hat Verspätung, kommt erst zehn Minuten nach der Zeit. Diesmal steigen viele Menschen aus dem Fahrzeug. Aber seine Mutter ist nicht darunter.

Als alle heraus sind, klettert Jan selbst in den Bus. Sieht zwischen den Sitzreihen nach. Geht ganz nach hinten.

Hast du was verloren? Der Busfahrer schaut mißtrauisch.

Meine Mutter, stammelt Jan, meine Mutter und mein Bruder, sind sie nicht eingestiegen, in Kalisch?

Ich kenne deine Mutter nicht, sagt der Fahrer. Aber wenn sie nicht ausgestiegen ist, dann wird sie auch nicht eingestiegen sein.

Jan geht nach Hause. Sein Vater ist nicht da. Abends sprechen sie kein Wort beim Essen. So finster hat Jan seinen Vater noch nie gesehen. Er hat Mühe zu schlucken. Hinter jedem Bissen lauern die Tränen.

Irgendwann muß sie ja kommen, denkt er, zählt noch einmal die Tage an den Fingern ab. Wahrscheinlich gefällt es ihr so gut bei der Tante, warum soll sie nicht noch ein bißchen bleiben.

Aber sie kommt nicht am Samstag und nicht am Sonntag. Als Jan am Montag mit hängendem Kopf unverrichteter Dinge von der Bushaltestelle kommt, ruft ihn sein Vater zu sich. Er nimmt ihn zwischen die Knie und hält seine Hände. Dann sagt er:

Du mußt nicht mehr zum Bus laufen, jeden Tag. Deine Mutter kommt nicht mehr.

Jan starrt seinen Vater an. Kommtnichtmehr Kommtnichtmehr echot es in seinem Kopf, aber er kann den Sinn nicht begreifen. Józef Zygler schluckt. Zweimal muß er ansetzen, bis er es aussprechen kann.

Sie ist mit deinem Bruder ins Reich gefahren. Zum ... zu Herrn Harmsen. Sie kommt nicht mehr zu uns zurück.

Jan sitzt auf dem Sims. Die Flügel sind weit geöffnet, rittlings sitzt er auf dem Fensterbrett und läßt ein Bein über dem Abgrund baumeln.

Jan kann nichts sehen. Die Welt ist in seinen Tränen ertrunken. Sie kommt nicht mehr.

Jan fühlt nichts mehr. In ihm hat sich ein großes schwarzes Loch aufgetan, in das alles hineinfällt, was er jemals empfunden hat. Er muß nichts mehr fühlen. Sie kommt nicht mehr.

Seine Mutter ist gegangen und hat den Bruder mitgenommen, ihn hat sie dagelassen, sie kommt nicht mehr und ist jetzt im Reich, wo nur noch Deutsche sind um sie herum, das ist eine Auszeichnung, ein großes Glück, er aber wird nie ein richtiger Deutscher sein, für ihn bleibt er immer ein dreckiger Polacke, und ist jetzt alles eins, denn sie kommt nicht mehr, komme zurück in zehn Tagen, der Paul, der darf mit, aber du mußt ja zur Schule, mußt zur Schule, und ihr Blick beim Abschied, durch die Fensterscheibe im Bus, erst jetzt versteht er ihn, versteht diesen Abschied, und wieder fließen die Tränen, wenn er gewußt hätte, wenn er doch nur geahnt hätte, und heiß die Sehnsucht, die Reue, der Schmerz warum hat sie mich verlassen, den Paul, ja den Paul, den liebt sie, den nimmt sie mit, wie kann sie so einfach, kommt nicht mehr, kommt nie mehr, zu Harmsen, ins Reich, aber ist egal, ist ja so egal, ist jetzt alles egal, und jetzt weiß er auch, warum die Tante und die Cousinen so geschaut so getuschelt, ihn so angesehen, meine Mutter ist in Kalisch und kommt am Donnerstag wieder, kommt nicht wieder, haben alle schon gewußt, kommt nie wieder, nur er nicht, nur er, aber egal, ist jetzt alles egal, so wie das Leben egal ist, und dann sieht er den blauen Himmel, die Dächer und beugt sich tief hinaus, sieht unter sich die Menschen klein wie Puppen, wie aufgezogen laufen sie hin und her, sieht von Ferne ein Stück Wiese, Poduchowne, zwischen den Schornsteinen, sieht wieder nach unten, und es dreht sich alles, die Straße, die Bäume, die Menschen, die sich bewegen, beugt sich noch tiefer, los, spring, sagt eine Stimme, nein, tu das nicht, eine andere, doch, spring, und du bist alles los, denn sie kommt nicht mehr, deine Mutter hat dich vergessen, hat dich dagelassen, los, spring, und die Straße dreht sich immer schneller, Straße und Gehsteig und Menschen, daß sie nicht fallen, nicht stürzen, und schon sitzt er im Fenster, beide Beine baumelnd über dem Abgrund, hält sich noch fest mit beiden Händen am Fensterrahmen, sieht hinunter, sieht immer hinunter, denn das Leben hat keinen Sinn mehr, das Leben ist zu Ende, denn sie kommt nicht mehr, ist fort und kommt nicht wieder, los, spring, sagen die Bäume, die sich drehen, spring, ruft die Straße, ich fang dich auf, spring, singen die Menschen, uns interessiert das nicht. Und das Loch in seinem Innern ist wie ein Trichter, fühllos, dunkel, und der zieht ihn nach unten, spring, sagen die Dächer die Wolken die Schornsteine, los, spring, und seine Hände lassen los.

Aber dann steht alles still. Die Straße streckt sich und liegt gerade unter dem Fenster. Die Menschen gehen, jeder hat eine Geschichte. Die Bäume bewegen sich sacht im Wind. Und plötzlich hat alles eine andere Farbe. Die Bäume sind grün wie nie zuvor, rostig leuchten die Dachziegel, der Himmel ist blau, und zwischen den Dächern dort hinten sieht er, ahnt er die Wiesen von Poduchowne.

Er wird nicht springen. Er hat die Wahl, aber er hat sich entschieden. Das Loch in seinem Innern schließt sich, und wieder stürzen Tränen aus ihm heraus. Sie kommt nicht wieder, aber sein Leben geht weiter.

Jan schwingt die Beine über die Fensterbrüstung zurück ins Zimmer. Plötzlich zittern seine Knie. Er steht noch eine Weile am Fenster, lehnt sich gegen den Rahmen. Die Sonne steht tief. Es wird Abend. Alles ist wie immer.

Er geht zum Wassereimer und wäscht sich das Gesicht. Er sieht seine Augen im Spiegel. Nichts ist, wie es war.

7

Ist das ..., fragt Ewa.
Ja, stell dir vor. Daß er noch am Leben ist. Ich dachte ... wir alle dachten ...

Ewa betrachtet das Gesicht des Mannes. Sie ist nicht darauf gefaßt, einen Siebzigjährigen vor sich zu sehen, war doch der Mieszko, den sie bislang aus den Erzählungen kannte, ein vorzeitig erwachsen gewordener Junge von zwölf, dreizehn Jahren. Alles an diesem Gesicht irritiert sie, das grüne und das braune Auge, als ob zwei verschiedene Wesen sie anblickten, die ausdrucksvollen, über der Nasenwurzel fast zusammengewachsenen Augenbrauen, wie die ausgebreiteten Schwingen eines Raubvogels, der sie direkt anzufliegen droht. Quer über die ganze Stirn eine tiefe Kerbe, eine Narbe oder eine Falte?

Der Mann hat ihr höflich zugenickt und sich längst wieder ihrem Vater zugewandt, und da sieht Ewa, was sie eigentlich irritiert: Dort, über dem rechten Ohr des Mannes ist die Haut bis in den Haaransatz hinauf rosa und durchscheinend, und statt der Muschel wölben sich vernarbte Knorpelreste um die Öffnung zum Gehörgang.

Ewa will geduldig sein. Sie versteht, daß sich die beiden viel zu sagen haben. Aber die Zeit vergeht, und sie tritt von einem Bein auf das andere. Ihre Augen wandern über den Marktplatz, sie könnte einen Blick in die Kirche werfen. Und hier ist auch wieder das Schild, das sie schon ein paarmal zu entziffern versucht hatte, jedesmal, wenn sie hier vorbeigekommen waren: MUZEUM RZEMIOSŁA TKACKIEGO W TURKU. Was immer es für ein Museum sein mag, anschauen könnte man es sich ja.

Gerade will sie ihren Vater am Ärmel zupfen, da hält ein kleiner weißer Fiat direkt neben ihr. Aus dem Autofenster beugt sich ein goldbrauner Kopf, und sie blickt geradewegs in zwei sehr dunkelblaue Augen.

Andrzej!

Gdzie byłaś, sagt er lächelnd, *szukałem Ciebie wszędzie.*

Aber Danka hat gesagt…

Ach tak, Danka… Wsiadaj! und er öffnet die Beifahrertür. »Fschadai«, denkt Ewa, da kann man nicht widersprechen. Sie wirft noch einen Blick auf ihren Vater, aber der lächelt ihr nur zu und fragt:

Ist es in Ordnung, wenn du alleine fährst?

Aber ja, sagt Ewa und steigt in den Fiat. Dabei klopft ihr das Herz bis zum Hals.

Der Wind wirbelt Staub um die beiden Männer. Sie merken es nicht. Um Johannes Zygler dreht sich der Marktplatz, es dreht sich die Zeit, er steht im Mittelpunkt und mit ihm der andere Junge, er steht da und sieht ihn an und hinter ihm seine ganze Familie mit Bündeln und Koffern, das laute Weinen der Mutter, nun müssen sie also doch noch weg, und Jans Kopf schmerzt, noch immer trägt er den Verband, noch immer hat er nicht verstanden, was eigentlich passiert ist. An den Schraubstock kann er sich noch erinnern und das Zahnrad, an dem er gerade feilte, das wird heute aber noch fertig, hatte sein Lehrmeister, der Schlosser Sager gesagt, eine gute Lehrstelle, und wie er sich gefreut hat, daß Mieszko auch dort arbeitete, der Sager machte keinen Unterschied, obwohl er Deutscher war und Mieszko Pole, und wer von den Polen Arbeit hatte, der konnte bleiben, der mußte nicht ins Generalgouvernement. Mieszko war kräftig und fleißig, ihm mußte man nichts zweimal sagen, er wußte genau, seine ganze Familie hing davon ab, ob man zu Hause bleiben durfte oder fort mußte wie all die anderen. Seit Tagen feilte Jan an diesem Zahnrad, und heute mußte es fertig werden, aber da war noch etwas anderes, da war doch noch jemand, das war der Sohn vom Sager, der war nicht ganz richtig im Kopf, immer mußte er sich aufspielen, durch die Werkstatt stolzieren und Befehle erteilen, niemand nahm ihn ernst, auch nicht die Gesellen, und hinter seinem Rücken und wenn der Meister nicht schaute, lachte man schon mal über ihn, und dieser Dummkopf wollte irgend etwas von Jan, sollte dies tun oder jenes, jaja, sagte Jan, und hörte nicht hin, feilte weiter an seinem Zahnrad, heute würde es fertig werden, jaja gleich, als sich ein scharfer Schmerz in seinen Schädel senkte und ihm schwarz vor Augen wurde und dumpf.

Als er wieder zu sich kam, war ein großes Geschrei in der Werkstatt. Jan blutete am Kopf, ihm war schlecht, und er konnte sich kaum auf den Beinen halten. Man brachte ihn nach Hause, und später erfuhr er, daß Mieszko ihm von hinten auf den Schädel geschlagen habe, mit einer Eisenstange, aber warum denn, er konnte sich an keinen Streit erinnern, was war denn eigentlich los, fragte ihn sein Vater immer wieder, aber Jan konnte sich nicht erinnern, er konnte sich an gar nichts erinnern, außer an sein Zahnrad, und das war nun doch nicht fertig geworden.

Eine Woche später hat der Meister Mieszko entlassen. Zu wenig Arbeit, hieß es, nun, alle wußten, daß das nicht stimmte, es gab genügend Arbeit, aber Sager wollte den Mieszko nicht mehr in seiner Werkstatt haben, die Gestapo, die hielt man da raus, die Braunen müssen ihre Nase da nicht auch noch dazwischenhängen, sagte Sager, würden wieder ein Exempel statuieren, Pole schlägt Deutschem hinterrücks mit einer Eisenstange über den Schädel, na, das käme denen gerade recht, aber das geht die nichts an.

Und wieder eine Woche später stehen sie sich auf dem Marktplatz gegenüber, Mieszko hat die Fäuste in den Taschen geballt und starrt ihn an, verächtlich, verzweifelt, weiß im Gesicht und mit blutunterlaufenen Augen, na, sagt er, das hab ich ja dann dir zu verdanken, kannst sehen, wie du damit fertig wirst, und dreht sich um, steigt zu seiner Familie auf den Wagen und fährt davon.

Während der Fahrt über die Wiesen und Felder sprechen sie nichts. Ewa hat ein seltsames, flatteriges Gefühl im Bauch, sie weiß nicht, ob von dem Duft, der ihr wieder in die Nase steigt und sich in ihrem Körper ausdehnt, oder von der Vorstellung, sich mit keinem Wort mit diesem Mann verständigen zu können. Sie schaut über die Getreidefelder zu den Kühltürmen, die ständig wachsen, ihren Spielzeugcharakter irgendwann vollständig aufgeben, bis die Landschaft karg wird und farblos, sandfarbene Haufen, Menschenhände haben hier Zäune errichtet, Stacheldraht gespannt und die Erde zerwühlt.

I tutaj pracuję, sagt Andrzej, *jestem elektrykiem, a pracuję tam w tamtym budynku.*

Ewa sieht seinem ausgestreckten Finger nach, *tutaj*, sagt sie, und nickt. Andrzej lacht.

Wiesz, mam wrażenie, że świetnie rozumiemy się.

Ewa hört ihm zu, hört auf den Singsang dieser Sprache, die sich wunderschön anhört aus seinem Mund, rätselhaft, singend und dann doch wieder überraschend skandierend mit diesen kurzen, einsilbigen Wörtern und den ans Arabische erinnernden Nasalen.

Ich würde gerne Polnisch lernen, sagt sie zu ihm.

Polska dziś, to rozgrabiony kraj, antwortet er. *Po co tutaj przyjechałaś, Ewciu?*

Wie das klingt aus seinem Mund, mit langem, offenen e, fast schon ein ä, »Äwdschu«, wieder dieses u am Ende ihres Namens, zärtlich klingt es und fremd, soll sie das sein, wer ist es, der hier in diesem Fiat sitzt, eine fremde Frau neben einem fremden Mann und doch so vertraut.

Ja, ich glaube wirklich, ich werde Polnisch lernen, wenn ich nach Hause komme, oder am liebsten hier, was meinst du, würdest du mir das beibringen?

Und Ewa lacht und Andrzej lacht, weil Ewa lacht, und dann hält er vor einem hohen Tor. Das Tor wird geöffnet, er muß keinen Ausweis zeigen, der Wächter grüßt ihn und reißt den Mund auf, als er Ewa auf dem Beifahrersitz erspäht.

Moja kuzynka, sagt Andrzej, *z niemiec.*

»Sniemiez«? fragt Ewa, als sie durch das Tor gefahren sind.

Tak, ty jesteś z Niemiec, und er zeigt mit dem Finger auf sie.

Ja jestem z Polski. Sein Finger bohrt sich in seine eigene Brust. *Z Niemiec. Z Polski.*

Ach so, deutsch, sie ist aus Deutschland, *niemiec*, wiederholt sie, und Andrzej nickt. *Zzzz niemiec.* Seine Zunge summt am Gaumen wie eine Biene.

Die Anlage ist riesig. Was von weitem aussah wie ein Klötzchen, entpuppt sich als Komplex von den Ausmaßen eines Dorfes. Andrzej verlangsamt immer wieder die Fahrt, zeigt hierhin und dorthin und spricht langsam und überdeutlich Erklärungen, und Ewa muß schon wieder lachen und an Moniczka denken, auch sie gibt die Hoffnung nicht auf, ihre Tante könnte letzten Endes doch aufwachen und das tun, was alle tun, nämlich verstehen, was man laut und deutlich sagt.

Aber sie versteht etwas ganz anderes, wichtigeres. Sie versteht, daß es darauf gar nicht ankommt. Was hat ihr Vater noch gesagt, die Menschen sprechen nicht nur mit dem Mund, sie tun es auch in Blicken und Gesten, und Andrzejs Blicke sind sprechend genug, und seine Gesten, mit denen er sich zu ihr herüberbeugt, lassen den Duftstrom nicht versiegen, der unaufhörlich von ihm zu ihr herüberweht.

Endlich haben sie das Ende der Anlage erreicht und verlassen sie in Richtung Osten.

Teraz pokażę Ci pokłady węgla. Rozumiesz? Węgiel. Ach, zobaczysz sama.

Aber Ewa versteht alles, sie versteht: Jetzt fahren wir in die einsame Sandwüste Polens, du und ich, Andrzej und Ewa, dort wartet sein Pferd, das uns forttragen wird, in die Masuren oder weiter.

Der Fiat heult auf, als er sich den Weg durch die sandigen Rillen sucht, Andrzej plagt ihn noch ein Stückchen vorwärts, dahin, wo nicht mal mehr die Andeutung eines Weges zu erkennen ist, dann hält er an.

Chodź, sagt er und hilft Ewa aus dem Wagen.

Ich habe davon gehört, daß du in der Stadt bist, sagt der Mann mit der Narbe über der Stirn. Wie ist es, darf ich dich auf ein Gläschen einladen? Einen Willkommenstrunk wirst du doch nicht ausschlagen?

Zygler wacht aus seinen Erinnerungen auf. Der Marktplatz steht wieder still, nur der Wind jagt immer noch kleine Staubwirbel im Kreis.

Gerne. Aber du mußt langsam mit mir sprechen. Mein Polnisch ist nicht mehr das beste …

Der Pole sieht ihn prüfend von der Seite an.

Aha, sagt er, und ein bitterer Ton klingt mit, du hast wohl alles vergessen?

Nein, sagt Zygler, nicht alles. Aber es ist lange her.

Ja, sagt der Mann neben ihm. Lange her.

Ewas Sandalen schaufeln bei jedem Schritt Sand ein und wieder aus.

Wo zum Teufel führt er mich hin, denkt sie, als die Wüstenei um sie kein Ende nehmen will.

Jetzt geht es einen kleinen Sandhügel hinauf, Ewa stellt sich vor, es sei eine Düne und auf der anderen Seite warte das Meer auf sie. Oben steht Andrzej und reicht ihr die Hand. Und dann ist sie wirklich verblüfft. Es ist zwar kein Ozean, aber ein tiefer Abgrund, der sich unvermittelt vor ihr auftut, senkrecht fällt der Boden vor ihren Füßen in die Tiefe. Unten stehen winzig kleine Lastwagen und Kettenfahrzeuge. Zu ihrer Linken macht die Abbruchkante einen weiten Bogen und läuft dann in einer Gerade aus, die fast bis zum Horizont reicht. Was Ewa aber am meisten fesselt, ist ein riesiges Ungetüm, ein Dinosaurier aus Metall. Sein Maul am Ende eines langen Halses hat sich in den Rand des Loches verbissen. Nein, es ist ein Schaufelrad am Ende eines langen Förderbandes, das unaufhörlich Erde aus der Wand kratzt und damit das Loch mit den Ausmaßen eines mittleren Sees langsam, aber beständig vergrößert. Die Erde wird einen langen Weg entlang in den Bauch des Dinosauriers transportiert und an zwei Stellen wieder ausgespuckt, Lastwagen stehen bereit, um eine braune und eine schwarze Ladung aufzufangen.

Andrzej deutet auf die hohe Erdwand und sagt etwas. Ewa betrachtet sie genauer. Und dann wird ihr klar, was diese künstliche Mondlandschaft so reizvoll und fremdartig zugleich macht: An dieser Kante offenbart die Erde ihr Innerstes, und das ist nicht einfach nur sandgrau wie ihre Oberfläche, sondern birgt vielfältige Farben. Sie sieht, daß der Sand, durch den sie sich hierhergekämpft hat, nur einen schmalen, farblosen Streifen am obersten Rand bildet, daß direkt darunter eine braune, dann eine ziegelfarben leuchtende Schicht liegt, wieder darunter eine silbergraue, dann eine ockerfarbene, wieder eine braune, eine grünlichgraue, und schließlich, dort, wo das Schaufelrad nagt, eine schwarzglänzende Lage. Das muß die Kohle sein.

Węgiel, sagt Andrzej.

Ewa nickt: »Wängel«.

Zwischen den beiden Männern stehen eine Flasche und zwei Gläser. Um diese Zeit sind noch wenige Gäste im Schankraum, der Wirt setzt sich eine Weile zu ihnen an den Tisch. Zygler? Nein, der Name sagt ihm nichts. Er ist in den siebziger Jahren nach Turek gekommen, da war Józef schon tot und begraben.

Als die beiden alten Freunde alleine sind, schweigen sie und sehen in die Gläser.

Wer hat dir erzählt, daß ich hier bin? fragt schließlich Zygler, nur um etwas zu sagen.

Die alte Dusek. Na die vom Hof. Heute morgen warst du dort mit deiner Tochter, oder nicht? Hast Vodka getrunken und Kirschen gegessen.

Ach so, der Hof vom Großbauern.

Der Pole lacht.

Der Großbauer. Für dich ist wohl die Zeit stehengeblieben.

Wieder schweigen die beiden Männer.

Ja, denkt Zygler, mit der Zeit ist etwas Seltsames passiert. Immer wieder ist es der junge Mieszko, der ihm gegenüber auf dem Wirtshausstuhl sitzt, ganz genau muß er hinschauen, damit er diesen Fremden sehen kann, diesen Mann mit Mieszkos Augen, mit seinem Blick und seinen Gesten. Aber sonst. Fünfzig Jahre und mehr sind vergangen. Sie sind beide nicht mehr dieselben.

Eine schöne Tochter hast du, sagt der fremde Mieszko, auch das hat man mir schon erzählt: Der Janek Zygler ist wieder da, und eine schöne Tochter hat er mitgebracht.

Er lacht.

Ja, sagt Zygler, das ist meine Jüngste. Ich habe noch zwei Töchter.

Warum ist sie mitgekommen?

Zygler sieht verwundert auf.

Ich hab sie gebeten. Wollte ihr zeigen, wo ich herkomme. Ich dachte, ich brauche sie. Sie ist Übersetzerin, weißt du.

Spricht sie polnisch?

Nein, kein Wort. Aber sie weiß, wie man die Dinge benennen muß.

Der Mann gegenüber sieht ihn befremdet an. Dann lacht er.

Jaja, ich weiß. Dir mußte man früher schon sagen, was wirklich los ist.

Siehst du, sagt Zygler freundlich, aber ernst, du weißt genau, was ich meine.

Sie haben lange gestanden und dem gigantischen Kohlebagger bei seiner Arbeit zugesehen. Sie haben weit über die Sandwüstenei geschaut und beobachtet, wie die grauen Wolkenfetzen im Tiefflug über den blauen Himmel jagen. Sie sind auch ein Stück an der Abraumkante entlanggegangen, Andrzej hat einem Arbeiter, klein wie Ewas Zeigefinger, da unten zugewunken und ein paar Worte hinuntergerufen. Ob sie angekommen sind, Ewa bezweifelt es.

Dann weht es kühler und Andrzej legt den Arm um ihre Schultern, ihr Leinenkleid knattert um ihre Beine. Sie spürt den festen Druck seiner Muskeln, seine Hand liegt leicht auf ihrem Oberarm, und nach anfänglichem kurzen Zögern hat sich ihr Körper wie von selbst an seine Seite geschmiegt.

Sie gehen am Fuß der Düne entlang, Ewa weiß nicht wohin. Sie haben den Wind im Rücken, und das ist gut, denn immer wieder wirbelt er unvermittelt Sand auf, Ewa spürt ihn wie spitze Finger im Rücken und an den Beinen.

Andrzej spricht. Ewa lauscht aufmerksam, keine Silbe entgeht ihr, die Vibration seiner Stimme überträgt sich durch den Stoff hindurch von seinem Brustkorb auf ihren, selbst der Arm um ihre Schulter, die Hand auf ihrer Haut scheinen zu sprechen.

Nie hat sie jemandem so aufmerksam zugehört. Wie viele

Sprachen hat sie gelernt, wie viele Worte von der einen in die andere übersetzt, bei wie vielen wichtigen Sitzungen, Tagungen, Diskussionsrunden war sie hineingeschlüpft in den Sinn dieser fremden Stimmen, hatte ihre Stimme geliehen, damit andere verstanden. Jetzt geht sie da und lernt eine ganz neue Sprache, die Sprache des Körpers.

Und du, fragt Zygler, hast du auch Familie?

Meine Frau ist gestorben. Und mein Sohn lebt in Warschau. Hat studiert. Ist Lehrer geworden. Verheiratet und zwei Söhne. Aber sie kommen selten.

Und warum wohnst du nicht bei ihnen?

Nach Warschau bringt mich niemand. Nein. Ich bleibe in Turek. Einmal schon mußte ich fort. Jetzt holt mich nur noch der Tod hier weg.

Zygler weiß, das ist der Punkt, der heikle, das ist es, warum er diesen Mann rein zufällig oder vielleicht auch gar nicht zufällig getroffen hat. Er sieht wieder den Lastwagen voller Menschen, sieht seinen Freund als letzten aufspringen, ein Gestapo-Mann versetzt ihm einen Schlag mit dem Knüppel, er sieht, wie der Verschlag geschlossen wird wie hinter einer Herde Tiere, sieht, wie sich der Wagen in Bewegung setzt, seine Runde um den Marktplatz fährt, ganz wie der Bus, damals, mit seiner Mutter und seinem Bruder, und er hat das Gefühl, hinterherlaufen zu müssen, alle fahren sie um diesen Marktplatz herum und davon, und er bleibt zurück, und das letzte, was er sieht, ist Mieszkos Gesicht, weit lehnt er sich aus dem Lastwagen, als wollte er keinen Blick versäumen von dem, was er vielleicht für immer hinter sich läßt.

Du denkst, es war meine Schuld, sagt Zygler.

Der Mann, der einmal Mieszko war, sieht ihn kurz an. Dann nimmt er sein Glas und trinkt es leer. Eine Weile dreht er es in seiner Hand, dann stellt er es wieder auf den Tisch zurück.

Bring uns noch eine Flasche, bitteschön, ruft er dem Wirt zu. Ich muß aufpassen, denkt Zygler, so viel Vodka schon am Nachmittag, wo soll das hinführen.

Du hast es in Deutschland also zu etwas gebracht, sagt Olszak.

Ich bin zufrieden.

Das kannst du auch sein. Du bist ein reicher Mann.

Nein. Nicht reich. Aber es geht uns gut. Wir haben ein Häuschen, bis zum Dach haben wir es mit unseren eigenen Händen gebaut, jetzt ist es schuldenfrei, und seit einigen Jahren bin ich in Rente.

Deutscher zu sein war halt immer schon das bessere Los.

Zygler zuckt mit den Schultern.

Was soll er sagen, was erzählen von der verzweifelten Zeit nach dem Ende des Krieges. Was vom Hunger, von dem Gefühl der Verlassenheit, seiner zerrissenen Familie, von dem Wiedersehen mit seiner Mutter, die seine Mutter längst nicht mehr war, genausowenig wie dieser Mann hier am Tisch noch sein Freund Mieszko ist, nein, er schweigt lieber von dem alten Pappkoffer, mit dem er schließlich nach Süddeutschland gekommen war, darin war alles, was er besaß, von der Zeit als Knecht bei dem Bauern, von dem Gefühl, nirgendwo willkommen zu sein, und davon, wie er sich dennoch eine Existenz erarbeitete, eine Familie gründete, auch schweigt er von dem Grab, an dem er mit zwei kleinen Mädchen stand, die noch nicht verstanden, daß man da ihre Mutter in die Erde senkte, diese traurige Schönheit mit dem kastanienroten Haar.

Es geht mir gut in Deutschland, ja, sagt er schließlich. Aber man sucht sich sein Schicksal nicht aus. Ich hätte damals wer weiß was darum gegeben, wenn meine Familie hier in Turek beieinander geblieben wäre. Wenn meine Mutter nicht fortgegangen wäre und wir uns alle nach dem Krieg hier wieder zusammengefunden hätten. Ich hab es mir nicht ausgesucht, ein Deutscher zu sein.

Deutscher! Wenn ich das höre. Deine Vorfahren sind vor fast zweihundert Jahren nach Polen gekommen.

Ist es nicht egal, was ich bin?

Nein. Die Stimme des alten Mieszko ist schneidend. Es ist nicht egal. Damals nicht und heute auch nicht. Denn wenn du Pole gewesen wärst, dann hätte es sehr leicht sein können, du wärst nicht mehr am Leben.

Es war auch so nicht ganz einfach, lebendig zu bleiben.

Der Wirt bringt die neue Flasche Vodka und stellt sie zwischen sie.

Welchen Beruf hast du gelernt? fragt Zygler, um das Thema zu wechseln.

Na, rate mal, sagt sein Gegenüber, und in den zweierlei Augen, das eine grün, das andere braun, blitzt ein Leuchten auf, das Zygler von früher her kennt.

Komm mit, ich zeig dir was! Die Flasche hebt uns der Stanek auch noch für später auf, nicht wahr, Stanek?

Schon steht er in der Tür, winkt Zygler hinter sich her, mit raschen Bewegungen zieht er sein linkes Bein geschickt nach und tritt auf die Straße. Der Wind hat inzwischen zugenommen, in scharfen Böen pfeift er um die Ecken.

Das gibt noch Regen heute, komm, wir sind gleich da.

Wo schleppst du mich denn hin? Zyglers Knie fühlen sich weich an, und die Häuserfassaden scheinen ein tänzerisches Eigenleben zu führen.

Erkennst du den Weg nicht wieder? Hier. Hier ist es.

Zygler starrt auf ein Abbruchgrundstück. Die Gebäude sind bereits niedergerissen, aber man kann noch genau sehen, wo einmal das Haus, wo die Scheunen oder Werkstätten gestanden haben. Ein vielleicht fünfzehnjähriger Junge ist dabei, Steine zu Steinen und Holz zu Holz zu sortieren.

Erkennst du es immer noch nicht?

Zygler schaut die Straße hinunter und wieder hinauf, betrachtet dann wieder den Schutt auf dem Grundstück.

Ist das etwa …

Ja, sagt Olszak aufgeregt. Hier war unsere Lehrstelle. Die Schlosserei von Peter Sager. Hier haben wir beide damals gearbeitet.

Zygler tritt ganz nah an den Maschendraht heran. Der Junge sortiert weiter das alte Baumaterial auseinander, aber in Zyglers Erinnerung fügt sich ein Stein wieder zum anderen, die Holzlatten und Balken richten sich auf, und alles steht wieder vor ihm. Er hört das Pfeifen und Rattern der Maschinen, das Hämmern von Metall auf Metall, das Kreischen der Fräsen. Er hört das Geschrei der Meisterin, die ihn von ihrem Küchenfenster aus im Auge hat: Machst du wohl weiter, du fauler Kerl, schlaf bloß nicht ein, und er hebt wieder die müden Arme, er weiß nicht, was schwerer ist, seine Arme oder der große Hammer …

Hier hat man mich hinausgeworfen, und hierher bin ich zurückgekommen.

Was ist aus Sager geworden?

Der Pole zuckt die Schultern.

Den haben die Russen geholt.

Sibirien?

Nein. Sie haben ihn schon auf dem Bahnhof erschlagen. Er hat nicht mehr in den Wagen gepaßt. Du weißt ja, wie stattlich er war. Mit Gewalt wollten die Russen ihn hineinprügeln, aber es half nichts, es war kein Platz mehr für ihn. Da haben sie ihn einfach mit den Gewehrkolben erschlagen. Vor den Augen seiner Frau und seines Sohnes.

Der Junge hat angefangen, mit einem Hammer die Nägel aus den alten Brettern zu schlagen.

Dabei hatte er schon das Auto gepackt, wollte fliehen, wie alle anderen mit Frau und Kind. Aber die Nachbarn und Freunde und auch die Angestellten haben ihn überredet, wir zeugen für dich, daß du ein guter Deutscher bist, haben sie gesagt, wir sagen den Russen, daß du nicht zu denen gehört hast, was wollt ihr in der Fremde, zu Hause ist es doch am besten, sie haben ihn ja schießlich alle gemocht, so wie deinen Vater auch, hat niemandem etwas Böses getan, und so hat er das Auto wieder ausgepackt und ist geblieben.

Der Wind weht Sand vom Grundstück auf und bläst es ihnen ins Gesicht.

Das Dumme war nur, die Russen haben überhaupt niemanden gefragt. Die holten die Deutschen so schnell aus ihren Löchern, so schnell konnte keiner irgendwelche Erklärungen abgeben. Und die Russen hätten auch gar nicht zugehört. So starb also Peter Sager auf dem Bahnhof. Aus Dummheit. Das sagten hinterher alle. Fliehen hätte er sollen. Solange noch Zeit war.

Irgendwie hat in dieser Mondlandschaft ein einzelner Baum überlebt. Es ist eine verkrüppelte Kiefer, die sich windschief an einen Hang klammert. Er findet bei Ewa ein viel größeres Interesse als der Anblick des großen Kohlebaggers aus noch einer anderen Perspektive. Dieser Baum wirkt in der künstlich entstellten Landschaft völlig fremd und hilflos, Ewa ist klar, daß der nächste Sturm ihn hinwegblasen könnte. Und wer weiß. Vielleicht wird es heute abend so weit sein?

Ewa hat ihre Sandalen ausgezogen, es ist viel zu mühsam, den Sand immer wieder herauszuschütteln. Der Wind treibt sie beide inzwischen von ganz alleine weiter. Ewa hat längst die Orientierung verloren. Macht nichts, gleich kommen die gesattelten Pferde und …

Aber zuvor möchte sie dem Baum guten Tag sagen. Ihn beglückwünschen zu seiner Ausdauer. Oder sich einfach einmal in seinen Windschatten setzen. Andrzej ist einverstanden, seine Augen sprühen kleine Goldpünktchen, wie sie so ganz nah über ihrem Gesicht schweben und sich niedersenken.

Ewa, hört sie und schließt die Augen, *jesteś prześliczną kobietą, Ewo Zyglerówno*, sagt die Stimme, »bscheslitschno«, wiederholt sie, aber dann kann sie nichts mehr sagen, weich legen sich seine Lippen auf ihre Stirn, ihre Wange, ihre Nasenspitze und endlich, endlich auf ihren Mund.

Weißt du, sagt sie, während sie ihren Körper in seine warme Handfläche legt, ja, es ist dieses Gefühl, sie winzig klein geborgen in dieser schönen, ausdrucksvollen Hand mit den deutlichen Linien, nicht daß sie sich aufs Entziffern dieser Zeichen verstünde, es ist ihr egal, was da geschrieben steht und in welcher Sprache, in diese Hand möchte sie sich schmiegen, wie eine Murmel, eine Muschel, ein kleines, zerbrechliches Ding.

Weißt du, aber sie kann nicht weitersprechen, wieder senkt sich sein Mund über den ihren, und da der gerade geöffnet ist zum Sprechen, weißt du, will sie sagen, und dann hat sie auch schon vergessen, was sie sagen wollte, ihre Zunge im stummen Dialog mit der seinen, so lange her, fast schon vergessen, so also kann das, so also muß das sein, und wie eine Murmel, wie ein kühler, glatter Stein, schmiegt sich ihr Körper an den seinen, die gebeugte, vom Wind verkrüppelte Kiefer senkt schützend ihre struppigen Äste über sie, hält den Wind ein wenig ab und die Welt, die ist ohnehin draußen geblieben, und jetzt kommen tatsächlich die Pferde, eines weiß, das andere braungolden, und die tragen sie davon, Andrzej und Ewa, in die Weiten der polnischen Wüste.

Komm, sagt Mieszko und nimmt Janeks Hand.

Komm, sagt der alte Mann und packt seinen Freund aus Deutschland am Arm.

Laß uns zurückgehen, bevor das Gewitter losbricht.

Der Himmel hat sich jetzt ganz und gar verdüstert, nirgends schaut mehr ein kleines Stückchen Blau hervor.

Die Jungen rennen über die Wiese, Fredis Vater schreit hinter ihnen her. Sie haben Spatzen gefangen und bei Einbruch der Dunkelheit, gerade als der alte Fischer die Lampen angezündet hat, die verängstigten Vögel in das offene Fenster hineingeworfen. Dort flattern sie jetzt panisch durch das Zimmer, Mieszko und Jan halten sich die Bäuche vor Lachen und schauen, daß sie davonkommen, denn der Metzger Fischer ist ein kräftiger Mann …

Die beiden Männer haben das Wirtshaus erreicht, Stanek zündet gerade das Licht an.

Das gibt ein Wetter, sagt er.

Zygler denkt an seine Tochter. Dankas Schwiegersohn wird schon auf sie aufpassen und dafür sorgen, daß sie rechtzeitig nach Hause kommt, bevor der Sturm losgeht.

Dann sitzen sie wieder am Tisch.

Weißt du noch, wie ich dir das Fahrradfahren beigebracht habe?

An meine blutigen Knie erinnere ich mich genau.

Die beiden lachen. Stanek schaut neugierig zu ihnen herüber und spitzt die Ohren.

Ich hab zu ihm gesagt, wenn du nicht schnell fährst, dann nehm ich dir das Fahrrad wieder weg. Schnell mußt du fahren, schnell oder gar nicht.

Ja, sagt jetzt Zygler zu dem Wirt, aber das Fahrrad war so groß und meine Beine viel zu kurz, daß ich erst gar nicht über die Stange hinüber kam. Hab ich mich also auf das eine Pedal gestellt mit beiden Füßen und bin so die Kalischer Straße hinuntergesaust. Schnell. Sehr schnell.

Daß es ihn auf die Nase geschlagen hat, das war ja klar. Eigentlich wollte ich nur sehen, ob du Mut hast oder nicht.

Aha.

Das Fahrrad war auch etwas verbogen. Hat ziemlichen Ärger gegeben, als ich es wieder zurückgestellt habe. Hatte es mir ja nur ausgeliehen, vor der Kirche. Solange die beten da drin, dachte ich, können wir doch ein paar Runden drehen.

Das war noch vor dem Krieg.

Ja, sagt der alte Mieszko, vor dem Krieg.

Und dann schweigen sie wieder eine Weile, trinken Vodka und schauen zu, wie sich das Lokal langsam füllt.

Später, sagt der Pole, und sein grünes Auge zuckt ein wenig, später hatte ich dann selber ein Fahrrad. Bis ich es abgeben mußte. Noch so eine Schikane.

Warum bloß. Mehr fällt Zygler auch nicht ein.

Warum. Warum. Diese Frage hättest du früher stellen müssen.

Wieder hängt dieses Schweigen lastend zwischen den beiden Männern. Und aus dem Schweigen erstehen Szenen und Gestalten, wie Schatten umlagern sie die beiden Männer mit ihren fragenden Gesichtern. Heute ist ihr Tag, heute wollen sie ans Licht, Zygler spürt es deutlich, er weiß, diese Chance darf er nicht an sich vorüberziehen lassen. Hat er nicht immer auf diese Gelegenheit gewartet? Auch wenn es mehr als unwahrscheinlich war und Hoffnungen konnte man sich da nicht machen, wer hätte schließlich gedacht, daß Mieszko noch am Leben war, in seine Heimat zurückgekehrt und all die Jahre hier ..., aber hat er sich denn überhaupt etwas anderes vorstellen können, immer, wenn er an seinen Freund gedacht hatte, und erst jetzt fällt ihm auf, wie oft das war in all den Jahren, dann hat er ihn in Turek gesehen, immer nur hier, nirgendwo anders. Aber in seinen Gedanken war sein Freund nicht gealtert.

Wann bist du denn zurückgekommen nach Turek?

Sobald es ging. Gleich nach Kriegsende.

Und deine Familie?

Noch ehe der alte Pole antworten kann, tritt ein anderer Mann an den Tisch. Er wechselt ein paar schnelle Worte mit

Mieszko, die Zygler nicht versteht. Der Mann betrachtet ihn mit freundlicher Neugier, hin und wieder fällt der Name Zygler.

Darf ich vorstellen, mein Schwager Roman Bielski. Janek Zygler aus Deutschland.

Zygler erhebt sich, gibt Roman Bielski die Hand. Er ist viel jünger als sie beide, Zygler schätzt ihn auf Anfang Fünfzig, er hat ein freundliches, breites Gesicht mit klugen schwarzen Augen. Zygler lädt ihn ein, sich zu ihnen zu setzen. Stanek bringt ein sauberes Glas, in der Flasche ist auch noch ein Schluck für Roman.

Aus Deutschland kommen Sie! Das ist ein schönes Land. Ein reiches Land. Letztes Jahr war ich dort. An der Mosel.

Roman ist Ingenieur, erklärt Mieszko.

Ja, im Kohlekraftwerk. Eine gute Stelle. Aber man verdient nicht genug zum Leben und zu viel zum Sterben.

Ich bin auch Ingenieur, sagt Zygler, aber natürlich jetzt in Rente.

Deutschland! Ein schönes Land, wo man sich sogar als Rentner noch einen solchen Wagen leisten kann. Ich dagegen komme kaum über die Runden. Der Sohn studiert, und die Tochter geht noch zur Schule. Ich bete zu Gott, daß sie nicht auch studieren will, dabei ist sie ein kluges Mädchen, warum sollte sie wohl nicht studieren? Und meine Frau, auch sie fing wieder zu arbeiten an, da waren die Kinder gerade mal ein paar Jahre alt. Ihr Wohnmobil, ein schöner Wagen. Ob ich ihn mir einmal von innen ansehen darf? Sagen Sie, haben Sie denn keine Angst, daß man ihn stiehlt?

Meine Cousine Danka sagt, das Haus hat tausend Augen.

Ja. Und tausend Hände, die sich gerne danach ausstrecken würden.

Ach Roman. Du redest, als wären alle Polen Diebe!

Nein, das nicht. Aber ich kenne keinen Polen, der nicht gerne seine schlechten Finanzen ein wenig aufbessern würde. Egal wie. Letztes Jahr habe ich meinen Urlaub in Deutschland verbracht. Ein schönes Land, wirklich. Ich habe gearbeitet, bei der Weinernte mitgeholfen, und wissen Sie was, Roman Bielski wendet sich direkt an Zygler, ich hab so viel verdient wie das ganze übrige Jahr hier in Polen. In sechs Wochen. Das mach ich jetzt jedes Jahr. Und meinen Sohn, den nehme ich mit. In zwei Jahren kaufen wir uns ein neues Auto. Natürlich auch in Deutschland. Ein gebrauchtes. Aber – ich sage Ihnen: Wie neu. Deutschland, ein wunderbares Land. Mieszko, wann wirst du deinen Freund in Deutschland einmal besuchen?

Aber sein Schwager ist schon längere Zeit in die Betrachtung seines Glases versunken. Er sagt kein Wort.

Ja wirklich, Mieszko, sagt Zygler leise, kommst du mich einmal besuchen?

Die Furche über den verwachsenen Augenbrauen scheint noch tiefer, noch düsterer geworden zu sein.

Warum sollte ich?

Mensch, Schwager, sagt Roman, seit meine Schwester tot ist, rührst du dich nicht mehr vom Fleck. Wann hast du das letzte Mal deinen Enkel besucht? Sitzt hier wie der Pascha und wartest, daß die anderen kommen und dir die Ehre erweisen.

Früher oder später kommen sie alle, sagt Mieszko und grinst breit. Schau ihn an.

Das hättest du wohl nicht gedacht, daß ich noch einmal kommen würde? fragt Zygler bedächtig. Aber sein alter Freund lacht.

Ich wußte immer, daß du eines Tages kommen würdest. Früher oder später wird er kommen, hab ich mir gesagt. Und – hatte ich nicht recht?

Am Himmel galoppieren die Wolken – sie hat nichts davon bemerkt. Auch vom ersten Regen spürt sie nichts, so vollständig bergen und bedecken sie der Baum und Andrzejs warmer, duftender Körper. Auf der blauen Insel ihres ausgebreiteten Kleides treiben die beiden in dem Gewoge aus Sand und Wind. Erst als auf ihrem Gesicht dicke Tropfen perlen, holt sie die stürmische Wirklichkeit ein.

Im nächsten Moment stürzt das Himmelswasser wie aus Schleusen auf sie herab. Im Nu sind sie beide durchnäßt bis auf die Haut. Andrzej hilft ihr auf, das Kleid flattert wie eine Fahne um ihren Körper und ist kaum zu bändigen. Wild schlägt der Wind ihr das nasse Haar um den Kopf, sie stemmen sich gegen ihn und kommen doch kaum voran. Bis zu den Knöcheln versinken sie im Sand, der unter der Oberfläche noch ganz trocken ist und warm. Weit verästelte Blitze zacken sich in den Himmel, über den in langgezogenem Donnergrollen riesige Felsbrocken zu rollen scheinen.

Endlich erreichen sie den Fiat. Wie ein Spielzeugauto steht er einsam und verloren mitten im Toben der Elemente. Eine rettende Fluchtburg ist er für Ewa, sie atmet auf, als sie auf den Beifahrersitz gleitet, die Tür hinter sich schließt und Wind und Sturm draußen läßt. Zum ersten Mal in ihrem Leben erfaßt sie den Sinn des Wortes Windschutzscheibe, während der Regen unablässig am Glas herabläuft.

Und da sind sie wieder, seine Hände, da ist er wieder, sein Mund, sein Atem stoßweise, nah an ihrem Hals, ihrer Brust, *Twoja sukienka jest całkiem przemoczona*, sagt er, »pschemoschona«, wiederholt sie, und er nestelt wieder an den Knöpfen, den wenigen, die sie im Laufen geschlossen hat. Der Regen hat den Stoff dunkel gefärbt, kein strahlender Sommerhimmel mehr, sondern mattes Indigo, sie fröstelt und ist ihm dankbar, als er es abstreift, das Kleid, und sorgfältig auf die Rückbank legt. Von dort holt er eine aus vielen bunten Wollrosetten zusammengenähte Decke und baut daraus ein Lager, ein kleines Nest, hält sie fest darin in seinen Armen, wärmt sie und streichelt ihre feuchte Haut, gleitet hierhin und dorthin mit seinen Fingern, tastet sich weiter und weiter fort in zarte Regionen, zeichnet heiße Linien und Bahnen über ihren Körper, der sich ihm entgegenwölbt, sich öffnet und schließt und öffnet mit jedem Atemzug ein bißchen mehr. Ihre Hände, wie kleine Vögel in seinem nassen Haar verheddert, ziehen seinen Kopf zu ihr herunter, sein Gesicht zwischen ihre Zwillingsknospen. Geschickt öffnet er komplizierte Verschlüsse, erobert sich Millimeter um Millimeter ihrer Haut, tief saugt er geräuschvoll ihren Duft in sich ein, und dann ist nichts mehr als die Berührung seiner Lippen, seiner Zunge, nichts mehr als die süße Schwere seines Gewichts. Zwischen ihren Häuten sind Regen, Schweiß und Sand zu einem Film verschmolzen, den sie aneinander reiben wie Sandpapier, fast schmerzt es, überall feinster Sand und Staub, zwischen den Zähnen und auf den

Lippen, zwischen ihren Brüsten und an den zarten Linien seiner Hüfte, überall spürt sie die Körnchen tanzen unter streichelnden Händen. Und selbst ganz tief in ihr, wo er mit großer Entschlossenheit an ihr Innerstes stößt, wo er vorstößt in geheimste, verborgenste und vergessene Kammern, selbst hier fühlt sie in seiner unendlichen Zärtlichkeit die Schärfe des Sandes, die zwischen ihnen brennt, und ein Sturm von nie gekannten Empfindungen jagt durch ihren Körper, durch ihre Seele, läßt sie aufschreien in Schmerz und Lust, zeichnet Bilder und Farben und Töne in ihr Bewußtsein, das sie immer mehr im Stich läßt, nichts mehr weiß von Vergangenheit und Zukunft, sondern nur noch aufgeht in dem einzigen noch existierenden Zustand der Zeit: der Gegenwart.

Um das kleine Auto tobt das Gewitter. Der Wind jagt den Sand in immer dichteren Wehen. Draußen löst sich die feste Welt in ihre Bestandteile auf. Staub schluckt alle Farbe und löscht jede Kontur, Wasser schwemmt die Reste hinweg, die Welt geht unter, und innen entsteht eine neue Welt, eine kleine Geschichte zwischen einem Mann und einer Frau, einem Polen und einer Deutschen.

Und dann verebbt der Regen. Dunkle Wolkenmassen jagen sich hoch über der Sandwüste, aber immer wieder reißen Lichtfetzen blaue Löcher in den Himmel. Der Wind läßt nach und legt sich schließlich. Und drinnen hält Andrzej ihren nassen Kopf an seiner Brust, fädelt mit unendlicher Zartheit ihre sandverklebten Strähnen mit den Fingern auseinander und spricht mit ihr, spricht, *słodka, mała kobietka, kochana mała kobietka*, und hält ihren Kopf. Seine blauen Augen sind klar und sanft, während aus den ihren immer noch der Regen stürzt.

Zygler sieht sich um. Nicht gerade daß er viel erkennen könnte, blaue Schwaden hängen in dem Schankraum, vernebeln die Sicht. In seinen Ohren dröhnt ein auf und abschwellendes Stimmengewirr. An ihrem Tisch sitzen jetzt fünf Männer, die heftig miteinander und auf ihn einreden. Mieszko scheint wieder ganz der Alte, seine Furche hat sich geglättet, seine Augen leuchten auf, während er gierig an einer Zigarette zieht. Wieder sieht Zygler seinen Freund im Schuppen von Lechs Vater sitzen, seine Zigarette mit der Miene eines großen Herren rauchen und ihm dabei die Welt erklären. Wie damals unterdrückt Zygler ein Husten, die Luft ist schlecht, denkt er, gleich wird ihm schwindelig werden, oder ist das der viele Schnaps, diesen Vodka ist er nicht gewöhnt.

Trink, dröhnt die Stimme rechts von ihm, du bist unser Gast, du mußt trinken, auf Polen, auf Deutschland, auf unsere Freundschaft, auf Turek, worauf du willst, aber trinken mußt du, wenn du uns nicht beleidigen willst, nein, das will er nicht, auf keinen Fall, aber kaum hat er das Glas geleert, ist es schon wieder voll, nein nein, darauf fällt er nicht mehr herein, nicht in seinem Alter, das hat er doch alles schon hinter sich, das Wettsaufen und wie er sich damals aus der Affäre gezogen hatte, der Gummibaum war hernach eingegangen, ist ihm wohl nicht bekommen, der Schnaps, aber schon heben die Männer am Tisch wieder ihre Gläser, und weit und breit kein Gummibaum, das Gesicht seines Freundes springt wie ein Vexierbild immer hin und her vom jungen Mieszko mit dem spöttischen Blick zum alten Mieszko mit der scharfen Falte über den Augen, wieder zum jungen mit dem braunen Igelhaar, dann zum alten mit den silbernen Stoppeln, und immer, wenn sich Zygler an ein Gesicht gewöhnen will, verändert und verschiebt es sich, und mitten in diesem Verändern sagt es, Was schaust du mich so komisch an, Janek, als wäre ich ein Wolf und würde dich gleich verspeisen, und die Runde lacht schallend, trink noch einen auf unsere Frauen, auf die schönen Polinnen, auf deine Tochter, auf die Liebe. Aber Zygler mag nicht mehr, er denkt an seine Tochter, wo war sie doch gleich ..., mit wem war sie noch ..., er hat es einfach vergessen, hat seine Tochter vergessen und sieht sie im Watt herumgehen, weinend, in einem blauen Sommerkleidchen, Papa, wo ist die Burg, die wir gestern gebaut haben, wo ist sie geblieben, und er will aufstehen, will seine Tochter suchen und mit ihr die Burg suchen, der Stuhl fällt nach hinten, der rechts von ihm hält ihn am Arm fest, Janek Zygler, wohin des Wegs, er muß den Ort suchen, diesen Ort finden, wie heißt er noch gleich, wie willst du einen Ort finden, wenn du nicht weißt, wie er heißt, da sieht er wieder Mieszkos rotunterlaufene Augen vor sich, das hab ich ja dann dir zu verdanken, wo willst du hin, draußen geht die Welt unter, kannst sehen, wie du damit fertig wirst, und sein Kopf dröhnt und schmerzt und trägt ja immer noch die Binde …

Du verträgst aber auch gar nichts, lacht der alte Mieszko, der neben ihm an der Hauswand lehnt. Hier draußen bricht gerade die Dämmerung herein, der Sturm hat sich verzogen, auf der Straße liegen abgerissene Zweige und Blätter herum, und das Pflaster glänzt schwarz und metallen. Die Luft ist so rein und blau, daß Zygler sie fast sehen kann. Mit einem Mal ist er wieder nüchtern, ein leises Stechen in der Schläfe und ein galliger Geschmack im Mund erinnern ihn noch an die Schwäche von vorhin, aber er sieht die Welt wieder klar. So klar, daß er in den Augen des Mannes neben ihm sehen kann, was der gerade denkt.

Was ist, fragt er ihn.

Der alte Mieszko sieht ihn prüfend an. Lange sagt er nichts. Was soll sein, sagt seine Miene ein paar Sekunden lang, dann treffen sich wieder seine Augen mit denen seines einstigen Freundes. Du kommst einfach so daher …

Am Himmel jagen immer noch einzelne Wolken, aber am Horizont geht gerade der Abendstern auf.

Einer muß ja wohl kommen. Du hast es doch gewußt, sagst du.

Ja, aber ich frage mich …

Was fragst du dich. Zygler fröstelt. Er spürt, wie ihm Schweiß, den er bislang nicht bemerkt hat, auf der Stirn trocknet und spannt.

Dann frag, sagt Zygler.

Der Pole wendet sich ab. Fast glaubt Zygler, er gehe wieder in den Schankraum hinein und lasse ihn hier einfach stehen. Aber dann dreht sich Mieszko noch einmal halb zu ihm um.

Warum hast du damals gesagt, ich hätte dir die verdammte Eisenstange über den Schädel gehauen?

Zygler fährt sich mit der Hand über die Augen. Er hätte wirklich nicht so viel Vodka trinken sollen. Er kämpft ein Lachen nieder, ein völlig unpassendes Lachen, und wieder spürt er den dumpfen Schmerz in seinem Schädel, nein, das ist doch so lange her, und plötzlich sind da Tränen verdächtig nah hinter seinen Augen, diese verdammte Eisenstange, und dann diese Leere in seinem Kopf, diese Dunkelheit, wie oft hat er nicht schon versucht, genau diesen Moment in Peter Sagers Schlosserei wieder in sein Bewußtsein zurückzuholen, das Zahnrad im Schraubstock und das Reden und Lachen der Gesellen, die schrille Stimme von Sagers Sohn, seine eigene Stimme, die antwortet, und dann nichts mehr, ein Nichts, in das schließlich Geschrei hereinreicht und verschwommene Gesichter, das Gesicht seines Vaters: Was ist denn eigentlich passiert? Aber das wußte er nicht.

Ich hab das nie gesagt. Seine Stimme kommt von weit her.

Der alte Pole sieht ihn voller Verachtung an.

Du hast gesagt, ich hätte dich erschlagen wollen. Nur darum mußten wir … Und jetzt …

Nein. Zygler reißt sich zusammen. Er versucht, die Dumpfheit aus seinem Schädel zu verscheuchen. Das ist lange her, und er will zurück ins Hier und Jetzt, hier spielt sich die Vergangenheit ab, dort erfüllte sich die Gegenwart, hier im Gespräch mit diesem Mann, nach all den Jahren, niemals hätte er geglaubt, ihn lebend wieder zu treffen.

Nein. Das habe ich niemals gesagt. Ich konnte mich an nichts mehr erinnern. Weiß bis heute nicht, was wirklich passiert ist. Als ich zu mir kam, sagten alle, du hättest mich mit der Eisenstange erschlagen wollen. Aber ich konnte es mir nicht vorstellen. Wir hatten doch keinen Streit …

Nein, sagt der Mann finster. Wir hatten keinen Streit. Obwohl du dich verhalten hast, wie sich eben ein schäbiger Deutscher in dieser Zeit verhalten hat.

Zygler spürt plötzlich wieder Hitze im Gesicht. Er möchte ihn anschreien, diesen Mieszko, der ihn verfolgt hat all die Jahre, den er so vermißt hat, wie all die anderen, die nach und nach aus seinem Leben verschwunden sind, auf- und davongefahren oder sang- und klanglos weggestorben, und immer ist er es, Jan Zygler, der sich auf den Weg machen muß, der sich auf die Suche macht, wie damals, als der Krieg zu Ende war, Deutschland in Flammen aufging, ja, das erste, was er von Deutschland zu sehen bekam, waren Flammen und rauchende Trümmer und zerbombte Bahnhöfe und sterbende

Menschen, und er auf der Suche, seine Hand um ein Photo gekrallt, ich muß meine Mutter finden ... Was verstehen denn diese Menschen hier, was es hieß, damals ein Deutscher zu sein, ein Deutscher in Polen geboren, sich mühsam an diese fremde Sprache gewöhnend, an den deutschen Namen, den Polen ein Feind geworden und den Deutschen ein Ärgernis, Flüchtling und Schmarotzer, als hätten wir nicht selbst genügend Probleme, da muß auch noch so einer daherkommen, was hätte ich denn tun können, will er schreien, bis ich richtig zu mir kam, warst du schon fort, aber da ist sie auch schon verraucht, diese kurze, heftige Wut, noch steht er da mit geballten Fäusten, aber er weiß nicht mehr weshalb, steht da, starrt auf den Boden, dann wendet er sich um und geht die Straße hinab.

Das kleine Auto macht jämmerliche Geräusche, rührt sich aber nicht von der Stelle. Andrzej schaut besorgt in den Rückspiegel. Dann stellt er den Motor ab und steigt aus.

Ewa geht ihm nach. Die Hinterreifen sind bis über die Hälfte im Sand versackt. Sie stecken fest. Noch einmal versucht Andrzej, ob der Motor es vielleicht schafft, noch einmal und noch einmal, aber die Reifen wühlen sich nur um so tiefer in den Grund. Er steigt aus, lächelt Ewa verlegen an. Macht eine einladende Geste Richtung Fahrersitz.

Spróbuj teraz ty, a ja popchnę.

Andrzej krempelt die Ärmel hoch und Ewa versteht. Sie soll es versuchen, während er von hinten schiebt. Sie setzt sich ans Steuer, nimmt den Gang heraus und startet den Wagen. Dann legt sie den ersten Gang ein und läßt die Kupplung los. Im seitlichen Rückspiegel sieht sie, wie sich Andrzej mit seinem ganzen Körper gegen das Fahrzeug stemmt. Nichts. Das malmende Geräusch der Reifen klingt immer satter und dumpfer. Andrzej spuckt so etwas wie einen Fluch in den Sand.

Ewa fröstelt. Ihr Kleid ist feucht. Es ist die blaue Stunde der Dämmerung, die Farben verschwimmen, und das Gewitter hat die Luft empfindlich abgekühlt.

Andrzej hat den Kofferraum geöffnet und kramt darin herum. Schließlich zieht er eine alte Kinderschaufel heraus und beginnt damit, einen Hinterreifen frei zu schaufeln. Ewa sieht ihm eine Weile zu, dann beginnt auch sie, mit den bloßen Händen zu graben. Aber bald müssen sie einsehen, daß sie nicht weit kommen. Was sie wegschaufeln, rutscht im nächsten Moment wieder zurück. Andrzej sieht sich um, scheint aber nicht zu finden, was er sucht. Das wundert Ewa nicht. Denn hier gibt es nichts außer Sand. Jetzt flucht er laut und zornig, sieht Ewa an, nimmt sie heftig in seine Arme.

Wir müssen zu Fuß gehen, sagt Ewa und befreit sich aus seiner Umarmung, zu Fuß, und sie zeigt auf ihre nackten Beine und macht mit Zeige- und Mittelfinger Gehgebärden für Kinder. Andrzej schüttelt den Kopf, seufzt tief auf, *ale to jest naprawdę daleko,* sagt er, und Ewa versteht, weit, sehr weit muß das wohl heißen.

Egal, sagt sie und versucht, den Sand aus ihrem Haar zu schütteln, hier können wir jedenfalls nicht bleiben. Was ist mit den Leuten beim Bagger? Sie zeigt in die Richtung der Abraumkante. Aber Andrzej schüttelt den Kopf und bettet seine Wange seitlich auf einen Handrücken. Schlafen schon. Ach ja, es ist schon spät.

Jeden raz, sagt Andrzej, reckt einen Daumen in die Luft und steigt in den Wagen. *Jeden.* Das heißt eins. Moniczka hat es ihr beigebracht. Einmal noch will er es versuchen, denkt Ewa, na gut, wenn er meint. Diesmal schaltet er die Scheinwerfer ein, eh er das Heck des Autos noch tiefer in den Sand versenkt. Ewa muß an einen Hund denken, der mit den Hinterbeinen eine Grube gräbt. Als er den Motor abschaltet und aussteigt, legt Ewa den Zeigefinger auf die Lippen. Still. Ich höre etwas.

Beide lauschen sie in den Abend hinein. Nichts. *Nic.* Andrzej schüttelt den Kopf, wirft ihn in den Nacken und macht eine Miene, als würde er jetzt um jeden Preis eine Entscheidung fällen. Da. Ein fernes Motorengeräusch. Und dann Lichter, die sich langsam nähern. Andrzej springt in den Wagen und schaltet die Scheinwerfer wieder an. Nur nicht vorbeifahren, betet Ewa, vor deren innerem Auge gerade die ganze Tureker Verwandtschaft entlanggezogen war, Danka mit ihren vorwurfsvollen, forschenden Augen, Elżbieta mit dem leidenden Blick, Ada mit dem spöttischen Lächeln, die Zwillinge mit den hängenden Armen, Moniczka mit dem gurrenden Stimmchen. Und erst ihr Vater.

Andrzej hat seinen Arm auf die Hupe gelegt. Und plötzlich wird Ewa die Absurdität dieser Situation bewußt, wie sie barfuß, zerzaust und durchnäßt mitten in einem polnischen Braunkohletagebau steht, zusammen mit einem völlig Fremden, mit dem sie kein Wort wechseln kann, den sie aber immer noch in sich spürt, dessen Atem ihr immer noch das Gesicht streichelt. Wie ein ertapptes Schulmädchen kommt sie sich vor, als schließlich ein Raupenfahrzeug über die Sandwehen gefahren kommt, einen Moment lang denkt sie, es sei ein Panzer, der in der Abenddämmerung so unbeirrbar jedes Hindernis nimmt, aber nein, es ist eine Art Traktor mit Raupen, Gottseidank, und der Fahrer, ein älterer Mann, der Andrzej zu kennen scheint, nimmt gar keine Notiz von ihr, wie sie frierend und verlegen daneben steht, die Arme um die Schultern geschlungen.

Es dauert nur ein paar Minuten, und der Traktor hat den Fiat aus der Sandwehe gezogen. Als er wieder festen Grund unter den Rädern spürt, winkt Andrzej sie ins Auto.

Schweigend fahren sie hinter dem Traktor her über das wüste Gelände. Auch dort, wo vorher eine Fahrrinne zu erkennen gewesen war, hat der Sturm alles verweht.

Schließlich erreichen sie das Tor. Ist es wirklich erst ein paar Stunden her, seit sie es bei Sonnenschein passiert hatten? Andrzej steigt aus und löst das Abschleppseil, der Traktorfahrer hupt kurz zum Abschied, dreht eine Schleife und kehrt auf das Gelände zurück.

Ob sie Andrzej gesucht haben? Schließlich hatte man ihn zwar hinein-, aber nicht mehr herausfahren sehen. Was, wenn sie ein wenig früher gekommen wären?

Auf dem Weg in die Stadt sprechen sie genauso wenig wie bei der Herfahrt. Aber es ist eine vollkommen andere Art von Schweigen, ein Schweigen, in dem gleichzeitig Fremdheit und Nähe schwingt, ein Schweigen voller Fragen, die sich nicht in Worte fassen lassen. Als die ersten Häuser von Turek zu sehen sind, nimmt Andrzej ihre Hand, führt sie behutsam an seine Lippen, wo er sie lange hält.

8

Warmes Wasser fließt an ihrem Körper hinunter. Sie weiß, dies ist ein ungeheurer Luxus, Danka mußte die Duschwanne extra für sie leerräumen, niemand duscht in diesem Haushalt, und das allererste Wasser war rostbraun aus der brummenden Leitung getröpfelt.

Danka hat mit einem einzigen gründlichen Blick Ewa vom Scheitel bis zur Sohle gemustert. Sandig und mit klappernden Zähnen stand sie vor der kleinen Frau und fühlte sich durchschaut und getadelt. Aber Danka sagte nichts, räumte die Duschwanne aus, legte Handtuch und Seife zurecht und machte sich am Kleiderschrank ihrer Tochter zu schaffen. Ein klein wenig nimmt Ewa es Andrzej übel, sie derart ausgeliefert zu haben, aber was kann er dafür, daß ihr Vater noch immer nicht zurück ist, daß sie keinen Schlüssel zum Wohnmobil hat. Auch wenn das Duschen dort noch komplizierter ist als in Dankas Wohnung, sie hätte sich wenigstens ungestört und in aller Ruhe aufwärmen und zurechtmachen können, bevor sie sich scharfen Augen hinter dicken Brillengläsern hätte stellen müssen. Aber mit zu sich nach Hause nehmen konnte Andrzej sie natürlich nicht. Das verstand sich von selbst.

Ewa beobachtet, wie Sand und Seifenschaum in Schlieren aus ihrem Haar und an ihrem Körper entlangrinnen und in den Abfluß gespült werden. Die Wasserleitung gibt summende, klagende Laute von sich, allzulange wird diese Seligkeit nicht mehr dauern. Noch einmal hüllt sie die Erinnerung von warmen Händen, heftigem Atem ein, von Andrzejs Haut auf der ihren, durchflutet sie heiß vom kleinen Zeh bis unter die Kopfhaut. Dann dreht sie den Wasserhahn auf kalt. Und wieder stürzt der Himmel auf sie herab, Millionen von Körperhärchen richten sich borstig auf, bis die Kälte ganz in ihr Innerstes dringt.

Als sie aus der Wanne steigt und nach dem Handtuch greift, bemerkt sie Moniczkas Katzengesicht im Türspalt. Unbefangen, ja, fast schamlos mustert sie Ewas Körper. Das ist nicht der Blick eines Kindes, schießt es Ewa durch den Kopf, als sie die prüfenden, dann anerkennenden Augen bemerkt. Das Mädchen reicht ihr ein Kleid herein. Es ist gelb mit einem Muster aus orange- und rosafarbenen Stiefmütterchen. Ewa haßt Stiefmütterchen.

Od mamusi, sagt Moniczka und verschwindet.

Das Stiefmütterchenkleid spannt um den Busen und ist in der Taille zu weit. Ewa betrachtet ihr Gesicht im Spiegel. Fast blind ist er, mit vielen stumpfen Flecken, aber die Spuren ihres Alters reflektiert er dennoch ganz gut. Fremd blicken diese Augen sie an, die sie von ihrem Vater geerbt hat, graublau oder himmelblau, mitunter auch türkis, das hängt ganz vom Wetter ab oder von ihrer Stimmung. Und natürlich von der Farbe ihrer Kleidung. Gelb mit Orange und Rosarot ist nicht gerade die ideale Kombination, um ihre Augen zum Leuchten zu bringen. Die feinen Fältchen an den Augen- und Mundwinkeln sind jetzt nicht mehr zu übersehen, auch ihr Hals ist nicht mehr so makellos wie früher. Ewa versucht zu lächeln und beobachtet, wie sich die Mundwinkel der Frau im Spiegel ein wenig nach unten ziehen. Gewiß, sie ist keine zwanzig mehr, aber sie weiß gut, daß sie nicht häßlich ist. Die Männer drehen sich immer noch nach ihr um, schauen ein paar Momente länger hin als nötig. Aber es interessiert sie nicht. Mit der Trennung hat sie dieses Thema aus ihrem Leben gestrichen. Und die Zeit vor Jean-Claude, an die kann sie sich kaum noch erinnern, so jung war sie gewesen und er ihr ganzer Horizont, ihre Welt, eine Welt, zu der nur er den Schlüssel besaß, sie, die Studentin aus Deutschland und er, jüngster Professor an der Sorbonne an der Schwelle zu einer glänzenden Karriere, der Schwarm aller Frauen, oh ja, das war er und das ist er auch geblieben, und dabei bleibt es nicht beim Schwärmen, sie, Ewa, wurde zwar seine Frau, aber nicht seine einzige Liebe, wie lange hat es gedauert, bis sie sich das endlich eingestand, Affäre um Affäre hat sie ihm verziehen, hat ihm geglaubt und die Augen verschlossen, bis es einfach nicht mehr möglich war und sie einsehen mußte, daß sich niemals, niemals etwas ändern würde, Jean-Claude war Jean-Claude, und der liebte die Frauen, und nach fruchtlosen Debatten und verzweifelten Szenen regte sich endlich die alte Ewa in ihr, stand auf, schüttelte sich, packte ihre Sachen und verschwand. Und niemals, das hat sie sich geschworen, nie mehr in diesem Leben würde sie einem Menschen gestatten, ihr so nahe zu kommen.

In ihrem Beruf hat sie gelernt, sich eine selbstbewußte Haltung zuzulegen, einen ironischen Unterton, der den meisten Männern von vornherein den Wind aus den Segeln nimmt. Sie weiß, daß ihr Stolz sie im Grunde noch attraktiver macht, aber in einer Zeit, wo der schnelle Konsens, die Nacht gemeinsam zu verbringen, einer aufwendigen Eroberung vorgezogen wird, schreckt ihre Zurückhaltung eher ab. Und so soll es auch sein. Sie ist nicht das geeignete Futter für erlebnishungrige Kongreßherren, und je schneller diese Jagdhunde die ungünstige Witterung aufnehmen, desto besser.

Sie hat ihre Lektion gelernt. Äußerlich wirkt sie gefestigt, melancholische Anwandlungen begräbt sie in der Regel unter einem Berg von Arbeit. Und wenn ihre Mutter sie hin und wieder darauf anspricht, Mädchen, bist du denn auch glücklich, fühlst du dich nicht einsam, dann lacht sie, schüttelt ihr sandfarbenes Haar und erzählt von ihrem aufregenden und abwechslungsreichen Leben.

Aber sie ist einsam. Hier in diesem schäbigen Badezimmer im Herzen Polens, Auge in Auge mit ihrem Spiegelbild, das sie so fremd anstarrt, überfällt sie ein Gefühl von Verlassenheit und ein Jammer, den sie seit ihrer Kindheit nicht mehr gespürt hat. Wo ist sie nur hingeraten, wer ist diese Frau in dem fremden Kleid, mit diesem fremden Seifenduft, und schon wieder spürt sie den schweren, fast stechenden Männergeruch, ziehen sich ihre Brustwarzen zusammen, durchströmt eine Hitze ihren Schoß …

Ewa will lächeln, aber die Frau im Spiegel verzieht ihr Gesicht zu einer traurigen Grimasse, wo ist ihr Sinn für das Komische an der Situation geblieben, ihre Fähigkeit, über sich selbst zu scherzen, schau an, Ewa Zygler, das hättest du dir nicht träumen lassen, eine Romanze mit einem verheirateten Polen, Liebe in der Braunkohle, wirklich, sehr romantisch, wieder versucht sie ein Lachen, aber es gelingt nicht, und ihre Augen werden groß und größer, zwei Seen, deren Wasser über die Ufer treten, die Augen, die verraten doch noch am ehesten die, die sie ist und war und bleibt seit ihrer Kindheit, und durch die Tränen hindurch erkennt sie, daß etwas Neues aufgebrochen ist, was, das wird sich noch herausstellen, und gleichzeitig weiß sie, daß sie hier verschwinden muß, je eher, desto besser.

Es läutet. Ewa hört Schritte vor der Badezimmertür. Stimmen. Das wird ihr Vater sein, wird ja auch Zeit, dann kann man sich wohl endlich zurückziehen, allein will sie jetzt sein oder wenigstens in der Zweisamkeit mit ihrem Vater. Wie lange ist es her, daß sie nicht mehr alleine war?

Aber das ist nicht die Stimme ihres Vaters, ganz deutlich erkennt sie Andrzejs Lachen, unter Tausenden würde sie es heraushören, und dazu eine andere, eine Frauenstimme, nein, das darf doch nicht, das kann er doch nicht, und schon klopft es an die Badezimmertür, Bist du fertig, fragt Danka, es gibt Besuch, hast du vergessen, wo ist überhaupt dein Vater, mach schnell, wir warten alle nur auf euch.

Ewa starrt auf die Haarbürste in ihrer Hand, dann wieder auf ihr Spiegelbild, das nasse Haar klebt ihr am Kopf, und die Augen sind schreckensweit aufgerissen. Wie sie diese Familie haßt. Wie sie in diesem Augenblick Danka haßt, aber auch ihren Vater, der sie allein läßt, alleine, wäre er doch mitgekommen, wäre das alles nicht…, diese vier blaßrosa gekachelten fensterlosen Wände wachsen auf sie zu, werden zur Falle, sie muß hier raus, nach Hause will sie, weit weg, eine Panik steigt wie ein bitterer Geschmack ihre Kehle hoch, krampft sich in ihren Magen, ihren Unterleib, aber da schüttelt sie ihre nassen Haare, daß die Tropfen fliegen, blitzt diese Frau im Spiegel an, jetztreißdichzusammenverdammtnochmal, und als sie Moniczkas Gesichtchen erspäht, winkt sie das Mädchen herein, zeigt auf ihr Haar, pustet aus vollen Backen, und Moniczka versteht, öffnet eine Schublade und reicht Ewa einen Fön.

Fünf Minuten später tritt sie aus dem Bad, aufrecht und mit beschwingten Schritten. Im Wohnzimmer sind sie alle versammelt, Ada und Elżbieta und Andrzej und Adas stummer, schwitzender Freund, auch der Alte mit der roten Nase, natürlich Danka und Moniczka, die auf den Polstern auf und ab hüpft wie ein Vollgummiball.

Ich schau mal eben nach meinem Vater, ruft sie Danka zu und ist schon draußen, fliegt die Treppe hinunter, das war eine Flucht, da gibt es nichts zu beschönigen, nicht gerade unauffällig und höflich schon gar nicht, aber man muß sich nicht tapferer geben, als man ist.

Im Wohnmobil ist immer noch alles dunkel. Das darf einfach nicht sein, bitte, sei da, flüstert Ewa vor sich hin und klopft an die Tür. Aus dem Klopfen wird ein Trommeln, Ewa hat gute Lust, die Tür einzuschlagen, aber nichts rührt sich, nur ein paar Fenster klappern und Schatten treten auf Balkone heraus, fragende Rufe tönen herab, gleich wird jemand herunterkommen. Ewa gibt auf und geht zögernd und niedergeschlagen zurück ins Haus.

Das muß heute noch fertig werden, ruft Sager, aber das Zahnrad dreht sich immerzu im Schraubstock, wer dreht denn da am Schraubstock, aber das Zahnrad ist fertig und dreht sich im Getriebe, Zahnräder groß wie Häuser, und er mit seiner Feile mittendrin, wer schlägt da gegen das Getriebe, das zerbricht und zerbirst und begräbt ihn unter dem Klopfen und Schlagen und Hämmern, die Arme schwer und wollen nicht mehr, wollen nicht mehr den Hammer heben, willst du wohl weitermachen, du Faulpelz, und die Meisterin schmiert dicke Stullen, die verteilt sie an die russischen Soldaten, es ist Nacht und er steht hinter einem Baum, bis zu den Waden versinkt er im Schnee, und da rollen die Panzer auf ihn zu, ihre Scheinwerfer fressen sich in die Nacht, wenn er nur nicht schießt, wenn der Fredi jetzt nur nicht schießt, zwei Schuß Munition, Fredi sogar drei, damit kann man keine Panzer, damit kann man keine Rote Armee, und die Meisterin schmiert Brote und verteilt sie an die Russen, er sieht, wie sie die Brote essen, verschlingen, in ihre lachenden Münder stopfen, und dann, das Brot quillt ihnen aus den Mundwinkeln, tropft speichelfeucht auf den Bahnsteig, erklärt ihnen Peter Sager das Getriebe, muß heute noch fertig werden, da schlagen sie ihn mit ihren Gewehrkolben, schlagen ihn einfach zusammen, und er hört das Schlagen und Klopfen, und er wundert sich, tönt das so dumpf und hohl, wenn ein Menschenkörper ..., ein Pochen und Klopfen ein Hammer auf einen Schädel, und jetzt ist da Mieszko, das hab ich ja dann dir zu verdanken, und die Panzer ganz nah, zwei sind es, nein drei, leuchten über den schneehellen Platz, und er weiß Fredi hinter dem anderen Baum, halten die Stellung, Fredi und er, halten die Rückzugslinie, mit fünf Schuß Munition, jetzt nicht den Helden spielen, Fredi, das ist kein Spiel, und langsam, ganz langsam um den Baum herum, immer im Schatten, daß kein Scheinwerfer dich trifft, und dann ist er da, aus dem Dunkel, wirft die Pistole in den Schnee, gebt auf, kommt mit, auf die andere Seite, auf die Seite der Sieger, die nehmen uns mit offenen Armen, das Spiel ist aus, habt ihr noch nicht kapiert, und da liegt der Sager in seinem Blut, und aus den Mundwinkeln fließt der Speichelbrei, die Panzer, die Panzer, und aus einem Panzer steigt Mieszko, grinst, zuckt mit dem grünen Auge, komm, laß uns schwimmen gehen, aber was klopft da, was pocht, was dröhnt da gegen seinen Schädel, das Zahnrad muß fertig werden, und Mieszkos Gesicht verzieht sich, schwillt an, geht in die Breite, das ist doch nicht Mieszko, das ist Hajo Harmsen, na, auf dich haben wir gerade gewartet, dreckiger Polacke, und das Klopfen und Schlagen, hör auf, aufhören, du darfst sie nicht schlagen, stolze, schöne Mutter, in die Ecke gekauert, geduckt, mit ängstlichen Hundeaugen, das ist nicht meine Mutter, und er ballt die Faust und er schlägt zu und er sieht, wie sein Blut ..., und dann ist da Peter Sager, der liegt in seinem Blut auf dem Bahnsteig, und die Russen schlagen seinen Körper zu Brei.

Johannes Zygler schreckt auf. Er ist völlig naßgeschwitzt, durch seinen Hinterkopf zuckt ein stechender Schmerz. Er reibt sich das Gesicht, versucht sich zu orientieren. Draußen ist es dunkel.

Zygler zieht sein Hemd aus, geht zur Waschkabine, wirft sich kaltes Wasser ins Gesicht und unter die Achseln. Ein widerlicher Geschmack im Mund erinnert ihn an die Flasche zwischen ihm und Mieszko. Er putzt sich die Zähne, trinkt gierig das Wasser aus dem Zahnputzbecher.

Mieszko. Nach und nach trennen sich die Traumbilder von der Realität.

Zygler setzt sich wieder auf sein Bett. Er stöhnt, sein Kopf pocht und dröhnt. Die Hauswand, das verschlossene Gesicht des Polen. Dieser alte Mann, der einmal sein Freund war. Der Schwager, die vielen Vodkaflaschen. Wie ist er bloß hierhergekommen? Ist er wirklich einfach weggegangen? Wo bleibt eigentlich Ewa? Sie müßte doch längst zurück sein. Seufzend zieht er sich ein frisches Hemd an.

An Dankas Wohnungstür verhandelt Moniczka mit zwei kleinen Jungs. Nein, hört Zygler, heute nicht. Heute gibt's ein Fest für den deutschen Besuch. Das Wohnmobil? Man werde sehen. Was sie denn zu bieten hätten, sie sollten sich gefälligst was einfallen lassen. Morgen. Morgen werde man weitersehen.

Als sie ihn sieht, hängt sie sich an seinen Hals, da bist du ja, alle suchen dich, besonders Tante Ewa, die sah vielleicht aus, als sie kam, das hättest du sehen sollen, und meine Oma ist wütend, ich weiß nicht warum.

Die Wohnung hallt wider von aufgeregten Reden. Unbemerkt tritt er ins Wohnzimmer. Da sitzt Dankas Schwiegersohn und redet von Autos und Rädern und Sand. Der Alte nickt und schüttelt den Kopf und hört wahrscheinlich gar nicht zu.

Der Sand wird uns alle begraben. Der Wind bringt ihn bis in die Stadt, mit dem Regen ist er heute heruntergekommen. Der Sand ist unser Ende. Adas Freund öffnet eine Bierdose und wischt sich die Schweißperlen von der Stirn.

Ewa sitzt auf einem Stuhl mit Moniczkas schwarzem Kätzchen auf dem Schoß. Zygler ist erleichtert, seine Sorgen kommen ihm lächerlich vor, ist sie nicht erwachsen, kommt doch auch sonst ohne ihn klar, da schaut sie auf, irgend etwas ist geschehen, das kann er sehen, aber was? Wo warst du die ganze Zeit, fragt sie ihn, und erschrocken bemerkt er, wie ihre Unterlippe zittert.

In Schenke von Stanek, hat Vodka getrunken bis zum Umfallen, sagt Danka, die gerade aus der Küche kommt und liebenswürdig lächelt.

Nicht wahr, Janek, Wojtek hat dich gesehen, alles schlechte Menschen, Frauen sitzen zu Hause ohne Geld und Männer trinken, trinken, trinken. Bist wie dein Vater, Janek, hätt ich nicht gedacht.

Zygler kratzt sich am Kopf und schaut amüsiert.

Hab einen alten Freund getroffen. Nach so vielen Jahren.

Danka macht eine wegwerfende Handbewegung.

Den alten Olszak, weiß alles. Hab seine Frau gekannt, schweres Schicksal mit solchem Mann. Ist ihm nicht bekommen, dort in Deutschland.

Wieso in Deutschland, Zygler reibt sich die Stirn, verdammter Schnaps, billiger Fusel, Wieso in Deutschland, wann war denn Mieszko in Deutschland, aber Danka ist wieder in der Küche verschwunden.

Können wir nicht gehen, fragt Ewa leise, wo warst du denn die ganze Zeit, aber ihr Vater hört nicht. Wieso in Deutschland, fragt er hartnäckig seine Cousine, die mit einer Schale Nüßchen wiederkommt, aber Danka reagiert nicht, sie schimpft mit Moniczka, die mit beiden Händen in die Schale greift und mit ihrer Beute unter dem Sofatisch verschwindet.

Na damals, sagt sie endlich, im Krieg, du weißt doch, ganze Familie Olszak kam doch nach Deutschland, arbeiten in Fabrik für Bomben, als er wiederkam fehlte Stück Ohr, und Haar war ganz weiß. Hat ihn böse gemacht. Böse und bitter.

Bitte, sagt Ewa, dann gib mir wenigstens den Schlüssel.

Und deine Tochter, fährt Danka fort, liebenswürdig plätschert ihre Stimme dahin, hättest sie sehen sollen, alles voll Sand und Erde und naß bis auf Haut, müssen die beiden bei solch einem Wetter, Jesusmaria, mein Schwiegersohn, sonst so vernünftig, hab schon gedacht, kommen gar nicht mehr wieder, was gibt's da zu sehen, Sand und Kohle, haben Panne gehabt, steckengeblieben, sehr seltsam, Auto ist klein, aber sicher wie Tod.

Danka zwitschert wie ein Vögelchen, ihr mädchenhaftes Lächeln und die freundliche Stimme passen nicht zu ihren Worten, denkt Ewa, die verzweifelt versucht, Andrzejs Blick auszuweichen und sich doch immer wieder in dunkelblaue Augen verfängt, stumm wie ein Fisch sitzt sie da und hält sich an der Katze fest; der wird ihr Griff wohl zu eng, mit einem Satz springt sie wie ein Pfeil über den Couchtisch voller Gläser und Andrzej auf den Schoß.

Du kleiner Teufel, schreit Danka, die nun doch ihre Fassung zu verlieren scheint, aber bevor sie schon wieder davonflattern kann, hält Zygler sie am Handgelenk fest, daß sie überrascht aufschreit, Erzähl mir, was du weißt, wo war Olszak und wann, aber da wird Danka böse, Will nichts mehr hören, sollst aufhören, hier in Stadt herumzustreifen, habe Jahre gebraucht, bis man vergessen, bin heute Polin, wie alle anderen, weiß keiner mehr, daß ich deutsche Mutter habe, Erinnerung langsam langsam gestorben, und dann du, kommst hierher, aber ich, ich habe bezahlt nach Krieg, nichts weißt du, warst weit fort in Deutschland, bist reicher Mann geworden, aber wir hier in Polen, viele Jahre Hölle auf Erden, haben nicht verziehen, was Deutsche getan, bis Leute endlich vergessen und keiner mehr redet, und dann kommst du und redest auf offener Straße mit wildfremden Menschen und kommen und fragen, Danka, ja, nicht wahr, bist Deutsche, Danka, haben wir gar nicht gewußt.

Ein Schluchzen schüttelt die kleine Frau, dann reißt sie ihren zähen Körper herum und geht ins Bad.

Es ist still geworden um den Sofatisch. Andrzej betrachtet versonnen seine Hände. Ada zündet sich eine neue Zigarette an und mustert neugierig die deutschen Gäste. Elżbieta sieht still und leidend in die Teetasse in ihren Händen. Da bricht Moniczkas feines Stimmchen das Schweigen.

Ewa atmet auf. Als aber alle am Tisch in schallendes Gelächter ausbrechen, zuckt sie erschrocken zusammen. Alle außer Elżbieta schauen sie lachend an.

Was hat sie gesagt, fragt Ewa ihren Vater.

Sie sagt, wenn sie groß ist, möchte sie einen Busen haben wie du.

Danka, die wohl das Gelächter wieder angelockt hat, fragt etwas, das kleine Mädchen antwortet unbeirrt, schüttelt die Locken und schaut gierig auf Ewas in Stiefmütterchen gequetschte Brüste.

Früher hat gesagt, möchte Busen haben wie Elżbieta. Aber heute, nein, Tante Ewas ist schöner.

Ewa spürt, wie sie rot wird. Sie schaut auf und sieht lachende Fratzen. Auch Andrzej lacht gutmütig, ein wenig zu laut, haut sich auf die Schenkel und sagt etwas zu Elżbieta. Die lächelt ein Lächeln, nachsichtig und traurig, und Ewa fühlt sich schäbig, alle starren auf ihren Busen, auch der Alte ist hellwach geworden, er zieht Moniczka auf seinen Schoß und tätschelt die Stelle, wo einmal ihr Busen wachsen wird, tätschelt auch weiter unten und am Po und bedeckt das Katzengesichtchen mit Küssen.

Laß uns doch endlich gehen, sagt Ewa zu ihrem Vater, und wirklich, da steht er auf, sagt ein paar Worte und folgt Ewa, die einmal mehr die Treppe hinunterrennt.

Wann fahren wir weiter?

Auch heute hat Ewa das Frühstück gemacht. Wie Schlafwandler bewegen sie sich inzwischen in dem engen Gefährt umeinander herum, besonders morgens, jeder Handgriff ist Routine, das Bettenverstauen, das Frühstückrichten fast schon ein Ritual.

Also, was ist, wann fahren wir weiter?

Schweigend haben sie sich am Abend in ihre Schlafkojen zurückgezogen, lange mußte Ewa noch in die Dunkelheit starren, ihre Hand fuhr immer wieder tastend über ihren Körper, als müßte sie sich vergewissern, daß er noch derselbe wie vorher war.

Unter ihr starrte Zygler ebenfalls Löcher in die Nacht, lauschte Worten nach, von denen er sich nicht sicher war, ob sie im Traum gesagt worden waren oder in der Realität. Und in welcher Zeit. Beide waren sie dann in einen tiefen und traumlosen Schlaf versunken. Jetzt fühlt sich Zygler frisch und ausgeschlafen, sein Kater hat sich gottlob verzogen.

Aufmerksam betrachtet er seine Tochter.

Ist alles in Ordnung mit dir?

Natürlich. Wieso?

Ich weiß nicht. Gestern abend, da kamst du mir so ... irgendwas war anders ...

Ewa hebt das Stiefmütterchenkleid hoch, das an der Klinke hängt.

Das war bestimmt das blöde Kleid.

Ja, fragt Zygler versonnen, wieso hattest du dieses Kleid an, wo ist denn deines?

Naß. Ewas Stimme klingt brüchig. Wir sind in das Gewitter gekommen.

Ach so. Zygler nickt nachdenklich. Er sieht wieder die abgerissenen Zweige und Blätter auf der Straße vor Staneks Kneipe.

Also, wann geht's weiter? Heute noch?

Zygler trinkt seinen Kaffee.

Jaja, Danka will uns gerne loswerden. Aber ich muß hier noch etwas erledigen.

Erledigen? Ewa hat ihre Stimme nicht mehr im Griff. Sie räuspert sich. Bloß kein Zittern hören lassen.

Was gibt es hier denn noch zu erledigen?

Zygler holt tief Luft. Wie soll er es ihr erklären. Er muß unbedingt Mieszko finden vor seiner Abreise, koste es, was es wolle.

Vielleicht geht es ja ganz schnell. Mal sehen. Ich muß nur ...

Ewa setzt ihre Tasse klirrend auf.

Ich bin es leid, in diesem Kaff herumzuhocken. Und deine Verwandtschaft ...

Es ist auch deine Verwandtschaft. Ich weiß gar nicht, was du hast. Außerdem, wieso gehst du nicht einfach ins Webereimuseum? Warst du überhaupt schon in der Kirche?

In der Kirche? Ich will nicht in die Kirche. Und ins Webereimuseum will ich auch nicht. Ich habe die Nase voll. Diese Danka ist die Pest. Und ... und ...

Ewa ist den Tränen nahe.

Danka ist eben so, wie sie ist. Sie hat es halt auch nicht leicht gehabt. Gestern ..., das hat sie mir noch nie gesagt. Bis jetzt hab ich immer gedacht, sie sei stolz auf ihre deutsche Verwandtschaft. Aber ist das nicht komisch? So wie ich von einem Polen zum Deutschen werden mußte, so mußte sie von einer Deutschen zur Polin werden ...

Vater, sagt Ewa leise, und wieder zittert ihr Kinn ein wenig, ich will hier weg.

Ich auch, mein Liebes, Zygler legt weich seine Hand auf die ihre, ich will hier auch weg, und ich glaube, wenn ich erst einmal weg bin, komme ich hier nie wieder her. Aber vorher muß ich noch einmal diesen Mann finden. Mieszko.

Was war denn los gestern? Habt ihr euch wirklich betrunken?

Zygler grinst. Es ist dieses Bubenlächeln, das Ewa so liebt, dem sie noch nie widerstehen konnte. Gegen ihren Willen muß auch sie lachen. Ja, sagt Zygler, ich bin froh, daß du mich nicht so gesehen hast, es war scheußlich, ich mußte einen Vodka nach dem anderen trinken, sonst wären sie beleidigt gewesen ...

... und dann habt ihr euch gestritten.

Nein. Nicht gestritten. Es ist alles so ... kompliziert. Und da ist etwas in meiner Vergangenheit, das ist wie ..., da sind weiße Flecken auf der Landkarte meiner Erinnerung, und die quälen mich, und einer dieser weißen Flecken, der hängt mit Mieszko zusammen, damals, als wir uns zum letzten Mal sahen, weißt du, Mieszko hat einen Groll gegen mich, und ich weiß warum und weiß es auch nicht, und all die Jahre ...

Bist du deswegen hierhergekommen? fragt Ewa.

Zygler sieht aus dem Fenster. Wie jeden Morgen hat sich eine Kinderschar zusammengefunden, die mit aufmerksamen Augen jede Bewegung im Wohnmobil verfolgt. Auch die beiden Jungen, die gestern mit Moniczka auf der Treppe standen, sind dabei.

Ja. Vielleicht. Aber nicht nur. Wir müssen noch diesen Ort finden.

Ewa seufzt. Aber sie fühlt sich leichter.

Diesen Ort, von dem du noch nicht einmal den Namen weißt?

Genau den.

Ewa stellt das Geschirr ineinander.

Mit oder ohne Namen. Wir finden ihn. Verlaß dich drauf.

Zygler schließt den Wagen ab. Glückliche Kinder teilen gerecht eine Tüte Schokoladenbonbons untereinander auf. Jedes einzelne war in das ersehnte Allerheiligste geholt worden, durfte auf den Polstern sitzen, einen Blick in den Kühlschrank und den Küchenschrank werfen, in dem sich – oh Wunder – eine große Tüte mit Bonbons befunden hatte. Von dem winzigen Badezimmer mit einer richtigen Toilette und Dusche werden sie noch lange erzählen, und von einem zum anderen Mal wird das Wohnmobil größer, luxuriöser und prachtvoller werden, bis es groß wie ein Haus sein wird, mit mehreren Zimmern und einer zweiten Etage.

Nach einer Weile war Moniczka dazugekommen, Ewas blaues Kleid auf dem Arm. Sie zog einen Flunsch, man hat ihr sichtlich das Geschäft vermasselt, Eintritt hat sie nehmen wollen von jedem einzelnen Kind, schließlich ist das ihr Onkelchen, und jetzt müßte sie womöglich noch um ihren Anteil an den Bonbons streiten, aber dazu ist sie zu stolz.

Mein Onkel hat noch Hunderte von Bonbontüten in seinem Wagen, schleudert sie diesen Gören an den Hals und kehrt mit dem Stiefmütterchenkleid ihrer Mutter wieder um.

Wo willst du ihn denn suchen?

Bis zum Marktplatz sind sie geradelt, hier hält Johannes Zygler an.

Keine Ahnung. Wahrscheinlich fahre ich zuerst zu Stanek, vielleicht weiß der, wo er wohnt.

Aber nicht wieder hängenbleiben und Vodka trinken!

Zygler lacht.

Du redest schon wie Danka.

Ewa betrachtet das Schild mit der Aufschrift: MUZEUM RZEMIOSŁA TKACKIEGO W TURKU, darunter die Öffnungszeiten.

Was ist denn heute überhaupt für ein Tag? Soll ich nicht doch lieber mit dir kommen, fragt sie unschlüssig.

Nein, sagt ihr Vater. Es ist besser so. Also dann. Um eins in der Kirche. Viel Spaß!

Ewa seufzt wieder.

Viel Glück!

Jolanta Galiżka ist eine elegante Dame um die Vierzig. Sie hat Kaffee gemacht für ihren unverhofften Besuch aus Deutschland, hat die Papiere auf ihrem Schreibtisch beiseite geschoben, der jungen Dame einen Stuhl angeboten. Ewa sieht es ihr an, sie genießt die Unterbrechung eines nicht sehr abwechslungsreichen Alltags, und besonders scheint sie die Gelegenheit zu genießen, deutsch zu sprechen.

Als Ewa das stattliche Haus am Marktplatz betreten, die Treppen mit dem Pfeil *Muzeum* erklommen und eine doppelflügelige Glastür geöffnet hatte, wurde sie das unbehagliche Gefühl nicht los, ganz alleine in diesem Gebäude zu sein. Das Tureker Webereimuseum hat an einem solchen Morgen offensichtlich keine anderen Besucher. Sie ging durch die Ausstellungsräume, in denen ihre Schritte widerhallten, und betrachtete die alten Webstühle und die ausgestellten Textilien. Angefangen bei einfacher Leinwand gab es hier einfach alles, bis hin zu kompliziert gemusterten, vielfarbigen Tüchern, Decken, Borten, Bordüren. Photographien an den Wänden zeigten Menschen bei der Arbeit, beim Weben, Aufbäumen, Garnewickeln und Färben. Ewa glitt hinein in diese braunstichige Vergangenheit, könnte dieser junge, hochaufgeschossene Mann mit schwarzem Schnurrbart in der komplizierten Holzkonstruktion nicht ihr Großvater Józef Zygler sein, diese stolze Matrone nicht vielleicht ihre Urgroßmutter ..., als eine helle Stimme sie zusammenschrecken ließ. Jolanta Galiżka hatte wohl ihre Schritte gehört und kam nachsehen, welcher überraschende Besuch sich zu dieser Zeit in ihr Reich verirrt hatte.

Sie versuchten es zunächst mit verschiedenen Sprachen, die Polin hatte Englisch und sogar ein wenig Französisch zu bieten. Ewa ging das Herz auf bei einem solchen Angebot der Kommunikation, aber als Frau Galiżka die Herkunft ihres Gastes erkundet hatte, war die Sache ganz einfach.

Darf ich fragen, sagte sie in tadellosem Deutsch mit einem charmanten Akzent, der das R tief rollt und die Vokale dunkel färbt, das ist natürlich pure Neugier, aber darf ich fragen, was Sie ausgerechnet nach Turek und in mein Museum führt?

Mein Vater ist hier geboren und aufgewachsen, sagte Ewa, und war erstaunt, wie sehr sie sich darüber freute, mit einem fremden Menschen reden zu können, ohne ihren Vater um Vermittlung zu bitten. Noch mehr wunderte sie sich aber über das Aufleuchten in den Augen der Museumsdirektorin. Und eh sie sich versah, bekam sie eine Privatführung durch das Museum und wurde dann auf einen Kaffee ins Büro eingeladen.

Wie gut Sie Deutsch sprechen, lobt Ewa und rührt in ihrem Glas. Jolanta hat heißes Wasser auf ein Instantpulver in Teegläser gegossen, dahinein rührt Ewa jetzt Milchpulver und beobachtet, wie sich die mittelbraune Flüssigkeit ein wenig aufhellt.

Vielen Dank. Jolanta Galiżka lächelt stolz. Sprachen haben mich immer fasziniert. Und ich wußte, Sprachen heißen Zukunft.

Sie waren im Ausland?

Ich? Nein. Noch nicht. Das war kaum möglich bis vor einigen Jahren. Im Urlaub, ja, aber der Westen ist für uns sehr teuer, das überlegt man sich dreimal. Und jetzt sitze ich hier, wie Sie sehen, und da kann man nicht so einfach fort.

Ewa sieht sich in dem Büro um. Es leuchtet ihr nicht ein, wozu man zur Verwaltung dieser Handvoll Webstühle eine so qualifizierte Frau braucht.

Bis jetzt ist das hier ein Webereimuseum, erklärt die Polin, als hätte sie ihre Gedanken erraten, aber ich arbeite an einem ... wie sagt man wohl in Ihrer Sprache, einem Museum für die Vergangenheit? Die Weberei ist das eine, eine wichtige Sache für die Stadt, und mit diesen schönen Webstühlen fing alles an. Aber es gibt da noch viel mehr, zum Beispiel die Geschichte der Kohle. Und besonders die Zeit der Besatzung. Daran arbeite ich.

Ewa nickt. Die deutsche Besatzung. Jetzt versteht sie auch das Interesse an ihrer Person.

Ist Ihr Herr Vater zufällig auch in der Stadt?

Ja. Er ist in der Stadt unterwegs. Der Vergangenheit auf der

Spur. Gerade im Moment ist er ihr ganz dicht auf den Fersen.

Jolanta Galiżkas Augen leuchten.

Ich habe alles schriftliche Material zusammengetragen, was es noch gibt. Ist nicht viel. Die Deutschen haben alles vernichtet, bevor sie abgezogen sind. Und der Rest liegt in Poznań, Sie wissen, im NS-Archiv. Was mich interessiert, sind die Zeugenaussagen von Menschen, die damals gelebt haben. Aber ich bin spät dran. Viele sind gestorben. Welcher Jahrgang ist Ihr Vater?

Achtundzwanzig.

Sehen Sie. Dann war er damals ein Kind. Aber immerhin.

Ewa trinkt von ihrem Kaffee. Er schmeckt gar nicht so schlecht, trotz der seltsamen Farbe.

Wieso fängt man erst jetzt damit an? Der Krieg ist seit über fünfzig Jahren vorbei.

Jolanta lächelt nachsichtig, ganz wie mein Vater, wenn ich eine dumme Frage stelle, denkt Ewa.

Unter den Kommunisten wollte man das nicht. Wir Polen sollten uns nicht an unsere nationale Identität erinnern, wir sind alle Brüder, und die Kapitalisten sind unsere Feinde, war die Parole. Über die Geschehnisse während des Krieges gab es offizielle Darstellungen allgemeiner Art, aber die individuelle Vergangenheit eines kleinen Städtchens wie Turek oder gar die Vergangenheit Einzelner sollte nicht dokumentiert werden.

Aber warum denn nicht?

Weil viele Polen nach dem Krieg nicht nur keine gute Meinung von den Deutschen hatten, sondern auch von den Russen. Vergessen Sie nicht: Als die Deutschen gingen, kamen die Russen. Und viele sagen, sie wüßten nicht, wer schlimmer war. Jedenfalls sind die Forschungen immer unterdrückt worden, erst seit ein paar Jahren sind wir so weit, daß wir uns dieser Aufgabe zuwenden können. Und ich habe Turek als meine Aufgabe gewählt.

Ewa betrachtet diese energische Frau. Die bernsteinbraunen Augen sind lebhaft und lassen einen starken Willen erkennen. Unter dem blondierten Haar schimmert der dunklere Haaransatz hindurch. Sie sollte sie nicht färben, denkt Ewa und versucht, sich Jolantas wirkliche Haarfarbe vorzustellen.

Stammen Sie aus Turek?

Nein. Aus Warschau. Ich habe Geschichte und Volkskunde studiert, auch Sprachen, so gut es ging. Ich war dann in Krakau, waren Sie schon dort, nein, müssen Sie unbedingt sehen. Aber ich war es leid, die hundertste Ausstellung mit Sigismonds berühmten Wandteppichen zu machen oder über die Schlacht von Tannenberg zu forschen. Weil es nichts mehr zu forschen gibt. Und weil uns der Deutsche Ritterorden nicht mehr und nicht weniger interessiert, als die Frage, was unseren Eltern zugestoßen ist und warum Europa heute so strukturiert ist, wie es eben ist.

Aber warum gerade Turek?

Jolanta Galiżka lächelt.

Es hat sich so ergeben. Mein Mann fand eine Stelle im Kohlekraftwerk. Und so kamen wir hier her.

Staneks Kneipe hat noch nicht auf, das sieht Zygler schon von weitem an den geschlossenen Fensterläden. Was jetzt, fragt er sich selbst halblaut, Mieszko, verdammter Kerl, wo steckst du nur?

Unschlüssig steht er auf dem Trottoir herum, geht auf die andere Straßenseite hinüber, um nachzusehen, ob auch die Fensterläden im oberen Stockwerk verschlossen sind. Und mit einem Mal sieht er dieses Wirtshaus, wie es damals ausgesehen hat, es hat sich nichts verändert, vielleicht ist es inzwischen einmal neu gestrichen worden, aber das ist nicht sicher, noch immer blättert der Putz, er sieht genau die Stelle, wo er sich gestern an die Hauswand gelehnt hat, und dieselbe Stelle damals, die Gruppe kurzgeschorener Arbeitsdienstler, draußen beim Friedhof hatten sie ihr Lager, frisch aus dem Reich, warum man die ausgerechnet hierher schickt, aber ja, die Nähe zur Ostfront, mein Gott wann war denn das gewesen, vielleicht dreiundvierzig, und damals diese Szene vor dem Wirtshaus, diese vier, fünf Arbeitsdienstler, er konnte sie nicht leiden, arrogantes Wesen, draußen in ihrem Lager hatte er mit Mieszko zusammen Wasserleitungen verlegt, liefen herum wie offene Klappmesser, und hier, vor der Kneipe prügelten sie auf einen Mann ein, Jan kam gerade die Straße herunter, als er es schon von weitem sah, sah, wie sie diesen Polen prügelten, vier oder fünf gegen einen, was ist denn dort los, keiner traute sich, stehenzubleiben und genauer hinzusehen, wollte wohl ins Wirtshaus gehen, sagte der eine, ist aber doch verboten, verboten für die, seit wann denn das, ja weißt du denn das nicht, dort hängt doch das Schild, »Für Polen verboten«, geht einfach in das Wirtshaus und bestellt ein Bier, sagt ein anderer, und da haben die Deutschen ihn am Kragen geschnappt und hinausgezerrt und ...

Zygler streicht sich über die Stirn. Er steht wieder vor den Steinstufen, die zum Eingang führen. Unwillkürlich sucht er nach den Blutflecken von damals.

Nein, lacht Jolanta Galiżka und gießt noch einmal kochendes Wasser auf braunes Pulver, die polnische Sprache ist nicht einfach, ja, sie ist sogar ziemlich schwierig, wenn man so sagen will. Wir Polen denken anders, das kann man an unserer Sprache sehen. Nehmen Sie einmal die Fälle. Wir haben davon sieben, nicht nur vier wie Sie. Und wir deklinieren unsere Substantive, da gibt es zusätzlich den Vokativ, aber den benutzen wir selten, den Instrumental, den wir andauernd brauchen, und den Lokativ. Aber nicht, daß Sie denken, das ist wie im Lateinischen. Der Instrumental kann für alles mögliche verwendet werden. Direktor heißt auf polnisch *dyrektor*. Wenn ich sage: Ich bin Direktor, dann dekliniere ich das Wort. Es heißt dann: *Jestem dyrektorem* wenn ich ein Mann bin und *Jestem dyrektorką* für mich als Frau. Das ist der Instrumental. Aber noch interessanter sind die verschiedenen Zeiten, die Dinge ausdrücken können, die man in Ihrer Sprache nicht sagen kann.

Was denn zum Beispiel?

Es gibt für den Polen eine ganze Palette von Möglichkeiten. Nichts ist sicher auf dieser Welt, finden Sie nicht auch, also ist es viel zu platt zu sagen: »Ich fahre nach Deutschland«, auch wenn Sie bereits die Fahrkarte in der Tasche haben. Es könnte ja immerhin noch etwas dazwischen kommen, oder nicht? In diesem Fall sage ich *jadę*. Sitze ich bereits im Zug, dann ist zwar sicher, daß ich nach Deutschland fahre, aber völlig unsicher ist, ob ich auch ankommen werde, nicht wahr? Also sage ich: *przyjeżdżam*, und das hat, obwohl ich das Präsens benutze, eine futurische Bedeutung. Sage ich aber *pojadę*, dann heißt das, ich habe den Plan und die feste Absicht zu fahren und sogar schon einen Termin. Ich kann allerdings auch in der Vergangenheit ausdrücken, daß es nicht sicher ist, ob die Aktion auch zu einem guten Ende gelangt ist. Und vor fast jedes Verb kann ich ein kleines z voranstellen, das ändert ein klein wenig die Bedeutung, macht das Verb sozusagen ein bißchen passiver, wenn Sie verstehen, was ich meine?

Nein, gesteht Ewa. Entweder ein Verb ist passiv oder aktiv. Unter »ein wenig passiv« kann ich mir nichts vorstellen.

Sehen Sie, die Heiterkeit leuchtet Jolanta Galiżka aus allen Poren, das ist der Unterschied zwischen Deutschen und Polen. Für Sie gibt es immer nur »entweder – oder«. Für uns Polen gibt es eine Menge dazwischen.

Eine alte Frau aus dem Haus gegenüber wird schließlich auf ihn aufmerksam und kommt heraus.

Szukam Pana Olszaka, sagt er, aber die Alte zuckt mit den Schultern, sagt etwas, das er nicht versteht, und geht wieder fort. Hier kann er nicht den ganzen Morgen stehenbleiben.

Er radelt aufs Geratewohl durch die Straßen. Er könnte zu Ewa ins Museum gehen, sie würden noch der Kirche einen Besuch abstatten und dann weiterfahren. Von Danka könnte man sich in ihrer Schneiderei verabschieden. Ewa wäre sicherlich glücklich. Warum sie es plötzlich so eilig hat? Aber geht es ihm nicht auch so, wird es nicht Zeit, das Kapitel Turek abzuschließen?

Nein. Zygler steigt vom Rad. Schon ist er wieder am südlichen Rand des Städtchens angelangt. Nein, er muß noch diesen Mann finden. So kann er nicht wegfahren. Hinter der neugebauten Straße sieht er wieder die Dächer von Poduchowne. Und die Gebäude des großen Bauernhofs. Da fällt ihm etwas ein. Er schwingt sich wieder auf sein Rad.

Glauben Sie, Ihr Vater würde mir ein wenig Zeit opfern?

Ewa sieht der Frau in die Augen. Ein genauer Plan und eine feste Absicht scheinen ihr plötzlich ins Gesicht geschrieben.

Ich denke schon. Das Problem ist nur, wir sind nicht mehr lange in Turek, sagt sie entschieden. Wir reisen heute noch ab.

Wie schade. Seine Geschichte zu hören wäre für mich natürlich besonders interessant. Es wäre sozusagen die andere Perspektive, ein Deutscher, hier geboren und aufgewachsen, was sagten Sie, wann ging er fort? Ja natürlich, Anfang fünfundvierzig. Das ist interessant, sehr interessant.

Jolanta Galiżka macht sich Notizen.

Könnten Sie nicht noch einen Tag länger bleiben?

Nein.

Ewas Antwort kommt wie eine Pistolenkugel. Die Historikerin sieht erstaunt und interessiert auf.

Ich tappe da bei vielem noch im dunkeln. Aber es ist die Frage, ob Ihr Vater mir da weiterhelfen kann, er war ja noch ein Kind, nicht wahr? Da ist zum Beispiel die Rolle des Inhabers der größten Webereifabrik. Otto Hiller war sein Name. Die einen sagen, er war ein hundertprozentiger Nazi. Er behauptet, und manche bestätigen das, er habe heimlich für den polnischen Untergrund gearbeitet. Sicher ist, daß er vielen Polen und Juden geholfen hat. Er hat sogar Dokumente, die beweisen könnten, daß er wirklich Offizier der Armia Krajowa war.

Was für ein Offizier?

Jolanta legt ihre Lesebrille beiseite.

In der polnischen Untergrundarmee. Die wurde von der Exilregierung in England gesteuert. Viele Polen waren darin, und es gab eine richtige Untergrundstruktur, den Deutschen verborgen, aber dennoch sehr effektiv, Untergrundschulen, sogar Universitäten, Sie wissen doch, Polen hatten offiziell nur noch einen ganz rudimentären Schulunterricht und keine Ausbildung. Die Deutschen wußten gut, daß Wissen Macht bedeutet, und einem Volk die Ausbildung zu verweigern, ist auch eine Art, ihm den Lebensnerv abzuschneiden.

Ewa muß daran denken, wie ihr Vater früher immer wieder zu ihr gesagt hatte, das Beste, was er ihr ins Leben mitgeben könnte, sei eine gute Ausbildung.

Ich hatte einen Onkel, leider ist er gestorben letztes Jahr, der hat mir immer wieder voller Stolz die Urkunde seines Universitätsabschlusses gezeigt, den er im Untergrund gemacht hatte. Es gab auch Gerichte, die zum Beispiel Verräter verurteilten und die Urteile auch vollzogen. Ja. Und einige wenige Deutsche arbeiteten auch mit. Otto Hiller ist ein ganz besonderer Fall. Ein prominenter Deutscher, reich, beliebt – vor allem auch bei den Frauen, er war einer der ganz wenigen, die ein privates Auto besaßen. Ein Muster-Nazi. Und dann kommt der nach dem Krieg daher und will für die Armia Krajowa gearbeitet haben.

Sie glauben ihm nicht?

Doch, Jolanta lächelt, ich glaube ihm. Seine Geschichte ist – wie sagt man? Tragisch und paradox. Er war in allen Gefängnissen, die es zu diesen Zeiten gab, und das waren genug. Zuerst haben ihn neununddreißig während des Einmarsches die Polen eingesperrt. Später wurden die Nazis mißtrauisch, verhörten ihn endlos und steckten ihn kurz vor Kriegsende in ein Lager. Das wurde irgendwann von den Russen befreit, die Hiller aber gleich selber in Haft nahmen, er war ja Deutscher. Schließlich kam er frei und kehrte zurück nach Turek, da sperrten ihn hier die Polen ein und verwiesen ihn endlich des Landes.

Lebt er noch?

Ja. In Deutschland. Und ist dort schrecklich unglücklich. Turek ist seine Heimat, sagt er, aber hier will man ihn nicht. Vor ein paar Jahren sind einige von uns auf die Idee gekommen, ihm die Ehrenbürgerschaft zu verleihen. Sie können sich kaum vorstellen, was für einen Aufschrei das in der Bevölkerung gegeben hat. Es hat sogar einen Volksentscheid gegeben, und der ging ganz knapp zu seinen Ungunsten aus. Der alte Mann war entsetzlich enttäuscht.

Jolanta sieht Ewa an.

Bei einem seiner Besuche hat er zu mir gesagt: Wissen Sie, was mein Unglück ist? Überlebt zu haben. Ich war in den schrecklichsten Gefängnissen und Lagern. Aber ich habe sie alle überlebt. Darum glaubt mir auch niemand.

Nun ja. Die ganze Wahrheit wird man wohl nie herausfinden. Tatsache ist, daß es im Vergleich zu anderen Städten hier in Turek verhältnismäßig ruhig war.

Die Ruhe der Gräber, sagt Ewa, und denkt an ihren Vater.

Ganz genau. Jolanta schlägt die Beine übereinander und zündet sich eine Zigarette an.

Früher schien die Rolle der Deutschen während der Besatzung ganz klar. Die Russen hatten ihre Version, und davon wurde nicht abgewichen. Heute denke ich, man muß da sehr differenzieren. Gerade die deutschstämmigen Unternehmer konnten Engel sein oder auch Beelzebub.

Wie meinen Sie das?

Na ja, das wird Ihnen Ihr Vater schon erzählt haben. Jeder Pole, der nachweisen konnte, daß er in einem deutschen Betrieb gebraucht wurde, blieb von der Deportation verschont. Die anderen? Entweder gleich ins KZ, so wie man es mit den Priestern, Lehrern, Juristen und Ärzten noch im Herbst neununddreißig gemacht hat. Die anderen ins Generalgouvernement. Oder nach Deutschland, entweder in die Rüstungsindustrie oder in die Landwirtschaft. Die deutschen Männer waren ja alle an der Front.

Jolanta Galiżka sieht sie nachdenklich an. Dann blitzen ihre Augen auf.

Kommen Sie, sagt sie und erhebt sich. Ich will Ihnen etwas zeigen!

Sie führt Ewa in ein anderes Zimmer, dessen Regale vollgestopft sind mit Büchern, Ordnern, beschrifteten Kästen und Stapeln von Papier. Jolanta Galiżka greift in dieses geordnete Chaos und zieht eine dicke Mappe heraus. Sie legt sie vor Ewa auf einen Tisch und öffnet sie. Es sind Photos, alte Schwarzweißaufnahmen von der Kirche, dem Marktplatz, kaum anders als heute, nur die vielen Hakenkreuzfahnen stechen Ewa ins Auge. Dann sind da Lastwagen vor der Kirche, und eine Masse ärmlicher Menschen mit Bündeln und Kisten. Eine Innenaufnahme ist auch dabei. Säulen und Bögen, mit Ornamenten bemalt, darunter ein schwerer Holzschreibtisch, an dem ein Mann in der Uniform der Wehrmacht sitzt und etwas in ein Dokument einträgt.

Ist das die Kirche, fragt Ewa, und Jolanta Galiżka nickt, reicht ihr weitere Photos. Menschen mit entblößten Oberkörpern stehen in einer langen Schlange vor dem Schreibtisch. Ein anderer Mann mit runden Brillengläsern in weißem Kittel horcht gerade mit einem altmodischen Stethoskop die Brust einer jungen Frau ab.

Das sind Aussiedler aus Weißrußland, erklärt die Polin, sie wurden zunächst in der Kirche untergebracht, bis man sie auf die Höfe verteilte, von denen man vorher die Polen vertrieben hatte.

Ja genau, sagt Ewa, und vor Aufregung bekommt sie rote Wangen, davon hat mir mein Vater erzählt. Das hat er mit einem Freund zusammen beobachtet.

Immer wieder betrachtet Ewa diese Aufnahmen. Das muß ihr Vater sehen! Wie entwürdigend diese Menschen behandelt wurden, Männer, Frauen und Kinder, halbnackt vor diesen Uniformen, eine seltsame Szenerie unter den ungewöhnlich reichen Malereien an den Wänden der Kirche.

Sieht die Kirche heute noch genauso aus?

Jaja, sie ist erst neulich restauriert worden. Sagen Sie bloß, Sie haben sie noch nicht gesehen? Sie wurde von Józef Mehoffer ausgemalt, einem Schüler von Jan Matejko.

Ewa muß zugeben, daß sie diese Namen nicht kennt.

Jedenfalls ein großer Name für eine kleine Stadt wie Turek.

Und wie kam es dazu?

Der Priester hier in Turek war mit Mehoffer befreundet. Sie hatten sich in Rom kennengelernt. Und in den dreißiger Jahren hat er dann hier die Kirche ausgemalt. Sie müssen sie unbedingt besichtigen. Sie werden es nicht bereuen.

Ich bin mit meinem Vater um ein Uhr dort verabredet.

Sehr gut. Jolanta Galiżka ist nachdenklich. Ich möchte Ihren Vater aber wenigstens kennenlernen. Auch wenn Sie wenig Zeit haben, ein Stündchen werden Sie mir doch opfern, oder nicht?

Wieder tobt der Schäferhund am Gatter bis zur Besinnungslosigkeit.

Pani Dusek, ruft Johannes Zygler, und richtig, nach einer Weile kommt die Alte aus einem der Ställe geschlurft, einen schweren Eimer in jeder Hand. Ihr kleines Gesicht legt sich in noch mehr Falten, als sie ihn sieht.

Können Sie mir sagen, wo ich Mieszko, nein, verbessert sich

Zygler, wie ich Jan Olszak finde?

Die Alte stellt die Eimer ab und streicht sich eine lose, fedrige Strähne aus der Stirn.

Janka, schreit sie dann mit schriller Stimme, daß Zygler zusammenfährt. Das magere Mädchen, das am Tag zuvor Schnaps und Kirschen gebracht hat, kommt angelaufen. Zwischen ihr und der Alten ergibt sich ein für Zygler vollkommen unverständlicher Dialog, jede scheint es besser zu wissen, dann wendet sich die alte Dusek wieder ihm zu.

Draußen beim Friedhof, hört er endlich aus dem Wortschwall heraus, hinter dem Busbahnhof, und ulica Brzozowa, sagt dann ziemlich deutlich die Kleine, und Zygler schreibt es sich sorgfältig in sein Notizbuch.

Wissen Sie, wo das ist?

Und dann erschallt eine Kaskade von Erklärungen, unterstrichen von ausgestreckten Fingern und fuchtelnden Armen, am Gymnasium vorbei, am Feuerwehrhaus, jaja, Zygler nickt heftig, das kennt er gut, dann immer weiter nach Norden, die ulica Chopina hinaus, er kann es gar nicht verfehlen, so kommt er zum Friedhof, aber zu Pan Olszak muß er sich vorher rechts halten, die Parallelstraße zur Chopina, wie heißt die doch gleich, und da zweigt die Brzozowa irgendwann noch weiter rechts ab ...

Zygler bedankt sich, lehnt den angebotenen Schnaps aber entschieden ab, nimmt sein Fahrrad und fährt davon. Die alte Dusek sieht ihm versonnen nach, nimmt ihre Eimer und schlurft zurück in den Stall.

Wie viele Menschen haben Sie denn schon befragt?

An die dreißig. Das braucht viel Zeit. Und die Leute wollen nicht so recht. Besonders die alten. Mit denen fange ich natürlich an, die ältesten zuerst, wer weiß, wie lange sie noch leben.

Ewa nippt an ihrem Kaffee. Ja. Alle sind sie tot und längst begraben, die damals erwachsen waren. Józef Zygler, ihr richtiger Großvater. Bronja. Und ihre Schwestern, die Mütter von Danka und Ania. Was sie wohl alles erzählen könnten. Immer ist man zu spät dran mit den wirklich wichtigen Dingen, denkt sie, und ein Bedauern, ein Gefühl von Verlust steigt in ihr auf.

Und die, die noch leben, Danka, Ania, auch dieser Mieszko, die waren damals noch Kinder. Ob ihr Vater ihn wohl gefunden hat? Da kommt ihr ein Gedanke.

Kennen Sie einen Mann namens Mieszko Olszak?

Die Historikerin sieht sie überrascht an.

Woher haben Sie den Namen?

Das ist ein Jugendfreund von meinem Vater. Ewa zögert, kaut auf einer Haarsträhne herum. Sie haben nicht zufällig auch mit ihm gesprochen?

Jolanta Galiżka bleibt ihr eine Weile die Antwort schuldig. Dann sagt sie: Wer mit mir arbeitet, kann natürlich auf Diskretion rechnen.

Also Sie haben mit ihm gesprochen, lächelt Ewa, das sehe ich Ihnen an den Augen an.

Sie denkt nach.

Wissen Sie, sagt sie dann, als wir losgefahren sind, hatte ich keine Vorstellung, was mich hier erwarten könnte. Mein Vater hat mich gebeten mitzukommen. Und obwohl ich eigentlich keine Zeit habe …

Ewa stockt. Sieht aus dem Fenster. Jolantas Büro geht auf den Marktplatz hinaus, Dächer mit Schornsteinen und ein Stück von der Kirche kann sie sehen. Ist das die Wahrheit? Hat nicht vielleicht eine klügere Ewa in ihr diese Reise als Gelegenheit erkannt, ihrer eigenen Welt, in der sie sich nach der Trennung von Jean-Claude eingerichtet hat, für eine Weile zu entfliehen? Ist sie nicht auch ein wenig erleichtert gewesen, die Konferenz in Paris abzusagen, Paris, wo sie nun seit fast zwei Jahren nicht mehr gewesen ist, das sie immer und ewig an Jean-Claude erinnern wird?

Es ist das Land Ihrer Väter, sagt Jolanta und zündet sich eine Zigarette an.

Ehrlich gesagt, ich weiß fast nichts über dieses Land und die Dinge, die hier geschehen sind. So alt diese Geschichten sind, für mich ist das alles neu. Das war nie Thema, verstehen Sie, was ich meine? Über den Holocaust, ja, darüber weiß ich Bescheid, über Auschwitz, Treblinka und all diese schrecklichen Dinge. Aber ich hatte keine Ahnung, was damals mit den Polen selbst geschah.

Ich habe ihn nie danach gefragt, denkt sie. Was hat ihr Vater gesagt? Ich hab dir erzählt. Aber du hast nicht zugehört. Und dann hab ich es gelassen.

Die Juden, hört sie Jolanta sagen. Ja, das ist ein ganz abscheuliches Kapitel. Auch darüber sammle ich Augenzeugenberichte. Hier ganz in der Nähe gab es eine Gruppe von Dörfern, die zuerst von den Polen »gesäubert« wurden, und dann zu einem einzigen, riesigen KZ zusammengefaßt wurden. Chamulez heißt diese Dorfgruppe, dorthin kamen die Juden aus Turek und Umgebung. Und in Chełmno nod Nerem wurden sie getötet, mit einer ganz speziellen Vernichtungsmethode, einer Einrichtung, in der die Abgase der LKWs direkt in die Laderäume gelenkt wurden. Das hielten die Nazis für sehr fortschrittlich, denn es war kostengünstig.

Sie nimmt einen tiefen Zug von ihrer Zigarette und lehnt sich zurück. Ewa weiß nicht, was sie sagen soll. Wie kann diese Frau nur so nüchtern von diesen Dingen reden. Wieder einmal, wie sooft in ihrem Leben, schämt sie sich, Deutsche zu sein, und ärgert sich zugleich, ärgert sich über sich selbst, daß sie so hilflos ist, daß sie nichts mehr ändern kann an dieser Vergangenheit, daß sie nicht einmal Worte findet, die den Dingen, die sie hier hört, in irgendeiner Weise angemessen wären.

Es wird Sie vielleicht verwundern zu hören, fährt Jolanta fort, daß das polnische Volk ebenfalls ein sehr zwiespältiges Verhältnis zu den Juden hatte – ja, sogar heute noch hat. Da gibt es nichts zu beschönigen: Die polnische Bevölkerung hat es zum großen Teil gar nicht ungern gesehen, als die Deutschen gegen die Juden vorgegangen sind. Natürlich haben wenige gewußt, was tatsächlich mit ihnen geschah. Aber die Polen, die Juden geholfen haben, sind leider in der Minderzahl. Viele sind heute noch antisemitisch eingestellt. Das ist die bittere Erkenntnis aus den Gesprächen, die ich führe.

Ewa starrt sie verwirrt an. Warum muß das alles so kompliziert sein, denkt sie, Opfer und Täter, sprechen sie tatsächlich mitunter dieselbe Sprache?

Um mit jüdischen Zeitzeugen zu sprechen, müßte ich weit reisen, fährt Jolanta fort. Die wenigen, die den Holocaust überlebt haben, sind in den sechziger Jahren unter Gomułka vertrieben worden. Die meisten sind nach Israel ausgewandert oder nach Frankreich.

Frankreich. Aber ja. Sie erinnert sich an einen Kollegen von Jean-Claude, polnische Juden, er und seine Frau, das hatten sie ihr einmal bei einem Empfang erzählt, wie hießen sie noch gleich, sie hat sie nie wiedergesehen, aber jetzt erinnert sie sich an diese Gesichter voller Heimweh. Dabei hatte sie ihnen kaum zugehört, war viel zu sehr damit beschäftigt, ihren Mann im Auge zu behalten, der wie so oft mit einer attraktiven jungen Frau schäkerte, wieder dieser Schmerz, die Erniedrigung und Wut, und doch, hat sie jetzt nicht genau dasselbe getan, Scham steigt in ihr auf und Elżbietas leidendes Gesicht, und doch wieder auch so etwas wie Trotz und die Erinnerung an dieses Gefühl, an diese Arme, diesen Duft.

Aber ich langweile Sie. Jolanta sieht sie forschend an. Wie sagten Sie noch, heißt dieser Freund?

Ewa schaut auf. Jolanta betrachtet sie interessiert aus halb geschlossenen Augen.

Olszak. Ewa räuspert sich. Mieszko Olszak.

Und was genau möchten Sie von ihm wissen?

Ewa versucht sich zu konzentrieren. Vielleicht kann sie wenigsten ihrem Vater ein wenig helfen.

Ich habe gehört, er sei während des Kriegs nach Deutschland geschickt worden. Als Zwangsarbeiter. Wissen Sie da Näheres?

Es tut mir leid, aber ich darf darüber keine Auskünfte geben. Wenn Jan Olzsak darüber nicht reden will, wird er seine Gründe haben.

Ewa nickt und erhebt sich.

Wahrscheinlich haben Sie recht.

Sie wollen schon gehen? Aber Sie werden wiederkommen? Zusammen mit Ihrem Vater?

Ewa zögert. Warum dieser Frau nicht den Gefallen tun? Ist das nicht das mindeste, was sie hier tun können? Aber da ist eine Enge in ihrer Brust, die ihr den Atem abzuschneiden droht, das Gefühl, in diesem polnischen Städtchen in eine Falle geraten zu sein, ausgerechnet hier, wo sie niemals erwartet hätte, auf jemanden zu treffen, der ihre Grundfeste derartig erschüttern könnte. Nach all dem, was sie durchgemacht hat. Nach all ihren heiligen Eiden. Und wie ein kleines Schulmädchen hat sie sich doch tatsächlich verführen lassen, nach allen Regeln der Kunst. Ich muß fort von hier, denkt es in ihr, ich ertrag es nicht mehr, nicht Danka, nicht Elżbieta und Andrzej ... ach Andrzej ...

Es tut mir leid, sagt sie, ich glaube nicht, daß das möglich ist. Wie ich schon sagte. Wir werden heute noch abreisen.

Warum haben Sie es denn so eilig, gefällt es Ihnen nicht bei uns? War jemand unfreundlich zu Ihnen?

Nein. Es ist nur ...

Ah, ich verstehe, lächelt Jolanta, Sie werden zu Hause sehnlichst erwartet.

Ganz und gar nicht.

Wieso hat sie das so heftig gesagt? Was geht diese Frau hier an, wer auf sie wartet oder nicht, sie hat es satt, mit diesen neugierigen Augen gemustert zu werden.

Haben Sie denn schon das Kohlekraftwerk gesehen? Den Tagebau? Sehr interessant, mein Mann könnte eine Führung organisieren.

Danke, sagt Ewa, und bemüht sich, ihre Stimme zu beherrschen, da war ich schon. Ein Verwandter hat mich hingefahren.

Gestern?

Ja gestern.

Zu spät wundert sich Ewa über die Frage und schaut der Frau in die Augen, die wissend aufblitzen, als würde sich ein Puzzle schließen. Zu spät erkennt sie ihren Fehler. Und wieder fühlt sie sich durchschaut, wie am Abend zuvor von Danka.

Jolanta Galiżka lächelt.

Bei uns gibt es ein Sprichwort, sagt sie. Wenn der Mensch es eilig hat, freut sich der Teufel.

Sooft Johannes Zygler auch auf die Klingel drückt, es öffnet niemand. Vielleicht hat seine Tochter recht, heute nachmittag werden sie weiterfahren, was soll das alles hier, denkt er, als er langsam zurückradelt. Bei der Kreuzung kommt ihm ein neuer Gedanke. Er schaut auf seine Armbanduhr. Erst zehn nach elf. Für einen Besuch auf dem Friedhof ist noch genügend Zeit, wie er Ewa kennt, ist sie nicht scharf darauf, sich das Grab des Großvaters anzusehen.

Jetzt erinnert er sich auch wieder an den Weg. Wie ein überquellender Hefeteig ist das Städtchen über seine alten Ränder hinausgewachsen, Zygler kneift die Augen ein wenig und denkt sich die neuen Häuser weg. Hier war das Lager der Arbeitsdienstler, und hier hatten sie mit den Luftgewehren schießen geübt.

Aber der Friedhof ist noch genau wie früher: Links der Straße liegen die Katholischen, rechts die Evangelischen. Links liegen fast nur Polen und die sogenannten Deutschkatholen, rechts die größtenteils protestantischen Deutschen. Zygler lehnt sein Rad an einen Baum und geht durch das schmiedeeiserne Tor zur Linken der Straße.

Er muß sich ein wenig orientieren, dann steht er vor dem Grab. Nicht zu übersehen liegt es direkt am Mittelweg, der den Friedhof in zwei Hälften teilt, fast stolpert man darüber. Zygler betrachtet nachdenklich den hellgrauen Granitstein mit der eingelassenen schwarzen Steinplatte, die eingeritzten Buchstaben: Józef Zygler, 1895–1968, daneben Teresa Zygler, 1905–1980 und ganz unten ein AVE MARIA. Die Gräber sind mit graupolierten Steinplatten bedeckt, darauf stehen zwei Begonientöpfe. Seine Stiefschwestern, die beiden Töchter aus Teresas erster Ehe, kümmern sich für einen jährlichen Geldbetrag um das Doppelgrab.

Er nimmt den kleinen Buchzweig aus der Schale mit dem geweihten Wasser, sprengt es in Form eines Kreuzes in die Luft und faltet die Hände.

VATER UNSER DER DU BIST IM HIMMEL, er schließt die Augen und steht wieder in der Tureker Kirche, links spricht seine Mutter, rechts sein Vater das Gebet, DER DU BIST IM HIMMEL, jetzt liegen sie viele hundert Kilometer voneinander entfernt, aber was macht das schon, jeder von ihnen neben einem anderen Partner gebettet, alle längst vermodert und verfault, GEHEILIGT WERDE DEIN NAME, und dennoch spürt er die Nähe der Mutter, DEIN REICH KOMME, DEIN WILLE GESCHEHE, wer weiß denn, was SEIN WILLE ist, war das wirklich sein Wille, das, was geschehen ist, WIE IM HIMMEL aber er hat seinen Frieden längst gemacht, ALSO AUCH AUF ERDEN, seine Frau hatte recht, was suchst du denn dort, glaubst du, dort findest du etwas, was du hier nicht bekommen kannst, nein, sie hatte recht, auch sein Leben war schließlich weitergegangen, UNSER TÄGLICHES BROT GIB UNS HEUTE schließlich hat ER es doch gut mit ihm gemeint, und mit dieser jüngsten Tochter, wenn sie auch schwierig ist, meine Güte, sind sie das nicht alle, so war doch mit ihr das Glück in sein Leben gekommen, nicht nur gekommen, sondern auch geblieben, und darum würden sie heute weiterfahren, UND VERGIB UNS UNSERE SCHULD, WIE AUCH WIR VERGEBEN UNSEREN SCHULDIGERN hat längst vergeben, und Mieszko, du liebe Zeit, das ist dann eben seine Sache, UND FÜHRE UNS NICHT IN VERSUCHUNG, SONDERN ERLÖSE UNS ...

Da spürt er eine Hand auf seiner Schulter und fährt erschrocken auf. Neben ihm steht Mieszko Olszak, ein verlegenes Lächeln im Gesicht.

Was machst du denn hier, etwas Besseres fällt Zygler nicht ein. Meine Frau liegt da drüben, sagt der Pole, heute ist ihr Geburtstag. Er scharrt verlegen mit dem rechten Schuh. Jetzt erst sieht Zygler die in Zeitungspapier gewickelten Blumen in Olszaks Hand.

Er begleitet den Freund ans Grab der toten Frau. Jadwiga Olszak, liest er, während Mieszko die roten Nelken unbeholfen in eine Vase steckt, 1939–1989, einen Tag nach ihrem fünfzigsten Geburtstag ist sie gestorben, sagt Mieszko leise, einfach so, morgens lag sie neben mir und war schon kalt, und Zygler glaubt einen feuchten Schimmer in dem grünen Auge zu sehen. Eine Weile stehen sie vor dem Grab, schweigend, Johannes Zygler ist ein paar Schritte zurückgetreten, will seinen Freund allein lassen. Auch er denkt an eine Frau in einem Grab, wie lange ist das her, er sieht sich mit seinen zwei kleinen Mädchen an der offenen Grube stehen, schwarze Erde, schwarze Kleider und den bitteren Duft von Lorbeer und Blumen vermischt mit dem Schweißgeruch seiner Schwiegermutter mit ihren falschen Tränen hinter dem vorgehaltenen Taschentuch. Mehr als vierzig Jahre ist das her, Zygler rechnet an den Fingern die Jahrzehnte nach, und dann fällt ihm ein, wie seltsam es ist, daß seine erste Frau unter dieser schwarzen Erde schon längst verfault war, als man seine Eltern erst zu Grabe getragen ...

Mieszko bückt sich nach dem Weihwasser. Dann wendet er sich zum Gehen. Seite an Seite lauschen die beiden eine Weile dem Knirschen des Kieses unter ihren Schuhen.

Na, sagt Mieszko schließlich mit gewollter Heiterkeit, geht es dir heute besser? Gestern abend warst du ja ein elender Anblick.

Naja, es geht schon wieder, vielen Dank. Zygler läßt sich auf den sorglosen Ton ein. Sag mal, was war das für ein Teufelszeug? Das haut ja den stärksten Bären um ...

Mieszko lacht schallend. Du bist eben nichts Gutes gewöhnt, mein Freund. Da wirst du noch ein bißchen üben müssen.

Oh nein, aus dem Üben wird wohl nichts. Wir fahren heute weiter, weißt du. Ich hab schon überall nach dir gesucht. Aber daß ich dich hier finden würde ...

Ich habe dich gefunden, vergiß das nicht. Mieszkos Gesicht ist wieder ernst und verschlossen. Warum denn so eilig?

Naja. Wir sind schließlich schon ein paar Tage hier. Ewa drängt. Es wird ihr hier langweilig ...

Olszak lacht anzüglich.

Na, das würde mich wundern.

Wie meinst du das?

Na ist doch ein schönes Mädchen! Die haben überall ihren Spaß, besonders hier in Polen, wo die Männer einen weltweiten Ruf als beste Liebhaber genießen ...

Hör auf, unterbricht ihn Zygler unwirsch, Ewa ist nicht so.

Ach so? Mieszko wirft ihm von der Seite einen prüfenden Blick zu. Na dann eben nicht.

Und Danka hat uns auch langsam satt, glaube ich.

Danka! Das glaube ich, lacht Mieszko. So auf ihren Ruf als tadellose Polin bedacht.

Sag mal, ich möchte dich gerne ein paar Dinge fragen, fängt Zygler bedächtig an.

Frag mich, frag nur, wirst sehen, bei mir laufen alle Gerüchte zusammen und kriegen noch Junge ...

Nein, keine Gerüchte. Das interessiert mich nicht. Ich rede von damals.

Mieszko verstummt. Sie sind am Friedhofseingang angelangt. Neben Blumenrabatten steht eine Bank direkt in der frühen Mittagssonne.

Wollen wir uns nicht setzen?

Der Pole scharrt mit dem Schuh im Kies.

Eigentlich hab ich keine Zeit, sagt er und blinzelt in die Sonne.

Doch, sagt Zygler zu seiner eigenen Überraschung ziemlich laut und entschieden. Du hast heute diese eine Stunde Zeit, Mieszko Olszak, oder du wirst mich endlich einmal kennenlernen.

Mieszko schaut seinen alten Freund erstaunt und amüsiert an.

So, dich kennenlernen? Dich kenne ich schon lange, alter *Szwab*.

Dann ist es ja gut, Polacke, dann setz dich jetzt hierher in die Sonne und mach endlich dein Maul auf!

Die Furche auf Olszaks Stirn wird tief und dunkel. Seine geballten Fäuste stecken in den Hosentaschen und beulen den Stoff. Eine Weile stehen sie so, starren sich mit gesenkten Stirnen finster in die Augen. Keiner von beiden gibt auch nur einen Wimpernschlag lang nach, und dann muß Zygler plötzlich lachen, Mieszko, sagt er, wir sind doch keine Kinder mehr.

In Olszaks Gesicht zuckt es, sein Mund, der so wenig zu den finsteren Augen passen will, verzieht sich, ob er will oder nicht, auch er muß lachen, tritt ganz dicht an seinen Freund heran, packt dessen Ohren mit festem Griff und schlägt ein paarmal sanft seine Stirn an die des Deutschen.

Verdammter *Szwab*!

Alter Polacke!

Und wie Zygler lachend nach den Ohren des Freundes greifen will, wird ihm wieder bewußt, daß die eine Muschel fehlt.

Was ist mit deinem Ohr passiert? fragt er, während sie sich auf die Bank setzen.

Ist in Deutschland geblieben.

Diese Kirche ist eigentlich viel zu groß für das Städtchen, denkt Ewa, als sie auf das Portal zugeht. Die Backsteinfassade, trutzig und abweisend, birgt aus der Nähe betrachtet überraschende Einzelheiten. Aufwärts strebt sie in irgendeinem spätgotischen Stil, Ewa kramt in ihren kunsthistorischen Kenntnissen, Historismus, hört sie klar und deutlich Jean-Claudes Stimme sagen, aber schnell verscheucht sie ihn wieder aus ihren Gedanken, nein, keine Lust auf sein Dozieren, schaut statt dessen die Fassade hinauf, ganz in den Nacken muß sie den Kopf legen, und ahnt doch mehr die Türme, als daß sie sie sehen kann, die himmelwärts leitenden Linien sind durchbrochen von trutzigen Elementen einer mittelalterlichen Ritterburg, hier hat man sich großzügig und unbekümmert aus dem Schatzkästchen der Epochen bedient. Am großen Portal bleibt sie stehen, versucht sich vorzustellen, wie ihr Vater als kleiner Junge mit seinen Eltern hier sonntags zur Messe kam. Ich war sehr stolz auf meine schöne Mutter, hört sie ihn wieder sagen. Dann öffnet sie die Tür.

Golden. Golden, rostbraun und blau. So stellen sich Kinder den Himmel vor. Ewa schließt die Augen, senkt den Kopf und öffnet sie wieder. Sie steht auf einem schlichten, akkurat sauberen Boden aus weißen achteckigen Steinkacheln, die dort, wo vier Ecken aufeinanderstoßen, von kleineren schwarzen Quadraten durchsetzt sind. Heute wieder ganz in Mode, sie kennt ein paar erfolgreiche Menschen, die ihre schicken Altbaubäder für teures Geld in diesem Stil fliesen ließen. Aber hier fällt das Mittagslicht golden über den Boden, macht ihn stumpf und weich, schattiert die schlichte Musterung senffarben und sepiabraun.

Dann wandert ihr Blick wieder die Säulen hinauf, entlang den verschwenderischen und doch streng geordneten Ranken und Blüten in rostigem Orange mit sattgrünen, stilisierten Blattornamenten, geometrisch und doch wuchernd, eine Mischung aus Jugendstil und Volkskunst, kunstvoll und einfach in einem. Himmel und Erde: rostbraun und sepia, senfgelbe satte Ranken, die sich verschlingen und komplizierte Knoten und Brezelmuster bilden, dazwischen Felder in Blau, leuchtend und intensiv verdichten sie sich immer mehr, je höher es hinaufgeht, bilden einen Himmel, königsblau mit leuchtenden Sternen, wiederum unterteilt und gegliedert durch die Farbe der Erde in ockergoldenen Kreuzrippen und grünen Bändern.

Kein Fleckchen ist ausgespart. Diese Kirche ist so vollständig ausgemalt, wie Ewa es noch nie gesehen hat. Es ist, als habe ein Kind die Farben der Erde und des Himmels in einem großen Malkasten bekommen und sich seine Träume von einem Haus, in dem Gott wohnt, aus dem Herzen gemalt. Immer wieder entdeckt Ewa neue Details, übereinandergezackte Ornamente in den Innenseiten der Bögen, kleine Varianten der Rankmotive, Bänder, Borten, wie die Webarbeiten in Jolantas Museum. Und alles lenkt den Blick nach vorn zu dem geschnitzten Hochaltar.

Er ist vollkommen golden. Erst nach einer Weile erkennt Ewa verschiedene Strukturen und Figuren in dem dreiflügeligen Aufbau. Hier wiederholt sich das Prinzip der Kirchenfassade, ein Spitzbogenportal in der Mitte flankiert von zwei kleineren, und an jeder Kante goldene Türmchen und Engelwesen, die nach oben wachsen, auf die bemalte Apsis weisen. Hier, über allem, thront eine Märchengestalt, Ewa denkt erst, es sei die Himmelskönigin, denn goldblonde Locken wallen unter der Krone hervor, umrahmen ein liebliches Gesicht, aber nein, es ist Christus, der an einem kostbar gedeckten Tisch sitzt, die Hände segnend über den Kelch mit der Hostie erhoben. Wo immer Ewa auch gereist ist, durch ganz Europa hat sie Jean-Claude auf seinen Studienreisen begleitet, hat Kirche um Kirche besichtigt, in Frankreich, Italien oder Spanien, sie kann sich nicht erinnern, irgendwo eine ähnliche Christusdarstellung gesehen zu haben. Und dennoch erinnert sie die Gestalt an etwas, an einen ganz anderen Zusammenhang, ja, mit seiner königsblauen Ballonhaube, die sich aus dem Stirnreif hoch hinaufbauscht, bedeckt mit goldenen Sternen, und den beiden Flügeln, die ihm seitlich aus dieser Haube wachsen, erinnert er sie an Darstellungen auf ägyptischen Tarotkarten, ein Zauberer, ein Magier, ein Hohepriester in seinem blaugoldenen Himmelsmantel, unter dem ein elegantes, brennend rotes Gewand hervorschaut. Hier wie auch auf der Borte des gemalten Altartuchs hat der Künstler die Ornamentik der Säulen und Pilaster wieder aufgegriffen; in dieser Stadt der Weberei kleideten die Menschen ihren Erlöser in den kostbarsten Mustern, die ein Webstuhl wohl hergeben mochte.

Ewa hat sich in eine Kirchenbank gesetzt und läßt ihre Augen wandern. Sie entdeckt schmale Engelsgestalten in den Lunetten, unter den Fenstern seltsame Rankvarianten um geflügelte Herzen mit Kelchen und Flammen. Und erst die Glasfenster selbst: Naive Szenen in Pastelltönen zeigen Jesus als guten Hirten mit einem Schaf auf den Schultern oder mit elegantem Strohhut und Blechgießkanne in einem verschwenderisch blühenden Garten. Ewa muß lachen, als sie einen attraktiven, rosengekränzten Jesus entdeckt, umgeben von ebenso reizvollen Frauen in polnischer Tracht, die ihm Lichter entgegenhalten: Die klugen Jungfrauen haben hier mehr zu bieten als nur brennende Funzeln.

Als wäre dieser Anblick nicht genug, erhebt sich der Klang der Orgel, ein paar Akkorde ertönen, verrauschen, dann bricht das Spiel ab. Leise gesprochene Worte, eine Knabenstimme hebt an zu singen, zunächst unsicher, dann klar. Ein paar Takte schwingt sie sich durch den gewölbten, gemalten Himmelsraum, dann unterbricht wieder eine leise Stimme, die Orgel setzt ein, die Stimme darüber, und so üben Sänger und Organist unsichtbar ihre Melodiebögen, verschlingen sie miteinander wie die Blüten und Ranken auf den Wänden.

Ewa sitzt und schaut und lauscht. Immer wieder muß sie leise in sich hineinlachen angesichts dieser Naivität, und doch ist sie seltsam bewegt. Das wandernde Sonnenlicht zeigt mit goldenen und rosenfarbenen Pfeilen mal auf dieses, mal auf jenes Detail. Eine alte Frau kommt mit Blumenpaketen in Zeitungspapier, trägt Vasen und Eimer hin und her, arrangiert und steckt weiße Blüten zu üppigen Gebinden, Weiß, nur Weiß und Grün, wird wohl eine Hochzeit sein, welcher Wochentag ist heute, Ewa hat keine Ahnung. Sie denkt und denkt doch nichts, stellt sich hier ein Brautpaar vor, sie in einem Kleid aus Dankas Werkstatt, er aufrecht mit gezwirbeltem Bart, oder mit goldbraunen Haaren, blauen Augen und einem akkurat geschnittenen Schnurrbart über der Oberlippe …

Ewas Unruhe ist verflogen. In dieser Kirche wird man zum Kind, denkt sie, entweder man flüchtet gleich am Eingang, oder man läßt sich ein auf dieses Bilderbuch, und dann ist es ihr, als säße Janek Zygler neben ihr, mit staunenden Augen, Großmutter, warum haben denn die Deutschen unsere Kirche zugeschlossen, mit dem Gesangbuch auf den Knien, aber da kann er nicht hineinsehen, er lauscht der Stimme des Knaben, der jetzt seinen Part schon ganz gut beherrscht, und seine Augen wandern in verschlungenen Linien immer wieder zu dem Märchenprinzen dort oben, dem Heiland mit dem geheimnisvollen Lächeln, neben ihm Bronja Zygler, sehnsuchtsvoll an Hände denkend, an Lippen, aussichtslos ihre Lage, verheiratet und zwei Kinder, und doch dieses Glück unter der Haut, diese Aufregung, die sie in ihren Brüsten pulsieren spürt, geliebt zu werden, berührt so tief innen, so kann das also sein, und ganz gleich, was daraus wird, es hat sich gelohnt, und wenn sie ihn auch nie wieder sieht, keine Zukunft möglich, trägt sie doch immer etwas mit sich, das hier seine Wurzeln hat, und ein wildes Glück steigt in ihr auf. Und dann sieht Ewa ohne Übergang eine Gruppe Menschen, die hier Schlange stehen mit nackten Oberkörpern, kalt ist es und schwere Stiefel knallen über den weiß-schwarzen Fließenboden. Sie stellt sich vor, wie es ist, in dieser Kirche zu übernachten, wo würde sie sich ihr Lager bauen, was würde sie als erstes sehen wollen, morgens, beim Aufwachen? Und das Portal, um das viele bunte Vögel auf eierschalenem Grund auf und davon fliegen, wäre verschlossen, kein Auf- und Davonfliegen für Fredi und seine Eltern, das erste, was sie von Turek kennenlernten, war dieser Zaubergarten als Gefängnis.

Diese Kirche, denkt sie, hätte sich der Künstler nicht auf die Farben der Erde und auf Grün und Blau beschränkt, wäre vor Kitsch nicht zu retten. Sie faltet den Prospekt auf, den ihr Jolanta gegeben hat, er ist in polnischer und englischer Sprache abgefaßt, Englisch, denkt Ewa beim Überfliegen des Textes, ist nicht Jolantas Stärke. Mehoffer hat die Arbeit an den Wandmalereien 1937 beendet. Zwei Jahre später kamen die Deutschen und schlossen die Kirche zu.

Na, gefällt Ihnen die Kirche?

Ewa schreckt zusammen. Sie hat Jolanta nicht kommen hören.

Jadwiga war eine gute Frau.

Der alte Olszak betrachtet seine Fingernägel.

Sie stellte keine Fragen, sagte nicht viel. Aber wenn sie da war, schlief ich ruhig und die Gedanken hörten auf, in meinem Kopf Karussell zu fahren.

Zygler nickt. Seine Gedanken schweifen über die Steinplatten der Gräber hinweg in ferne Zeiten.

Ich weiß nicht einmal, ob ich ihr je erzählt habe, was damals mit mir geschehen ist. Aber das war gar nicht nötig, sie wußte auch so Bescheid. Seltsam. Jahrelang war es nicht nötig zu reden. Und heute? Heute kommen die Fragen. Gibt das einen Sinn, nach so langer Zeit?

Die grauen und schwarzen Grabplatten glänzen in der Sonne. Saubere Gräber sind das, denkt Zygler, sauber und ernst, aber die blühenden Gärten auf den Friedhöfen in Deutschland sind doch schöner.

Ich weiß nicht, sagt er schließlich. Vielleicht gibt es eine Zeit des Vergessens und eine Zeit des Erinnerns. Ich kann dir nicht sagen, warum ich hierhergekommen bin. Irgendwann schlich sich der Gedanke ein und ließ mich nicht mehr los. Und dann kamen die Erinnerungen.

Als ich damals wieder hierher zurückkam, hatte ich mir geschworen, nie darüber zu reden. Vorbei ist vorbei. Ich hatte überlebt, ist das nicht genug? Und dann. Die Deutschen waren zwar weg, dafür saßen uns die Russen im Nacken. Gefiel mir nicht. Ganz und gar nicht. Meine Familie – außer mir hat keiner das Deutsche Reich überlebt. Habe lange geforscht. Hoffnung hatte ich keine. Meinen Bruder habe ich mit eigenen Augen hängen sehen. War so dumm, sich mit einer deutschen Magd erwischen zu lassen. Idiot. Die haben ihn an einen Baum gehängt, diese Bauern, und dem Mädchen die Haare geschoren. Was würdest du sagen, Janek, wenn man deiner Tochter die Haare abrasieren würde, weil sie mit einem Polen schlief?

Wo war das?

Im Süden. Hohe Tannen und düstere Menschen. Und Fabriken in engen Tälern. Hier, schau dir das an.

Olszak nimmt umständlich eine Armbanduhr vom Handgelenk. Es ist eine alte, solide Uhr aus rostfreiem Stahl, etwas klein für das Handgelenk eines Mannes. Auf dem Zifferblatt erkennt Zygler ein J in einem achteckigen Stern. JUNGHANS steht in feinen Buchstaben darunter.

Wo hast du die her?

Das haben sie vor dem Krieg gemacht. Uhren. Wecker, Wanduhren, Standuhren, Armbanduhren, die berühmte Kuckucksuhr. Was du willst. Europas größte Uhrenfabriken standen in zwei Tälern fast nebeneinander. Dann kam der Krieg, und statt Uhren tickte anderes in Deutschland.

Zünder, sagt Zygler mehr zu sich selbst.

Das haben sie sich fein ausgedacht. Bevor wir verrecken durften, sollten wir noch siegen helfen. Aber die hatten die Rechnung ohne mich gemacht.

Zygler sieht seinen Freund von der Seite an. Mieszko spricht mehr zu sich selbst als zu ihm. Vornübergebeugt hat er die Ellbogen auf die Knie gestützt, die Hände, zu Fäusten verballt, drückt er gegen die eigene Brust. Und wieder fällt Zygler das vernarbte Ohr auf, die verstümmelte Muschel.

Ich hatte bei Sager genug gelernt, um zu wissen, wie man das macht. Ganz einfach. Einige Monate lang haben sie nichts bemerkt. Ich lebte wieder auf, dachte an jede einzelne Bombe, die nicht zündet, dort, in Rußland oder Afrika oder wo auch immer, heute noch finden sie da die Blindgänger. Ich hab's auch anderen gezeigt, denen, die den Mut hatten und ausreichend Haß auf die Deutschen. Dann kam so ein Schlaumeier, ja, er hieß tatsächlich Meier, und hinkte auf einem Bein, weshalb er nicht an der Front war, dieser Meier jedenfalls kam auf die schlaue Idee, Stichproben zu machen.

Zu Füßen der Männer picken ein paar Spatzen im Kies herum, einer wagt sich nahe an Olszaks Sandalen heran, betrachtet versonnen seinen großen Zeh, hüpft dann weiter.

Es war wie russisch Roulette. Natürlich waren nicht alle Zünder unbrauchbar, das wäre ja früher oder später aufgefallen. Die anderen haben ganz damit aufgehört, Schlaumeiers Augen waren wie die meinen, eines grün und eines braun, und die Leute hatten zu große Angst. Ich versuchte, meine Gedanken ganz leer zu machen und mit Schlaumeiergedanken zu füllen und so herauszubekommen, welchen Zünder er prüfen würde und welchen nicht. Das ging eine ganze Weile so. Aber er wußte Bescheid. Wir waren uns zu ähnlich. Fragte sich nur, wer schlauer war, wessen Gedanken leerer und voller von denen des anderen. Die Frage war, wer zuerst einen Fehler machen würde.

Irgendwann verlor er die Geduld. Er wollte mich aus der Reserve locken. Er hatte mich studiert wie ein Buch. Begann meine Schwächen zu ahnen. Kein Wissen, nur ein Ahnen. Eines Abends brachte er seine Frau mit. Er ließ uns alle antreten, wie immer, jeder das Ergebnis seines ganzen Tages vor sich auf einem Tisch. So konnte er gleichzeitig kontrollieren, wie schnell jeder arbeitete. An diesem Tag war ich vorsichtig gewesen, nur einen einzigen Zünder hatte ich mir erlaubt, und ich hatte gelitten an all den Toten, die meiner Hände Arbeit in Stücke reißen würde. Immer abends machte er die Stichprobe, und an diesem Tag hatte er sie kommen lassen.

Such dir einen aus, mein Liebes, sagte er, einen von jedem Tisch. Sie wußte nicht, was das Ganze bedeuten sollte, sie schaute erstaunt, ich bemerkte, wie es zu arbeiten begann in ihrem kleinen schönen Kopf. Aber sie war auf der Hut, kein einziger Blick zu mir, dann hatte sie verstanden, was er von ihr wollte, nickte, runzelte die Brauen, und mit großem Ernst wählte sie einen Zünder aus von jeder Bank. Als sie zu mir kam, zögerte sie, kaum merklich, nur für mich zu sehen, dann spürte ich, wie sie sich konzentrierte, wie ihre Gedanken den Weg zu mir fanden, und mit einer schönen Bewegung ihrer Hand zeigte sie auf den einen einzigen Zünder, auf den, der nicht zünden würde.

Die Sonne steht hoch, Schweiß perlt Zygler auf der Stirn. Ein Kind trägt schwer an zwei blechernen Gießkannen. Süßlicher Geruch von verwesenden Pflanzen hängt in der Luft.

An diesem Abend war alles anders. Ich war erleichtert, daß sie sich so gut in der Gewalt hatte. Die Zünder der anderen interessierten diesen Menschen nicht. Meinen aber nahm er, lächelte und winkte mich zu dem Testgerät, das er selbst gebastelt hatte. War ein Zünder in Ordnung, explodierte eine kleine Schwarzpulverladung. Aber ich wußte, meiner würde nicht zünden. Er ließ es mich selbst machen. Meine Gedanken waren bereits bei seiner Strafe. Ob sie mich wohl gleich an die Wand stellen würden. Das übliche bei Sabotage. Die Feder würde brechen, da gab es keinen Zweifel. Aber es kam alles anders. Irgend etwas in mir schlug Alarm, und da war es auch schon passiert. Dreimal so viel Schwarzpulver wie sonst. Ein riesiger Schlag. Das Ohr abgerissen. Hätte schlimmer kommen können.

Wie konnte das sein? Trotz der Hitze spürt Zygler, wie sich ihm die Haare im Nacken aufrichten.

Er hat ihn ausgetauscht. Wollte mich umbringen, aber es hat nur das Ohr erwischt.

Zygler betrachtet die vernarbten Knorpel um die Öffnung zum Ohr seines Freundes. Ob es wohl noch hören kann?

Er stellte mich nicht an die Wand. Offiziell traf mich keine Schuld, das Ding war schließlich hochgegangen. Aber er hatte meinen Zünder in seiner Tasche. Den, der nicht hoch gehen würde. Es war eine Sache nur zwischen ihm und mir. So einfach würde ich nicht davonkommen, das war mir klar. Er dachte sich kleine Überraschungen für mich aus. Dieser Mensch war krank. Im Kopf. Manchmal ließ er mich nachts aus dem Schlaf reißen. Und eines Tages stürzte ich eine Treppe hinunter. Gebrochener Oberschenkel. Als ich wieder auf die Beine kam, hinkte ich. Wie er.

Zygler dreht die kleine Uhr in seinen Händen, ohne sie zu sehen. Was er sieht, sind hohe Tannen und einen glitzernden Bach, der sich durch ein Tal schlängelt. Ihm war es wie das gelobte Land erschienen, damals, 1950, von Krieg, Flucht und Zerstörung völlig unberührt. Jetzt sieht er, wie sehr er sich getäuscht hat.

Sobald ich auf den Beinen bin, hau ich ab, das hab ich mir geschworen während all der Zeit, in der ich in dem Loch lag. Und Deutschland war am Ende, das wußten inzwischen sogar wir. Eines Nachts sind wir auf und davon, einer kannte den Weg. Immer nachts. Irgendwie kamen wir durch, und irgendwann waren wir zu Hause. Frag mich nicht, was wir erlebt haben unterwegs. Ich würde nicht fertig werden zu erzählen, nicht in diesem Leben.

Zygler betrachtet die Uhr, reicht sie seinem Freund zurück. Sieht nicht aus wie eine Herrenuhr, sagt er. Wo hast du sie her?

Mieszko wendet ihm das Gesicht zu. Für einen kurzen Moment erhellt ein Strahlen seine Augen.

Von ihr. Zum Abschied.

Die alte Frau kehrt den Blumenabfall zusammen. Der Hochaltar quillt über von weißen Blüten. Zwei gefüllte Bodenvasen flankieren die Kanzel. Zum Mittelgang hin ziert ein kleines Sträußchen mit weißem Band jede einzelne Kirchenbank. Mehr ist nicht zu machen. Ein süßlicher Duft steigt Ewa in die Nase.

Der Organist hat längst die Empore verlassen und eine dicke Notentasche in der Sakristei deponiert. Die Kirchturmuhr schlägt zweimal.

Darf ich Ihnen einen Vorschlag machen?

Jolanta rutscht schon eine ganze Zeitlang unruhig auf der Bank hin und her.

Gegenüber ist ein Hotel mit einem kleinen Restaurant. Durch die Fenster kann man sehen, wer zur Kirche geht. Ich jedenfalls könnte eine gute Suppe vertragen.

Ewa zuckt die Schultern und seufzt. Müßte sie nach ihrem Vater suchen? Soll sie vielleicht die Kneipen nach ihm abgrasen? Ach was, denkt sie, er kann für sich selber sorgen. So wie sie für sich. Auch ihr Magen knurrt. Sie seufzt noch einmal und erhebt sich.

Sonst ist er nicht so, sagt sie zu Jolanta, die ihr Lächeln erwidert.

Wir sind hier in Polen, sagt die, während sie die Kirche verlassen, ich habe es Ihnen schon gesagt, zwischen kommen wollen und wirklich kommen liegt ein Universum.

Im Hotel kennt man die Museumsdirektorin, begrüßt sie mit Respekt.

Ich esse hier jeden Mittag, sagt sie, den *Barszcz* kann ich Ihnen empfehlen. Der schmeckt hier wie bei meiner Mutter. In Polen ißt man viel Suppe.

Ja, das ist mir schon aufgefallen. Ewa denkt an Ada und den Eintopf von gestern. Und daran, was inzwischen alles geschehen ist …

Dann kommen die dampfenden Teller, und die beiden Frauen machen sich mit großem Appetit über die Suppe her.

In Polen sagt man, ein Essen ohne Suppe ist kein Essen. Lieber nur eine Suppe als nur ein Stück Fleisch. Es gibt eine ganze Menge verschiedener Arten. Meistens sind sie deftig, aber es gibt auch ganz feine Süppchen wie die saure *Żur* oder *Ogórkowa*, eine Gurkensuppe. Und ein bißchen säuerlich sind sie hier alle.

Jolanta hat eine Menge Fragen. Wie es sich so lebt in Deutschland, woher genau Ewa eigentlich kommt, möchte sie wissen und ob man dort auch Suppen ißt. Und Ewa erzählt, zunächst stockend, was gibt es über ihr Leben schon Interessantes zu erzählen, aber Jolanta wird es nicht müde, zuzuhören und in aller Ruhe Fragen zu stellen. Und so erzählt Ewa von ihrem alles andere als geruhsamen Leben als Dolmetscherin, von den vielen Reisen, den fremden Städten, von denen sie oftmals nicht mehr als die Messen und Kongreßzentren zu Gesicht bekommt, von all den Menschen, dem Gefühl, wie ein Uhrwerk funktionieren zu müssen und immer wieder das Staunen, daß es auch tatsächlich funktioniert. Von den fremden Stimmen in ihrem Ohr, die in sie eingehen und sich in ihr zu verwandeln scheinen, von diesem überwachen Zustand halb in Trance, in dem sie sich auflöst und selbst zur Stimme wird, eine Alchimie der Sprachen und sie ist der Katalysator, sie verwandelt simultan Englisch in Französisch, Spanisch in Deutsch, und von dem Glücksgefühl spricht sie, in den wenigen Minuten kurz vor der Übergabe des Kopfhörers an eine Kollegin, weil kein Mensch das länger aushalten kann als höchstens eine Stunde, diese letzten Minuten kurz vor der totalen Erschöpfung, wenn keine Differenz mehr zwischen der Stimme im Ohr und ihrer eigenen Stimme zu sein scheint, dieses überwältigende Gefühl der Simultaneität, der Auflösung ihrer eigenen Identität. Für diese Momente hat sie die vergangenen Monate gelebt, das wird ihr jetzt bewußt, für diese Augenblicke, in denen sie aufging in der Kommunikation zwischen ihr völlig unbekannten Menschen, ein Gefühl des Verschmelzens. Wie albern, denkt sie jetzt. Und irgendwie auch traurig.

Das ist ein wunderbarer Beruf, sagt Jolanta, Sie müssen sehr begabt für Sprachen sein.

Ewa lacht. Das dachte ich auch bis vor kurzem. Aber Ihre Sprache, nein, die will mir einfach nicht in den Kopf.

Inzwischen ist eine zweite Portion Suppe verschwunden. Ewa fühlt sich satt und träge. Jean-Claude, denkt sie, er hat es nie verstanden, was es heißt, in einer fremden Sprache zu leben, zu denken, zu träumen und von Liebe zu sprechen, ihm ist es nie eingefallen, ihr zuliebe deutsch zu lernen, warum, hatte er gefragt, du sprichst perfekt französisch, und deutsch ist so schwer. Er hat sich niemals wirklich Zeit genommen, und sie hat es ihm nachgemacht, nur nicht zur Ruhe kommen. Hier, ja, hier in Polen herrscht ein ganz anderes Tempo, das wird ihr klar, diese Frau zum Beispiel, daß sie sich soviel Zeit für sie nimmt. Natürlich hat sie ein Interesse daran, meinen Vater zu treffen, denkt sie, ganz selbstlos ist sie sicherlich nicht. Und dennoch, sie sitzt gerne hier und unterhält sich mit dieser so fremden Frau, die ihr doch auch ähnlich ist.

Ich will ganz offen mit Ihnen sein, sagt dann Jolanta, und Ewa zuckt unwillkürlich ein wenig zurück.

Auch das ist etwas, was uns Polen von euch unterscheidet. Wenn möglich, erreichen wir unsere Ziele über sanfte Umwege, höflich, aber nie auf dem direkten Weg. Das hat seine Vorteile. Aber manchmal ist die plumpe deutsche Methode die bessere. Finde ich. Sie spart Zeit und ist vielleicht auch ehrlicher.

Sie lehnt sich zurück und zündet eine Zigarette an.

Sie haben nach einem Herrn namens Olszak gefragt. Ja, ich habe mit ihm gesprochen. Allerdings ist sein Vorname Jan und nicht Mieszko, wie kommen Sie auf diesen Namen? Von Jan Olszak könnte ich Ihnen die Akte zeigen, ohne irgendein Vertrauen zu mißbrauchen. Sie ist nämlich leer. Er hat mir nichts erzählt. Jedenfalls nichts, was von irgendeiner Bedeutung sein könnte.

Der Kaffee wird gebracht, er hat dieselbe Farbe wie der in Jolantas Büro.

Überhaupt ist es sehr schwierig, das Vertrauen der Menschen zu gewinnen. Ich bin nicht von hier, warum sollte man ausgerechnet mir etwas erzählen? Das Mißtrauen gegenüber der Bürokratie ist immer noch sehr ausgeprägt. Außerdem sind es ja meistens keine schönen Geschichten, nicht wahr, man will nicht unbedingt daran erinnert werden.

Ewa betrachtet Jolanta und schweigt. Warum, so fragt sie sich, ist dieser Frau so viel an den fremden Schicksalen gelegen? Würde sie selbst sich für die Geschichte eines Olszak interessieren, wäre sie nicht zufällig mit der ihres Vaters so eng verwoben? Als hätte sie ihre Gedanken erraten, fährt Jolanta fort.

Wie Sie habe ich keine Kinder. Wie Sie habe ich einen interessanten Beruf und einige Qualifikationen. Das Leben hat mich in diese kleine Stadt geschickt. Ich lebe gerne hier, mein Mann hat hier eine Arbeit, die ihm gefällt. Aber auch ich brauche eine Aufgabe. Und die Webstühle reichen nicht aus.

Jolanta nimmt einen großen Schluck Kaffee.

Ich plane eine Veröffentlichung. Für eine Wissenschaftlerin in meinem Alter wird es Zeit, an die Öffentlichkeit zu treten. Ich sagte schon, dieses Feld wartet geradezu darauf, daß sich einer damit beschäftigt. Verlage haben ihr Interesse bekundet, auch im Ausland. Was ich brauche, ist Material.

Ewa sieht aus dem Fenster. Festlich gekleidete Menschen strömen zur Kirche. Ihr Vater ist nicht darunter. Sicherlich. Seine Geschichte könnte Jolanta nützen.

Gerade heute morgen hab ich alle Interviews, die ich bis jetzt geführt habe, noch einmal durchgesehen. Ziemlich dürftig, wenn ich ehrlich bin. Und dann kommen Sie in mein Museum und erzählen mir von Ihrem Vater. Das kann doch kein Zufall sein.

Warum beschäftigen sich alle Menschen, mit denen ich es in letzter Zeit zu tun habe, mit der Vergangenheit, fragt sich Ewa.

Neulich las ich einen Satz, der hat mich tief bewegt: »Stirbt ein Greis, stirbt eine Welt.« Mit jedem Menschen, der uns verläßt, verlieren wir ein Stück Wirklichkeit. Und gerade Ihr Vater ist doch ein Beispiel dafür, wie wichtig es sein kann, sich mit seiner eigenen Vergangenheit zu beschäftigen. Eine so weite Reise zu machen. Aufarbeitung, heißt das so? Typisch deutsch. Immer das Wort »Arbeit« dabei.

Ewa lacht mit ihr.

Es ist Arbeit, sagt sie dann, Urlaub ist diese Reise jedenfalls nicht.

Hatten Sie nicht schon lange einmal das Bedürfnis, Ihre Verwandtschaft hier kennenzulernen?

Ewa schweigt. Was weiß diese Frau, fragt sie sich. Soviel sie sich erinnern kann, hat sie noch kein Wort über ihre Verwandten hier verloren.

Es sind fremde Menschen für mich, sagt sie dann und weicht Jolantas Blick aus. Ich halte nicht so viel von der Zauberkraft des gemeinsamen Blutes.

Wieder legt sich eine leichte Spannung über die beiden Frauen. Im Aschenbecher glimmt Jolantas Zigarette langsam vor sich hin und legt einen langen, mausgrauen Wurm in die Rundung. Eigentlich ist alles gesagt, denkt Ewa, Zeit zu gehen, und ihre Augen suchen den Fensterausschnitt nach der Gestalt ihres Vaters ab. Sie sieht ihn nicht, aber sie sieht eine Dame im Kostüm, schwarze Haare unter dem hellen Sommerhut, das könnte doch, ja ist das nicht, aber dann ist sie schon wieder verschwunden zwischen den anderen Kirchgängern, dem Fensterquadrat entkommen.

Natürlich ist sie das nicht, denkt Ewa, oder sagt sie es vor sich hin, Jolanta jedenfalls mustert sie erstaunt, schaut dann auch aus dem Fenster. Ja, denkt Ewa, warum tun wir uns nicht zusammen. Warum eigentlich immer kämpfen, vielleicht hat Jolanta recht, auch wenn sie dieser Satz immer zum Widerspruch reizt, auch sie glaubt im Grunde nicht an Zufälle, und jetzt sitzt sie nun mal hier, trinkt polnischen Instantkaffee, warum nicht ein wenig über die Vergangenheit plaudern?

Ich finde, das ist ein wunderbares Projekt, was Sie da in Angriff genommen haben, sagt sie. Jolanta strahlt.

Ich weiß, Sie sind auf meinen Vater aus, aber solange wir warten, kann ich Ihnen ja auch eine Geschichte erzählen, die hier gespielt hat, eine Tureker Liebesgeschichte, was meinen Sie, würde Sie das interessieren?

Jolanta zieht an ihrer neu entzündeten Zigarette, sieht sie aus leicht geschlossenen Augen an, Ewa kann sich vorstellen, was ihr im Kopf herumgeht. Dann bläst die Polin den Rauch aus, rückt ihr Feuerzeug zurecht und sagt mehr zum Tischtuch als zu Ewa:

Aber bitte sehr, wenn Sie so viel Vertrauen haben.

Ewa wirft dem Kirchenportal einen letzten prüfenden Blick zu. Eine weißgekleidete Frau steigt gerade aus einem Auto und zieht eine Wolke Tüll hinter sich her. Die Dame mit Hut ist nicht mehr zu sehen.

Kennen Sie das, sagt Ewa zu Jolanta, Sie haben Ihre Vorstellungen und Ziele im Leben, etwas, das Sie unbedingt erreichen wollen, und dann stellen Sie eines Tages fest, Sie haben die Rechnung ohne die anderen gemacht, haben die Menschen um sich herum fest verplant, in Bilder und Rollen gepreßt, aber die halten sich nicht an die Abmachungen, und Ihr Leben macht eine unvorhergesehene, unkorrigierbare Wendung?

Jetzt ist es an Jolanta, sich zurückzulehnen, ihr Gegenüber sorgfältig zu mustern, unverbindlich zu lächeln und zunächst einmal schweigend abzuwarten.

Und manchmal gehört es dazu, daß man ganz unverhofft auf einen Menschen trifft, für den man sich nie interessiert hat, aber dann ist es, als entdeckte man ihn neu, als stünde hinter dem Bild, das wir von ihm hatten, eine ganz neue, andere Person. Auf dieser Reise habe ich so jemanden entdeckt.

Ewa macht eine kleine Pause, nimmt einen Schluck Kaffee. Eine Frau, die ich gerne kennenlernen möchte, eine Frau, die schon lange tot ist. Meine Großmutter, Bronja Zygler.

Jolanta ist sichtlich erstaunt. Das hat sie anscheinend nicht erwartet. Ewa ist sich jetzt sicher, ganz Turek spricht über ihren Besuch in der Braunkohle. Aber im Moment ist ihr das gleichgültig.

Ich habe sie nur als unheilbar kranke alte Frau gekannt, sie war gelähmt, lag immer auf dem Rücken und konnte nur mühsam sprechen. Die Geschichte der Bronja Zygler. Wollen Sie sie hören? Aber vielleicht müssen Sie ja wieder zurück ins Museum?

Nein. Jolanta lächelt. Heute ist Samstag, da hat das Museum nur vormittags geöffnet.

Zygler tritt in die Kirche, und wieder scheinen ihm Raum und Zeit durcheinander zu geraten.

Er hat nicht damit gerechnet. Nicht, auch die Kirche noch genauso anzutreffen, wie sie ihm als Kind vor der Nase zugeschlossen worden war. Auch nicht mit rauschendem Orgelklang empfangen zu werden, über den sich jetzt eine klare

Knabenstimme erhebt. Er hat auch nicht damit gerechnet, statt einer einsamen, ungeduldigen, ja, vermutlich sogar verärgerten Ewa eine ganze Kirchengemeinde vorzufinden, bis auf den letzten Platz gefüllte Kirchenbänke, und der Anblick des bildgewordenen Christus, der ihn seit seiner Kindheit überall hin begleitet hat, der jetzt seinen Segen auf die prächtig gewandete Braut und den Bräutigam hinunterschickt, bringt ihn vollends aus der Fassung.

Ist das etwa deine Tochter? Mieszko kichert an seiner Seite und nickt zum Altar hin.

Ich sehe sie nicht, flüstert Zygler.

Dafür sehe ich Danka, gibt Mieszko zurück, schau, wie stolz sie lächelt, wahrscheinlich hat sie das Brautkleid zusammengefädelt.

Zygler reibt sich die Stirn. Unmöglich, unter all diesen Menschen Ewa zu entdecken.

Laß uns einen trinken gehen, sagt Mieszko ziemlich laut und handelt ihnen beiden damit mißbilligende Blicke ein. Bevor das Brimborium nicht fertig ist, hast du keine Chance.

Draußen besinnt sich Zygler.

Vielleicht ist sie wieder ins Museum gegangen. Ich habe sie immerhin zwei Stunden lang warten lassen.

Heute ist Samstag. Da ist das Museum nachmittags geschlossen, erklärt Olszak.

Zygler greift sich an die Stirn. Wohin sie nur gegangen sein mag? Er überlegt. Zum Wohnmobil hat sie keinen Schlüssel. Zu Danka? Bestimmt nicht.

Außerdem sitzt die da drinnen, meint Olszak. Aber vielleicht ...

Ja? fragt Zygler ungeduldig, Wenn du eine Idee hast, dann red schon.

Vielleicht, Mieszko scharrt wieder mit dem rechten Bein auf der Kirchenstufe herum und blinzelt in die Sonne, na, vielleicht ist sie ja wieder in der Braunkohle.

In der Braunkohle?

Na ja. Hat ihr doch gestern gut gefallen, erzählt man sich.

Zygler schüttelt den Kopf. Er weiß nicht, worauf Mieszko hinauswill.

Hör mal, sagt er dann unwirsch, es ist mir schon aufgefallen, daß du alle Naselang eine komische Bemerkung über Ewa machst. Was soll das alles?

Mieszko grinst und sieht ihn vielsagend an.

Du bist immer noch so naiv wie früher. Hast damals auch nicht gemerkt, was gespielt wird. Wenn ich da nur an deine Mutter denke ...

Laß meine Mutter aus dem Spiel.

Hehehe, Mieszko nimmt Zyglers Hand von seinem Hemdkragen, nicht so stürmisch. Dann sieht er auf den Kirchplatz hinunter.

Weißt du noch, wie wir hier ...

Lenk nicht ab, Zygler ist jetzt wirklich wütend. Was ist mit meiner Tochter, was ich nicht weiß.

Sag bloß, du weißt das wirklich nicht? Von dem Techtelmechtel mit diesem Andrzej, Dankas Schwiegersohn, in der Braunkohle?

Techtelmechtel? Er hat ihr die Braunkohle gezeigt, mehr nicht.

Mieszko lacht. Wie Zygler dieses Lachen haßt. So hat er auch damals gelacht, damals, im Schnee, hat gelacht und genauso häßlich über seine Mutter gesprochen, und eh er sich's versieht, hat ihm Jan schon eine gescheuert, daß der alte Mann auf den Treppenstufen taumelt, Ho, sagt er, Janek Zygler, konntest noch nie die Wahrheit vertragen, aber da hat er schon wieder einen Haken im Gesicht, und die Nase fängt an zu bluten, ganz verwundert betrachtet Zygler, wie sich der Hemdkragen des alten Polen rot verfärbt, und dann knirscht es an seinem eigenen Kiefer, verdammt, immer noch hart, diese Faust, dem nächsten Schlag kann er ausweichen, verfehlt dabei eine Stufe, und wie er wieder sicheren Tritt findet, erwischt ihn Mieszkos Faust mitten auf dem Auge.

In die Knie bist du damals nicht gegangen, ich weiß gar nicht, warum du dich so aufregst, laß den beiden doch ihren Spaß ..., aber Zygler ist schon wieder auf den Beinen, und wenn er auch nur auf einem Auge mehr sieht, so weiß er doch genau, wo seine Faust sitzen muß, gelernt ist gelernt, zum Einzelkämpfer ausgebildet in der HJ, das hat er natürlich nicht gewußt, das wurde ihm erst später klar, viel später, als Mieszko davon gesprochen hatte, und wenn das jetzt auch viele Jahre her ist, so etwas verlernt man nicht, die harte Arbeit beim Sager hat das ihre getan, Muskeln wie Eisen, keiner hat ihn je mehr besiegt, nach der Schlägerei mit Mieszko, nach den Schlägen hinter der Litfaßsäule, und über seine Tochter wird dieses Schandmaul nichts mehr sagen.

Die Orgelklänge sind jetzt mit einem Mal ganz nah. Das Kirchenportal hat sich geöffnet, Menschen mit Photoapparaten treten auf den Vorsprung oberhalb der Treppe, starren entsetzt, fuchteln mit den Armen.

Die beiden Männer sehen nichts. Nicht einmal sich selbst sehen sie im Lichte der Gegenwart, sie sind ganz woanders, in fernen Zeiten, zwei Jungen, die sich prügeln, verbissen, tränenvernebelt, sie sehen auch nicht das Brautpaar, das heraustritt unter orgelndem Jubelgesang, sehen nicht die vielen Menschen, die in Trauben aus der Kirche quellen, bis sie schließlich getrennt werden von zwei jungen Männern, na, ihr alten Recken, habt ihr immer noch nicht genug, da kommt Zygler zu sich, und das erste, was er hört, ist Danka, die ganz deutlich sagt, nein, den kenne ich nicht, mit dem habe ich nichts zu tun, dann noch deutlicher ein klares Kinderstimmchen, aber Oma, sagt es über alle anderen Stimmen hinweg, das ist doch das Onkelchen aus Deutschland, was ist denn mit seinem Auge passiert?

Nein, sagt Mieszko mit einem Taschentuch unter der Nase, keinen Kaffee, lieber einen Vodka.

Zygler preßt einen Stapel nasser Servietten gegen sein Auge und sagt gar nichts. Er sieht seine Tochter an, dann schaut er zu dieser fremden Frau hinüber. Auf dem Tischtuch liegen die Aufnahmen seiner Mutter.

Hast du denn schon etwas gegessen, fragt Ewa.

Zygler schüttelt den Kopf. Die Küche hat inzwischen geschlossen, vor sechs Uhr abends gibt es nichts Warmes, aber es gibt Streuselkuchen, und Zygler blüht ein wenig auf, Streuselkuchen ißt er gerne, und der heiße Kaffee tut ihm gut.

Mieszko Olszak starrt auf die Photos auf dem Tisch. Ewa

hat sie alle aufgereiht, Bronjas Geschichte, jedenfalls so, wie sie Ewa kennt, war lebendig geworden, Jolanta ist eine gute Zuhörerin.

Haben Sie Ihre Mutter nie wiedergesehen? fragt sie jetzt, und Zygler weiß nicht, was er denken soll, was geht diese Frau seine Familie an, aber Ewa sagt leise zu ihm, Vater, diese Frau ist sehr an deiner Geschichte interessiert, sie will ein Buch veröffentlichen. Welche Geschichte, fragt er zwischen zwei Bissen Streuselkuchen, und langsam wird ihm das alles ein bißchen viel.

Aber er ist froh. Froh, daß Ewa nicht böse ist, daß sie sich anscheinend gut unterhalten hat. Froh, daß sie nicht in der Braunkohle ist, Mieszko, dieses böse Schandmaul ist auch ganz kleinlaut, immerzu starrt er auf die alten Photos, hin und wieder mustert er Ewa.

Sie sehen Ihrer Großmutter ähnlich, bricht es schließlich aus ihm heraus, Janek, deine Tochter sieht aus wie deine Mutter, nur daß sie blond ist und nicht schwarzhaarig, und blaue Augen hat. Die Augen hat sie von dir.

Alle nehmen sie nacheinander die Photos in die Hand, nein, sagt Zygler, sie sieht aus wie meine Frau, aber auch Jolanta ist anderer Ansicht, doch, eine gewisse Ähnlichkeit ist da auf alle Fälle, ich kann das sowieso nicht sagen, meint Ewa, aber stolz ist sie schon, denn Bronja war eine Schönheit, findet sie.

Sie haben meine Großmutter gekannt, fragt Ewa, und erst jetzt wird ihrem Vater bewußt, wie gut Mieszko deutsch spricht, hat die Jahre gut genutzt dort unten im Schwarzwald, verflixt, und mich läßt er stundenlang radebrechen. Zygler betrachtet versonnen die Damenuhr an Mieszkos Handgelenk und bemerkt, welch beachtlichen Charme er trotz geschwollener Nase gegenüber Ewa und Jolanta an den Tag legt.

Natürlich, sagt er gerade, mein Onkel war Friseur, und wenn sie bei ihm ihre Haare schneiden ließ, dann schwärmte er den ganzen Tag, ich glaube, er hat auch immer eine Locke von ihr aufgehoben, das schönste Haar, das jemals in Turek wuchs, pflegte er zu sagen, und er mußte es ja wissen.

Tut es sehr weh, fragt Ewa leise und hebt kurz die Servietten ein wenig an. Sollen wir nicht besser zum Arzt gehen?

Nein, sagt Zygler, das ist nicht schlimm, es wird ein ordentliches Veilchen, aber das geschieht mir nur recht.

Er versteht es immer noch nicht. Wieviel Jahrzehnte war es her, daß er sich das letzte Mal geprügelt hat? In seinem Alter. Und ausgerechnet vor einer gesamten Hochzeitsgesellschaft samt Danka.

Ewa kichert. Von Danka brauchen wir uns jetzt wenigstens nicht mehr zu verabschieden.

Nein, sagt er seufzend, ich schreibe dann aus Deutschland einen Brief, das wird sie hoffentlich versöhnen.

Und Andrzej, denkt Ewa, soll sie wirklich einfach so davonfahren?

Jolanta und Mieszko sind ins Gespräch gekommen, auf deutsch, aus Höflichkeit Ewa gegenüber, was, Sie wollen ein Buch schreiben, aber ja, das habe ich Ihnen doch erzählt, na, denkt Ewa, vielleicht läßt sich der Herr mit dem Van Gogh-Ohr doch noch zu einem Interview bewegen, Jolanta wäre es zu gönnen.

Wenn du möchtest, sagt Zygler leise, dann können wir nachher weiterfahren.

Ewa zögert. Nickt. Etwas in ihrem Innern zieht und spannt. Was ist nur los mit ihr. Sie sieht hinaus auf den Kirchplatz, keine Spur mehr von der Hochzeit, oder doch, auf den Sandsteinstufen liegen noch bunte Blütenblätter und etwas Weißes, wahrscheinlich Reis. Da glaubt sie, ihre Wünsche gaukelten ihr ein Traumbild vor. In den Bildausschnitt des Fensters schiebt sich ein kleiner weißer Fiat, hält vor dem Hotel, jemand kurbelt die Scheibe herunter, dunkelblaue Augen in einem golden gebräunten Gesicht suchen und finden sie hinter dem Fenster, der Mann lächelt und winkt ihr, herauszukommen.

Ewa steht auf. Muß ihren Vater bitten, sie hinauszulassen. Mit steifen Knien verläßt sie das Restaurant. Andrzej wartet schon an der Tür, legt den Arm um sie, führt sie sanft mit sich.

Sie drehen eine kleine Runde um den Marktplatz. Ewa spürt tausend Blicke auf sich gerichtet, es ist ihr egal. Andrzej spricht wieder zu ihr, wieder spürt sie seine Stimme durch seinen Arm hindurch in ihren Schultern, im Nacken, sie spürt ihn mehr, als daß sie ihn hört, liebster Andschi, sagt sie, als seine Stimme eine Weile schweigt, ich bin so froh, daß ich dich getroffen habe, ich hoffe nur, sie machen dir nicht allzuviel Ärger hier, wenn ich erst wieder weg bin, aber du mußt wissen, daß es für mich etwas ganz Besonderes war, nicht einfach eine dumme Affäre, auch wenn wir kein Wort ... aber da unterbricht sie Andrzej, er scheint ihr zu widersprechen, ja, sagt Ewa, du hast recht, und etwas wird bleiben, egal, wie es weitergeht.

Der Kreis hat sich geschlossen, sie stehen wieder vor dem Hoteleingang. Ein kurzes Zögern, dann hält Andrzej ihr die Tür auf, schnell tritt er hinter sie, und im Schutz der doppelten Türe nimmt er sie in seine Arme und küßt sie, küßt sie lange und fädelt zärtlich an ihrem Haar.

Wie er sie zum Tisch begleitet, sind vier Augen aufmerksam auf sie gerichtet, Zygler preßt die feuchten Servietten gegen das eine Auge, das andere hält er geschlossen, er ist sehr bleich geworden. Dennoch schüttelt er tapfer Andrzejs ausgestreckte Hand, wechselt ein paar Sätze mit ihm, sogar ein Lächeln erscheint auf seinem Gesicht. Und als Andrzej endgültig verschwunden, auch der weiße Fiat aus dem Rechteck des Fensters hinausgerollt ist, fragt Ewa:

Was hat er denn gesagt?

Ihr Vater preßt die Lippen zusammen. Dann nimmt er die Servietten vom Auge, es ist blauschwarz verquollen.

Er hat gefragt, ob ich ihm aus Deutschland Politur schicken könnte.

Was?!

So eine spezielle Autopolitur. Für seinen Fiat.

9

Warum habt ihr euch eigentlich geprügelt?
Zygler schaut zur anderen Seite aus dem Fenster. Ewa streift ihn mit einem kurzen Blick. Er verhält sich wie ein eifersüchtiger Ehemann, denkt sie und muß lächeln.

Weißt du, sagt sie nach einer Weile, es ist nicht so, wie du denkst, aber weiter spricht sie nicht, auch wenn ihre Stimme am Ende des Satzes oben verharrt, als käme eine lange Erklärung, aber die Zeit vergeht, und die Erklärung kommt nicht. Linker Hand tauchen ein letztes Mal die vier Kühltürme des Kohlekraftwerks auf. Dahinter, keiner weiß das besser als Ewa, öffnet sich eine weite Ebene, die große polnische Sandwüste.

Dein Vater hat nicht alles übersetzt, hat Jolanta leise gesagt, als Zygler von seinem Freund Abschied nahm. Er hat noch etwas von einem Baum gesagt, »sag ihr, der Baum steht noch«. Kannst du damit etwas anfangen?

Übergangslos war sie ins Du gerutscht, und da verstand Ewa, daß sie hier so etwas wie eine Verbündete zurückließ. Wenigstens eine, dachte sie, und wieder fiel es ihr schwer, über eine gewisse Wehmut hinwegzugehen, was ihr sonst doch immer so gut gelang.

Ja, hatte Ewa geantwortet, das sagt mir etwas, so, der Baum steht also noch, da bin ich aber froh, vielen Dank, Jolanta, und da hatten sie sich auch schon im Arm, die Polin küßte die Deutsche links und rechts und wieder links auf die Wange, und vergiß nicht, deinen Vater an die Kassetten zu erinnern, das war eine phantastische Idee von dir, warum bin ich da nicht selbst drauf gekommen, sagte Jolanta, nein, das würde sie nicht vergessen. Und auch Zygler nicht, schließlich hatte er es Jolanta versprochen. Hier war wenigstens jemand, der sich für seine Geschichte interessierte, zu Hause würde er sie einem Recorder erzählen, viele Kassetten würde er dazu brauchen, aber wenn diese Frau sie schon haben wollte, bitteschön, sein Versprechen jedenfalls würde er halten.

Woher willst du wissen, was ich denke, will Zygler sagen, aber er läßt es sein. Eine Mischung aus Ärger über sich selbst und Scham, daß er sich geprügelt hat wie ein dummer Junge, nagt in ihm, wofür nur, für die Ehre einer Frau, die es wieder einmal nicht verdient. Seine Tochter eine Affäre mit dem Mann ihrer Cousine! Kein Wunder, daß Danka so tut, als habe sie einen lebendigen Hering verschluckt. Sicherlich, der Junge ist nett, aber verheiratet und hat zwei Kinder. Was sich Ewa nur denkt, aber die scheint sich nicht gerade mit Gewissensbissen zu quälen, aufrecht sitzt sie am Steuer, ein zufriedenes Lächeln auf den Lippen, mit diesem Auge fährst du mir nicht, hat sie gesagt und ihm kurzerhand den Schlüssel aus der Hand genommen.

Zygler ist das eigentlich nur recht. Sein Auge pocht, er fühlt sich schwer und träge. Mach ihr jetzt bloß kein Theater, hat Mieszko gesagt, warst doch auch einmal jung, und hat ihn in den Arm genommen, lange, fest, ganz anders als beim ersten Wiedersehen, kein Schlagen, kein Messen, kein Schulterklopfen und Stirnengerangel, einfach eine lange Umarmung, und dann hat er gesagt: Nächstes Jahr komm ich dich besuchen.

Ja, hatte Zygler genickt, und wenn du willst, dann fahren wir dorthin, in das Tal mit den Fabriken, soviel ich weiß, machen sie jetzt wieder Uhren dort, und dann brachen sie beide in schallendes Gelächter aus, genau, sagte Mieszko, vielleicht lebt ja der Schlaumeier noch, dann hau ich ihm so ein schönes Veilchen wie dir.

Und jetzt sind sie auf dem Weg nach Nordosten. An die Weichsel wollen sie, dort müssen sie einen Ort suchen, dessen Name verlorenging in den Erinnerungslandschaften des Johannes Zygler. Was er noch hat und worauf er baut, das sind Bilder. Die geschlossene Anlage von Gebäuden um einen großen Hof, wie bei einem Kloster. Die endlose Eislandschaft des Flusses. Und diese Nacht mit ihrem rötlichen Feuerschein, noch weit auf der anderen Seite des Flusses, Richtung Osten, und doch so nah. Viel zu nah.

Die Nacht ist sternenklar. Ihre Schritte klirren. Jan geht schneller, irgendwann muß ihm doch wieder einmal warm werden. Ihr Atem bläht dichte weiße Wolken vor ihren Mündern. Wie spät es wohl sein mag. Diese Nachtwachen scheinen kein Ende zu nehmen.

Seine Kleider waren noch feucht, als er vorhin von ihnen herunterkroch und sie mit zitternden Fingern überstreifte. Die einzige Chance, sie einigermaßen trocken zu kriegen, ist, auf ihnen zu schlafen. Jan befühlt den Stoff. Blauer Drillich. Und das im Februar bei minus zwanzig Grad.

Renn doch nicht so, keucht Fredi kurz hinter ihm. Wir müssen Wache halten und keinen Marathon laufen.

Fredi leidet nicht so sehr unter der Kälte, mehr am Drill, an der körperlichen Ertüchtigung, da ist ihm seine wärmende Speckschicht eindeutig im Wege. Heute ist er beim Sprung über das offene Rinnsal im ansonsten zugefrorenen Fluß prompt ins eiskalte Wasser gefallen. Jan wartet seit Tagen darauf. Aber die Ausbilder kennen kein Erbarmen. Los weiter, hieß es, und irgendwann hörte der arme Fredi auf mit seinem Zittern und Zähneklappern.

Jeden Tag über die Weichsel. Jan schaut hinunter auf die riesige Eiswüste, die im Mondlicht bläulich kalt glänzt. Er denkt an seine Kinderspiele mit Mieszko. Unter anderen Umständen könnte das ein Riesenspaß sein. Der Strom ist zu einer einzigen Eislandschaft erstarrt. Schollen schieben sich übereinander und gefrieren aneinander fest, bilden Buckel und Hügel, Krater und Täler. Und zwischen dem Knacken und Klirren hört man, wenn man ganz genau hinhorcht, das Glucksen des Wassers. Der Fluß schläft und träumt.

Aber die Kindheit ist vorbei, und Jan hat keine Zeit zum Träumen. Die Waffen-SS braucht harte Männer. Darum müssen sie über den Fluß, jeden Morgen, nachdem sie sich am Brunnen im Hof gewaschen haben, danach fühlen sich sogar die nassen Kleider warm an. Jenseits der Weichsel ist ein weites verschneites Land, wo sie zu fähigen Kämpfern ausgebildet werden. Stundenlang exerzieren sie im Schnee, manchmal, wenn sich Jan nach einer Weile aus seiner »Stellung« erhebt, sind seine Kleider bretthart gefroren.

Um etwas zum Heizen zu haben, rücken sie den jungen Birken zu Leibe. Zwei Jungs klettern hinauf und schaukeln so lange, bis sich das Bäumchen aus den Wurzeln drehen läßt. Mit ihren Seitengewehrmessern zerkleinern sie das grüne Holz und entfachen qualmende Feuer in den alten Öfen, die sie alle mehr zum Husten reizen als wärmen. Dabei liegen die Keller bergeweise voll mit Kohlen, guter Steinkohle, Jan hat das genau gesehen, als er einmal eine Schneeschippe suchte. Aber die dürfen sie nicht verbrennen. Keiner weiß warum.

Die Waffen-SS braucht harte Männer. Darum bekommen sie auch keine anständigen Kleider für diese Kälte. In den letzten Tagen des Jahres 1944 haben sie ihn also doch noch geholt, auch wenn er immer noch zu jung ist. Er hatte längst nicht mehr damit gerechnet. Gleich nach Weihnachten hat er sein Bündel geschnürt, viel gab es ohnehin nicht einzupacken. Er würde sowieso neu eingekleidet werden, hieß es. Aber dann hatte er nur diesen dünnen Anzug bekommen und Schuhe, die vorne und hinten Löcher hatten. Einmal beim Antreten im Hof hat er es dem Offizier gesagt, meine Schuhe haben überall Löcher, sehen Sie, hinten und vorne. Da hat ihn der Mann lange angesehen. Sei froh, daß sie vorne und hinten Löcher haben, hat er dann geantwortet. So kann das Wasser wenigstens wieder abfließen. Und damit war das Thema erledigt.

Jan seufzt. Vom Fluß her weht ein eisiger Wind. Auch jetzt hat er wieder kalte Füße. Und hungrig ist er. Wie zu Hause. Die Lebensmittelrationen wurden immer kleiner und reichten nicht mehr aus, um sich auch nur einmal die Woche satt zu essen. Aber hier ist es fast noch schlimmer. Selbst Fredi ist schon dünner geworden. So hatte er sich das nicht vorgestellt. Überhaupt. Sehr schnell hatte er raus, daß er sich alles ziemlich anders vorgestellt hatte. Die bilden dich hier zum Einzelkämpfer aus, hatte Mieszko gesagt. Er hatte recht gehabt. Und in den Sommersportlagern war es weitergegangen. Dabei hatte er es geliebt. Er war ein guter Sportler. Einer der schnellsten Läufer, ein guter Schütze, und im Boxen war er unter den Leichtgewichten nicht zu schlagen. Dabei boxte er gar nicht so gerne, lieber lernte er Motorradfahren, pflegte und wartete mit Hingabe die Maschinen, aber immer wieder forderten sie ihn in den Ring. Seine Haken waren gefürchtet und kamen wie aus dem Nichts, während er leicht tänzelnd unerreichbar war für die Schläge seiner Gegner. Ja, er liebte den fairen Sport und brachte so manches Abzeichen aus den Sommerlagern nach Hause. Aber hier ging es nicht um Medaillen. Hier ging es um Leben und Tod.

Du schläfst doch nicht im Stehen?

Fredi stößt ihn an. Aber Jan ist hellwach. Sechs weitere Kameraden halten Wache, paarweise sind sie jeder Flanke der Ausbildungskaserne zugeteilt. Dort hinten irgendwo jenseits der weißen Exerzierfelder liegen die Russen.

Jan betrachtet die Häuser neben der Kaserne. Das kleine Städtchen liegt in tiefem Schlaf. Acht- oder zehntausend russische Kriegsgefangene sollen hier sein, vielleicht auch mehr, niemand weiß das so genau. Und keiner hat sie je gesehen. Keiner von ihnen kommt auch weiter aus der Kaserne heraus als zum Wachgang um die Mauern. In diesen langen Nächten hat Jan viel Zeit zum Nachdenken. Er ist schweigsam geworden. Fredi hat keine Freude mehr an ihm. Jan betrachtet die dunklen Fenster der polnischen Nachbarn. Alles ist ruhig. Er denkt an seinen Vater, der jetzt sicherlich schläft neben seiner neuen Frau. Er denkt an seine Mutter, oft denkt er an sie, immer wieder taucht ihr Gesicht vor ihm auf. Ganz unerwartet, wie im vergangenen Sommer, als sie auf Besuch kam, zwei Jahre nachdem sie weggegangen und nicht mehr zurückgekommen war. Danka brachte die Neuigkeit. Du sollst kommen, sagte sie, deine Mutter ist da. Er hatte es nicht glauben wollen, aber wirklich, wie er ins Zimmer mit den Webstühlen kam, saß eine Frau am Tisch, gebeugt, mit silbernen Strähnen im schwarzen Haar, und langsam, ganz langsam drehte sie sich um. Da erkannte er sie, ja, das war seine Mutter, wenn auch schrecklich gealtert, Mutter, was ist mit dir geschehen, wollte er fragen, aber er brachte kein Wort heraus, langsam ging er auf diese Frau zu, die ihm so fremd erschien, kein Wort nahm er auf von dem, was sie sagte, selbst völlig verstummt.

Was hätte er ihr auch sagen sollen? Daß er mit der Frau, die sein Vater geheiratet hatte, nicht zurechtkam? Daß er unmöglich »Mutter« zu dieser hochnäsigen jungen Pute sagen konnte? Daß sie ihm kein Essen hinstellte, wenn er in der Mittagspause abgehetzt nach Hause kam? Daß er sich einsam fühlte, nutzlos, von aller Welt verlassen? Nein. Das konnte er nicht sagen. In ihren Augen las er, daß auch sie ihre Sorgen hatte. Sie war nicht glücklich. Auch sie nicht. Und ein wilder, heißer Schmerz stieg in ihm hoch, der an ihm riß, daß er hätte schreien mögen. Und dieser Schmerz trieb ihn hinaus in den Garten, wo sein Bruder Paul mit den Cousinen spielte. Gewachsen war er und kräftig. Als er Jan sah, erschrak er, hielt sich an Danka fest und sagte: Wer ist der große Junge?

Da ging Jan nach Hause. Am nächsten Tag meldete er sich. Freiwillig. Zur Waffen-SS.

Da, ruft Fredi, und Jan schaut in die Richtung, die der Zeigefinger seines Freundes weist. Richtung Osten färbt sich der Himmel rot. Dort muß irgendwo die Stadt Płock liegen und noch weiter Warschau. Nach einer Weile ist die Nacht taghell. Weltuntergangsstimmung liegt in dem rötlichen Licht, das sich unheimlich über dem Himmel ausbreitet. Von Ferne hören sie das Detonieren und Explodieren von schweren Geschützen.

Die Russen, flüstert Fredi, und der Feuerschein verwandelt sein gutmütiges Pfannkuchengesicht in eine Teufelsfratze. Jan wendet sich nach Westen, und sein Atem stockt. Das Aufleuchten und Verglühen eines unheilvollen Scheins, dann brennt auch dort der Himmel. Thorn scheint unter Beschuß, sogar von Westen sind die Einschläge von Granaten zu hören, wieso nicht auch bei uns, wie kommt denn das, um Gottes willen, denkt Jan, wir müssen sofort hier weg. Eilige Schritte hinter ihnen lassen sie herumfahren. Es sind Henryk und Fritz, die es von ihrem Wachplatz aus auch gesehen haben.

Wir müssen das melden, sagt Henryk. Und dann glaubt Jan zu träumen. Wer singt denn hier, in dieser tiefen Nacht, was gibt es hier zu singen, dieses Lied kennt er doch, das hat sein Vater früher auch gesungen, und er schaut und sucht und sieht, hier und dort gehen Lichter an in den Häusern der Polen, von dorther kommt das Singen, immer mehr werden es, wie heißt noch gleich der Text, *Jeszcze Polska nie zginęła*, Noch ist Polen nicht verloren, das Singen schwillt an, Fredi greift zum Gewehr, zielt auf eines der Fenster.

Bist du verrückt, nimm das runter!

Jan drückt mit einer Hand den Gewehrlauf fest nach unten.

Die sollen aufhören zu singen, wimmert Fredi mit verzerrtem Gesicht, und da sieht Jan, daß sein Freund Angst hat, große Angst.

Solange sie singen, schießen sie nicht, sagt Jan. Er ist völlig ruhig. Sei still, laß dein Gewehr unten. Was willst du mit den fünf Schuß Munition anfangen? Die werden dich ja tottrampeln, auch ohne Gewehre werden sie auf uns losgehen.

Andere Gedanken beschäftigen ihn. Henryk hat recht, sie müssen den Kommandeur wecken. Aber als er in den Hof läuft, sieht er, daß die Fenster der Ausbilder hell erleuchtet sind. Sie wissen also, was los ist. Wahrscheinlich wissen sie es besser als er.

Noch ehe Jan wieder seinen Posten erreicht, ist es geschehen. Ein Schuß peitscht hart durch die Nacht, hallt von den Häuserwänden wider, vermischt sich mit dem Klirren von Fensterscheiben, dann gellende Schreie und Rufe, Fredi, denkt Jan, dieser Idiot, so schnell er kann, läuft er um die Mauer, sieht Henryk auf Fredi zulaufen, sicher will er ihm das Gewehr entreißen, da fällt ein weiterer Schuß und noch einer, und eine Gestalt sinkt zu Boden, Henryk, schreit Jan, und schnell, Fredi, hilf mir, aber der ballert weiter, und dann hat er keine Munition mehr, los, brüllt Jan, der bei Henryk kniet, aber er kann nichts sehen in dem rötlichen Schein, nur viel Wärme spürt er, feuchte Wärme, komm doch endlich, hilf mir, schreit Jan, Fritz ist nirgendwo mehr zu sehen, und so zerrt Jan den Körper seines Kameraden allein in Deckung, wer weiß, wann die Polen das Feuer eröffnen, aber so dumm sind sie nicht, keiner schießt, keiner, der auch nur einen Funken Vernunft im Kopf hat, schießt, jetzt doch nicht mehr, wo die Russen vor der Haustür, und Jan keucht und zerrt und dann kommen auch schon andere gelaufen, tragen Henryks Körper davon, und Jan schlägt auf Fredi ein, diesen dicken, dummen, sinnlosen Fredi, diesen Metzgersohn, diesen verdammten Kerl, schlägt und schlägt, bis sie ihn wegzerren, und dann weiß er nichts mehr, gar nichts mehr. Nur noch, daß irgend jemand irgendwann sagt, Henryk sei tot.

Zygler schaut auf. Seine Tochter hat etwas gesagt. Draußen taucht ein Sonnenuntergang den Himmel in leuchtendes Purpur.

Wir sollten einen Platz für die Nacht finden, sagt Ewa und schaut ihn prüfend an. Hast du geschlafen?

Zygler weiß es selbst nicht so genau.

Was hältst du von dem hier?

Ewa bringt den Wagen zum Stehen. Zygler steigt aus und sieht sich um. Sie stehen auf einem gepflasterten Platz vor einer kleinen Kirche, die sich mitten in einem Ort auf einer Anhöhe über die Wohnhäuser erhebt. Ewa hat das Wohnmobil am Eingang zum Friedhof abgestellt, dessen Tor gerade von einer alten Küsterin abgeschlossen wird. Zygler geht zu ihr hinüber, wechselt ein paar Worte mit der Frau, dann kommt er zurück.

Ein guter Platz, sagt er. Die Frau sagt, wir können hier ruhig bleiben über Nacht.

Nach dem Abendessen machen sie einen Spaziergang durchs Dorf. Überall sitzen die Menschen in ihren Häusern, und die Hunde geben die Nachricht über die Anwesenheit von Fremden von einem Gatterzaun zum anderen weiter. Bald kehren Ewa und ihr Vater zurück zum Wagen.

Und dann sitzen sie sich wieder gegenüber, zwischen ihnen die ausgebreitete Straßenkarte.

Zwischen Thorn und Płock, sagt Zygler. Näher bei Thorn, glaube ich.

Na ja, sagt Ewa, das sind ja nur hundertzwanzig Kilometer.

Zygler schaut nicht auf von der Karte, seine Lesebrille rutscht ihm wie immer ein wenig die Nase hinunter, und auf einmal muß Ewa an ihren ersten Abend denken, damals, kurz vor der polnischen Grenze, mein Gott, was hat sich nicht alles verändert, und dabei ist es doch kaum eine Woche her. Sag mal, sagt sie, erzähl mir doch einfach alles, was du von diesem Ort noch weißt. Wie groß war er zum Beispiel?

Ewa muß lange auf eine Antwort warten. Vielleicht hat ihr Vater beschlossen, immer noch nicht mit ihr zu reden.

Ich weiß es nicht, sagt er schließlich. Eigentlich hatte ich den Eindruck, es war ein kleines Städtchen, aber je länger ich darüber nachdenke ... Wir sind ja nie herausgekommen aus der Kaserne, außer bei der Nachtwache, aber da haben wir uns natürlich nicht entfernen können ...

Welche Karserne, denkt Ewa, aber sie wartet erst einmal ab.

Zygler starrt auf die Karte.

Es hieß, es seien viele Tausend russische Kriegsgefangene in der Stadt. Glaubst du, in einem kleinen Städtchen bringt man so viele Gefangene unter?

Ewa dreht die Karte zu sich und studiert noch einmal den Abschnitt zwischen Thorn und Płock.

Wie sah denn diese Kaserne aus?

Das war eigentlich gar keine Kaserne. Es hätte ein Kloster sein können. Dickes, altes Gemäuer. Und eine viereckige, geschlossene Anlage. Die Gebäude um einen großen Hof herum angeordnet. Vielleicht war es auch ein alter Gutshof? Es gab Ställe dort und einen Hauswirtschaftstrakt. Schlafräume wie lauter einzelne Zellen. Und das Ganze lag direkt an der Weichsel. Da war keine Straße mehr dazwischen, nur ein Fußweg und dann die Uferbefestigung mit Treppen direkt vor dem Eingang hinunter zum Fluß. Der war zugefroren, weißt du, Januar, Februar neunzehnhundertfünfundvierzig, das war ein schrecklich kalter Winter.

Direkt an der Weichsel. Ewa fährt die Flußlinie mit dem Finger nach. Viele Möglichkeiten gibt es nicht.

Und es war ganz sicher auf dem südlichen Ufer?

Ja natürlich. Zygler lacht rauh auf. Sonst säße ich jetzt nicht hier.

Was ist denn dort passiert?

Zygler faltet die Karte zusammen.

Morgen, sagt er dann. Morgen ist auch noch ein Tag.

Schweigend richten sie ihre Lager, löschen das Licht. Lange

starrt Ewa in die Dunkelheit. An seinem Atmen hört sie, daß auch ihr Vater nicht einschlafen kann.

Bist du noch wach, fragt sie irgendwann in die Nacht hinein.

Ihr Vater antwortet nicht, aber an der Art, wie er die Luft einzieht, hört sie, daß sie sich nicht getäuscht hat.

Papa, sagt sie, und erschrickt ein bißchen vor ihrer eigenen Stimme, so hat sie ihren Vater schon seit vielen Jahren nicht mehr genannt, bist du böse auf mich?

Nein, kommt es nach einer Weile von unten, und Ewas Herz zieht sich zusammen, als sie hört, wie seine Stimme zittert. Ich bin dir nicht böse.

Weißt du, sagt sie dann ganz leise, es ist nicht so, wie du denkst.

Denk nicht mehr daran, mein Kind, kommt es genauso leise und sehr sanft zurück, du weißt gewiß, was du tust.

Und damit dreht sich Zygler zur anderen Seite. Ewa aber liegt noch lange wach. Denk nicht mehr daran. Das sagt sich so leicht. Und ob sie wohl weiß, was sie tut? Sie ist sich nicht so sicher. Aber sie bereut nichts. Gar nichts. Und damit schläft sie schließlich doch noch ein.

Am nächsten Morgen erwacht sie aus einem Traum, in dem sie auf hoher See mit den Wellen kämpfte. Eigentlich war sie mit Andrzej zusammen auf einen ruhigen Weiher hinausgerudert, aber auf einmal war aus dem Weiher tobende See geworden. Und Andrzej war nicht mehr da. Ihre Angst, er könnte über Bord gefallen sein, vermengte sich mit einer schrecklichen Übelkeit, die sie mit hinüber in ihr Erwachen nimmt.

Ihr Vater ist schon auf. Der Wagen schwankt ein klein wenig unter seinen Schritten, und plötzlich hat sie das Gefühl, sich auf der Stelle übergeben zu müssen. Mühsam rappelt sie sich hoch und klettert von ihrem Schlafplatz hinunter. Dann starrt sie in ihr fahles Gesicht im Spiegel über dem Waschbecken, während in ihren Ohren ein hohes Geräusch flirrt und dunkle Kringel vor ihren Augen tanzen. Der Kreislauf. Komisch. Und dieses Würgen. Ob sie etwas Verdorbenes gegessen hat? Ist die Butter schlecht geworden? Vielleicht kühlt das Aggregat nicht mehr richtig? Nach einer Weile und viel kaltem Wasser fühlt sie sich etwas besser, aber immer noch wacklig auf den Beinen. Erst nach dem Frühstück, das ihr erstaunlich gut schmeckt, ist sie wieder die Alte.

Mit dem Kühlschrank ist alles in Ordnung, sagt ihr Vater, während sie das Geschirr spült, vier Grad, das ist sogar ziemlich kalt. Vielleicht solltest du dich heute ein wenig ausruhen?

Aber Ewa schüttelt heftig den Kopf. Alles in Ordnung. Sie hat eben schlecht geträumt. Da muß es einem ja übel werden, in einer solchen Nußschale auf hoher See.

Ewa holt die Karte und breitet sie auf dem Tisch aus.

Also, fragt sie, wie wollen wir vorgehen?

Heute nacht ist mir noch etwas eingefallen, sagt Zygler. Es gab in dieser Stadt eine wichtige Brücke über die Weichsel. Schau mal, so viele Orte mit Brücken gibt es nicht.

Hm, macht Ewa, aber könnte es nicht sein, daß die Russen sie gesprengt haben?

Zygler betastet sein Auge.

Die Russen sicherlich nicht, die wollten ja herüberkommen. Aber die Deutschen vielleicht. Vor dem Abzug. Ob wohl außer uns ... Mein Gott, seufzt er, das ist alles schon so lange her.

Ewa fährt sich mit den Fingern durchs Haar. Kann es sein, daß sie noch Sandkörner darin spürt? Eilig holt sie ein Gummiband und schlingt ihr Haar zu einem Pferdeschwanz.

Möglicherweise hat man nach dem Krieg auch neue Brücken gebaut, sagt sie dann. Das sind immerhin fünfzig Jahre ... Also das Sicherste ist, wir machen einfach eine schöne, ausgiebige Weichselfahrt. Von Płock bis Thorn. Wir haben doch Zeit. Die Orte, die nicht direkt am Fluß liegen, können wir ja links liegenlassen. Wenn wir wollen.

Zygler nickt langsam und bedächtig.

Hinter ihnen erhebt sich ein heftiges Bimmeln. Mit hellen, metallenen Schlägen ruft die kleine Kirche zum Gottesdienst. Ewa steigt aus dem Wagen. Es ist gerade halb acht, die Messnerin schließt das Kirchenportal auf und nickt Ewa freundlich zu. Im weißgetünchten Kirchenraum ist es kühl. Verglichen mit der Tureker Kirche ist diese hier eher eine Kapelle mit gedrungenen, runden Formen und hübschen Kreuzgewölben, deren

Rippen rostrot und blau gestrichen sind. In den weißen Feldern dazwischen fliegen viele bunte Vögel, ganz ähnlich wie am Tureker Portal. Es ist Sonntag, und die Heiligenfiguren auf dem Altar verbreiten eine feierliche Stimmung. Am Altarkreuz hängt ein blutrotes Herz, durchbohrt von einem goldenen Pfeil.

Als sie den steilen Auffahrtsweg vorsichtig hinunterfahren, kommen ihnen schon scharenweise sonntäglich gekleidete Menschen jeden Alters entgegen.

Schau dir das an, es ist noch nicht einmal acht, sagt Ewa. Na, die Kirche wird voll werden, das steht fest. Vierzig Jahre Sozialismus haben hier wohl keine Spuren hinterlassen.

Die Polen sind ein frommes Volk. Seit der Polenführer Mieszko damals zum christlichen Glauben übergetreten war ...

Mieszko?

Ja ... ach so, ich hab dir doch erzählt, daß mein Freund Olszak sich als Kind umbenannt hat, von Jan zu Mieszko, weil er sich als so was wie ein Polenführer sah, verstehst du. Und diesen historischen Mieszko, den meine ich. Polen war damals noch kein richtiger Staat, sondern eine Ansammlung von verschiedenen Stämmen, und Mieszko, der ein großer Stammesführer war, trat 966 in Gnesen zum christlichen Glauben über, weil er erkannt hat, daß ein gemeinsamer Glaube eint. Vor allem, wenn man ihn verteidigen muß. Im gemeinsamen Kampf gegen Unterdrücker sind die Polen ganz groß. Kein Wunder, daß die Nationalhymne »Noch ist Polen nicht verloren« heißt.

Und dann verfällt Zygler in tiefes Schweigen.

Und du, bricht Ewa die Stille nach einer Weile, du bist doch auch katholisch, vielleicht steckt in dir doch mehr von einem Polen, als du denkst?

Ich weiß es nicht, antwortet ihr Vater. Man hat mir immer gesagt, wir seien Deutsche. Meine Urgroßmutter mütterlicherseits ist auch auf der evangelischen Friedhofsseite begraben.

Ewa zieht die Augenbrauen hoch.

Und irgendwann seid ihr dann katholisch geworden? Vielleicht war da doch einmal eine polnische Heirat dazwischen?

Zygler zuckt die Achseln.

Ich glaube nicht. Wieso hätte meine Mutter dann ... Sie hat

sich nämlich als junges Mädchen in einen Polen verliebt. Aber sie durfte ihn nicht heiraten. Angeblich haben sie ihre Eltern gezwungen, die Frau meines Vater zu werden. Jedenfalls sagen das meine Cousinen.

Ewa denkt an Andrzej. Angenommen, er wäre frei. Könnte sie sich dann vorstellen ... Ach was, sie schiebt den Gedanken von sich. Sie kennt diesen Mann ja gar nicht.

Was macht es eigentlich aus, fragt sie ihren Vater, was macht den einen zum Polen und den anderen zum Deutschen?

Mieszko und du, ihr seid doch zusammen aufgewachsen. Wenn deine Familie über so viele Generationen in Polen gelebt hat, was war dann an euch noch deutsch? Ist es das Blut, gibt es das wirklich, deutsches Blut und polnisches?

Wieder braucht Zygler sehr lange für eine Antwort.

Das hat mich Mieszko auch immer gefragt. Und wenn ich ehrlich bin, bis zum Herbst 1939 habe ich mir keinen Kopf gemacht, was ich bin. Ich sprach polnisch, lebte in Polen, war dort geboren. Ich war ein Kind, als Kind stellst du dir diese Fragen nicht. Und dann haben es irgendwann andere entschieden. Meine Mutter sah sich als Deutsche, obwohl sie aussah wie eine Polin aus dem Bilderbuch. Auch mein Vater. Aber ihm war das alles egal. Ihr nicht. Sie hat richtig gekämpft dafür. Ich weiß nicht mehr, welche Klasse Deutscher wir schließlich waren. Es gab da Abstufungen, weißt du, mit Nummern. Die Reichsdeutschen waren die erste Garnitur, dann kamen die Volksdeutschen, schließlich die Rußlanddeutschen. Fredi hat das fürchterlich geärgert.

Fredi?

Meinen Freund. Der kam aus Weißrußland. In der Schule saß er neben mir. Er hat sich auch zur Waffen-SS gemeldet.

Zur Waffen-SS?

Ja. Ich habe hart mit ihm trainiert, damit sie ihn überhaupt aufnahmen. Fredi war ziemlich dick und unsportlich, aber ein kluger Kopf. Er hatte eine schreckliche Angst, die Russen könnten kommen und ihn wieder verjagen. Hat wohl einiges erlebt, bevor er mit seiner Familie nach Turek kam. Und dann haben sie ihn auch genommen. Damals nahmen sie wohl alle, glaube ich.

Du warst bei der Waffen-SS?!

Eigentlich nicht richtig. Die Russen kamen tatsächlich, noch bevor ich meinen Vorbereitungsdienst abgeschlossen hatte. Es gab da strenge Vorgaben. Zuerst der Vorbereitungsdienst, dann Arbeitsdienst und dann erst Wehrmacht oder die anderen Einheiten. Ich wollte nicht zur Wehrmacht, ich wollte zur Waffen-SS. Das waren die eigentlichen Helden, jedenfalls hat man uns das so eingetrichtert. Meine Ausbilder haben das immer gesagt, du, Johannes, du bist zu schade für die Wehrmacht. Du mußt zur Schutzstaffel.

Das hat Ewa gar nicht gewußt. Ihr Vater bei der Waffen-SS ... Sie schaut aus dem Fenster, sucht nach einem festen Punkt dort, irgendwo in der Ferne, gibt es denn nichts, woran man sich festhalten kann, worauf man sich felsenfest verlassen kann, seit einigen Tagen hat sie das Gefühl, als werde ihr ständig der Boden unter den Füßen weggezogen, reicht es nicht, daß sie sich selbst kaum wiedererkennt, nichts ist, was es zu sein schien, auf nichts ist Verlaß, nicht einmal auf ihren Vater, der war bei der Waffen-SS ...

Aber ich war zu jung. Man hat mich wieder nach Hause geschickt. Nur, zu Hause wurde das Leben immer unerträglicher. Mein Vater hatte wieder geheiratet. Eine viel jüngere Frau. Ich hatte nichts gegen sie. Aber ich sollte partout nach ihrer Nase tanzen. Dazu hatte ich keine Lust. Sie konnte sich nicht beschweren, was sie mir auftrug, das erledigte ich sofort und ohne Widerrede. Aber sie machte mir das Leben sauer. Wenn ich mittags nach Hause rannte in meiner kurzen Pause, hat sie mir nichts zu essen gegeben, stand am Herd vor den Töpfen und sah mich herausfordernd an. Zum Glück war ab und zu mein Vater da, der mir schnell einen Teller voll Essen hinstellte, und wenn ich das hinuntergeschlungen hatte, immer war es zu wenig, dann mußte ich auch schon wieder los zur Arbeit. Und die wurde immer schwerer. Immer schwerer. Immer mehr mußte per Hand, mit reiner Muskelkraft geschafft werden. Es hieß, die Maschinen seien kaputt, und es gab keine Ersatzteile. Tagelang sägte ich an dicken Eisenstangen herum. Mit einer Handsäge. Stell dir das einmal vor. Aber ich wurde das Gefühl nicht los, daß sie mich schikanierten. Seit Mieszko fort war, schikanierten mich die anderen Polen, und der Meister selbst, der war noch schlimmer. Wenn ich einmal die Arme hängen ließ, ich hab sie gar nicht mehr gespürt, so anstrengend war das, da schrie die Meisterin aus dem Fenster, ich solle weitermachen. Die Stimmung war fürchterlich. Die Polen hatten alle Angst. Ich war der einzige Lehrling, nachdem Mieszko weg war. So wurde ich hin und her gejagt, in der Werkstatt, zu Hause ... dann die Hungerzeit ... Ich war oft verzweifelt.

Und da bist du zur Waffen-SS gegangen?

Ich wollte weg von zu Hause. So schnell wie möglich. Und die SS, das schien ein Ausweg. Dieser Krieg war nicht zu gewinnen, das war mir lange klar. Kein Mensch wußte, was geschehen würde. Ich war irgendwie erwachsen geworden in den paar Jahren. Ich wußte, daß da keiner wiederkam. Und das war mir gerade recht.

Du wolltest sterben? Und dabei möglichst noch ein paar Menschen mit ins Grab nehmen?

Ich habe niemanden getötet.

Warum bist du dann dorthin gegangen?

Es war Krieg, Ewa, etwas mußte ich ...

Krieg, Krieg. Ein Krieg besteht aus lauter Menschen, die mitmarschieren. Wie konntest du ausgerechnet zur Waffen-SS ...

Bilder ziehen vor ihrem inneren Auge auf. SS. Hakenkreuz und Totenkopf am Kragen. Bilder aus Filmen, von Photographien, harte, kantige Gesichter, und ihr Vater darunter, ja geht denn das, ja kann das überhaupt, nein, sie will davon nichts wissen, will ihren Vater so behalten, wie sie ihn kennt, das darf doch alles gar nicht wahr sein.

Ja, Ewa, ich kann mir denken, das ist alles sehr seltsam für dich, fängt Zygler an.

Seltsam, hört Ewa sich sagen, das ist vielleicht nicht ganz das richtige Wort!

Auch für mich ist das alles sehr merkwürdig, heute, wenn ich so zurückdenke. Du bist in Friedenszeiten aufgewachsen, Gott sei Dank, aber das ist ein großes Glück und alles andere als selbstverständlich. Du kannst dir überhaupt nicht vorstellen ...

Ich hätte niemals gedacht, unterbricht ihn Ewa bitter, daß ich einen Vater habe, der zur Waffen-SS rannte. Und auch noch freiwillig. Und das, als sowieso schon alles verloren war. Als jedes Kind wußte, daß das alles ein großer Wahnsinn war ...

Ja. Ihr könnt heute den Stab brechen. Im nachhinein sieht vieles anders aus. Aber kennst du denn überhaupt die Hintergründe? Was wißt ihr denn schon ...

Sechs Millionen tote Juden sind für mich Hintergrund genug. Was gibt es da noch zu diskutieren?

Darum geht es doch gar nicht.

Worum geht es dann?

Zygler sagt lange nichts.

Das ist wie eine komplizierte Maschine, setzt er dann an, und Ewa stöhnt und verdreht die Augen. So war das immer mit ihm, so ist es und wird es bleiben, jetzt kommt ein umständlicher maschinenbaulicher Exkurs, und irgendwann wird er sie totgeredet haben, sie wird ja und amen sagen, und das nur, um ihre Ruhe zu haben.

Wenn du von außen so eine Maschine betrachtest, vielleicht schon ihr Produkt in Händen hältst, und also siehst, was dabei herauskommt, dann kannst du dir leicht ein Urteil bilden. Aber wenn du ein kleines Schräubchen in dieser Maschine bist, dann ist das schon viel schwieriger. Damals war ich ein Schräubchen. Fünfzehn Jahre alt. Krank vor Heimweh nach meiner Mutter. Ich sah keinen Sinn mehr. Alle Zeichen standen auf Untergang. Ich weiß nicht, ob du dir das vorstellen kannst. Was zählte schon mein Leben? Jeden Tag wurde haufenweise gestorben. Keiner kümmerte sich mehr groß um mich. Jeder hatte seine eigenen Sorgen. Und ich hatte niemanden mehr. Da wollte ich wenigstens noch etwas Sinnvolles tun, statt mich aus dem Fenster zu stürzen. Zur Wehrmacht konnte man erst mit achtzehn. Und so lange wollte ich nicht warten. Ich hatte geglaubt, wenn ich mich zur SS melde, dann komme ich schneller von zu Hause weg. Und schließlich waren das damals die Helden.

Ewa sagt nichts mehr. Was soll man da noch sagen. Was weiß man eigentlich von den Menschen, die einem nahe stehen? Eigentlich sind sie sich alle fremd.

Ich war nicht bei der Waffen-SS. Dazu ist es nicht mehr gekommen. Sieh her, sagt Zygler heftig, und schiebt seinen Ärmel hoch, wenn ich den Eid geleistet hätte, dann könntest du hier heute noch die Runen sehen. Aber als ich damals an der Weichsel stand, in der Nacht vom 16. Februar, und die Russen ihre große Offensive starteten, links und rechts von unserem Standort, da wußte ich, daß es so einfach nicht ist mit dem Heldentum und dem Sterben. Daß ich einen großen Fehler gemacht hatte. Daß ich leben wollte. Von da an wollte ich leben. Und es ist wirklich ein Wunder, daß ich überlebt habe. Als einziger. Ich verstehe heute noch nicht, warum.

Und die anderen? Und Fredi?

Aber Zygler antwortet nicht. Eine größere Abzweigung fordert seine ganze Aufmerksamkeit. Dann kommen sie durch ein Städtchen und Zygler hält an.

Ewa, beginnt er, und ihr zieht es das Herz zusammen. Ewa, ich war noch ein Kind. Wie hätte ich es wissen können, sie haben uns doch von vorn bis hinten belogen …

Auf der anderen Straßenseite sitzt eine alte Frau auf einem Klapphocker und verkauft Blumen. Üppige Sträuße von Sonnenblumen.

Du kennst mich, fährt Jan Zygler fort, und du weißt, daß ich nicht gut mit Worten umgehen kann … nicht erklären kann, was ich doch selber noch nicht so recht verstehe. Aber bitte hab Vertrauen. Am Ende dieser Reise wirst vielleicht du mir erklären, warum alles so kam.

Ich, denkt Ewa zornig, ausgerechnet ich, was soll ich daran verstehen, wo ich mich doch selbst nicht mehr verstehe. Und während sie mit brennenden Augen immer noch auf die Sonnenblumen starrt, merkt sie, daß es nicht nur ihre Augen sind, die so schmerzen, auch in ihrer Brust brennt etwas, und ihr Zorn vergeht und löst sich auf, übrig bleibt das Bedürfnis zu weinen, endlich zu weinen, und wieder das Gefühl, unwiederbringlich etwas verloren zu haben, nein, sie ist nicht mehr das kleine Mädchen im Watt, das eine Sandburg verloren hat, aber die warme, große Hand des Vaters fühlen darf und alles ist gut – natürlich ist das längst vorbei. Aber daß sie jetzt ihren Vater an die Hand nehmen soll, um mit ihm in diese schreckliche

Vergangenheit zu reisen, nein, das ist einfach zuviel verlangt.

Weißt du, Ewa, sagt Jan Zygler, und in seiner Stimme sind kleine Brüche, du mußt mir eines glauben. Du mußt mir glauben, daß ich niemals einem Menschen etwas zuleide getan habe, und das im Krieg, wo man normalerweise nicht drumherumkommt, schreckliche Dinge zu tun, du kennst mich, du bist doch mein Kind, und du weißt, daß ich, egal, was ich getan habe damals, daß ich niemals ...

Seine Stimme bricht ab.

Ja, hört sich Ewa sagen, und das Brennen in ihrer Brust läßt nach, ist schon gut. Ich weiß das.

Er sieht schrecklich aus mit seinem zerschlagenen Auge, und dann muß sie plötzlich lachen, sie weiß gar nicht warum, und gleichzeitig laufen ihr Tränen aus den Augen und spülen das Brennen aus ihnen heraus.

Ich weiß nicht, sagt sie dann ernst, und jetzt gehen auch ihr die Worte aus, ob ich dir eine Hilfe bin, es ist alles so ... so ...

Wenn du erst hörst, wie das alles war, sagt Zygler, diese Geschichten, mehr hab ich nicht. Und diesen Ort, den müssen wir finden, Ewa ...

Ja, sagt sie, ist schon gut, wir finden ihn bestimmt.

Die Blumenfrau verkauft gerade den letzten Strauß, ein junger Mann trägt die Sonnenblumen mit den langen Stielen wie ein Banner davon.

Komm, sagt Zygler, laß uns ein wenig die Füße vertreten. Mit einem Gefühl der Erleichterung steigen sie aus. Schweigsam gehen sie die sonntäglichen Straßen entlang. Bei einer Bauersfrau an der Straße kaufen sie scharf duftende Tomaten. Und dann hat Zygler eine Idee.

Kuchen, sagt er, und seine Augen leuchten, was wir jetzt dringend brauchen, ist Kuchen, und weil ihm wohl selbst schon das Wasser im Mund zusammenläuft, schluckt er heftig ein paarmal.

Sie bleiben stehen und drehen sich im Kreis. Nirgendwo ein Bäcker zu sehen. Da kommt ihnen ein eleganter Herr im Anzug entgegen, einen Blumenstrauß in der Hand. *Przepraszam*, spricht ihn Zygler an, *gdzie jest ...*

Der Mann bleibt stehen und sieht sie freundlich an.

Co? fragt er, und daß das »Was?« heißt, soviel weiß sogar Ewa schon.

Ihr Vater macht verzweifelte Bewegungen mit den Händen.

Kuchen, sagt er, Kuchen ..., und sieht hilfesuchend nach seiner Tochter, schnell, was heißt noch gleich Kuchen auf polnisch?

Woher soll ich das wissen, lacht Ewa, versucht es in all ihren Sprachen, *gateau, cake, torta*, aber der Mann schüttelt ratlos den Kopf.

Nun verlegt sich Zygler ganz auf die Zeichensprache. Er reibt sich den Bauch, lächelt dazu selig und macht »hmmm« wie ein zufriedenes Baby, gleichzeitig die Geste mit Daumen und Zeigefinger zum geöffneten Mund, interessiert bleibt ein anderer Passant stehen, ein kleiner Mann mit kahlem Schädel und rundem Bauch, besorgt besieht er sich die Szene. Jetzt wendet sich Zygler an den kleinen Kahlen, Kuchen, sagt er immer wieder und formt mit seinen Händen eine wunderschöne Hochzeitstorte, ja das muß man doch verstehen, und da bleibt eine stämmige Frau mit einem kleinen Jungen an der Hand stehen, unterzieht die beiden Polen einer lautstarken Befragung, die beiden zucken die Schultern, wer weiß, was dieser verrückte Deutsche will, *Chleb!* schreit die Frau, *nie nie*, winkt Zygler ab, kein Brot, das ist es nicht, aber ganz ähnlich, auch gebacken, Kuchen eben, *restauracja!* schreit die Frau, Nein, kein Restaurant, Kuchen, zum Mitnehmen, ach, heut ist ja Sonntag, aber vielleicht gibt es ja doch ... die Polen beratschlagen untereinander, Zygler findet kaum noch Beachtung, ratlos sieht er sich nach seiner Tochter um, die sich vor Lachen nicht mehr halten kann, verflixt ruft er, und lacht auch, wozu hat man dich all diese Sprachen lernen lassen, bist du vielleicht nicht Dolmetscherin, wieso weißt du nicht, was Kuchen heißt, und jetzt lachst du auch noch deinen armen alten Vater aus, Ewa, an dir hat man wirklich keine Hilfe.

Der Herr im Anzug scheint sich mit dem Kahlköpfigen zu streiten, da kreischt plötzlich der Junge, daß alle zusammenfahren: *Ciastko!* kreischt er schrill und Zygler schreit zurück, *tak*, das ist es, *ciastko, dzięnkuję bardzo*, Ewa, hast du das gehört, das vergessen wir jetzt nie wieder, *ciastko* heißt Kuchen, wie konnte mir das nur entfallen.

Alle sind glücklich, strahlen, schlagen dem Jungen anerkennend auf die schmalen Schultern. Der Kahlköpfige macht ein wichtiges Gesicht, zieht Zygler nah zu sich heran, sein Zeigefinger weist eine Straße hinunter, *Nie*, unterbricht ihn angewidert der Herr im Anzug und hält seinen Blumenstrauß dazwischen, *nie jest dobra*, und dreht den Deutschen an den Schultern in die entgegengesetzte Richtung, nicht gut? fragt Zygler, aber der Herr redet wie ein Wasserfall auf ihn ein, da kräuselt aber schon die gute Hausfrau ihre Stirn, läßt eine Wörterkaskade auf die Männer los, daß sie erschrocken zurückweichen, wendet sich an Ewa, als wäre das Frauensache, und zeigt in eine dritte Richtung. Aber so einfach geben sich die Männer nicht geschlagen, und während der Anzugsmann mit der resoluten Dame ein wütendes Duett anstimmt, der kleine Dicke sich mit spitzem Zeigefinger dazwischenmengt, macht sich der Junge los und nimmt Ewas Hand, grinst an ihr hoch und zeigt mit ihrer eigenen Hand in eine vierte Richtung, und ohne die anderen zu stören, machen sich Ewa und ihr Vater unter vielen *dzięnkuję bardzo* und Dankeschöns davon, in die vierte Richtung, dorthin, wo der Junge sie hinwies, eilig gehen sie davon, und am Ende der kleinen Gasse stehen sie tatsächlich vor einem sonnenblumengelben Haus. Ein Kuchenbäcker. Einer, der Sonntag vormittags sogar geöffnet hat. Mit einer Auslage, die Ewa in laute Aaah- und Oooh-Rufe ausbrechen läßt. Scheu schauen sie noch einmal zurück, sehen die kleine, dünne Gestalt des Jungen, der ihnen nachwinkt, während die drei Erwachsenen sich immer noch heftig streiten. Wie zwei Verschwörer öffnen sie die Ladentür.

Innen empfängt sie ein betörender Duft. Ewa hebt schnuppernd die Nase. Vanille, Honig, Mohn und ein feines Käsekuchenaroma betäuben die Sinne. Polnischer Kuchen ist etwas ganz Spezielles, das merkt sie gleich. Die hohen, bonbonfarbenen Cremetorten interessieren sie nicht so sehr, wohl aber die Fülle an Blechkuchen in allen Varianten. Wofür soll man sich nur entscheiden? Alles sieht so verführerisch aus. Für Schokoladen-Käse oder Streusel-Mohn, vielleicht sollte man auch von dem Nußkuchen mit der Kirschenschicht und dem Baiserguß versuchen?

Sieh mal, stößt sie ihr Vater an, das hier ist Marzipankuchen, und zeigt auf ein über und über mit Mandelblättchen bedecktes Blech. Bienenstich glänzt golden neben wespenumschwärmtem Zwetschgenkuchen, üppiger Käsekuchen mit Rosinen oder wahlweise mit Mohnschicht mit oder ohne Streusel ... Ewa kann sich nicht entscheiden.

Sie wirft einen Blick auf die Preisschilder, oh, sagt sie, das ist doch teuer, nicht?

Aber nein, lächelt ihr Vater, das ist der Preis für ein ganzes Kilo. Du mußt nur sagen, wie groß dein Stück sein soll, und dann wird es abgewogen.

Von verschiedenen Blechen schneidet die Verkäuferin schließlich große Vierecke ab, legt sie auf die Waage und verpackt sie in einer Papiertüte. Ewa und ihr Vater verlassen den Laden mit einem guten Kilo Gebäck und strahlender Laune.

Als sie aus dem Ort heraus und auf die richtige Straße gefunden haben, singen sie die polnischen Lieder aus Zyglers Kindheit. Ewa will die Texte auswendig lernen, verheddert sich immer wieder, kreiert neue Wörter, daß Zygler aus dem Lachen nicht mehr herauskommt. Dann erfindet sie zu den Melodien ihre eigenen polnischen Texte, in denen viel *ciastko* vorkommt und *kochany*, *mój ojciec jest Polakiem* und *nie mówię po polsku*, und immer wieder *tutaj, tutaj, tutaj*, dieses Wort gefällt ihr, immer sieht sie Andrzej vor sich mit ausgestrecktem Zeigefinger, *tutaj,* dann übt sie wieder die richtigen Texte. Zygler fallen immer neue Lieder ein, er wundert sich, woran er sich plötzlich wieder erinnern kann. Schließlich ist das eine Ewigkeit her, und außerdem waren diese Lieder lange Zeit verboten. Damals hatten sie andere Lieder gesungen, besonderen Spaß hatte er nicht mit denen gehabt, gegenüber den polnischen waren die Melodien zu gerade, zu zackig, und die Texte konnte er sich einfach nie merken.

Ich hatt einen Kameraden, nein, das war kein Lied für den Nachwuchs der Waffen-SS. Waren sie dort wirklich Kameraden? Sie waren zu kurz beisammen gewesen, um ein Gefühl der Zusammengehörigkeit wachsen zu lassen. Fredi, nun ja, früher einmal war das sein Freund gewesen. So einen hatt ich nimmer mehr? Nun, vielleicht nicht, er hat Fredi gemocht, aber wirklich geliebt hatte er ihn nicht, nicht wie Mieszko, und trotzdem hatten sie zusammenstehen wollen, damals an jenem Abend, hatten sie sich stillschweigend in die Augen gesehen, plötzlich ist alles wieder da, die Kälte, der flackernde Schein des Feuers, das doch nicht zu wärmen vermag, die Gesichter der anderen Jungen, dunkel und verschlossen Heinrich, der mit ihnen angekommen war, wie heißt du, hatte er ihn gefragt, Henryk, war die knappe Antwort, ah, freute sich Jan, du heißt wie mein Cousin, aber später hat er oft daran denken müssen, warum dieser Junge sich ihm mit seinem polnischen Namen vorgestellt hatte. Von da an nannten ihn alle Heinrich.

Jan schaut sich um, auch die anderen, konzentriert und in sich gekehrt, das eine oder andere Gesicht auch fasziniert und begeistert, aufmerksam aber alle, lauschen der Stimme des alten Offiziers, des hochdekorierten SS-Mannes, der nur kurz bei ihnen ist, während er irgendeine Verletzung ausheilt, bevor er wieder an die Front gehen kann und mit all seinen Kräften und seiner reichen Erfahrung dem Iwan ein saures Leben machen wird, ihn zurückjagen in die asiatischen Steppen, ein für allemal, dieser Mann erzählt die unglaublichsten Dinge, von tollkühnen Aktionen seiner Staffel, die sich tagelang in Lehm und Erde und Schnee eingrub, den Feind über sich hinweg ließ, um ihm dann in den ungeschützten Rücken zu fallen. Er spricht davon, daß in solchen Zeiten die Gruppe alles ist und der Einzelne nichts, wirklich, nichts, und was würdet ihr tun, erhebt er seine Stimme, und den Jungen wird noch kälter unter ihren dampfenden Kleidern, was, frage ich euch, wenn in einer solchen Situation, eingegraben seid ihr seit Tagen, über euch der Feind, und einer von euch verliert die Nerven, kann es nicht mehr aushalten, vielleicht wartet ihr auf die Hilfe einer anderen Staffel, keiner weiß, ob sie kommen wird, und da fängt ein Kamerad an zu schreien, zu toben, ich will hier raus, laßt mich hier raus, lieber in Gefangenschaft als hier verrecken, was, frage ich euch, was tut ihr dann?

Schweigen. Die Stille steht greifbar im Raum. Das Flackern des Feuers malt drohende Schatten an die Wände. Alle halten den Atem an. Fredi duckt sich hinter Jans Rücken. Jan überlegt fieberhaft. Die Szene steht lebendig vor ihm. In seiner Phantasie ist es Fredi, der schreit und tobt, und der Feind ist ganz nah. Was machst du dann, fragt sich Jan, ich werde ihn in den Arm nehmen und wiegen, wie es meine Mutter getan hat, denkt er, aber er fühlt, daß das nicht die Antwort ist, die der Mann mit all den Narben im Gesicht hören will.

Ich will wissen, was ihr dann tut, hallt die Stimme des Offiziers durch seinen Schädel, verhallt und verebbt in einer noch schrecklicheren Stille, die sich unerträglich schwer auf alle Sinne legt.

Ha, lacht der Alte, da gibt es doch nur eine einzige Möglichkeit. Liquidieren. So schnell und so leise wie möglich. Ich habe es getan. Hier. Mit diesen Händen.

Fredi schnappt nach Luft. Hier und dort ist ein leises Stöhnen zu hören. Jan starrt den Menschen ungläubig an, sieht diese Hände, wie sie immer größer und größer werden und schließlich bis zu ihm und Fredi herüberreichen.

Es gab nur diese eine Chance. Sonst – alle verloren. Das Leben eines einzigen gegen das der anderen Kameraden. Da darf man nicht lange fackeln. Da muß man handeln. Sonst wär ich heute ein toter Mann.

Das Feuer brennt herunter und fällt knackend in sich zusammen. Das grüne Holz taugt nicht viel, Jan denkt an die Kohleberge im Keller. Aber die harte Stimme läßt nicht nach:

Die Waffen-SS ist etwas für besondere Menschen. Nicht für den gewöhnlichen Soldaten. Wenn euch das Gänsehaut macht, dann geht zur Wehrmacht. Die Waffen-SS aber ist der eigentliche Kampf, der wirkliche Krieg. Mann gegen Mann. Seid ihr bereit, euch selbst zu geben? Seid ihr bereit, euren Freund zu opfern? Wir Schutzstaffler haben kaltes Blut. Ich habe zuviel gesehen. Es geht um die Sache. Denkt daran, wir brauchen euch. Aber wir brauchen eure Kaltblütigkeit. Das ist es, was uns von anderen Armeen unterscheidet. Die Wehrmacht? Gut und schön. Die brauchen wir auch. Kanonenfutter. Jungs fürs Grobe. Aber für die wirkliche kühne Heldentat ist nicht jedermann gemacht. Nicht jeder ist auserwählt. Darum gibt es diese Prüfungszeit hier. Und das zu einer Zeit, in der keine Zeit zu verlieren ist. Aber ein einziger, der die Nerven verliert im falschen Augenblick, der vernichtet hundert wertvolle Kämpfer. Das können wir uns nicht leisten. Und darum müssen wir gut wählen. Prüft euch. Geht in euch. Seid ihr bereit, das Äußerste zu tun? … Seid ihr bereit … Seid ihr bereit …

Zygler singt schon lange nicht mehr. Ewa sieht ihn von der Seite an.

Was ist mit dir? fragt sie. Fühlst du dich nicht wohl?

Doch doch, sagt Zygler leise und schaut wie geblendet um sich in die helle Sommerlandschaft. Doch, es ist alles in Ordnung.

Das Äußerste. An diesem Abend im Bett war ihm klar, daß er nicht zu diesen sogenannten Auserwählten gehörte. Auch nicht gehören wollte. Wo hatte man das schon gehört, daß einer seinen eigenen Kameraden … Retten wollte er, nicht liquidieren, noch heute wird ihm kalt, bei fünfundzwanzig Grad im Schatten. Aber … Hatte er ihn retten können? Nichts hatte er tun können für seinen Kameraden, auch wenn sie sich an diesem Abend das stillschweigende Versprechen gegeben hatten, einander nie, aber auch niemals im Stich zu lassen. Warum war es immer er, der zurückblieb, übrigblieb, und die anderen fuhren fort oder legten sich einfach hin und starben?

Endlich erreichen sie die Vorbezirke von Płock. Zygler ist unruhig, dreht und wendet die Karte.

Am besten, wir fahren zur Brücke, nicht wahr, meint Ewa, und steuert den Wagen durch ein düsteres Industriegebiet.

Wir müsssen ohnehin zur Brücke, denn die Stadt liegt am anderen Ufer.

Was heißt, ergänzt Ewa, daß es hier nicht gewesen sein kann.

Nein, Zygler schüttelt den Kopf, hier waren wir ganz sicher nicht. Am besten, wir suchen gleich die kleine Straße, die auf dieser Seite der Weichsel nach Westen geht. Richtung Thorn.

Und da sehen sie auch schon die Brücke vor sich. Ewa kann gerade noch abbiegen und anhalten. Jenseits der Weichsel liegt die Stadt breit da wie ein schwarzes, schlafendes Ungeheuer. Płock ist eine Industriestadt, das kann man von weitem sehen, mit qualmenden Schloten und einer gelblichen Dunstglocke über den Dächern.

Puh, meint Ewa, nichts wie weg von hier. Und dann finden sie auch die Straße nach Włocławek und Toruń und lassen die erste Etappe ihrer Suche hinter sich.

Sie fahren schweigend, staunen über die urwüchsige Flußlandschaft. Kaum haben sie Płock den Rücken gekehrt, verbreitert sich die Weichsel und fließt träge und unbeirrbar zwischen seinen beiden schilfig bewachsenen Ufern dahin. So blau ist das Wasser, so wild die Uferlandschaft, daß Ewa mehr dort hinüberschielt als auf die Straße achtet. Und diese völlige Einsamkeit. Ein Campingplatz, eine Vogelkolonie, dann wieder nichts.

Als ein Parkplatz angekündigt wird, hält Ewa an.

Kuchenzeit, sagt sie und summt eines der Lieder. Aber ihr Vater macht keine Anstalten auszusteigen.

Wir sollten weiterfahren, sagt er, vielleicht schaffen wir es heute noch, wenn wir uns beeilen.

Ewa hört auf zu summen. Der Wagen ist erfüllt von Kuchenduft.

Du meinst, der Kuchen war nur zum Kaufen da, gegessen wird er nicht?

Hast du etwa jetzt schon Hunger?

Großen Hunger, sagt Ewa und steigt aus.

Ein schmaler Fußweg führt durch mannshohes Gebüsch zum Fluß. Dort ist ein verträumtes Plätzchen, der ideale Picknickplatz. Vielleicht kann man sogar baden?

Wie sie zum Wagen zurückkommt, sitzt ihr Vater auf dem Fahrersitz, die Nase wieder in die Karte versenkt.

Komm, sagt er zerstreut, als sie zu ihm ins heruntergekurbelte Fenster schaut, steig ein, ich glaube, wir sind bald da.

Nein, sagt Ewa und öffnet seine Tür, laß uns eine Weile hier bleiben. Es ist so schön da drüben. Komm, ein bißchen ausspannen, das haben wir verdient.

Zygler sieht auf. Sein Blick ist entschlossen und fremd. Fast erschrickt Ewa ein bißchen.

Ewa, es ist keine Zeit für Urlaub.

Doch, sagt sie trotzig, genau das ist es. Mein Jahresurlaub. Und jetzt will ich baden. Dieser Ort hat über fünfzig Jahre auf dich gewartet. Jetzt kommt es auf einen Tag auch nicht mehr an.

Und damit schnappt sie sich die Kuchentüte und verschwindet im Gebüsch.

Zygler wartet ein Weilchen. Dann merkt er, daß es Ewa ernst ist, sie kommt nicht zurück. Seufzend klettert er aus dem Wagen. Wo ist sie nur hin verschwunden? Die Sonne brennt erbarmungslos, aus den Sträuchern zirpt es und schwirrt, keine Menschenseele ist zu sehen.

Ewa, ruft er, wo bist du?

Aber er bekommt keine Antwort. Nun ja, weit kann sie nicht sein. Und viele Möglichkeiten gibt es nicht. Was hat sie gesagt? Baden? Zygler holt zwei Frotteetücher aus dem Wagen, kramt nach seiner Badehose und findet sie auch, dann schließt er sorgfältig ab.

Als er durch das Gebüsch an den Uferstreifen kommt, stockt ihm der Atem. Eine Frau steht nackt bis zu den Oberschenkeln im Wasser und nestelt an ihrem Haar. Er braucht einen Moment, um seine Tochter zu erkennen. Wie schön sie ist, denkt er, kein Wunder ..., aber da hat sie ihn gesehen, ruft ihm juchzend zu, Ewa, will er rufen, paß auf, vielleicht ist es gefährlich, dieser Fluß hat möglicherweise starke Strömungen, aber sie hört ihn sowieso nicht, hat sich längst ins Wasser geworfen und schwimmt in kraftvollen Zügen hinaus. Er schlüpft aus seinen Kleidern und läuft hinterher, er ist ein guter Schwimmer, auch heute noch traut er sich zu, jemanden aus dem Wasser zu retten, aber Ewa ist weit voraus, eine gute Schwimmerin auch sie, da gibt es nichts zu retten, und jetzt endlich fällt diese Spannung von ihm ab, die ihn im Auto gepackt hatte, ja, denkt er, sie hat ja so recht. Das Wasser ist glasklar und kühl, blau, so blau unter dem leuchtenden Himmel, und wenn man hinabsieht, türkis und grün, am Ufer blühen Blumen, gelb und violett, dort hinten, wo das Ufer sumpfiger scheint, stehen Fischreiher zwischen den Schilfrohren und spreizen die Flügel.

Als Ewa direkt neben ihm prustend auftaucht und die Haare schüttelt, daß silberne Tropfen fliegen, erschrickt er.

Los, keucht sie, ans andere Ufer!

Du bist verrückt, das sind gut zwei Kilometer.

Na gut, dann wer zuerst am Ufer ist, und schon legt sie los, Zygler muß sich anstrengen, daß er den Anschluß nicht verliert, aber er kann den Abstand verringern, langsam zieht er an ihr vorbei, überholt sie schließlich und klettert knapp vor ihr über den Kieselrand des Flusses.

Lachend fallen sie beide ins Gras.

Ist es nicht herrlich, seufzt Ewa, und streckt alle viere von sich.

Zygler sieht zu ihr hinüber. Ihre festen Brüste glänzen in der Sonne. Golden ringeln sich ein paar Löckchen an ihrem Schoß. Verlegen schaut er wieder weg. Seine Tochter ist also eine ganz und gar erwachsene Frau geworden und eine äußerst attraktive obendrein. Natürlich, sie ist schon lange erwachsen und führt ein eigenes Leben, aber auch wenn er das weiß, ist sie doch für ihn immer das kleine Mädchen geblieben. Dann wird er sich seiner eigenen Nacktheit bewußt, steht auf, holt die Handtücher und wirft eines zu seiner Tochter hinüber.

Ewa kennt ihn gut genug, um diese Geste zu verstehen. Blinzelnd sieht sie zu, wie sich ihr Vater seines um die Hüfte schlingt. Aber sie hat keine Lust, sich züchtig zu bedecken. Warum denn auch, weit und breit keine Menschenseele, sie fühlt sich so wohl, so frei, ein Stück der Natur. Und so breitet sie das Handtuch aus und macht es sich gemütlich darauf.

Wie wär es jetzt mit Kuchen?

Zygler hat die Tüte im hohen Gras erspäht. Das wird höchste Zeit, stellt er fest, drei, vier große schwarze Ameisen haben den Weg zum Kuchen bereits gefunden.

Dann ist es eine lange Weile sehr still am Ufer. Leises Plätschern, hin und wieder der Schrei eines Vogels. Zygler berührt seine Tochter am Ellbogen und deutet in den Himmel. Ein riesiger, schwarz-weißer Vogel mit langem roten Schnabel zieht seine Kreise über dem Sumpfgebiet.

Ewa hält mitten im Kuchenessen die Luft an. Ein Storch! Wann hat sie den letzten gesehen? Jetzt läßt er sich nieder, die Reiher protestieren rauh, aber ihn stört das nicht, bedächtig stakst er ein paar Schritte, blickt konzentriert ins Wasser. Da. Ein Zustoßen, und irgend etwas zappelt zwischen den langen Schnabelhälften, der Storch breitet wieder seine imponierenden Flügel aus, stößt sich mit den Beinen ab und erhebt sich in die Lüfte. Mit kräftigen Bewegungen seiner Schwingen verschwindet er hinter den Bäumen.

Das ist das Paradies, sagt Ewa, legt sich auf ihr Handtuch zurück und blinzelt in den Himmel. Hier sollten wir ein Zelt aufschlagen und einfach bleiben.

Zygler kaut an seinem Kuchen, ja, denkt er, heute ist es das Paradies, und damals …, aber er verscheucht diesen Gedanken, noch ehe er sich breitmachen kann. Wie schön, denkt er statt dessen, daß ich diese Landschaft noch so ganz anders kennenlernen kann. Auch das ist die Weichsel, jetzt ist Sommer, jetzt ist Frieden, Gott sei's gedankt, und er ist am Leben, ein alter Mann inzwischen, wer hätte das gedacht, aber so sollte es wohl sein. So und nicht anders.

Lange träumen sie vor sich hin, jeder in seine Gedanken versponnen, die Zeit scheint unbeweglich, wie die Zweige der Sträucher. Dann, irgendwann wirft eine Wolke Schatten über sie. Flußaufwärts tuckert ein Motor und wird nach und nach lauter. Ewa langt nach ihrem Kleid und schlüpft hinein.

Also, sagt sie, wollen wir weiter?

Aber Zygler rührt sich nicht. Ewa lächelt. Auch ihm scheint es hier zu gefallen.

Wie wär es noch mit einer Tasse Kaffee nach all dem Kuchen?

Ewa nickt und denkt, das ist seine Art, mich zu bitten, meinen Hausfrauenpflichten nachzukommen, aber da steht er schon auf, zieht seine Shorts an und sagt, bleib ruhig sitzen. Ich bringe alles hierher. Und schon ist er fort.

Nach einer Weile kommt er wieder mit einem alten verrußten Wasserkessel, den Ewa noch nie gesehen hat, zwei Bechern und einem Glas Instantkaffee. Er stellt alles bei ihr ab und verschwindet wieder. Ewa wundert sich über die knackenden Geräusche aus dem Gesträuch, aber als ihr Vater wiederkommt, unter dem Arm ein Bündel trockener Hölzchen, dämmert es ihr.

Ein Feuer, ein Feuer, ruft sie und klatscht in die Hände. Flink sammelt Zygler ein paar große Steine, legt sie zusammen und schichtet die Zweige dazwischen. Er entzündet das Holz und stellt den Wasserkessel auf die Steine. Ewa ist begeistert.

Sag mal, lacht sie, bist du bei Indianern aufgewachsen?

Ja, sagt er und wird ernst, fast.

Aufmerksam beobachtet er das kleine Feuer, schirmt es gegen Zugluft ab und legt immer wieder Hölzer nach.

Und dann erzählt er. Von der Kälte erzählt er und seinem ständigen Experimentieren mit diesen Öfen, seinen Brennversuchen mit dem feuchten Holz. Er erzählt auch von Fredi und von dieser Nacht, beschreibt, wie es aussah, als die Weichsel eine Eiswüste war, den roten Himmel. Und er erzählt von seiner Angst. Alles erzählt er, vom Besuch seiner Mutter, von der neuen Frau des Vaters, vom Hunger. Sie trinken den heißen Kaffee, Ewa hört zu, fragt, nickt, und aus Zygler bricht es heraus wie das Wasser durch einen gebrochenen Damm, all das Elend seiner Kindheit, seine Einsamkeit, und Tränen kommen, und Mieszko –, von Mieszko erzählt er, alles, was Ewa noch gar nicht weiß, und wie sehr er ihn vermißt hat, fast so sehr wie seine Mutter.

Aber in dieser Nacht, sagt er schließlich, in dieser Nacht hier an diesem Fluß, da habe ich beschlossen, meine Mutter zu finden. Ich hatte keine Adresse. Meine Tanten haben mir einmal ein Photo von ihr gegeben, das sie für mich geschickt hatte. Das trug ich immer mit mir herum. In dieser Nacht habe ich beschlossen, diese Hölle zu überleben und meine Mutter zu finden.

Es ist Abend geworden. Das Feuerchen ist niedergebrannt, ein wenig Glut leuchtet noch zwischen den Steinen. Zygler steht auf, schöpft mit seinen Händen Wasser darüber, bis es nicht mehr zischt. Ewa räumt die Tassen und Kuchenreste zusammen. Vom Wasser weht ein kühles Lüftchen herüber. Über den Bäumen am anderen Ufer geht der Abendstern auf.

Wollen wir heute nacht hier draußen schlafen?

Ihr Vater ist einverstanden. Aus dem Camper holen sie Decken und Schlafsäcke, tragen alles hinunter zum Fluß. Ewa hat eine Flasche Wein im hintersten Eck eines Schranks gefunden, ein guter Portugieser, den müssen ihre Eltern glatt vergessen haben auf einer ihrer Reisen. Noch lange sitzen sie am Fluß, trinken Wein, lauschen den Lauten der Tiere, den Geräuschen desWassers. So einsam ist es hier, den ganzen Nachmittag nur ein einziges Fischerboot, das vorübertuckerte, sonst keine Spuren von Menschen, keine Gebäude, keine Stromleitungen, einfach Landschaft, so wie sie ist und war.

Komisch, sagt Ewa in die Stille hinein. Dieser Wein, ist er noch gut?

Zygler sieht sie fragend an.

Ja, sagt er, hervorragend. Schmeckt er dir nicht?

Ewa schnüffelt an ihrem Glas.

Doch, murmelt sie, er duftet fein. Aber wenn ich davon trinke, wird mir irgendwie ... schlecht.

Schlecht? Zygler lacht. Wie schlecht?

So wie heute morgen, sagt Ewa, und kleine Schweißperlen stehen auf ihrer Stirn. O Gott, denkt sie, hoffentlich muß ich jetzt nicht in diesen herrlichen Fluß speien.

Du bist wohl keinen Alkohol mehr gewöhnt, meint ihr Vater.

Ewa reicht das Glas ihrem Vater, atmet tief durch. Dann schlüpft sie in ihren Schlafsack. In der Horizontalen fühlt sie sich gleich viel besser. Über ihr leuchten die Sterne. Was wohl Andrzej gerade tut? Aber ehe sich das Bild eines Ehebetts einstellen kann, schiebt sie diesen Gedanken weg, weit weg.

Gute Nacht, sagt sie.

Zygler sitzt immer noch am Fluß, schaut über das Wasser, zwei Weingläser in der Hand.

Gute Nacht, sagt er. Übrigens ...

Ja, gähnt es aus Ewas Schlafsack.

Das war eine gute Idee.

Was denn?

Das mit der Rast.

Nicht wahr? Du solltest öfter auf mich hören.

Und damit ist sie auch schon eingeschlafen. Zygler betrachtet sie lange. Nachts unter freiem Himmel ... Wann hat er wohl das letzte Mal ... Aber bevor wieder Bilder und Erinnerungen auftauchen, legt er sich auch zum Schlafen nieder.

Morgen, denkt er, morgen ist auch noch ein Tag.

10

Am nächsten Morgen erwacht Ewa davon, daß ihr ein großer Tropfen auf die Nase fällt. Erschrocken setzt sie sich auf. Aber es regnet nicht, die Sonne ist gerade über dem Fluß aufgegangen. Ein neuer, schöner Sommertag hat begonnen.

Nein, es regnet nicht, aber ihr Schlafsack ist ganz naß. An den Grashalmen hängen Tausende von schimmernden Tropfen. Ein leichter Morgenwind sprüht einen feinen Tauregen aus dem Strauch neben ihr herüber.

Leise kriecht sie aus ihrem Nest. Ihr Vater schläft noch. Sie streckt die Hand ins Wasser. Ein bißchen überwinden muß sie sich schon, aber dann schlüpft sie aus ihren Kleidern. Kaum ist sie im Wasser, ist alles Zögern vergessen. Wie herrlich das ist. Warum kann nicht jeder Tag so beginnen? Wieder muß sie an Andrzej denken, der jetzt sicherlich gerade zum Kraftwerk fährt, einen langen harten Arbeitstag vor sich. Vielleicht steht er auch noch vor dem Spiegel und rasiert sich, sie fühlt seine glatten Wangen, den festen Schnurrbart, seine Lippen ... Ewa legt sich auf den Rücken und läßt sich treiben. Sie spürt wärmere und kühlere Strömungen an ihrem Körper vorbeistreichen, als wolle sie der Fluß liebkosen. So ganz und rund und gut fühlt er sich an, ihr Körper, wie schon lange nicht mehr, wie damals, ist das möglich, erst ein paar Tage her? Andrzej. Leise spricht sie diesen Namen vor sich hin. Andschi sagen ihre Lippen, was für ein schöner Name, Andrzej, wo bist du, warum bist du nicht hier bei mir?

Sie schließt die Augen, lauscht auf die Stimme des Wassers.

Was ... wäre ... wenn ...?

Sie reißt die Augen auf. Was wäre wenn – was?

Ja, sagt die feine Stimme, was wäre, wenn er zum Beispiel nach Deutschland käme. Da ließe sich doch ein Grund finden. Und wenn er erst einmal da ist ...

Ewa lächelt, bewegt sacht Arme und Beine. So, es hat sie also wirklich erwischt? Wie konnte das passieren, ausgerechnet ihr ..., aber die Vernunft hat keine Chance gegen dieses süße Gefühl, verführerische Stimme, was wäre, wenn ihr eine Zukunft hättet, flüstert es jetzt, Ewas Herz schlägt heftig.

Sie hört ihren Namen. Einen winzigen, ewigen Moment lang denkt sie ..., aber nein, er ist es nicht, er kann es ja nicht sein, er ist ja auf dem Weg in seine Braunkohle, da, wieder, Ewa, Ewa, ruft es, und sie wacht auf aus ihren Träumen. Der Strom hat sie ein gehöriges Stück abgetrieben. Ihr Vater läuft aufgeregt am Ufer hin und her und ruft ihren Namen.

Ewa legt sich gegen die Strömung. Aber so sehr sie sich auch anstrengt, gegen die Kraft des Flusses kann sie sich gerade behaupten, gegen sie ankommen kann sie nicht. Ganz ruhig, sagt sie zu sich, ihre Schwimmzüge werden härter, entschiedener, aber sie gewinnt keinen Zentimeter. Sie gibt alles, was sie hat. Nur sie und der Fluß, dessen zärtliche Bewegtheit jetzt zu einer unerbittlichen Macht wird, die sie drängt, abdrängt, hinunterdrängt, weg vom rettenden Ufer. Sie hört ihren keuchenden Atem, dreht den Kopf aus dem Wasser bei jedem linken Armschlag, rechts, links und wieder rechts, nur nicht hektisch werden, nur keine Panik, aber ihre Beine erlahmen, geraten überkreuz, das ist der Anfang vom Ende, reiß dich zusammen, knurrt sie sich zu, da gerät sie wieder aus dem Takt, das Keuchen wird immer schmerzlicher, Wasser dringt ihr in den Mund, rechts, links, rechts, sie hebt kurz den Kopf, sucht eine Sekunde lang mit aufgerissenen Augen das Ufer, wo ist sie, kann sie vielleicht hier an Land gehen, ein Fluß hat ja immerhin überall ein Ufer, egal, wo man ist, sagt sie sich, bleib ruhig, aber das Ufer ist voller Schilf und sumpfig, und jetzt schluckt sie Wasser, verdammt, das darf doch nicht, nein, nicht aufgeben, aber dieser Fluß ist stärker, wird immer stärker, in ihren

Ohren summt es, und dieses überlaute, keuchende Atmen, ja wer atmet denn da so unvernünftig, rechts, links, rechts, du kennst doch die Regel, Wasser dringt ihr in die Lungen, daß sie husten muß, keine Zeit zum Husten, verzweifelt rudert sie sich mit den Armen nach oben, pflügt das Wasser vor ihrem Gesicht zur Seite, und dann wird ihr schwarz vor Augen, ihr Körper verwandelt sich langsam in einen Holzstamm, einen Baum, aus den Wurzeln gerissen, schwer, so schwer, nein, kein Baum, ein Stein, dieser Stein zieht nach unten, eine grelle Verzweiflung flackert in ihr auf, sie muß hoch, sie muß einfach, wild schlagen ihre Arme und Beine, aber es nützt ihr nichts, nützt nichts, keine Kraft mehr, dann sieht sie Farben, Blau und Grün, dann wieder etwas Licht, wie durch Glas, grünliches Glas, da, sie taucht noch einmal auf, noch einmal die Lungen voll mit Luft und Wasser gleichzeitig, wie das weh tut, etwas zerreißt in ihr, dann Stille, ohrenbetäubende, dröhnende Stille, Was ... wäre ... wenn ... sagt noch einmal eine feine Stimme, aber sie weiß nicht mehr, waswärewenn – was?, und dann erlischt auch das Licht, das grüne, das blaue, sie weiß noch, sie muß sich erinnern, was wäre, aber woran nur, woran ...

Das Erwachen ist schrecklich, spitze Speere tief in ihre Brust gerammt, und diese Übelkeit, jemand kniet auf ihr, den sie abwerfen muß, und mit einem Mal wachsen ihr Riesenkräfte, mit denen sie sich bäumt, Ströme ergießen sich, ihr Innerstes kehrt sich nach außen, stülpt sich um wie ein Handschuh, den ganzen Fluß, der in sie eingedrungen, muß jetzt wieder aus ihr heraus, aber er will nicht, er weigert sich, will sie von innen her sprengen, die Weichsel will sie zerreißen, und wieder überschwemmt sie etwas wie eine Welle, aber da reißt es außen an ihr, rammt wieder die Speere, reißt ihren Körper herum, und dann hört sie ein Würgen und Keuchen und nach-Atem-Ringen, und dann liegt sie irgendwann im Ufergras, alles kehrt nach und nach zurück, der Himmel, das Handtuch, ihr Körper, der zittert und friert. Über ihr schwebt das Gesicht ihres Vaters.

Ewa, sagt er, wieso tust du mir das an.

Sie will sprechen und kann nicht. Ein neuer Hustenanfall schüttelt sie, will sie zerreißen. Kaum den Arm kann sie heben, er zittert und fällt schwer wie Blei wieder ins Gras. Das Gesicht ihres Vaters ist gleichzeitg empört und schmerzlich aufgewühlt. Auch er ist erschöpft. In seinen Augen kann sie sehen, daß er Todesängste ausgestanden hat.

Mit diesen Flüssen ist nicht zu spaßen, hat er gestern gesagt, sie hat es gehört und doch wieder nicht, sie kennt ja die ständige Besorgnis ihres Vaters, der sie am liebsten in Watte gebettet hätte als Kind. Jetzt legt er ein zweites Handtuch über sie, wieso tust du das, wiederholt er immer wieder, ich wache auf und du bist nicht mehr da, wie kannst du so leichtsinnig sein, beinahe wärst du mir ertrunken.

Ewa läßt alles mit sich geschehen, schließt die Augen, warum kann er sie nicht in Ruhe lassen, alles, was sie braucht, ist ihre Ruhe, und da sinkt sie wieder zurück in einen Zustand der Erschöpfung, halb im Schlaf und halb wach, sieht sie wieder die Szene im Fluß, wie ein Film läuft sie immer wieder ab, wie kann sie nur so dumm sein und sich so lange treiben lassen, aber dieser Gedanke kommt und geht, macht neuen Platz, Andrzej, schreit es schmerzlich in ihr, wo bist du, siehst du, ich könnte ertrinken, und du würdest es nicht einmal erfahren.

Wie lange sie so im Gras liegt, weiß sie nicht. Die Sonne steigt höher. Zygler hat eine Tasse mit Kaffee neben sie gestellt. Sie rührt sie nicht an.

Irgendwann steht sie auf. Jede Bewegung strengt an. Aber ich funktioniere wieder, denkt es in ihr, mechanisch zieht sie sich an, kämmt sich das Haar. Ihr Vater besteht darauf, daß sie etwas ißt, aber schon der erste Bissen bringt ihren Magen wieder zum Revoltieren, wie ein Häufchen Elend kniet sie zwischen zwei Büschen und spuckt Wasser und Galle. Etwas anderes ist nicht mehr in ihr.

Vielleicht sollten wir mit dir zum Arzt, sagt ihr Vater, der sie nicht aus den Augen läßt. Nein. Krank ist sie nicht. Nur irgendwo an einem Ende angelangt, in einer Sackgasse, dieser Fluß hat es ihr gezeigt, was hat er dir gezeigt, ach, sie hat es schon wieder vergessen. Müde ist sie, entsetzlich erschöpft, und im Wagen schläft sie erst einmal eine Weile, nein, eigentlich schläft sie nicht richtig, irgendwo zwischen Schlaf und

Wachsein dämmert sie, führt lange Unterhaltungen mit Andrzej, mit dem Fluß, mit Jean-Claude, aber immer wenn sie wieder an die Oberfläche ihres Bewußtseins getrieben wird, zerrinnen ihr die Worte und Satzfetzen, ja, die Erkenntnisse, falls da welche waren, wie Wasser zwischen den Fingern.

Zygler sitzt am Steuer. Das hat man jetzt davon, denkt er sich, besser, sie wären hier vorbeigefahren, er hat schon gewußt, was er wollte. Jetzt haben sie einen Tag verloren. Und fast wäre ihm seine Tochter ertrunken. Er wird sie im Auge behalten, das hat er sich vorgenommen. Warum eigentlich hat er sie mitgenommen? Er weiß es nicht mehr so genau. Lange hat er diese Reise vorbereitet in seinem Innern, auch als es ihm noch gar nicht so bewußt war, und eigentlich hatte er gedacht, Ewa könnte ihm helfen. Und jetzt? Ständig muß man ein Auge auf sie haben, damit sie keine Affären anfängt oder gar im Fluß ertrinkt. Frauen, denkt er und schüttelt innerlich den Kopf, du kennst sie seit vielen Jahren und weißt doch nichts über sie. Wirklich. So kennt er Ewa nicht. Aber, was weiß er eigentlich? Daß dieser Franzose sie nicht glücklich machen würde, hatte er insgeheim schon lange befürchtet. Warum war diese Ehe auseinandergegangen? Ja, warum gehen Ehen auseinander? Und wieder steht das schöne, strahlende Gesicht seiner Mutter vor ihm. Was wäre, wenn sie damals bei ihnen geblieben wäre? Er hätte sich sicherlich nicht zur Waffen-SS gemeldet. Sein Vater wäre irgendwann aus der Kriegsgefangenschaft zurückgekommen. Dann wäre er heute Pole, so wie Danka Polin ist. Und Ewa ... Vielleicht wäre sie heute die Frau von diesem Andrzej. Netter Junge. Aber eben verheiratet. Wie kann seine Tochter nur, überhaupt, was ist mit ihr los, ständig ist ihr schlecht, und jetzt auch noch das. Spielt leichtsinnig mit ihrem Leben. Als ob sie mehrere hätte, wie eine Katze. Er aber hat zu viele sterben sehen. Was wäre wenn ... zuckt es ihm durch den Kopf. Immer noch sitzt ihm der Schreck in den Knochen. Es hätte wirklich nicht viel gefehlt. Wenn er daran denkt, steigen eine ohnmächtige Angst und ein ebenso großer Zorn in ihm hoch.

Er dreht am Rückspiegel, bis er seine Tochter sehen kann.

Ewa liegt auf der Polsterbank und schläft. Eine Welle der Zärtlichkeit überflutet ihn, überwältigt ihn fast. Nun ja. Hauptsache, sie ist nicht krank. Sie wird schon wieder zur Vernunft kommen. Ob sie sehr unter der Trennung von diesem Pastistrinker gelitten hat? Sie hat es nie gezeigt. Ihren Kopf hat sie heftig geschüttelt und von anderen Dingen gesprochen. Wovon? Eigentlich immer nur von ihrer Arbeit.

Ortsschilder tauchen auf. Er muß sich konzentrieren. Darf sein Ziel nicht aus den Augen verlieren. Langsam fährt er durch ein Dorf, gleich darauf durch ein zweites. Malerisch liegen sie beide an dieser Weichselerweiterung, aber die Durchgangsstraße führt direkt am Flußufer vorbei, und damit scheiden sie sofort aus.

Auch Włocławek ist nicht der gesuchte Ort. Das Flußufer ist nicht bebaut, mehrspurige Schnellstraßen leiten den Verkehr an ihm entlang. Also weiter Richtung Thorn.

Zweifel plagen Zygler. Zweifel an den Bildern aus seiner Erinnerung, an der Beständigkeit der Örtlichkeiten, fünfzig Jahre sind eine lange Zeit, immer wieder muß er sich das bewußt machen, denn für ihn ist es jetzt, als hätte er erst gestern diesen Ort verlassen. Oder vor ein paar Monaten. Damals war ja Winter.

Wieder ruft er sich seine Ankunft dort in Erinnerung. Mit Fredi war er aufgebrochen, gleich nach Weihnachten. Sein Vater hatte sie beide nach Kalisch gebracht. Der Zug hatte Verspätung, und so standen sie auf dem Bahnsteig herum, traten von einem Bein aufs andere, niemand wußte mehr etwas zu sagen. Er hatte keine Ahnung, daß er seinen Vater viele Jahre später erst wiedersehen würde. Eigentlich war es das letzte Mal, denkt Zygler, daß ich ihn sah, denn zwanzig Jahre später sollten sie beide nicht mehr dieselben sein, der Mann und der Junge, die dort am Kalischer Bahnhof so schmerzlich lange voneinander Abschied nahmen. Als der Zug dann kam, war er erleichtert, daß es endlich losging. In Konin stieg ein Junge ein mit dunklen Augen, schmalem Gesicht, hoher Stirn. Jan hat sich gleich gedacht, daß auch er an die Weichsel fahren würde, nach …, na, und an dieser Stelle seiner Erinnerung kann er sich nie an den Namen des Orts erinnern. Passau, sagt auch heute wie jedesmal eine Stimme in seinem Kopf, er aber schüttelt ihn ungeduldig, Passau, das ist ja ganz und gar unmöglich, und als sie dann ausstiegen und zu dem Militärfahrzeug gingen, sagte er zu dem Jungen, ich heiße Johannes, und du?

Henryk, war die Antwort, und er hatte sich gefreut. So hieß ja sein Vetter, Anias Bruder, wo der jetzt war, das wußte zu diesem Zeitpunkt keiner, drei Jahre älter als er war er schon an der Front.

Die Straße führt von der Weichsel weg. Sie führt geradewegs nach Westen, während der Fluß in leichtem Winkel nach Norden hin fließt. Zygler fährt rechts heran und greift nach der Karte. Da kommt Ewa nach vorne und klettert auf den Beifahrersitz.

Wo sind wir? fragt sie verschlafen.

Na, fragt er erfreut, als er sie sieht. Geht's dir wieder besser?

Ewa verzieht das Gesicht und zuckt die Schultern.

Geht schon wieder, murmelt sie und schaut in die Karte. Sag mir lieber, wie weit wir sind.

Hier, ihr Vater zeigt auf die Karte, kurz hinter Włocławek.

So weit schon? Ewa reibt sich die Augen. Und den Ort, du hast ihn noch nicht gefunden?

Nein. Zygler starrt auf die Karte.

Um zu den nächsten Ortschaften zu kommen, müssen wir von der Schnellstraße abbiegen. Jedes Dorf hat seine eigene Stichstraße.

Ewa gähnt, sieht sich mit großen Augen um.

Und wenn du ihn nicht findest ...?

Ich werde ihn finden.

Zygler klingt entschlossen. Aber in ihm nagen immer noch die Zweifel. Wenn die Russen ihn nicht dem Erdboden gleichgemacht haben. Wenn sie den alten Ortskern nicht völlig verändert haben. Wenn ...

Lubanie und Nieszawa heißen diese beiden letzten Orte an der Weichsel vor Thorn. Zygler ist unruhig. Einer der beiden Orte muß es einfach sein. Er hat schon soviel Zeit verloren. Und heute morgen hätte ihm die Weichsel fast seine Tochter weggenommen. Er weiß genau, warum er einen solchen Respekt vor diesem Fluß hat. Schon damals hat er ihn als heimtückisch empfunden, als das Wasser so leise und heimlich unter dem Eis gurgelte.

Da taucht das Schild auf, das die erste Abfahrt ankündigt. Ewa zuckt die Schultern.

Zygler setzt den Blinker und fährt ab. Die Straße führt durch hohe Weizenfelder und Äcker mit duftig weißen Blüten. Ob hier wohl Baumwolle wächst, fragt sich Ewa, aber dann erkennt sie Mohn, weißen Mohn in verschwenderischer Fülle. Vereinzelte Obstbäume hängen voll mit Kirschen und andere mit noch grünen Äpfeln, hin und wieder duckt sich ein Bauernhaus in eine Senke.

Dann kommen sie nach Lubanie. Es ist ein gemütliches Dorf, dessen Hauptstraße an der Kirche endet. Ewa sieht gleich, daß dies nicht der gesuchte Ort sein kann. Als sie aussteigen, laufen wieder einmal fünf, sechs Kinder zusammen, reißen die Augen auf und betasten mit spitzen Fingern vorsichtig das Wohnmobil. Zygler freut sich, kramt eine Tüte mit Bonbons aus seiner unerschöpflichen Truhe, verteilt sie an die strahlenden Kinder und wechselt ein paar Worte mit ihnen. Nur einer, der größte Junge, traut sich zu antworten. Sein ausgestreckter Finger weist auf einen Fußweg, der an der Kirche vorbeigeht.

Wollen wir zum Fluß gehen, fragt Zygler.

Und schon macht sich die Kinderkarawane auf den Weg, sie scheinen stolz, am stolzesten der große Junge, wie ein Stadtführer, der die Schönheiten seiner Heimat zeigt, geht er den beiden Fremden voran.

Der Weg führt zu einem Steg, an dem ein paar hölzerne Fischerboote liegen. Zerrissene Netze sind im Gras ausgebreitet. Das ist alles. Der Junge sagt etwas und zeigt zu den Häusern hinüber, die am Ufer stehen. Eine hohe Natursteinmauer schützt sie gegen den offenbar stark schwankenden Wasserstand. Zygler nickt und wendet sich zum Gehen. Noch lange stehen die Kinder vor der Kirche und blicken dem ungewöhnlichen Auto nach, die Backen voller Bonbons.

Auf der Landstraße reift in Ewa die Überzeugung, daß dies eine sinnlose Fahrt ist. Warum suchen sie wie besessen diesen Ort? Was ist es, was ihr Vater dort finden will? Die Vergangenheit ist längst vergangen und vorbei, das fühlt sie tief und schmerzlich selbst, das, was war, bringt uns niemand mehr zurück. Jäh erfaßt sie eine große Traurigkeit, in raschen Bildern rauschen all die größeren und kleineren Verluste ihres Lebens an ihr vorüber, was sie längst abgeschlossen glaubte, bricht wieder auf mit ungewohnter Heftigkeit, und nur unter Anstrengung kann sie die Tränen niederhalten, die in ihr aufsteigen. Wie durch einen Schleier sieht sie das Abzweigschild mit der Aufschrift Nieszawa. Sie beißt sich auf die Lippe. Wann wird diese Reise endlich vorüber sein.

Diesmal dauert die Zufahrt länger. Ein Mähdrescher schiebt genau vor ihnen seine massige Gestalt aus einem Feldweg und hüllt sie in eine dichte Staubwolke. Zygler knurrt. Er hält an und gibt dem Monstrum einen guten Vorsprung. Dieser Strohstaub dringt in jede Ritze ein, brennt auf der Haut und juckt in den Augen. Das muß nicht sein. Sein Blick schweift über die unmerklich gewellten Felder. Er sieht sie unter tiefem Schnee begraben, eine Unruhe erfaßt ihn, er fühlt, er ist nicht mehr weit von seinem Ziel entfernt.

Wie sie dann in den Ort hineinfahren, schlägt sein Herz heftig und schmerzhaft. Er fährt sich mit der Hand über die Augen, immer wieder schieben sich Bilder über das, was er heute sieht, kaum kann er heute und früher unterscheiden. Hin- und hergerissen zwischen Hoffnung und Enttäuschung glaubt er einen Moment lang, etwas wiederzuerkennen, dann scheint ihm alles fremd. Wieder kommen sie zu einer Art Hafen, in dem Fischerboote dümpeln, wieder steigen sie aus, hier ist alles größer und, Zyglers Herz macht einen Sprung, ein Stück weiter stromabwärts wölbt sich eine Brücke weit über die Weichsel bis ans andere Ufer.

Sieh nur, ruft er und packt Ewa am Arm, eine Brücke, hab ich es dir nicht gesagt, da ist sie tatsächlich, die Brücke.

Ja, sagt seine Tochter und befreit ihren Arm, und dabei ist sie gar nicht eingezeichnet.

Sie folgt Zygler, der mit großen Schritten zur Brücke eilt. Immer noch fühlt sie sich müde, wie abgetrennt von der Außenwelt. Sie sieht die Begeisterung ihres Vaters wie eine völlig Unbeteiligte. Und ist sie das nicht auch? Trotzdem ist sie froh, wenn er endlich gefunden hat, was er sucht. Dann können wir endlich nach Hause, denkt Ewa und steigt die Stufen hinauf, die vom Flußufer zur Brücke führen.

Oben findet sie Zygler vor einem hohen Gitter. Die Brücke ist gesperrt, wie es aussieht, schon seit vielen Jahren, vielleicht Jahrzehnten. Die eisernen Brückenverstrebungen sind dunkelbraun vor Rost, zwischen den Betonplatten auf der Brücke wächst Gras.

Deshalb, sagt Zygler, deshalb ist sie in der Karte nicht eingezeichnet.

Eine Fähre hat die Funktion der Brücke übernommen, eben zieht sie sich wieder vom anderen Ufer herüber, bewegt sich langsam ihnen entgegen. Auch in diesem Ort gibt es mächtige Befestigungsmauern. Nicht immer fließt die Weichsel wohl so träge dahin, und wenn sie heute noch so harmlos gegen die Steine plätschert. Weiter hinten macht der Fluß eine sanfte Biegung und entzieht das Ufer ihren Blicken.

Komm, sagt Zygler aufgeregt, läuft die Stufen hinunter und zu ihrem Wagen, Ewa kommt kaum hinterher.

Langsam fahren sie durch den Ort. Dieses Nieszawa ist kein Dorf, es ist ein kleines Städtchen, das sich weit an der Weichsel entlang erstreckt. Die Ortsdurchfahrt ist eng. Von beiden Seiten drängen sich Häuser aneinander, die alle ihre Längsseite der Straße zuwenden. Nur dort, wo sich die Hauptstraße zu einem quadratischen Platz erweitert, zeigen die Häuser ihre pastellfarbenen, hohen Giebel. Hier zögert Zygler, schaut sich um, fährt dann weiter. Ein paar Jugendliche sitzen auf Bänken herum und starren ihnen nach.

Hinter dem Platz macht die Straße eine enge S-Schleife.

Da, schreit Zygler, daß Ewa zusammenzuckt, dieser Schuster, hast du das gesehen? Bei dem bin ich einmal gewesen wegen meiner kaputten Schuhe, das darf doch nicht wahr sein, immer noch dasselbe Schild, und dann tritt Zygler hart in die Bremse, Ewa fällt vornüber in den Sicherheitsgurt, paß auf, will sie rufen, ist denn niemand hinter uns, aber da gibt er auch schon wieder Gas, biegt links ein, stellt den Motor ab und springt aus dem Wagen.

Er hat es gesehen. Man muß es kennen, um zu wissen, was

es ist. Denn im Gegensatz zu allen anderen Häusern wendet dieses Anwesen sein Gesicht dem Fluß zu, der Straße zeigt es lediglich seinen unscheinbaren und abweisenden Rücken. Aber er hat diese weiß getünchte Mauer gesehen und gewußt, hier ist er am Ziel. Jetzt läuft er. Läuft um die Mauer herum, wie oft hatte er die vier Seiten der Kaserne mit seinen eigenen Schritten abgemessen in den langen Nachtwachen? Blind könnte er sagen, daß er jetzt die Ecke erreicht hat, und da breitet er sich wieder vor ihm aus, der Fluß, nicht weiß und silbern wie damals, sondern blau, so blau, wie der Mantel eines Königs. Und hier ist es, das Hauptgebäude, im Stil eines prächtigen Landsitzes, in der Mitte das Portal mit den Treppenstufen, die jenseits des Vorplatzes eine Fortsetzung finden in den Stufen, die die Kaimauer unterbrechen und hinunterführen zum Fluß. Alles ist, wie es damals war. Nur die Bäume, die gab es damals noch nicht. Platanen haben sie gepflanzt und ein steinernes Mahnmal aufgestellt, dem General Piłsudski gewidmet, 1990 steht darauf.

Aber Zygler hält sich nur kurz damit auf. Er läuft zur Eingangstür. Sie ist verschlossen. Zwei Tore zum Innenhof gibt es, eines an der Ecke, auch das ist versperrt, eine dicke Eisenkette liegt zusätzlich um die Gitterstäbe. Das Gatter. Er läuft zur anderen Seite, dort, wo eine schmale Gasse die Nachbarhäuser von dem Anwesen trennt. Er weiß, hier führt ein kleines, hüfthohes Holztörchen zum Innenhof. Er muß da hinein, koste es, was es wolle. Aber auch dieses Gatter läßt sich nicht öffnen, der Innenhof ist leer, auch das Gebäude scheint verlassen.

Zygler ist ratlos. Er lehnt sich weit über das Tor. Alles ist, wie es war. Nur damals war er drinnen und konnte nicht raus. Heute kann er nicht hinein. Der Hof ist plötzlich bevölkert mit Gestalten. Stiefel knallen. Und Schnee senkt sich über die Szene. Er schüttelt sich, versucht sich zu beruhigen, sein rasendes Herz zur Vernunft zu bringen. Das war damals. Heute liegt kein Schnee.

Der Brunnen. In der Mitte des Hofs, nein, etwas mehr zum Hauptgebäude hin, steht er immer noch, sogar der hölzerne Eimer hängt daran. Oder wurde er durch einen anderen ersetzt? Er sieht einen Jungen dort knien, kurz, und doch eine

Ewigkeit lang, dann diese Stimme, daß ihm das Herz stehenbleibt, Zygler, was machst du hier, immer wieder diese Stimme im Schlaf, im Traum, Zygler, was gibt es am Schuh herumzufummeln, und das narbige Gesicht des Alten…, er streicht sich mit der Hand über die Augen, der Hof ist verlassen und einsam, aber er muß hinein, muß unbedingt hinein, dafür ist er hierhergekommen, und trifft er nicht tatsächlich alles so an, wie er es in seiner Erinnerung bewahrt hat? Dabei wollte er ihr schon selbst nicht mehr trauen, hatte es nicht mehr zu hoffen gewagt, und jetzt steht er hier und kommt nicht hinein.

Zygler geht einen Schritt zurück, kratzt sich am Kopf. Über das hüfthohe Gatter könnte man leicht hinüberklettern. Zygler macht bereits Anstalten, es zu tun, da ist Ewa neben ihm, räuspert sich und zupft ihn am Hemd.

Sie hebt den Kopf und nickt jemandem über ihm freundlich zu. Zygler fährt herum. Auf der anderen Seite der Gasse, gleich hinter einem Gartenzaun, steht ein alter Mann auf einer Leiter und pflückt Frühäpfel. Interessiert schaut er auf die beiden Fremden herab. Zygler grüßt verlegen. Der Alte steigt von seiner Leiter herunter und tritt an den Zaun.

Ich war früher einmal hier, sagt Zygler und zeigt in den Innenhof.

Jesteście z Niemiec, fragt der Alte, und Zygler nickt, ja, aus Deutschland, bitte, ich möchte gerne dort hinein, der Alte wiegt den Kopf, bitte warten Sie, sagt er dann in gutem Deutsch und schlurft davon.

Nach einer Weile kommt er die Gasse entlang. In der Hand hält er einen Bund mit großen, alten Schlüsseln. Umständlich sucht er einen heraus und schließt mit ihm das Gatter auf, macht eine einladende Bewegung mit der Hand, als sei er ein Schloßherr und bitte Gäste in sein Anwesen. Aber Zygler ist schon an ihm vorbeigestürmt. Ewa lächelt den Alten verlegen an.

Sie finden mich hier, sagt er zu ihr und zeigt auf den Apfelbaum. Dann geht er davon.

Ewa schaut sich nach ihrem Vater um. Der Innenhof ist rechteckig, nicht ganz eben, zur Straßenseite steigt das Pflaster ein wenig an. Von hinten ist das Hauptgebäude nüchtern und streng, vergitterte Fenster in den ersten beiden Stockwerken erinnern an ein Gefängnis. Links und rechts des Gatters ziehen sich zweistöckige Wirtschaftsgebäude hin. Zur Hauptstraße hin steht ein Bau aus einer ganz anderen Zeit, dieser Teil muß vor allen anderen gestanden haben, lange bevor, wohl um die Jahrhundertwende, das prächtige Haupthaus und der zum Park abschließende Flügel hinzugefügt wurden.

Das also ist es, denkt Ewa. Und dann geht sie zum Brunnen, um zu sehen, was ihr Vater dort Seltsames macht.

Er kniet auf dem Pflaster, als suche er etwas. Seine Finger tasten vorsichtig die Fugen im Brunnengemäuer ab. Nichts. Bröckelnder Lehm.

Was machst du da, will sie wissen.

Zygler steht auf. Aber er schenkt ihr keinen Blick, geschweige denn eine Antwort. Sein Gesicht ist pure Konzentration. Er mißt den Hof mit seinen Blicken aus, geht ein paar Schritte in Richtung des alten Gebäudes an der Straße. Stellt sich dort hin, starrt ins Leere. Dann dreht er sich wieder zum Brunnen, geht in gerader Linie auf ihn zu. Jetzt bückt er sich wieder, tastet. Und da. Ein leiser Aufschrei. Immer wieder streicht sein Zeigefinger durch eine schmale Lücke zwischen zwei Steinen, wo das Fugenmaterial herausgebrochen ist. Der Finger ist zu dick, er versucht es mit dem kleinen Finger. Vergeblich. Endlich fällt ihm etwas ein.

Ewa, komm, du mußt mir helfen, stößt er hervor, legt sich flach auf das Pflaster und starrt in den Mauerspalt kurz über dem Boden.

Du mußt es versuchen, meine Finger sind zu dick geworden, hier, kannst du es fühlen?

Ewa kniet sich neben ihren Vater. Sie fühlt den kühlen Stein, dann streckt sie ihren Zeigefinger tief in die Fuge. Ja. Etwas Scharfes, Kantiges. Sie versucht es zu lockern. Ein Stück Metall muß es sein, es sitzt ziemlich fest. Vorsichtig probiert sie, ob sie es hin- und herbewegen und aus der Umklammerung des Steines lockern kann. Sie spürt den aufgeregten Atem ihres Vaters dicht neben ihrem Ohr.

Laß mich mal richtig hin, sagt sie und schiebt ihn beiseite. Da. Jetzt läßt es sich bewegen, Stück um Stück ruckelt Ewa dieses Etwas ans Tageslicht.

Soll ich vielleicht Werkzeug holen, keucht Zygler hinter ihr.

Aber schon schaut ein Stückchen aus der Mauer hervor, Ewa bekommt es mit spitzen Fingern zu fassen, und mit einem Ruck hat sie es heraus. Ein leises Klirren und ein über und über mit Rost bedecktes Metallplättchen fällt zu Boden. Zygler schreit leise auf, greift danach und starrt es an. Dreht und wendet es um und um.

Was ist das, fragt Ewa.

Zygler kniet am Boden, starrt auf das Stück Blech in seinen zitternden Händen. Er ist außer sich. Nickt. Schüttelt den Kopf. Da ist es, stammelt er, da ist es ja immer noch. Dann reicht er es Ewa, hält es ihr hin wie ein Beweisstück, da ist es, sagt er immer wieder, siehst du, es ist immer noch da.

Ewa nimmt das Metallplättchen, auch sie dreht und wendet es. Zwei Buchstaben stehen auf der einen Seite, ein großes A und ein K, auf der anderen ist eine Zahl eingraviert, vierstellig, kaum noch zu lesen.

Was ist denn das? fragt sie wieder.

Aber Zygler hört sie nicht. Er starrt in den Hof, der plötzlich wieder bevölkert ist. Alles ist wieder da. Die Kameraden. Lehmann, ihr Ausbilder. Der Mann von der Küche geht mit einem Eimer vom Brunnen ins Wirtschaftsgebäude. Es ist noch gar nicht hell und bitterkalt.

Vater, holt ihn Ewas angstvolle Stimme ins Hier und Jetzt zurück, was ist los mit dir, warum schaust du so merkwürdig …

Endlich beruhigt er sich. Er steht vom Boden auf, setzt sich auf den Brunnenrand. Wischt sich mit der Hand über das Gesicht.

Es war am Morgen nach der Rede des Offiziers, fängt er an zu erzählen. Weißt du, als er uns gesagt hatte, man müsse notfalls seinen Kameraden opfern. Wir standen wie jeden Morgen hier im Hof zum Appell. Es war noch dunkel. Unser Ausbilder, Lehmann hieß er, ließ uns erst einmal eine ganze Weile stehen, bis auch der letzte merkte, daß etwas anders war als sonst. Da kam der Offizier, der mit den Narben. Baute sich vor uns auf…

Jan fröstelt. Wie lange stehen sie jetzt schon hier? Fehlt vielleicht einer? Er schaut ihre Reihe entlang und beginnt zu zählen, vierunddreißig sind sie, das weiß er auswendig, der Größe nach sind sie ausgerichtet, und neben ihm steht Henryk, der ein Stückchen kleiner ist als er. In Gedanken nennt er ihn immer noch so, obwohl jetzt alle Heinrich zu ihm sagen, aber der Name Henryk erinnert ihn an seinen Cousin, Anias Bruder. Mit dem hatte er früher oft gespielt, noch bevor Mieszko sein Freund wurde. Ja, dieser Henryk hier erinnert ihn auch an Mieszko, warum, kann er nicht sagen, denn eigentlich sieht er ganz anders aus. Aber eine Ähnlichkeit ist da. Eine Ähnlichkeit im Wesen.

Nein. Es fehlt keiner. Da hätte man gut noch eine halbe Stunde schlafen können. Aber die Waffen-SS braucht Männer mit Stehvermögen. Damit schlagen sie die Russen ganz bestimmt in die Flucht. Jan läßt seine Gedanken wandern. Er kann das ganz gut, hat es gelernt in den Stunden der Einsamkeit, des Wachliegens, des Wachehaltens. In Gedanken besucht er seine Mutter, seinen Vater, Szymons Pferde… aber heute spürt er deutlich eine Aufregung, eine Nervosität, Henryk ist es, der nervös von einem Bein auf das andere tritt, und weiter hinten, wo die Kleineren stehen, fängt er einen Blick von Fredi auf. Einen Blick, den er nicht besonders mag. Fredi. Er ist ein guter Deutscher. Hajo Harmsen hätte seine Freude an ihm. Fredi hat ja auch immer schon deutsch gesprochen, zu Hause in Weißrußland, wenn auch ein lustiges Deutsch mit Wörtern, die keiner kennt außer Fredi und alle, die von dort kommen. Fredi hat Angst vor den Russen, ist vor Angst nahezu zerfressen, schon damals in der Schule, immer wieder hatte Jan versucht, ihn zu beruhigen, aber Fredi war sich sicher, der Russe würde kommen, sie hatten es ihm gesagt, damals, an der Grenze, geht ihr schon mal vor, wir kommen dann nach. Aber Fredi würde bereitstehen und dem Russen eins aufs Maul geben, und dann hatte er diesen Gesichtsausdruck, denselben wie jetzt, aber jetzt gab es keinen Russen, dem er eins aufs Maul zu geben hätte, was ist nur wieder mit ihm, so früh am Morgen, und Henryk hört nicht auf, mit den Füßen zu scharren. Jans Schuhe wären längst voll mit Schnee, links klafft die vordere Naht auf und das Loch hinten ist auch größer geworden, er hatte schon versucht, es zu reparieren, aber es gab ja nichts, und aus nichts kann man nichts machen, also wenn dieser Henryk nicht bald aufhört, mit den Füßen zu scharren, inzwischen ist ihm die Kälte bis unter die Haut gekrochen, und Fritz hustet schon wieder dieses gräßliche Husten, das ihnen allen nachts den Schlaf raubt.

Ein Ruck geht durch die Reihe. Der Alte steht vor ihnen in der Morgendämmerung. Jan hat ihn gar nicht kommen sehen. Wie lange steht er wohl schon dort, unbeweglich, ohne ein Wort zu sagen? Endlich bricht die Stille.

Erinnert ihr euch an das, was ich gestern gesagt habe?

Jawohl, Herr Offizier, schallt es aus vielen Mündern.

Der Alte nickt, verschränkt die Arme und spricht mit weicher, warmer Stimme.

Ein Judas kann eine ganze Jüngerschar verderben. Ein Wolf unter lauter Schafen ist der Untergang der Herde.

Der Alte seufzt und nickt wieder, dann brüllt er ohne Übergang los.

Ihr seid Schafe, wißt ihr das, eine dumme Schafherde, die nicht merkt, wie sich der Wolf bei ihr einschleicht.

Jan ist hellwach. Was meint der Alte? Ist unter ihnen ein Verräter? Seine Gedanken laufen Sturm. Gleichzeitig hört er Henryk neben sich heftig atmen.

Heute ist der Tag. Hab ich es euch gestern nicht gesagt? Wenn es sein muß, werdet ihr einen Kameraden liquidieren.

Die Jungen stehen wie vom Donner gerührt. Liquidieren. Liquidieren echot es in Jans Kopf. Ein feiner Nebel legt sich über seine Augen. Er weiß nicht, ist das sein Puls, der so rast, oder Henryks oder der Puls aller seiner Kameraden.

Einer von euch wird einen Verräter an die Wand stellen. Denn unter euch ist ein Judas.

Plötzlich ist Jan hellwach. Er sieht alles wie in klarem Sonnenlicht. Henryk. Natürlich. Henryk ist also doch Pole. Er ist derjenige, von dem der Alte spricht. Neben ihm fällt etwas leise klirrend zu Boden. Er schielt auf seine Schuhe. Ein Stück Metall blinkt im Schnee. Und da geschieht etwas mit Jan. Er denkt nicht mehr, er ist ganz ruhig, mehr noch als ruhig, kaltes Blut fließt in seinen Adern. Er weiß, was er zu tun hat. Mit den Zehen weitet er die Spitze seines linken, kaputten Schuhs, daß sie offen klafft wie ein hungriges Maul. Dieses Maul schluckt das glänzende Etwas dort im Schnee und schließt sich wieder. Unter seinen Zehen schmilzt der mit eingedrungene Schnee. Dann fühlen sie ein Stück Metall. Alles ging blitzschnell, niemand hat etwas davon bemerkt.

Wer, ruft der Alte dröhnend in den anbrechenden Morgen, wer will diesen ehrenvollen Dienst am Vaterland ausführen? Wer meldet sich freiwillig?

Stille. Nicht einmal das leise Knirschen von Schnee unter den Schuhen. Keiner rührt sich. Da wird der Alte kalt wie Eis.

Freiwillige vor! brüllt er schneidend.

Jans Puls beginnt erneut zu rasen. Blut schießt ihm in den Kopf, dröhnt in seinen Ohren. Das Stück Metall in seinem Schuh wächst und wächst, mit aller Macht stemmt er seine Zehen dagegen. Je länger die Stille dauert, desto lauter schlägt sein Herz, bald werden es alle hören, auch der Alte, bald …

Da läuft eine Bewegung durch Henryk, er strafft sich, hebt den Arm.

Melde mich gehorsamst. Freiwillig.

Der Alte steht starr. Ein schmales, böses Lächeln zieht seine Lippen in die Breite.

Du, zischt er und drückt die Luft pfeifend durch die Zähne. Bürschchen. Du glaubst wohl …

Dann reißt er sich hoch.

Durchsuchen!

Wie ein Peitschenhieb schlägt dieses Wort durch den Hof. Die beiden Ausbilder laufen zu Henryk, zerren ihn aus der Reihe, reißen ihm die Jacke auf, das Hemd, durchsuchen Taschen, tasten die Hosenbeine ab. Aber sie finden nichts. Jan drückt fest seine Zehen gegen die lockere Sohle. Lehmann packt Henryk grob am Kiefer, zwingt seinen Mund auf, der andere greift ihm in die Hose, erst vorne, dann hinten, daß der Junge aufschreit und sich bäumt, aber der Ausbilder zieht seine Hand leer aus Henryks Hose heraus. Sie haben nichts gefunden. Jan weiß, es gibt nichts mehr zu finden. Sonst hätte sich Henryk nicht freiwillig gemeldet.

Der Alte tobt. Er stürmt heran, starrt auf die Stelle neben Jan, dort, wo Henryk gestanden hat.

Los, wegtreten, herrscht er Jan und den anderen Jungen neben der Lücke an, untersucht hier den Boden, untersucht auch diese beiden, hier ist eine Schweinerei passiert, oder …

Die Männer lassen Henryk in Ruhe. Lehmann kriecht auf dem gefrorenen Schnee herum, tastet dicht neben Jans Schuh. Jans Zehen krampfen sich verzweifelt zusammen. Eine scharfe Kante schneidet ihm in den Ballen. Jetzt steht Lehmann auf, schaut Jan scharf an. Er weiß alles, denkt es in Jan, er hat es gesehen, mein Schuh besteht sowieso nur noch aus Löchern, gleich ist alles vorbei, und schon will er sich bücken und dieses schrecklich glühende Ding aus seinem Schuh holen, hier, Lehmann, hier ist es, du hast gewonnen, aber der fordert ihn nur auf, die Taschen nach außen zu drehen, Jan merkt, Lehmann ist nicht bei der Sache, Lehmann ärgert sich, und seine Aufmerksamkeit ist ganz woanders, weiter unten, dort, wo die Kleineren stehen, dort hat sich schon der Offizier aufgebaut, die Hände in die Hüften gestemmt, den Kopf vorgeschoben wie ein zorniger Bulle hat er Fredi scharf im Auge.

… oder da wollte sich einer wichtig machen.

Fredi wird blaß, seine Unterlippe zittert.

Verräter, denkt Jan, und seine Kehle brennt vor Entrüstung. Fredi hat Henryk denunziert, das schmerzt tief.

Inzwischen ist es hell. Henryk hat seine Kleidung in Ordnung gebracht. Er steht aufrecht da, trotzig hält er die Stirn hoch. Der Alte läßt den zitternden Fredi stehen, stapft zurück zu Henryk, mustert ihn kalt, aber Henryk hält seinem Blick stand. Eine Weile stehen sie so, und jetzt weiß Jan, was ihn an dem Jungen so sehr an Mieszko erinnert. Er hat dieselbe Art, einem unverwandt in die Augen zu blicken, ohne auch nur mit der Wimper zu zucken.

Heinrich Spengler, zurück in die Reihe.

Henryk salutiert, stellt sich wieder neben Jan.

Eine Weile steht der Alte vor den Jungen und scheint in ferne Weiten zu blicken. Der Schmerz in Jans Ballen wandert langsam die Wade hinauf. Tausend Bienen summen in seinen Ohren. Dann spricht der Alte:

Wer einen Verräter deckt, ist selbst ein Verräter. Aber wer einen aufrechten Kameraden leichtfertig denunziert, ist es nicht wert, in die Waffen-SS aufgenommen zu werden.

Und damit geht er ins Hauptgebäude zurück. Die Ausbilder sind verwirrt. Sie wissen nicht so recht, was sie nach diesem Auftritt mit ihren Schützlingen anfangen sollen.

Wegtreten, in fünf Minuten Stubenappell, fällt es dann glücklichlicherweise Lehmann ein. Die Jungen eilen davon. Jan kann nur langsam gehen, zieht den linken Schuh ein wenig nach. Das kleine Blechstück wiegt inzwischen zentnerschwer. Seine Blicke irren suchend über den Hof. Der Brunnen. Endlich ist er bei ihm und bückt sich.

Zygler, schreit es hinter ihm. Jans Herz krampft sich schmerzhaft zusammen, dehnt sich dann aus wie ein Ballon. Jetzt ist alles vorbei. Wie aus dem Nichts steht der Alte wieder da. Jans Finger klammern sich an einer Mauerfuge fest.

Was gibt's zu hinken. Und was fummelst du da am Schuh.

Da richtet sich ein anderer Jan auf, hebt seinen Fuß, zeigt dem Offizier den Schuh, der aussieht, als wolle er gleich auseinanderfallen. Der alte Jan fällt in den Schnee, und der Ballon platzt, löst sich auf in pure Erleichterung und Luft.

Hier, sagt Jan vorwurfsvoll, dieser Schuh macht meinen Fuß kaputt. Ich hab es Ihnen schon gesagt. Aber sie meinten, gut daß er vorne und hinten ...

Schon gut, sagt der Alte. Lehmann, geben Sie Zygler ein Paar neue Schuhe. Und damit dreht er sich um und geht davon.

Ewa sitzt neben ihrem Vater auf dem Brunnen und betrachtet das verrostete Stück Blech.

AK, sagt sie nachdenklich, was heißt AK?

Zygler zuckt die Schultern.

Und dieser Henryk?

Zygler und seine Tochter schrecken auf. Ein Schatten ist über sie gefallen. Es ist der alte Mann mit dem Schlüssel. Forschend schaut er auf sie herunter.

Sie waren früher einmal hier?

Zygler nickt.

Was ist heute in dem Gebäude?

Eine Schule, sagt der Mann. Ein Internat. Wie vor dem Krieg.

Sie sprechen sehr gut Deutsch, sagt Ewa.

Ja, sagt der Alte, die Deutschen waren gute Lehrmeister.

Alle drei schweigen sie befangen.

Wann waren Sie denn hier? will der Mann wissen.

Nur ganz kurz. Ich kam zum Jahreswechsel vierundvierzig fünfundvierzig. Und blieb bis …, na ja, das wissen Sie ja.

Der Alte nickt.

Ja. Weiß ich noch gut. War auch hier, damals.

Zygler starrt den Alten an. Der lacht.

Hier, der Mann zeigt auf die Wirtschaftsgebäude, meine Frau und ich haben die Küche gemacht, wissen Sie das nicht mehr?

Zygler glaubt zu träumen. Aber natürlich. Der Mann mit den Wassereimern. Wieder sieht er ihn über den Hof gehen, eine Mütze über der Stirn.

Wir waren schon immer hier. Schon mein Vater war hier Hausmeister. Heute ist es mein Sohn.

Wieder lacht der alte Pole herzlich über die verdutzten Gesichter. Dann sieht er die Plakette in Zyglers Händen.

Wissen Sie, was das bedeutet? fragt der ihn, und reicht ihm das Stück Metall.

Der Alte starrt auf die beiden Buchstaben, die Zahlen.

Wo haben Sie das her?

Von da, wo ich es vor fünfzig Jahren versteckt habe.

Jetzt ist es an dem Polen, zu staunen.

Der Alte kann den Blick nicht von der Plakette wenden. Dann kommt Bewegung in ihn.

Kommen Sie, bitteschön, kommen Sie mit mir.

Und damit eilt er ihnen voraus, dreht sich immer wieder nach ihnen um, kommen Sie, Sie müssen unbedingt mitkommen, führt sie die Gasse entlang und durch das angrenzende Haus in den Garten.

Dort stehen unter tief herabhängenden Obstzweigen ein paar alte Korbsessel um einen runden Tisch herum. Ewa sträubt sich. Sie kennt das inzwischen. Hat man hier einmal

Platz genommen, dann kommt man nicht mehr so schnell los.

Aber was will man machen, schon läuft der Alte und holt eine Flasche mit vier Gläsern, ruft etwas ins Haus hinein, und da kommt auch schon eine alte Frau mit wachen, hellen Augen, die schüttelt ihnen unter den Erklärungen ihres Mannes die Hände, faßt besonders Ewa lange und wohlwollend ins Auge. Dann schenkt der Alte ein.

Nein, sagt Ewa, bitte keinen Schnaps für mich.

Die Alte erwidert etwas, dann lacht sie herzlich. Ewa will wissen, was denn so lustig ist, sie jedenfalls findet das alles gar nicht so zum Lachen, viel lieber würde sie weiterfahren. Unruhig tritt sie von einem Bein auf das andere, sie weiß, sie ist unmöglich, wieso kann sie ihrem Vater nicht den Gefallen tun, das alte Ehepaar ist wirklich reizend.

Ich weiß, warum Ihnen der Schnaps nicht mehr schmeckt, sagt die Alte.

So, meint Ewa, warum denn nicht?

Es sind die Umstände. Das ist ganz normal. Da schmeckt der Alkohol nicht mehr. Und morgens ist es einem übel. Nicht wahr?

Ewa starrt in das runzelige Gesicht mit den gütigen Augen. Was meint diese Frau? Und in ihrer Verwirrung läßt sie sich von ihr zu einem der bequemen, hohen Korbsessel führen und setzt sich, brav wie ein Kind. Dann tätschelt die Alte Ewas Schulter und verschwindet im Haus.

Sieh an, sagt ihr Gatte zu Zygler, nach und nach kommen alle zurück. Und dabei nickt er und lacht.

Waren schon andere hier?

Der Alte wiegt den Kopf.

Der eine und andere hat uns die Ehre erwiesen.

Aus dem Haus tritt die Alte mit einem Tellerchen mit Apfelschnitzen, das sie vor Ewa auf den Tisch stellt.

Probieren Sie, probieren Sie, das wird Ihnen schmecken, sagt sie, setzt sich hin und faltet die Hände im Schoß.

Und Sie haben also damals für uns gekocht, fragt Zygler.

Nuja, lächelt sie bescheiden, gab ja nichts zum Kochen, immer nur Suppe, ein wenig Kraut, wird den jungen Herren nicht geschmeckt haben.

Es war eine hungrige Zeit, erinnert sich Zygler, und kalt war es.

Der Russe hat Väterchen Frost vorausgeschickt, meint der Alte, der hat uns allen zu schaffen gemacht.

Ja, nickt Zygler und denkt an die bitterkalten Nächte, die Tage auf den von Flüchtlingen überfüllten Straßen. Ohne die neuen Schuhe, wer weiß, was aus seinen Füßen geworden wäre.

Dann legt er Henryks Plakette auf den runden Tisch.

AK, sagt er, was heißt AK?

Armia Krajowa, sagt der alte Pole. Eine Mitgliedsmarke. Und die Nummer.

Was ist das, Armia Krajowa?

Nuja, die heimliche Armee, geleitet von der polnischen Regierung im Londoner Exil. Hier wirkte sie im Untergrund. Hat mehrere davon gegeben, leider. Und einig waren sie sich nie.

Der Alte seufzt.

Und Sie, fragt Zygler vorsichtig, die Augen auf die Plakette geheftet, hatten Sie auch so eine?

Der alte Pole betrachtet ihn aufmerksam und nachdenklich. Jan Zygler kann den feinen Riß in der höflichen Gastfreundschaft, die das Ehepaar ihnen entgegenbringt, förmlich spüren.

Wem hat das hier gehört? fragt der Alte schließlich, und deutet auf das Stückchen Metall auf dem Tisch.

Einem Freund, sagt Zygler.

Der Alte spitzt die Lippen. Einem Freund. Aha. Ja so. Und dann nach einer Weile, sagt er: *Nasi Są Daleko Ale Powrócą*. Wissen Sie, was das heißt?

Jan Zygler nickt. Ja, sagt er, das weiß ich. »Die Unseren sind weit, aber sie werden wiederkommen.«

Ein Strahlen überfliegt das Gesicht des Alten. Rasch sagt er ein paar Worte zu seiner Frau, und sie steht auf und läuft ins Haus.

Nu so was, sagt er auf polnisch, der Herr ist ein seltsamer Deutscher. Kennt die Losung unserer Armia. NSDAP. *Nasi Są Daleko Ale Powrócą*. Die Anfangsbuchstaben, sagt er auf deutsch zu Ewa, die gar nicht zugehört hat, in ihren eigenen Grübeleien versunken scheint. Hat ihnen nicht geschmeckt, lacht er, wieder auf polnisch, zu Zygler gewandt und wird gleich wieder ernst. Aber leider. Wissen ja, was geschehen ist, sind zwar wiedergekommen, die Unsrigen, aber nicht nur sie, auch die Russen, und in Warschau, damals, da haben die Unsrigen zu spät gemerkt, daß hier der Teufel mit dem Beelzebub... aber das ist eine ganz andere Geschichte, bitteschön, mein Herr, erzählen Sie, wie ist das gewesen mit Ihrem Freund, und wie es kommt, daß Sie nach all den Jahren diese Plakette aus dem Brunnenrand ziehen?

Die Frau ist mit einer anderen Flasche wiedergekommen. Sie trägt kein Etikett, und der Alte schüttet den Inhalt der Gläser schwungvoll ins Gras, entkorkt die Flasche, und schenkt umständlich neu ein. Bester Vodka der Welt, sagt er, selbst gebrannt, probieren Sie, mein Herr, und Sie werden den Unterschied merken.

Ewa beißt sich auf die Unterlippe. Das kann dauern, denkt sie, und seufzt. Sie kann dem Gespräch nicht mehr folgen, die Männer sind wieder ins Polnische übergegangen, ist ihr auch egal, sie hat für heute genug von diesen alten Geschichten, aber sie kann ihre Augen nicht von dem Alten abwenden, der seine unverbindliche Freundlichkeit abgestreift hat und jetzt mit ihrem Vater anstößt, als vollziehe er ein heiliges Ritual. Und sie lauscht auf die Stimme ihres Vaters, vorsichtig scheint er in dieser Sprache, die seine Muttersprache ist und doch fremd geworden über all die Jahre, nach Worten zu tasten, und sie hört wieder den Klang von Andrzejs Stimme, den Fluß und Rhythmus, die Stimme ihres Vaters verschmilzt mit dem Rauschen des Flusses, das sie einhüllt und davonträgt.

Soso, nickt der Alte, nachdem Zygler geendet hat. Henryk, ja, das war der Name des Jungen. Traurige Geschichte. Hat einen Auftrag gehabt, ich weiß nicht genau welchen, aber einmal hab ich für ihn etwas nach draußen gebracht. Ein Papier. Die Führung war unzufrieden. Viel hat er nicht herausgefunden. Und dann ist er umgekommen. Nuja.

Der Alte wiegt den Kopf und langt nach der Plakette.

Nein, sagt er, ich habe so etwas nicht gehabt. Hab ein wenig mitgeholfen, wie so viele, war aber nicht richtiges Mitglied.

Eine Frage hab ich mir immer gestellt, sagt Zygler nachdenklich, all die Jahre. Warum hat Henryk dieses Ding bei sich gehabt. Wo das doch so gefährlich für ihn war.

Der Alte legt die Plakette wieder auf den Tisch.

Nuja, sagt er, es war nicht so einfach. Die von der Armia waren sehr auf der Hut. Immer wieder haben Männer behauptet, auf ihrer Seite zu sein, haben sogar ihre Namen geändert und sonst noch was alles, und dabei haben sie eigentlich für die Deutschen gearbeitet. Nachdem ihr weg wart, haben viele behauptet, so wie Henryk nur zum Schein für die Deutschen gewesen zu sein. Aber, der Alte hebt beide Hände, wie sollten sie das beweisen? Oft waren die Männer, die den Auftrag gegeben hatten, tot, und die anderen konnten nicht sicher sein, ist das nun ein Spitzel von uns oder gegen uns gewesen? Stellen Sie sich vor: Henryk hat sich offiziell freiwillig gemeldet zur Ausbildung. Zur Waffen-SS. Wie hätte er beweisen sollen, daß er einen Auftrag hatte? Darum war es wichtig, diese Marke zu bewahren, egal, was kommen mag, denn nur die konnte beweisen, daß man auch wirklich war, was man behauptete zu sein.

Zygler nickt. Ein gefährliches Spiel. Und wieder sieht er Henryks kluge, dunkle Augen vor sich. Wie mutig dieser Junge war, und war doch nicht älter als er.

Als sie dann aufbrechen, muß Zygler seine Tochter wecken. Wie ein Kätzchen hat sie sich in dem Korbsessel eingerollt und ist eingeschlafen. Die Frau schenkt Ewa zum Abschied ein Spankörbchen voll mit duftenden Frühäpfeln und drückt ihr fest die Hand. Ewa ist froh, daß es weitergeht. Sie ist immer noch ganz benommen, immer noch schmerzen ihre Lungen beim Atmen und ihre Glieder fühlen sich an, als seien sie mit Blei ausgegossen, als fließe immer noch der Fluß durch sie hindurch. Sehnlichst wünscht sie sich, allein zu sein und weiß doch, daß es nicht möglich ist. Aber lange kann diese Reise ja nicht mehr dauern. Schließlich haben sie gefunden, wonach sie gesucht haben.

Zygler strahlt und hat es gar nicht eilig. Noch einmal geht er in den Innenhof, steht und schaut. Zwischen den Pflastersteinen wächst Gras. Er steht an derselben Stelle wie damals und spürt die Sonne senkrecht auf seinem Schädel. Langsam dreht er sich im Kreis. Alles ist genau so, wie es war. Niemals hätte er damals gedacht, daß er einmal zurückkommen würde, das war kein denkbarer Gedanke.

Nieszawa. Aber natürlich. Nassau. Nicht Passau, Nassau war der Name gewesen, den die Deutschen diesem Ort gegeben hatten. Eine Festung, ein Stützpunkt hätte diese Schule werden sollen. Statt dessen wurde sie zur Falle. Jedenfalls fast.

Die Offiziere rennen wie die Ameisen von einer Flanke des Gebäudes zur anderen. Sie sehen nicht aus, als seien sie Herren der Lage. Die Zeit vergeht. Dieses Stehen im Hof bringt Jan noch um. Was gibt es denn hier herumzustehen, während draußen der Teufel tobt. Sie stehen und stehen, aber nichts geschieht. Diese Kälte. In den neuen Schuhen werden Jans Füße fühllos. In seinem Kopf laufen die Gedanken wie seine Ausbilder im Kreis umher. Henryk. Wo sie ihn wohl hingelegt haben? Er schaut nicht, ob Fredi in der Reihe steht. Er will es nicht wissen. Immer wieder lauscht er auf das Geräusch von detonierenden Geschützen, von einschlagenden Granaten. Dann hört er wieder die Schüsse, fühlt das warme Blut an Henryks Bauch. Wir müsssen fort von hier, denkt es in ihm unaufhörlich, so schnell wie möglich. Wie weit es wohl bis zur Bahnlinie ist, überlegt er. Warum hat er bloß nicht besser aufgepaßt, damals, als sie gleich nach Weihnachten hier ankamen. Ob sie wohl noch einen Zug erreichen können? Die Stille, die sie hier umgibt, unterbrochen durch das kaum verständliche Gebrüll der SS-Männer, wenn sie wieder einmal im Laufschritt den Hof überqueren, diese Stille ist falsch. Trügerisch. Jeden Moment wird es losgehen, und sie stehen hier herum und können sich vor lauter Kälte bald nicht mehr rühren.

Endlich. Der Offizier kommt mit festen Schritten aus dem Haupthaus. Stellt sich vor sie hin. Mustert sie. Räuspert sich.

Der Russe ist an verschiedenen Stellen durchgebrochen, sagt er schließlich.

Ja, denkt Jan, das weiß jeder. Und. Was weiter?

Er hat uns eingekreist. Fast jedenfalls. So ganz genau wissen wir das noch nicht. Aber wir werden hier bleiben. Die Stellung halten. Die deutsche Wehrmacht wird kommen und die Russen zurückwerfen.

An diesem Tag bleiben sie im Haus. Gewehre putzen, heißt es, Kleidung in Ordnung bringen. Jeder einzelne ein Pulverfaß, eine unachtsame Berührung genügt, und sie stürzen sich aufeinander. Jan geht allen aus dem Weg.

Endlich wird es Abend. Jan sehnt sich nach tiefem traumlosem Schlaf. Aber der will nicht kommen. Immer noch singen die Polen, mal sind es Marienlieder, dann wieder die alte Polenhymne, die Menschen schöpfen Hoffnung, denkt Jan, während wir auf den Untergang warten. Ruhelos wälzt er sich von einer Seite auf die andere. Und dann sieht er wieder Mieszkos Gesicht vor sich. Du mußt dich entscheiden, bist du Pole, bist du Deutscher, aber die Entscheidung war gefallen, und jetzt steht er hier an der Weichsel, auf beiden Flanken rücken die Russen vor und er sitzt wie ein Kaninchen in der Falle.

Aber ist es nicht das, was er gesucht hat?

Seit dieser Krieg nach Polen gekommen ist, hat sich alles geändert. Seine Mutter ist fortgegangen, und damit nicht genug, seine Mutter war nicht mehr dieselbe, wäre sie doch niemals zurückgekommen, hätte er sie doch in Erinnerung behalten können, so, wie sie war, als sie ging, schön, leuchtend, voller Freude und Lebenslust. Das war seine Mutter, nicht diese gebeugte, gebrochene Frau, die ein Bein nachzog, wenn sie ging, langsam Worte aneinanderreihte, die ihn nicht erreichten. Dieser Krieg hatte alles verändert, und jetzt galt es, ihn zu Ende zu bringen, einen Schlußstrich zu ziehen, jetzt kam es darauf an, seine Rolle zu finden in diesem Theater, und da hatte er dieses Plakat gesehen. Danach konnte er an nichts anderes mehr denken. Ein Soldat mit Stahlhelm und weitem Mantel, darunter verbargen sich Frauen und Kinder, ja, ganze Städte fanden Zuflucht unter diesem riesigen Mantel, das edle Gesicht des Soldaten, der weit in die Ferne blickt, und darunter der Schriftzug: »Der Iwan schläft nicht. Drum schütze dein Deutsches Vaterland«.

Als er dann ging und sich meldete, war er viel zu jung. Fünfzehn, sagte der Offizier, na ja. Du bekommst dann Bescheid. Was willst du denn dort, hatte sein Vater ihn gefragt. Ja, was wollte er? Wollte er das Vaterland verteidigen, war es das? Einen sinnvollen Tod wollte er finden, wo doch das Leben keinen Sinn mehr machte. Wenn schon sterben, dann wenigstens einen Heldentod, so genau hatte er sich das nie überlegt, aber jetzt, angesichts dieser großen Russenoffensive, Henryks leblosen Körper vor den offenen und geschlossenen Augen, angesichts des nahen Untergangs, wird ihm klar, daß er es schon immer gewußt hatte, mochte sein Lehrer noch so viele Nadeln und Kordeln in die Rußlandkarte stechen, dieses gewaltige russische Reich, das kann gar nicht gehen, hatte er es nicht schon Fredi zugeflüstert, der ihm seinen dicken Ellbogen hart in die Seite gerammt und einen halben Tag nicht mehr mit ihm geredet hatte, dieses riesige Land kann man nicht einnehmen, nicht, wenn man an allen anderen Ecken der Welt auch noch Krieg führt, nicht im Winter, hat das nicht schon Napoleon spüren müssen? Man kann dem Iwan vielleicht den einen oder anderen Schrecken einjagen, ein paar Städte besetzen, aber auf lange Frist das Land halten, das muß doch jeder vernünftige Mensch einsehen, nur waren die vernünftigen Menschen in einen seltsamen Rausch geraten, auch Jan kannte dieses Gefühl, wenn er in der Wochenschau die neuesten Berichte sah, warum denn nicht, dieser Armee ist schon so viel gelungen, warum sollte sie nicht den Kontinent erobern, und wenn, dann wollte er dabei sein, oder wenigstens einen sinnvollen Tod finden, und der wartet jetzt auf der anderen Seite der Weichsel, jedes Kind kann es sich an seinen fünf Fingern abzählen, daß morgen oder übermorgen die Geschütze auch hier einschlagen werden.

Aber der Tod kann noch warten, denkt es in Jan, während er sich auf dem Bett herumwirft, noch ist Polen nicht verloren, noch ist er sehr lebendig, und tief in ihm wacht ein Wunsch auf, heftig, fordernd, eine Stimme, die sich um keine Vernunft schert: Du mußt deine Mutter noch einmal sehen, sagt diese Stimme, vorher wird nicht gestorben, es ist eine ganz besondere Stimme, die er noch nie gehört hat, aber er weiß, daß er sie jetzt immer wieder hören wird.

Können wir jetzt endlich gehen. Ewas Stimme klingt gereizt. Sie ist es leid, in der Sonne herumzustehen und zu warten, bis ihr Vater aufhört, ins Leere zu starren. Hat er nicht gefunden, was er finden wollte?

Ja, sagt Zygler zerstreut, am nächsten Tag, da hieß es dann antreten, mit allem Gepäck, und manche bekamen französische Gewehre zum Tragen, für die wir nicht einmal Munition hatten, weißt du, die sind noch größer und schwerer als die unsrigen, und dann ging es los, in aller Frühe, da war nicht mehr die Rede von der deutschen Wehrmacht, die uns befreien würde, querfeldein ging es durch den tiefen Schnee, daß wir einen Schritt nach vorne und zwei zurückgerutscht sind.

Ewa stöhnt. Wird denn das nie ein Ende haben?

Nach Posen, hieß es, komm, sagt Zygler, laß uns nach Posen fahren, ich zeig dir, wie wir damals die Flucht...

Aber Ewa ist schon vorausgegangen. An der Ufermauer holt er sie ein.

Ewa, sagt er leise.

Was ist? Ihre Stimme ist müde und gereizt.

Siehst du den Fluß?

Die junge Frau dreht sich zu ihm um.

Natürlich, ich bin ja nicht blind.

Zygler steht an der Mauer und schaut ins Wasser.

Hier haben sie Henryk beerdigt, sagt er dann.

Ewa schaut ihn erschrocken an.

Wo? Im Wasser?

Zygler nickt.

Sie haben ihn in Leintücher eingebunden, Steine dazwischen, und ihn ins Wasser geworfen.

Beide starren sie in das zielstrebig strömende Wasser hinunter. Gänsehaut kriecht Ewa über den Rücken. Sie muß an heute morgen denken.

Dann ist er ja immer noch dort unten, sagt sie leise.

Zygler macht eine unbestimmte Bewegung mit Kopf und Schultern, ein halbes Nicken, ein Schulterzucken.

Wieso habt ihr ihn nicht anständig beerdigt?

Das Land war zugefroren und tief verschneit. Außerdem war nicht viel Zeit. Die hatten andere Sorgen.

Ewa nickt.

Ist denn das ganze Land ein einziger Friedhof, entfährt es ihr. Zygler nimmt ihr den Apfelkorb aus der Hand.

Komm, sagt er, wir müssen weiter.

11

Der Duft der Äpfel erfüllt das Innere des Wohnmobils. Zygler pfeift vor sich hin. Ewa, ruft er, möchtest du Thorn besichtigen? Soll eine schöne Stadt sein. Kopernikus wurde dort geboren, glaube ich.

Ewa schüttelt den Kopf.

Wolltest du nicht ein bißchen Urlaub haben?

Ein Brummen kommt vom Beifahrersitz. Ihr ist nicht mehr nach Unterbrechungen.

Zygler zuckt mit den Schultern. Dann eben nicht. Dann ist Posen das nächste Ziel, genau wie damals, in Posen, hatte es geheißen, gibt es ein ebensolches Ausbildungslager wie hier in Nassau, dort schließen wir uns den anderen an. Gleich am anderen Morgen gab es den Befehl zum Abmarsch, diesmal wurde keine Zeit verloren mit Antreten und dummem Herumstehen. Er schüttelt heute noch den Kopf, wenn er an diesen Gewaltmarsch denkt. Ständig die Angst, den Russen in die Arme zu laufen, er konnte sich nicht vorstellen, daß ihre Ausbilder damals genaue Kenntnisse davon hatten, wo der Feind lag. Am liebsten würde er ja querfeldein fahren wie damals, aber das geht nicht. Er hat sich die Karte angesehen. Also muß er den kleinen Umweg nehmen, an Thorn vorbei über Inowrocław nach Strzelno. Dort, so vermutet er, werden sie auf die Route von damals stoßen. Nach Posen.

Aber in Posen fanden sie die Kaserne leer, die hatten dort schon lange das Weite gesucht. Und so hieß es auch für sie:

weiter, immer weiter, und diesmal über die Straße, die verstopft war mit Menschenkolonnen und Fuhrwerken, so viele Menschen, ein riesiger Strom nach Westen. Hätte er damals gedacht, daß er einmal in einem so komfortablen Wagen hier entlangfahren würde?

Können wir bald mal anhalten, fragt Ewa, ich muß mal.

Geh doch hier auf die Toilette, die Straße ist kerzengerade ...

Ich hasse dieses Chemieklo, bricht es aus Ewa heraus. Es stinkt.

So? Es stinkt? Das kann nicht sein.

Doch. Mir wird schlecht von dieser Chemie.

Dir wird wohl von allem schlecht.

Zygler ist gekränkt. Dieses Wohnmobil hat er mit seinem ganzen technischen Geschick nach den neuesten Errungenschaften der Wohnmobilforschung ausgebaut.

Das ist die beste Toilette, die es gibt, informiert er seine Tochter. Es kann nicht sein, daß sie stinkt.

Und wenn schon. Ich will ein richtiges Klo. Bei dem Geschaukel bekommt man ja Verstopfung.

Zygler sagt kein Wort mehr. Er hat verstanden. Es geht hier nicht um die Qualitäten seines Chemieklosetts, sondern um die Launen seiner Frau Tochter. Bei der nächsten Raststelle hält er an. Ewa eilt auf die Klohäuschen zu. Schon von weitem sticht ihr ein penetranter Gestank in die Nase. Kaum hat sie das Häuschen erreicht, muß sie sich übergeben. Hört denn das nie auf, denkt sie, und speit Apfelstückchen zwischen Kotreste und durchweichte Klopapierrollen. Fluchtartig tritt sie den Rückzug an. Kann man denn nirgendwo in Ruhe sein Geschäft verrichten?

Widerstrebend klettert sie wieder in den Wagen, beißt die Zähne zusammen und stattet dem Chemieklo einen Besuch ab. Dann spült sie sich den Mund aus, um den bitteren Gallengeschmack zu vertreiben. So oft wie in den letzten drei Tagen hat sie sich noch nie übergeben.

Sie starrt in ihr bleiches Gesicht mit den aufgerissenen Augen und den grünlichen Rändern darunter. Was hat diese alte Frau gesagt? Sie versucht nachzurechnen. Wann hatte sie das letzte Mal ihre Periode? Sie kann sich einfach nicht erinnern. Die

Tage und Wochen verschmelzen und dehnen sich, Daten verschwimmen und fallen auseinander. Was ist heute für ein Tag? Und wann sind sie zu dieser Reise aufgebrochen? Aber das ist doch ganz und gar undenkbar. Hatten die Ärzte nicht gesagt ... Hatten sie und Jean-Claude nicht jahrelang versucht und schließlich aufgegeben?

Ihr Vater klopft von außen gegen die Tür.

Alles in Ordnung mit dir?

Ewa stöhnt. Kann man denn nicht einmal fünf Minuten lang seine Ruhe haben! In Ordnung. Mit ihr ist überhaupt nichts in Ordnung.

Ewa, Ewa, ruft es von außen.

Ja doch, schreit sie und spürt eine ungeheuere Wut in sich aufsteigen, am liebsten möchte sie in diesen Spiegel schlagen, daß die Scherben krachen, diese niedlichen und ach so praktischen Plastikfächer abreißen, in die ihre Eltern fein säuberlich ihre Zahnbürsten und Tübchen, ihre Schwämmchen und Flakons hineingeordnet haben, dieses Miniaturkomforteinfamilienhaus auf Rädern, in dem sie auf keinen Luxus verzichten müssen, jedes Ding hat sein Plätzchen, und wehe, es wird einmal woanders eingeräumt, die Weltordnung gerät aus den Fugen, alles, alles möchte sie am liebsten mit ihren geballten Fäusten zertrümmern, zerschlagen, in alle Winde zerstreuen.

Ihr Wutanfall verfliegt so plötzlich, wie er gekommen ist.

Aber Tränen steigen auf, wollen sich nicht mehr hinunterschlucken lassen, und so viel frisches Wasser sie auch in ihr Gesicht wirft, sie fühlt sich häßlich und verquollen, und daran ist nichts zu ändern.

Bis Posen spricht sie kein Wort. Sie starrt aus dem Fenster und sieht doch nichts. Die Sonne steht jetzt tiefer am Himmel, strahlt ihnen direkt in die Augen. Ewa verschanzt sich hinter ihrer Sonnenbrille. Und dann wird das Licht fahler, eine riesige Dunstglocke hängt über der Stadt. Sie haben Posen erreicht.

Ihr Vater hält bei einer großen Tankstelle an.

Hier gibt es sicherlich eine Toilette, sagt er sanft zu ihr, bevor er aussteigt.

Sie starrt ihm nach, kann sich kaum erinnern, was er meint. Dann rafft sie sich auf und greift nach der Karte.

Wo sind sie? In Posen? Dann ist es ja gar nicht mehr weit bis zur Grenze. Sie atmet auf. Frankfurt/Oder, das werden sie heute noch schaffen. Morgen sind sie zu Hause. Schlagartig geht es ihr besser. Die Welt hat wieder Farben. Als allererstes wird sie ein langes und ausführliches Bad nehmen, endlich wieder in ihrem eigenen Bett schlafen. Sicherheitshalber wird sie einen Termin bei ihrer Frauenärztin machen. Egal, was mit ihr los ist, eine Lösung wird sich finden. Und alles wird wieder sein wie zuvor.

Zygler steigt ein, nimmt ihr die Karte aus der Hand.

Ich werde mal vorsichtshalber fragen, sagt er.

Brauchst du nicht, ruft Ewa gutgelaunt und zeigt aus dem Fenster. Hier, Frankfurt Oder, siehst du das Schild nicht?

Ja, nickt ihr Vater zerstreut, aber da wollen wir jetzt nicht hin.

Sein Zeigefinger klopft auf eine bestimmte Stelle der Straßenkarte.

Zu diesem Nowy Tomyśl müssen wir. Das ist die Richtung.

Ewa glaubt, nicht richtig zu hören.

Moment mal, ich denke, wir fahren nach Hause?

Ja, tun wir auch, aber über Bentschen.

Über was?

Bentschen. Hier. Heute heißt das Zbąszyń. Damals Bentschen. Dort waren wir eine Woche, um die Front zu halten.

Ewa schluckt. Ganz ruhig, sagt sie sich, bleib ganz ruhig.

Warte mal, darüber müssen wir reden.

Zygler schaut sie irritiert an.

Wieso?

Weil ich da nicht hinwill.

Ewa hat ihre Stimme nicht mehr unter Kontrolle.

Ich will nach Hause.

Zygler lächelt.

Aber ja. Wir fahren ja nach Hause. Sieh mal, es liegt auf dem Weg.

Nein, schreit Ewa, der direkte Weg geht hier lang. Frankfurt/Oder. Westen. Deutschland. Es reicht langsam. Du hast deinen Ort gefunden. Diese Hundemarke. Was willst du denn noch?

Zygler streicht mit der Hand über sein Gesicht. Er überlegt.

Wir haben dort eine Woche gelegen und versucht, den Russen aufzuhalten.

Hör mal, sagt Ewa atemlos vor Zorn. Ich habe nicht geahnt, daß dies eine sentimentale Altherrentour zu den Stätten deiner Nazivergangenheit werden soll, eine Wallfahrt zu …

Ewa, unterbricht sie ihr Vater, was redest du da für einen Unsinn?

Du warst doch auch einer von denen. Hast doch auch mitgemischt. Ihre Stimme überschlägt sich. Wer geht denn schon freiwillig zur Waffen-SS. Daß das kein Kindergarten ist, wird man auch damals schon gewußt haben.

Zygler bläst pfeifend Luft durch seine Zähne.

Du weißt doch überhaupt nicht, wovon du redest.

Nein, natürlich nicht, höhnt Ewa, ich hab ja von gar nichts eine Ahnung. Sie ist dunkelrot vor Zorn. Ihre Augen sprühen Funken.

Keiner hat von irgend etwas eine Ahnung, außer dir. Aber ich bin nicht mehr das kleine Mädchen, dem du erzählen kannst, was du willst. Jeder weiß, was die Waffen-SS war, welche Verbrechen sie begangen hat.

Ich habe keine Verbrechen begangen. Nicht einen einzigen Menschen habe ich ums Leben gebracht.

Aber auch retten konntest du niemanden.

Zygler duckt sich wie unter einem Schlag.

Das muß ich mir von dir nicht sagen lassen.

Doch, schreit Ewa, genau das mußt du dir jetzt sagen lassen. Das, und noch mehr. Warum um alles in der Welt mußte ich unbedingt mitkommen? Was habe ich mit der ganzen Sache zu tun? Das ist doch deine Geschichte, dein Trip, dein …

Aber da merkt sie, daß ihr Vater gar nicht mehr da ist. Dort draußen steht er und diskutiert mit einem Mann, der weite Bewegungen mit den Händen macht, in verschiedene Richtungen zeigt, dann wieder in die Karte schaut, nickt, und weiter gestikuliert.

Und auf einmal wird sie ganz ruhig. So ist das also. Er macht sein eigenes Spiel? Dann wird sie das ihre machen. Sie weiß, was sie zu tun hat.

Sie klettert vom Beifahrersitz nach hinten, öffnet einen Schrank und zieht die Reisetasche heraus. Ein paar Kleider sind schnell hineingestopft. Zahnbürste, Notizbuch, Sonnenbrille, Paß und Geld. Hier, das Päckchen mit den Photos ihrer Großmutter. Sie zögert, schiebt es dann in die Gesäßtasche ihrer Jeans. Noch schnell in die Turnschuhe geschlüpft und schon ist sie draußen.

Sie schaut sich um. Ihr Vater spricht immer noch mit dem Mann. Zielstrebig geht sie an die große Straßenkreuzung. Nur kurz muß sie warten, dann kommt auch schon ein Taxi. Sie winkt, es hält, Bahnhof, sagt sie, und der Fahrer nickt. Deutschland? grinst er und zeigt seine Zähne, aber sie antwortet nicht. Vor ihr liegt jetzt die Avenue de Fauxbourg, das Taxi fährt zum Gare de l'Est, der sieht mich nie wieder, hatte sie sich damals geschworen, und dabei war es auch geblieben.

Die Fahrt geht über eine Brücke an einer großen Kirche vorbei, Dominsel, sagt der Fahrer, als er sieht, wie sie den Hals reckt, älteste Kirche in ganz Polen, dann wieder über einen Fluß, ruckelndes Kopfsteinpflaster mit Straßenbahnschienen, Ewa ist jetzt wieder hellwach, diese bleierne Müdigkeit ist von ihr abgefallen, mit großen Augen nimmt sie alles in sich auf. Schwärzlich verrußte Häuserfronten, prächtige Paläste, dann ist die Straße aufgerissen, Straßenbahnen stehen kreuz und quer, der Fahrer flucht, muß einen Umweg fahren.

Endlich hält er an. Der Bahnhof. Ewa bezahlt und steigt aus. Ohne zu zögern geht sie zur Information.

Sprechen Sie deutsch? Nein? *Do you speak English ...*

Ein freundlicher junger Mann bietet seine Hilfe an. Nach Deutschland will sie? Nach Freiburg, ja wo liegt denn das, wie schreibt man das?

Hinter ihr bildet sich eine lange Schlange, aber schließlich hat sie ihre Fahrkarte. Über Frankfurt/Oder nach Berlin, dort muß sie umsteigen, den Bahnhof wechseln, vom Bahnhof Zoo geht es dann weiter, und das kennt sie auch schon, sie wird einen Liegewagen nehmen.

Sie schaut auf die Uhr und seufzt. Noch über eine Stunde bis zur Abfahrt. Zu ihrer Freude findet sie einen internationalen Presseshop und kauft sich eine deutsche Zeitschrift, eine britische und französische Zeitung. Schnell überfliegt sie die Schlagzeilen. Was nicht alles passiert ist, während sie sich in diesem verlorenen Fleckchen Erde herumtrieb.

Sie schaut sich um. Der Posener Bahnhof ist ein trister Ort. Im Wartesaal ist die Luft zum Schneiden. In einer Art Bistrocafé stehen nicht sehr vertrauenerweckende Gestalten herum und trinken Schnaps. Sie geht in das andere auf der gegenüberliegenden Seite, holt sich einen Tee und stellt sich an einen der runden Stehtische.

Sie seufzt erleichtert auf. Warum nicht gleich so. Langsam fällt die ganze Anspannung von ihr ab. Was für ein Alptraum, denkt sie, und schlägt die Zeitschrift auf. Sie liest, aber versteht nichts. Über die Zeilen schiebt sich penetrant das Gesicht ihres Vaters.

Zygler weiß jetzt, wie er fahren muß. Wenn alles gutgeht, sind sie in einer Stunde dort. Er geht zum Wagen zurück und steigt ein. Ewa ist nicht da. Er lächelt. Wahrscheinlich ist sie doch noch zur Toilette gegangen. Sie wird sich schon wieder beruhigen. Ganz wie ihre Mutter, denkt er und fährt den Wagen von der Zapfsäule weg zu einem Parkplatz. Wieder schaut er in die Karte und nickt. Hier verlief die alte Grenzlinie, die deutsch-polnische Grenze vor dem Ausbruch des Zweiten Weltkriegs. Zbąszyń. Hört sich fast an wie Bentschen, wenn es die Polen aussprechen. Strategisch wichtiger Ort. Dort laufen fünf Straßen zusammen, eine nach Frankfurt/Oder, die andere Richtung Danzig, wieder eine nach Posen, nach Breslau. Und zusätzlich die Bahnlinien, ebenfalls ein Fünferstern. Ein richtiger Knotenpunkt. Kein Wunder, daß die Deutschen um jeden Preis versucht haben, gerade dieses kleine Nest zu halten.

Zygler läßt die Karte sinken. Wo nur Ewa bleibt? So lange hält sich doch kein Mensch auf der Toilette auf. Ob ihr wohl wieder schlecht geworden ist? Zygler steigt aus, läuft zum Damen-WC. Hier ist Ewa nicht. Er spricht mit der Klofrau, nein, sie hat Ewa nicht gesehen. Er schaut in den Laden, rennt zurück zum Wagen. Seine Tochter ist verschwunden.

Außer sich vor Aufregung fragt er jeden, den er sieht. Endlich. Einer der Tankwarts hat sie gesehen. Ja. Sie sei aus dem

Wagen gestiegen mit einer Reisetasche in der Hand. An der Kreuzung habe sie ein Taxi genommen. Zygler glaubt, den Verstand zu verlieren. Das ist doch alles gar nicht möglich. Er rennt zurück zum Wagen, reißt den Schrank auf. Tatsächlich. Ewas Kleider sind verschwunden. Und die Reisetasche. Wie ein Häufchen Elend sinkt er auf die Polsterbank.

Wie kannst du mir das antun, schreit er, aber eine leise Stimme in ihm sagt: Siehst du, geschieht dir ganz recht, du hast ja gar nicht zugehört, was sie sagte.

Was hat sie gesagt? Daß sie dort nicht hinwolle. Ich will nach Hause, hat sie gesagt. Nach Hause. Ja sicher. Zygler rafft sich auf, setzt sich hinter das Steuer, startet den Motor. Zum Bahnhof. Natürlich. Aber wo ist der Bahnhof? Zygler stellt den Motor wieder ab. Steigt aus.

Bitte, fragt er den Mann, der ihm erklärt hat, wie er nach Zbąszyń kommt, wo geht es zum Bahnhof?

Ewa hat ihren Tee ausgetrunken. Sie nimmt die Reisetasche und schlendert hinaus. Besser, sie setzt sich auf den Bahnsteig, bis der Zug kommt. Sie schaut auf den Zeiger der Bahnhofsuhr, der sich nicht zu bewegen scheint. Mein Gott, wann ist es endlich soweit.

Ihre Euphorie von vorhin hat sich etwas gelegt. Einfach so davonzulaufen, ihr Vater wird sich fürchterlich erschrecken.

Hat er auch verdient, versucht Ewa ihr schlechtes Gewissen zu beruhigen. Sie kann es nun mal nicht leiden, wenn man über sie verfügt. Auch ihre Geduld hat Grenzen. Und jetzt will sie nach Hause.

Ist schon in Ordnung, sagt wieder die andere Stimme. Wird Zeit, daß du dein Leben wieder selbst in die Hand nimmst. Aber wenigstens einen Zettel hättest du ihm hinlegen können.

Ewa seufzt. Zu spät. Und zurückfahren hat jetzt auch keinen Sinn mehr. War sowieso nie ihre Art. Das, was sie einmal anfing, zog sie auch durch. Damit war sie immer gut gefahren.

Wirklich? fragt diese hartnäckige, andere Stimme. Bist du immer gut damit gefahren? Deinen Prinzipien bist du treu geblieben, aber was blieb dabei nicht alles auf der Strecke. Und jetzt. Schau dich an. Wohin bist du geraten mit deinem gnadenlosen Kurs?

Irgend etwas drückt sie. Es ist das Päckchen mit den Photographien. Ratlos schaut sie in das Gesicht ihrer Großmutter. Auch du bist hier durchgefahren, denkt sie, wer weiß, vielleicht bist du hier sogar umgestiegen? Und eine Nachricht hast du ihm auch nicht hinterlasssen. Verdammt, warum weiß ich so wenig von dir. Und wieder sieht sie die alte Frau regungslos in diesem Bett liegen, riecht den bitteren Krankengeruch, hört die leise hingestammelten Worte, spürt den Blick aus schwarzen Augen, der sie als Kind so erschreckt hat.

Ewa wickelt die Photos wieder sorgfältig in das Papier ein und läßt das Päckchen in ihre Reisetasche gleiten.

Vielleicht sollte sie ihre Mutter anrufen. Damit sie sich keine Sorgen machen. Herrje, ist sie nicht erwachsen? Ist sie nicht sonst auch immer auf der ganzen Welt zu Hause und niemandem Rechenschaft schuldig?

Aber das war vorher, sagt wieder diese andere Ewa in ihr. Vor der Reise. Jetzt ist vieles anders.

Und sie entdeckt ein ganz neues Gefühl in sich, das sich seit ein paar Tagen in ihr einnistet. Sie kann es noch nicht einordnen, noch nicht sagen, wohin das führen wird.

Sämtliche Ampeln auf Rot. Und schon lange hat er das Hinweissschild nicht mehr gesehen. Diese ganzen Baustellen. Zygler ist sicher, er hat sich verfahren. Er hält am Staßenrand, hinter ihm hupen Autos.

Dworzec, schreit er aus dem Fenster einem jungen Mann zu. Der nickt und weist in die Fahrtrichtung. Endlich. Hier muß es sein. Zygler steht der Schweiß auf der Stirn. Die Luft ist blau von Abgasen aus Zweitaktmotoren. Wo um alles in der Welt kann er hier parken? Zweimal fährt er im Kreis. Dann findet er einen Parkplatz. Er ist so nervös, daß er mehrere Versuche braucht, bis der große Wagen in der Reihe steht. Zygler stürmt in den Bahnhof. Wenn sie nur noch nicht abgefahren ist. Im Laufen mustert er Gesichter. Deine Tochter sieht aus wie deine Mutter, Janek, hört er Mieszko sagen. Sie hat dasselbe Gesicht, nur blaue Augen statt schwarze und blondes

Haar. Zygler rennt. Studiert den Abfahrtsplan, sieht vor lauter Aufregung gar nichts. Fragt eine Frau. Deutschland. Berlin? Nein, Frankfurt/Oder, aber natürlich, Berlin. Und dann ist er wieder am Malenter Bahnhof, steigt aus dem Zug, all die Menschen auf dem Bahnsteig, wie soll er denn da seine Tochter finden, niemand weiß, daß er ankommt, seine Mutter schon gar nicht, und dennoch steht sie dort, erst erkennt er sie nicht, geht an ihr vorüber, das kann doch gar nicht sein, nach all den Jahren, er ist groß geworden, fast ein Mann, auch sie schaut unsicher, Janek fragt sie, Janek, bist du das, und dann liegen sie sich in den Armen, sie weint, er sieht sie an und weiß, das sind nicht nur Tränen der Freude, was wird er sagen, wiederholt sie immer wieder, was wird er da nur sagen, und er sagte gar nichts, sah ihn nur an aus diesen eiskalten Augen, für mich wird er immer ein verdammter Polacke bleiben, Zygler sieht sich um, wo ist sie, wenn sie nur nicht schon abgefahren ist, aber ja, dort sitzt sie ja, seine Tochter, sieht genauso aus wie seine Mutter, nur blond, nicht schwarz, mit der Reisetasche zwischen den Füßen, dreht an einer Strähne und starrt vor sich hin, Fankfurt/Oder und Berlin, Berlin ist ein Kessel, keiner kommt mehr heraus, und er in einem Zug, Sackgasse, Endstation, Berlin rüstet sich zur Verteidigung, die Alliierten stehen vor den Toren, von Osten die Russen, rauchende Trümmer, wer nach Berlin kommt, der hatte Glück, aber in Berlin ist das Glück dann auch schon zu Ende, denn von hier kommt keiner mehr weg, aber Zygler streicht sich wieder mit der Hand über die Augen, da sitzt ja seine Tochter, Gott, ist er erleichtert, und sie hat ihn noch gar nicht gesehen.

Der Zug fährt in zwanzig Minuten?

Ewa schreckt aus ihren Gedanken auf, erschrickt gleich noch heftiger. Neben ihr sitzt ihr Vater.

Ja, sagt sie mit fester Stimme.

Zygler nickt.

Du willst nach Hause, nicht wahr?

Ewas Gesicht ist verschlossen. Was ist das wieder für eine Taktik? Abwartend schweigt sie erst einmal.

Du hast mir einen ziemlichen Schrecken eingejagt.

Ewa betrachtet eine Reklamewand.

Wie kannst du einfach so …

Hör mal, unterbricht sie ihn, ich kann das nicht mehr hören. Wie kannst du nur dieses …, wie kannst du nur jenes … Was du anderen antust, das überlegst du dir nie, was?

Zygler starrt sie an.

Hab ich dir vielleicht etwas angetan? fragt er leise.

Ewa fixiert wieder dieses Werbeplakat. Es ist eine Zigarettenwerbung. Eine rotweiße Packung schwebt auf blauem Grund. Darunter steht in riesigen Lettern GO WEST.

Ich halte das einfach nicht mehr aus, sagt sie und schaut ihrem Vater direkt ins Gesicht. Diese Reise ist ein Irrtum.

Zygler beißt sich auf die Lippen. So sieht sie das also. Etwas in seiner Brust fängt an zu brennen. Aber sie hat nicht recht, nein, diese Reise ist alles andere als ein Irrtum, und auch sie wird es eines Tages so sehen, sagen kann er ihr das nicht, trotzig wie sie ist, wird sie das jetzt nicht hören wollen, aber sie wird sehen. Nichts ist umsonst.

Vielleicht kann man das jetzt noch nicht sagen, meint er statt dessen vorsichtig. Möglicherweise hast du recht, aber die Reise ist noch nicht zu Ende.

Doch, unterbricht ihn Ewa heftig. Sie ist zu Ende. In zehn Minuten kommt mein Zug.

Nein, beharrt Zygler, sie ist noch nicht zu Ende, auch wenn du sie jetzt abbrichst, das ist deine Sache, aber es wird immer eine Reise bleiben, deren Ende du nicht kennst.

Ja, verdammt, genau das ist es, denkt es in Ewa, und sie möchte heiße Zornestränen heulen, immer alles bis zum bitteren Ende durchstehen, auch wenn es kaum auszuhalten ist, wenn man innerlich draufgeht, Hauptsache, man steht es durch …

Du denkst, ich bin ein unverbesserlicher Nazi. Dabei war ich nie ein Nationalsozialist …

Ach hör doch auf …

Nein, Ewa, hör mir zu. Bitte hör mir noch einmal zu.

Zygler schaut auf seine Hände. Sie zittern. Wie die Worte finden, die sie jetzt erreichen? Wie das ausdrücken, was sich kaum sagen läßt?

Alles, was ich suchte, war eine Familie, Menschen, auf die ich mich verlassen konnte. Es war ein Irrtum. Ich bin ihnen auf den Leim gegangen.

Zygler starrt vor sich hin. Wieder sieht er dieses Plakat vor sich, das edle Gesicht des Soldaten, der weit in die Ferne blickt, der weite Mantel, unter dem sich Frauen und Kinder, ja, ganze Städte verbargen, ja, sagt er, Ewa, es war ein schrecklicher Irrtum, retten wollte ich, aber ich war in eine Mörderbande geraten, wo einer den eigenen Kameraden über den Haufen schoß, und ich konnte nichts tun, einfach nichts tun, nein, verlassen konnte ich mich von da an nur noch auf mich, meine Mutter hatte mich im Stich gelassen, mein Vater hat eine neue Frau geheiratet, mein Bruder erkannte mich nicht mehr, aber das da konnte auch nicht meine neue Familie werden, und zum Glück war dann sowieso alles so schnell vorbei, alles ging so schnell, und jetzt muß ich noch einmal dorthin, verstehst du nicht, Ewa, du mußt das doch verstehen …

Zygler schluckt.

Vielleicht kam ich dir rücksichtslos vor. Es tut mir leid, wenn ich … Aber bitte, Ewa … ich weiß nicht, ob du das verstehen kannst, immer sehe ich diese alten Bilder, vor allem hier, an diesen Orten …

Du mit deinen alten Geschichten, unterbricht ihn Ewa. Immer diese alten Geschichten, denkt sie, die wir nicht abschütteln, ein Leben lang nicht, und immer verläuft es nach demselben Muster, auch sie wird niemals ihre Familie finden, den Menschen, mit dem es sich lohnt, ihre Träume zusammenzuwerfen, auch sie wird sich schließlich nur auf sich selbst verlassen können, aber was ist daran zu ändern? Und wieder sieht sie den einsamen Baum, der sich zäh in den Sandboden krallt, in die Bodenwelle duckt, Andrzej, sie wird ihn nie wiedersehen, vorbei ist vorbei, und diese Geschichte war schon beendet, bevor sie begann.

Diese alten Geschichten, sagt sie, glaubst du, eine Spritztour im Wohnmobil macht die Vergangenheit wieder gut?

Zygler schüttelt den Kopf.

Darum geht es doch nicht.

Worum geht es dann?

Ein Zug fährt brausend am benachbarten Gleis ein. Lautsprecheransagen dröhnen herüber. In seiner Brust fühlt Zygler das Brennen anwachsen, bis es ihn ganz ausfüllt. Rauchsäulen steigen auf aus dem Bahnhof, Menschen rennen, laufen um ihr Leben. Sirenen heulen. Nur weg, nichts wie weg. Zygler schüttelt sich. Menschen mit Aktenmappen, mit Einkaufstaschen gehen vorbei. Lächeln und schwatzen.

Es kommt darauf an, sagt Zygler mühsam, es kommt darauf an herauszufinden, was es heißt, das Leben. Das Überleben. Das Weiterleben. Damals wollte ich sterben. Dann war es fast soweit, jeden Tag war ich dem Tod näher als dem Leben. Um mich herum legten sich alle nacheinander hin und starben. Fielen einfach hin. Aus, vorbei. Da dachte ich, das ist der wirkliche Fluch, leben zu müssen, während alle anderen sterben. Fortgehen. Nicht wiederkommen. Meine Mutter. Suchte das Leben und fand den lebendigen Tod. Jahrelang lag sie da wie jemand, der nicht leben und nicht sterben kann. Erinnerst du dich? Nur noch die Augen lebten. Alles erstarrte um mich. Der Hauch des Todes. So ging das weiter. Du weißt das. Die Mutter deiner Schwestern ist auch gestorben. Von einer Stunde auf die andere. Eine blühende junge Frau. Dann eine Leiche. Ich konnte es nicht mehr ertragen, alles, was ich liebte, welkte dahin und starb. Ging weg. Kam nie wieder. Aber dann. Dann wurdest du geboren. Von da an wurde alles anders. Ich begann wieder zu leben. Mit dir kam das Glück zu uns, Ewa, die Sonne, die Wärme. Ich weiß nicht, warum. Aber ich wollte unbedingt, daß du mitkommst auf diese Reise.

Zygler holt tief Atem, schluckt.

Vielleicht ist das der Grund. Weil du für mich der Wendepunkt zum Leben bist, gegen all dieses Sterben in meiner Vergangenheit.

Zygler schweigt. Sie sitzen auf dieser Bank, um sie herum eilen die Menschen zu den Ausgängen. Feierabendzeit. Der Lautsprecher knackt, eine Stimme sagt den Zug an, Berlin, hört Ewa, Frankfurt/Oder, Berlin, und da fährt er auch schon ein, Bremsen kreischen, Metall auf Metall frißt sich in ihre Gehörgänge, dann wieder der Lautsprecher. Zygler schaut auf.

Dein Zug? fragt er.

Ja, sagt Ewa. Das ist mein Zug.

Zygler nickt. Jetzt ist es also so weit. Es ist alles gesagt. Sein Kopf fühlt sich leer an, was für ein anstrengender Tag. Und gleich wird er alleine sein. Wie müde er ist. Wie schrecklich müde.

Menschen quellen aus dem Zug. Andere Reisende stellen sich in Trauben an die Wagentüren. Noch ist Zeit. Zygler will noch etwas sagen, sucht nach Worten, findet sie nicht. Was hat er vorhin gesagt? Auf einmal kommt ihm alles so sinnlos vor. Wieder wird sich jemand, den er liebt, in einen Zug setzen und davonfahren. Jetzt ist auch der letzte eingestiegen. Ewa rührt sich nicht. Zygler sieht sie von der Seite an. Sie scheint konzentriert. Und gleichzeitig abwesend. Sie starrt auf diese Plakatwand. GO WEST.

Da. Der Pfiff. Die Türen schlagen zu. Langsam setzt sich der Zug in Bewegung. Auch in Ewa kommt wieder Leben.

Wo hast du den Wagen geparkt, fragt sie.

Hier draußen.

Ewa nickt, zupft an den Henkeln ihrer Reisetasche. Schaut dem Zug nach, dessen blinkender Leib sich in eine Kurve legt, dann aus ihrem Blickfeld verschwindet.

Wie ist das mit diesem Ort? Bentschen heißt er?

Zygler nickt.

Ja. Bentschen.

Wie lange willst du dort bleiben?

Ich würde gerne heute noch hinfahren, dort übernachten. Morgen früh könnten wir uns alles anschauen. Dann weiterfahren. Frankfurt/Oder. Nach Hause.

Ewa nickt.

Gut, sagt sie. Und steht auf.

Sie sind beide froh, als Posen hinter ihnen liegt. Irgendwann werde ich mir das alles in Ruhe anschauen, denkt Ewa, diese Dominsel sah interessant aus. Die Straße nach Nowy Tomyśl haben sie zum Glück auf Anhieb gefunden, jetzt lassen sie die letzten Industrieanlagen der Außenbezirke hinter sich. Schrebergärten mit bunten Datschas, dann Felder, so weit das Auge reicht.

In Posen konntet ihr also damals nicht bleiben? fragt sie ihren Vater.

Nein. Die Kaserne war leer. Es ging gleich weiter, hinter uns waren immer die Russen. Wir hörten die Front, wir hörten das Schießen, wir hörten manchmal auch das Geräusch der Panzerketten. Es half nichts. Wir mußten weiter.

Ewa betrachtet nachdenklich die Straße. Eine der schmalen Landstraßen ist es, von Bäumen gesäumt. In manchen Abschnitten ist noch das alte Pflaster zu sehen.

Was ist denn eigentlich mit Fredi passiert? Schließlich hatte er Henryk auf dem Gewissen, oder nicht?

Zygler sagt lange nichts. Er sieht wieder das blasse Teiggesicht seines Kameraden.

Von Tag zu Tag wurde er dünner, sagt er. Diese Märsche machten ihm zu schaffen.

Ja hat man ihn denn nicht zur Rechenschaft gezogen?

Ewa ist empört.

Doch, sagt ihr Vater langsam und bedächtig. Aber anders, als du denkst.

Es ist ein strahlender Wintertag. Jan blinzelt in die Helle. Seit langem hat er einmal wieder richtig gut geschlafen, tief und traumlos, heute fühlt er sich wie neu geboren. Seit drei Tagen sind sie in Bentschen, und die Matratze in der Turnhalle ist für Jan ein Himmelbett. Endlich haben sie die Wehrmacht erreicht. Hier sollen sie helfen, die Linie zu halten.

Janek geht rascher. Sie müssen die Kameraden ablösen, die an den Gleisen Wache halten. Kaum spürt er das Gewicht der Panzerfaust auf seinem Rücken. Er hat sie gefunden, auf dem Weg hierher, eine Kostbarkeit, denn ansonsten haben sie so gut wie keine Munition mehr. Zwei Schuß bekommen die ausgehändigt, die Wache halten. Jetzt wird er die Panzerfaust in Stellung bringen. Schließlich weiß man nie.

Renn nicht so, ruft es hinter ihm.

Jan stöhnt. Fredi klebt an ihm wie eine Klette. Obwohl er nicht mehr mit ihm redet. Aber das scheint ihn nicht zu stören. Immer schafft er es, gemeinsam mit Jan zur Wache eingeteilt zu werden.

Als sie zu ihren Kameraden an der Bahnlinie kommen, hören sie das Summen von Flugzeugen. Alle heben sie die Köpfe witternd in den klaren Morgen. Von Westen. Das sind die Unsrigen. Es sind Stukas, sechs Stück, Fredi wirft schon seine Mütze in die Luft vor lauter Freude, Haha, schreit er laut, da wird der Russe mal eins auf den Deckel kriegen, hurra, aber schon eröffnen die dort oben das Feuer, ja sind die denn wahnsinnig, ja was machen denn die, sie schießen ja auf uns, auf uns, und Jan wirft seine Panzerfaust in den Schnee, springt über einen Gartenzaun, rennt zum Haus, Rattattattatta, der Schnee spritzt rechts und links neben ihm in die Höhe, wo nur, wo kann er sich verstecken, da sieht er die Eingangstreppe, kriecht zwischen Haus und Stufen so tief er nur kann, aber die Füße, der Hintern schauen raus, also weiter, immer ums Haus herum, und Fredi und die anderen machen es ihm nach, versuchen Deckung zu finden, aber die Flugzeuge trennen sich, drei von der einen und drei von der anderen Seite, treiben die Jungen immerzu im Kreis, immer im Schatten des Hauses, verdammt, denkt Jan mitten im Kreuzfeuer, inmitten des Stukageheuls der auf ihn niederstoßenden Maschinen, wieso schießen die auf uns, ja wissen die denn nicht, wo die Front verläuft, und wieder hinüber auf die andere Seite, und da ist es Jan, als sehe er einen kleinen Jungen laufen, am Handgelenk wird er gezogen von seiner Mutter, läuft und läuft, vor ihm sein Vater mit dem Kleinen auf dem Arm, und über ihnen die Geschütze der Deutschen, Beten und Singen, aber nein, es ist Fredi, der flucht, HimmelkreuzsappermentnocheinmalMariaundJosef, das Knattern der Maschinengewehre und Einschläge direkt neben seinem Kopf, daß ihm Hören und Sehen vergeht, und dann ein paar Schreie, ganz in der Nähe, und dann ein langer Schrei, der gar nicht mehr aufhören will, Jaaaaanek, schreit es, und hiiiiilf mir, die Flugzeuge steigen auf, das Brummen wird leiser, entfernt sich. Ob sie wohl zurückkommen? Vorsichtig zieht Jan den Kopf aus dem schützenden Spalt.

Fredi? ruft er.

Ein Stöhnen, dann Stille. Ein Röcheln.

Fredi!

Jan springt aus seiner Deckung, läuft um das Haus und fällt

fast über Fredi, der im Schnee liegt, die Augen weit aufgerissen. Um ihn herum färbt sich der Schnee rot.

Fredi!

Jan beugt sich zu seinem Freund hinunter. Fredi röchelt, will etwas sagen, da quillt Blut aus seinem offenen Mund, seine Augen weiten sich, weiten sich entsetzlich, ein paarmal zuckt sein Körper, dann ein letzter, gurgelnder Laut, wie ein großes Seufzen.

Wieso haben die euch beschossen? fragt Ewa nach einer Weile. Es wird Abend. Sie haben kurz vor ihrem Ziel einen Rastplatz gefunden. Zygler schält ein paar Äpfel.

Keine Ahnung. Vielleicht haben sie uns für Russen gehalten. Wir waren ja längst nicht mehr vorschriftsmäßig gekleidet, hatten an, was wir gerade fanden, es war ja so kalt, und mit Waschen war auch nichts, also wurden die schmutzigen Kleider einfach weggeworfen und neue angezogen. Was sich so fand. Also – ich kann es dir nicht sagen. War ja ein riesiges Durcheinander.

Zygler beißt in einen Apfel, kaut lange, in Gedanken versunken.

Da wußte keiner mehr so recht, was wirklich los war, sagt er dann. Eines Nachts zum Beispiel, als wir im Ort Wache hielten, ich war mit Fritz zusammen, der immer so schrecklich hustete, und ich dachte nur, wenn da die Russen kommen, auch wenn ich noch so leise bin, den Fritz hören sie sofort. Der Kommandeur der Wehrmacht hatte nämlich uns Jungen auserwählt für die Nachtwachen, weil er nur lettische Soldaten hatte in den Uniformen der Wehrmacht, aber die sprachen kaum Deutsch, wer weiß, vielleicht traute er ihnen auch nicht so recht.

Jedenfalls hatten wir in dieser Nacht eine Zufahrtsstraße zu bewachen. Es war ja Winter, man konnte auch ohne Beleuchtung gut sehen, und obwohl der Schnee die Geräusche schluckte, hörten wir doch das Brummen eines Fahrzeugs, das sich näherte, anhielt, und dann wieder wegfuhr. Und auf einmal steht da ein Mann vor uns, gekleidet wie ein Wehrmachtssoldat, der kommt auf uns zu, fragt, wer wir seien, und wir erzählen ihm auch bereitwillig alles, daß wir in der Schulturnhalle unser Lager haben, wie viele wir sind und so weiter. Aber bald kam mir das alles sehr seltsam vor. Das muß er doch wissen, dachte ich, da stimmt doch etwas nicht. Und tatsächlich, plötzlich fängt der an, über Hitler zu schimpfen, und daß das alles gar keinen Sinn mehr hätte, daß die Russen uns sowieso alle kriegen und wir dort in Gefangenschaft kommen. Er wollte, daß wir mit ihm zu den Russen überlaufen – ich hab gesagt, das kommt nicht in Frage, ich will nach Westen, nicht nach Osten, aber der wollte gar nicht lockerlassen, Fritz sah mich immer nur an mit seinen großen Augen und hustete, irgendwann bekam ich es mit der Angst zu tun, der Mann hatte die Taschen und Gurte voller Patronen, und wir hatten ja so gut wie nichts.

Zygler schiebt sich ein Stück Apfel in den Mund. Ewa fragt sich, ob er wohl schmeckt, was er da kaut.

Am nächsten Morgen haben wir das dann erzählt. Und einen Anschiß kassiert. Warum habt ihr ihn nicht erschossen, schrie der Kommandeur. Das war doch ein Deserteur, ein Überläufer!

Zygler lacht in sich hinein.

Dabei waren wir heilfroh, daß er uns nichts getan hatte. Und uns nicht zwang, zu den Russen überzulaufen. Schließlich war der bewaffnet, und wir standen ohne Munition da.

Jan liegt auf seiner Matratze. Er ist ausgeruht, der Dienst hier ist nicht schwer. Dennoch macht er jeden Tag ein paar Kniebeugen und Liegestützen. Diese Ruhe trügt.

Seit Fredi tot ist, weiß er, daß Bentschen nicht zu halten ist. Wenn selbst schon unsere eigene Flugstaffel Angriffe gegen uns fliegt, wird diese Stellung bald aufgegeben, denkt er. Auf der anderen Seite der Gleise liegen die Russen. Bald wird es weitergehen, das fühlt er.

Wenn nur all dieses Gepäck nicht wäre. Das Marschieren ginge ja noch. Aber diese Gewehre …

Bau dir einen Schlitten. Jan schaut auf. Aber da ist niemand. Bau dir einen Schlitten, da hört er es wieder.

Womit soll ich einen Schlitten bauen, protestiert es in ihm, hier gibt es doch nichts. Aber der Gedanke kommt immer wieder. Er ist nicht dumm, dieser Gedanke, auf einem Schlitten könnte man all das Gepäck bequem durch den Schnee ziehen.

Aber es ist sinnlos. Er hat weder Material für so etwas noch Werkzeug.

Bau einen Schlitten, sagt die hartnäckige Stimme wieder, als er durch den Schlafsaal geht. Hier vorne gibt es sogar Betten mit Brettern unter den Strohsäcken, Jan sieht sich um, niemand ist da, also zieht er hier und da ein paar Bretter heraus.

Einen Schlitten. Im Garten ist ein Schuppen. Aber der ist leer. Lediglich an der Wand hängt ein Seil an einem Haken. Jan steckt es ein.

Nägel. Jans Augen suchen jede Wand, an der er vorübergeht, nach Nägeln ab. Nach zwei Tagen hat er genügend in der Tasche.

Was soll das werden, fragt ihn Fritz, als er sieht, wie Jan mit einem großen Stein versucht, die Latten zusammenzunageln.

Ein Schlitten. Fritz schaut ihn mit großen Augen an und hustet.

Kannst du mal halten?

Fritz kniet sich neben ihn und hält das Holz.

Du willst also schlittenfahren?

Jan lacht. Warum nicht? Das wäre ein Spaß. Und Fritz lacht mit, bis ein Hustenanfall alles erstickt und er keine Hilfe mehr ist für Jan.

Endlich ist der Schlitten fertig.

Was soll das sein, fragen ihn die anderen. Das Ding hat nicht viel Ähnlichkeit mit einem Schlitten. Die Kameraden lachen ihn aus. Dieser Johannes. Sein Monstrum wird nach zehn Kilometern auseinanderbrechen. Nein, nach fünf. Gerade mal bis zum Ortsschild wird er damit kommen. Alle lachen. Wetten werden abgeschlossen. Na, Johannes, hat dein Schlitten auch einen Lenker? Wo sind denn deine Schlittenhunde?

Aber Jan läßt sich nicht beirren. Gutmütig lacht er mit den anderen. Im stillen denkt er: Ihr werdet schon sehen.

Jedenfalls dauert es nicht mehr lange, und es ist vorbei mit der Ruhe. Eines Nachts werden sie aus dem Schlaf gerissen, ankleiden und alles mitnehmen heißt es. Bis Jan richtig wach ist, steht er schon im Garten hinter einem der Obstbäume, knöpft sich noch die Jacke richtig zu. Und erstarrt.

Ein gedämpftes Brummen und Motorgrollen, dann rollt ein russischer Panzer die Dorfstraße herauf. Da. Noch einer, und noch mehr, fünf sind es im ganzen. Langsam, ganz langsam kommen sie näher, der Schnee schluckt die Geräusche der Ketten, ohne Licht fahren sie, aber das Weiß des Grunds reflektiert genügend, damit sie deutlich zu sehen sind. Jetzt sind sie ganz nah, scheinen zu zögern, bleiben stehen, Jan hält den Atem an, russische Panzer direkt vor ihrer Tür, dabei sind sie hier fünf Kilometer hinter der Front, und am Ortseingang liegt doch die Flakbatterie, eine Achter, speziell für die Panzerabwehr geeignet, wieso hat denn die nicht, aber sicher, auch dort haben sie keine Munition mehr. Jans Nerven sind zum Zerreißen gespannt, hoffentlich schießt jetzt keiner, denkt er, wenigstens heute nicht, und da setzen sie sich auch schon wieder in Bewegung, drehen eine Runde um den Dorfplatz und verschwinden genauso gespenstisch, wie sie gekommen sind. Ein Spuk, denkt Jan, ein Traum. Schön wär es.

Kaum sind die Panzer nicht mehr zu sehen, kommt Leben in die Schatten der Bäume.

Alles sammeln, in der Turnhalle, läuft die Parole von Mund zu Mund.

Wir müssen sofort aufbrechen, sagt der Alte. Jetzt kommt ein breiter Angriff, das ist sicher. Wir sind eingekesselt. Also. Keine Zeit verlieren. Gepäck aufnehmen und los.

Jan läuft nach seinem Schlitten. Lehmann will ihm den Weg versperren. Aber Jan läßt sich nicht aufhalten.

Was willst du mit diesem Unsinn, fährt Lehmann ihn an. Die Russen sind hinter dir her, und du spielst mit ein paar Hölzchen herum?

Der Zug setzt sich in Bewegung. Ganz hinten geht Jan. An einer Schnur zerrt er ein aus Latten zusammengezimmertes Gestell hinter sich her. Lehmann schüttelt den Kopf. Aber er sagt nichts mehr.

Und, fragt Ewa, während sie das Abendessengeschirr zusammenräumt, wie lange hat dein Schlitten gehalten?

Zygler schmunzelt.
Ich weiß nicht mehr. Bis zum Ortsschild? Vielleicht aber auch ein bißchen länger.
Dann hast du auch alles wieder schleppen müssen?
Oh nein, Zygler schüttelt den Kopf. So schnell hab ich nicht aufgegeben. Ich hab ihn wieder zusammengeflickt.
Ewa nickt. Das hat sie sich schon gedacht. Typisch ihr Vater. Wenn er sich erst einmal etwas in den Kopf gesetzt hat … Da fällt ihr ein, was Jean-Claude immer zu ihr gesagt hat: Du mit deinem deutschen Dickschädel. Wer weiß, denkt Ewa und muß lachen. Der Ärmste ahnte ja gar nicht, daß in diesem deutschen Dickschädel auch noch ein Gutteil polnischen Starrsinns verborgen ist.
Wollen wir noch ein paar Schritte gehen? schlägt Zygler vor und tritt vor den Wagen. In den Wiesen zirpen Grillen. Ein paar Wolken ziehen über den Abendhimmel, an dem schon drei, vier Sterne leuchten. Wie schön war es doch letzte Nacht draußen an der Weichsel, denkt Ewa, die ihm folgt. Aber dann schaudert sie, erinnert sich an ihren verzweifelten Kampf gegen den Fluß. Das wird sie nie wieder vergessen. Kaum zu glauben, daß das erst heute morgen war. Sie biegen in einen Feldweg ein, der sie mitten durch reife Kornäcker führt. Von ferne hört sie ein Auto fahren, einen Hund aufheulen.
Weißt du, sagt Zygler, eigentlich hatte ich ja nur eines im Sinn. Die ganze Zeit. Ob Schlitten oder nicht, ob Schnee oder Bomben, eigentlich wollte ich nur meine Mutter wiederfinden.
Ein leiser Abendwind bringt die reifen Ähren zum Knistern.
Hattest du überhaupt eine Ahnung, wo sie war, dort, im Deutschen Reich? fragt Ewa.
Ihr Vater nickt.
Ja, sagt er dann ein wenig rauh und räuspert sich. Ja, meine Mutter hat mir irgendwann dieses Photo geschickt. Frania hat es mir gegeben.
Was denn für ein Photo? fragt Ewa.
Da bleibt Zygler stehen, langt in die Gesäßtasche und zieht seine Geldbörse heraus. Vorsichtig entnimmt er ihr ein zerfleddertes Bild, die Zeit und die Reibung mit dem Leder haben es mürbe gemacht. Behutsam reicht er es Ewa. Im Zwielicht

des Abends kann sie kaum etwas erkennen, ganz nah muß sie es sich vor die Augen halten. Ein Weg zwischen Wiesen und Feldern, darauf eine Gestalt, die ein Fahrrad hält und den Betrachter anlächelt, aber das ahnt Ewa mehr, als daß sie es tatsächlich sieht. Die Frau trägt einen Mantel, die Haare sind streng nach hinten zu einem Knoten gekämmt. Schade, daß sie nicht näher herangekommen ist, denkt Ewa, so viel Landschaft und so wenig von dieser Frau, da wendet sie die brüchige Photographie und entdeckt einen Schriftzug, darf ich das lesen, fragt sie scheu, aber sicher, ist die Antwort, Zygler wendet sich ab, schaut über die Felder, und Ewa liest im letzten Abendlicht, bevor die Dämmerung alle Konturen auslöscht: Für meinen lieben Janek von Deiner Mutter. Es ist eine stolze, gerade Schrift, für meinen lieben Janek, wann hat sie das geschickt, fragt Ewa leise, aber Zygler zuckt die Schultern, ein Jahr nachdem sie fortgegangen ist, sagt er dann, so ungefähr. Später ist sie ja einmal zu Besuch gekommen, aber da hätte ich sie fast nicht mehr erkannt. Daß sie so rasch gealtert ist, ich kann das immer noch nicht begreifen, sagt er, sie war krank, das Leben mit diesem Mann hat sie kaputtgemacht.

Ewa starrt nachdenklich auf das Bild, aber sie kann jetzt kaum mehr etwas erkennen. Vorsichtig reicht sie es ihrem Vater zurück, der es sorgfältig verstaut. Dann gehen sie eine Weile schweigend nebeneinander her.

Und die Adresse, fragt Ewa wieder, du hast deine Mutter doch dann gefunden, oder?

Der Weg mündet vor ihnen in ein kleines Wäldchen. Davor steht eine Bank. Sie setzen sich und schauen über die Felder zurück zu den Lichtern des Dorfes. Zygler sucht und findet mit den Augen die Silhouette des Wohnmobils.

Ja, sagt er endlich. Ich habe sie gefunden. Eine Adresse hatte ich nicht, aber ich habe mir den Namen des Ortes gemerkt. Meine Tanten haben ihn hin und wieder erwähnt. Malente. Malente Gremsmühlen. Ich hab es mir sogar aufgeschrieben. Aber das war gar nicht nötig. Malente Gremsmühlen. Niemals habe ich diesen Namen vergessen.

Ja, denkt Ewa, Malente, natürlich. Dort hatten sie die Großeltern ein paarmal besucht, dort hat sie Bronja noch kennengelernt, bevor sie starb, dort hat sie sie im Bett liegen sehen. Sie erinnert sich gut an das Haus und den Garten, an Zeus, den goldenen Cockerspaniel – aber etwas wie ein großer Schatten liegt über den Erinnerungen. Dieser alte Mann, der ihr Stiefgroßvater war. Seine Stimme, die täglichen Zorngewitter. Ja. Malente Gremsmühlen ist für Ewa für immer ein ganz besonderer Ort geworden, ein Haus, in dem sogar ihre Mutter Angst zu haben schien – warum waren sie dort überhaupt hingefahren?

Ich hab meine Mutter wiedersehen wollen, ich mußte sie einfach wiederfinden, fährt Zygler fort, und eines Tages, nach einer langen Irrfahrt, nach wochenlanger, entsetzlicher Flucht, eines Tages kam ich dort an. Mit dem Zug. Ich hatte es geschafft.

Eine Fledermaus dreht einen flinken Bogen über sie hinweg und verschwindet.

Aber als der Zug in den Bahnhof einfuhr, da hab ich gezittert. Vor Aufregung. Und auch, weil ich nicht weiterwußte. Hatte ja keine Adresse. Keine Ahnung, wie groß dieses Malente war. Sollte ich überall nach Bronja Harmsen fragen? Oder Brunhilde, wie sie sich jetzt nannte? Plötzlich war sie mir so fremd, so fern. Ich ließ mir Zeit mit dem Aussteigen. So lange hatte ich gebraucht, um dort hinzukommen, aber dann hätte ich fast verpaßt auszusteigen. Als letzter sprang ich vom Zug. Da stand ich also.

Zygler lacht leise vor sich hin.

Na ja, ich nehme also mein Bündel und gehe zum Ausgang. Da steht eine Frau am Eck, die hat mich die ganze Zeit schon so merkwürdig angestarrt, und jetzt wieder, schaut mich groß an, aber ich kenne sie nicht, gehe an ihr vorbei, und erst, als sie mich anspricht, Janek, bist du's, da drehe ich mich um, kann es gar nicht fassen, Mutter, sag ich immer wieder, und sie, bist du's wirklich, und dann die Tränen, und wie ich sie im Arm halte, da spüre ich, so dünn, so gebeugt, alt ist sie geworden, und waren doch nur ein paar Jahre, blühend ist sie davongegangen und dort, am Bahnhof in Malente, halte ich eine alte, gebrochene Frau im Arm.

Der Mond steigt über den Dächern auf, liegt flach und faul

auf dem Rücken. Der Gesang der Grillen schwillt an, rhythmisch wogt er aus den Feldern zu ihnen herüber.

Sie hat es nicht gut getroffen, dort in Malente, bei Hajo Harmsen. So charmant er sein konnte, so furchtbar war sein Jähzorn. Als wir nach Hause gingen, konnte ich es deutlich sehen. Sie zog ein Bein nach und ging gebeugt. Wer weiß, was dieser Teufel mit ihr gemacht hat. Und diese Tränen, ich hab sofort verstanden, daß das nicht nur Freudentränen waren. Was wird er sagen, hat sie immer wieder vor sich hingesagt, Oh mein Gott, was wird er nur sagen, aber gesagt hat er dann nichts. Kein einziges Wort. Nur die Augen. Die sagten alles.

Aber wieso, will Ewa wissen, woher hat sie denn gewußt, daß du kommst?

Zygler lächelt.

Das hab ich sie auch gefragt. Sie wußte selbst nicht, warum sie an diesem Tag zum Bahnhof gegangen ist. Das hat sie sonst nie gemacht. Nur an diesem einen Tag. Irgend etwas hat sie dorthin gezogen, sagte sie. Sie wollte mal sehen, ob vielleicht jemand ankommt, den sie kennt. Ja. Als alle anderen ausgestiegen waren, wollte sie eigentlich schon wieder nach Hause gehen. Trotzdem hat sie noch gewartet. Und dann kam ich.

Aus dem Wäldchen weht kühle Luft herüber.

Komm, sagt Jan Zygler, laß uns zurückgehen.

Zwischen den Feldern atmen sie den schweren warmen Sommerduft der Erde. Aber Ewa ist ganz woanders. Sie ist in Malente und begleitet eine Frau mit ihrem Sohn, den sie ein paar Jahre nicht gesehen hat, nach Hause.

Wieso hatte sie es schlecht bei Harmsen, fragt sie. Ich dachte, er war ihre große Liebe?

Lange muß sie auf die Antwort warten.

Er hat sie geschlagen. Und betrogen. Ich hatte es bald heraus. Und das konnte natürlich nicht gutgehen mit uns beiden. Ich hab da nicht zusehen können, verstehst du? Ich war nicht mehr der kleine Junge, den man einfach so verprügelt. Ich war erwachsen geworden mit meinen sechzehn Jahren.

Zygler schreitet jetzt zügig aus, Ewa muß sich anstrengen, um mitzukommen.

Was für mich aber am schlimmsten war, das war sie selbst.

Wie ergeben sie ihm war. So ganz verändert. Wenn ich daran denke, wie sie mit meinem Vater gestritten hat, stolz und unerbittlich, wenn er auch nur ein Gläschen Vodka zuviel getrunken hatte, so mutig war sie einmal gewesen, nie werde ich vergessen, wie sie ganz alleine den deutschen Soldaten entgegenging, damals, als der Krieg ausgebrochen war, und jetzt, voller Angst, immer nur jaja, Hajo, ist ja schon gut, Hajo. Nichts war gut. Gar nichts. Und eines Tages packe ich ihn und hab ihn schon und versetze ihm einen Haken, den man nicht vergißt, nie wieder rührst du meine Mutter an, schreie ich, aber da hat er diese Latte in der Hand, eine Latte mit rostigen Nägeln, und schon läßt er sie niedersausen, ich kann gerade noch ausweichen, aber meine Schulter und den Arm hat er erwischt, die rostigen Nägel reißen Fetzen aus meinem Arm, und da wird es mir rot vor Augen, ich weiß nicht mehr, was ich tu, stürz mich auf ihn, will ihn umbringen, aber er, immer mit der Latte, er hätte mich umgebracht, dieser feige Hund, mit der Latte totgeprügelt, aber da stellt sie sich dazwischen, fällt ihm in den Arm, klammert sich fest an ihn, bis er ruhiger wird, und als der Mann sie fragt, ob sie das zulassen will, daß der Sohn die Hand erhebt gegen den, der Vatersstelle an ihm vertritt, da sagt sie, nein, das ist nicht recht von dem Jungen, und ich, ich frag sie, Mutter, frag ich und das Blut läuft mir aus dem Mund, willst du, daß ich wieder fortgehe, da sagt sie erst nichts, fängt an zu weinen, fängt an zu zittern, aber auch er fragt, wieder und wieder, willst du, daß er geht, und da sagt sie schließlich: Ja. Ja, sagt sie, ich soll gehen.

Und du, Ewa packt ihren Vater am Arm, daß er stehenbleibt und sie ansieht wie eine Fremde, sag, bist du wirklich gegangen?

Zygler fährt sich mit der Hand über die Stirn.

Ob ich gegangen bin? Natürlich bin ich gegangen. Sie haben mich rausgeworfen. Ein zweites Mal hat sich meine Mutter gegen mich entschieden.

Schweigend gehen sie zum Wohnmobil zurück. Zygler schließt auf, macht Licht. Dann läßt er sich schwer auf das Polster fallen. Müde sieht er aus, müde und leer.

Ja, ich hab dieses Haus verlassen und nicht mehr betreten.

Bei fremden Menschen bin ich untergekommen. Wieder einmal. Fremde haben meine Wunden verbunden. Ist eine Schande, haben sie gesagt, den Sohn aus dem Haus zu prügeln. Einen alten Bauwagen hab ich mir hergerichtet, dort hab ich gehaust. Ein Bett hab ich mir gebastelt und für den Winter einen Kanonenofen eingebaut. Das war am selben Ort. Malente Gremsmühlen. Aber sie hab ich nie mehr besucht. Zigmal hat sie den Paul geschickt. Komm doch mal vorbei, hat er gesagt. Wenn der Papa nicht da ist. Mama freut sich. Aber ich wollte nicht. Wollte sie nie mehr sehen.

Entsetzt beobachtet Ewa, wie sein Gesicht sich verändert. Die klaren Linien seiner Züge lösen sich auf, Tränen schießen ihm über die Wangen, seine Schultern beben. Niemals hat Ewa ihren Vater derart weinen sehen, jetzt nimmt sie ihn in die Arme, sein Jammer brennt sich tief in sie ein, sie fühlt, wie das Schluchzen seinen Körper erschüttert, spürt die Nässe der Tränen an ihrer Schulter, wie ein Kind weint Jan Zygler im Arm seiner Tochter, alte Tränen sind es, jahrzehntealt, aber immer noch heiß und bitter.

Irgendwann wird er ruhiger. Schneuzt sich und wischt sich das Gesicht trocken. Atmet mehrmals tief durch. Schließlich bricht Ewa das Schweigen.

Wie habt ihr dann ..., ich meine, wie kam es, daß ..., als ich klein war, da haben wir sie doch besucht.

Zygler nickt.

Ja, sagt er und sieht eine Weile aus dem Fenster. Finster ist es geworden, der Mond ist hinter Wolken verschwunden.

Viele Jahre sind so vergangen. Irgendwann hast du selbst Kinder, hast eine Familie. Ich hatte genug Abstand zwischen uns gebracht. Was glaubst du, warum ich nach Süddeutschland gegangen bin. Meine Frau, die Mutter deiner Schwestern, hat mich schließlich überredet, und da hab ich ihr geschrieben. Und so ergab sich dann der erste Kontakt nach all den Jahren.

Habt ihr noch mal darüber geredet, später?

Zygler sieht auf.

Worüber?

Na über all diese Dinge. Daß sie damals fortgegangen ist

und dich später weggeschickt hat. Und wie das damals für dich war ...

Wie das war? Was hätte es da zu reden gegeben. Es war für uns alle nicht leicht. Eine Mutter sollte nicht zwischen ihrem Kind und ihrer Liebe wählen müssen. Und das hab ich dann irgendwann auch verstanden, als ich ein erwachsener Mann war und selber eine Frau hatte. Sie hat ihn geliebt. Ja. Auch wenn es mir nicht geschmeckt hat. Auch wenn ich fand, daß sie eine schlechte Wahl getroffen hat. Nein. Ich hab nie mit ihr darüber gesprochen.

Nachdenklich betrachtet Zygler seine Hände.

Ein einziges Mal haben auch sie uns besucht. Mit dem Motorrad sind sie gekommen, und Mutter hat im Sozius gesessen, ohne Kopfstütze, die ganze Strecke lang. Sie war halb tot, als sie ankam. Da hab ich ein Brett genommen und es polstern lassen, hab für sie eine Rückenlehne gebaut. Und Harmsen, dem hab ich meine letzten hundert Mark, hab sie ihm gegeben, weil er kein Geld mehr hatte für den Sprit. Hier, hab ich gesagt, hier hast du Geld. Und paß gut auf meine Mutter auf.

Ein kleines Schmunzeln gleitet über Zyglers Gesicht.

Man muß sich nicht unbedingt schlagen, um jemanden zu besiegen, denkt Ewa und lächelt mit ihm.

Zygler kramt in seiner Tasche, holt das alte, abgewetzte Photo noch einmal aus dem Portemonnaie. Er wirft einen Blick darauf, dann reicht er es Ewa.

Hier. Ich schenke es dir. Tu es zu den anderen.

12

Zbąszyń ist heute ein verschlafener Ort. Nichts erinnert mehr an die Geschehnisse im Winter fünfundvierzig. Trotz seiner günstigen Verkehrslage scheint er keine große Bedeutung zu haben. So ist alles geblieben, wie es war.

Zygler erkennt die Straßen wieder, die einmal strategisch so wichtig waren. Er findet auch die Stelle an den Bahngleisen, das Haus und den Garten, in dem Fredi starb. Ein Kind spielt auf dem Rasen, in den Beeten stehen Gartenzwerge.

Dort drüben lagen die Russen, sagt Zygler zu seiner Tochter und weist über die Gleise. Aber dahinter sind nur Häuser und Gärten zu sehen. In einem bückt sich eine Frau mit buntem Kopftuch zwischen ihre Blumenstauden.

Deutsche, Russen – was hatten die hier überhaupt zu suchen, sagt Ewa wie zu sich selbst, hier ist doch Polen, verdammt noch einmal.

Und doch verlief hier einmal die deutsch-polnische Grenze.

Ja, sagt Ewa, in Versaille am grünen Tisch mit dem Lineal gezogen. Das hast du mir doch gesagt?

Zygler nickt. Hebt die Schultern und läßt sie wieder fallen. Es ist Sommer, ein schwerer, überreifer Sommer, der jeden Tag in einen goldenen Herbst übergehen kann.

Komm, sagt er, laß uns noch die Schule finden, wo wir in der Turnhalle unser Lager hatten.

Und wo du den Schlitten gebaut hast?

Genau.

Sein Gedächtnis führt ihn sicher aus dem Ort hinaus, eine Straße bergan.

Hier lag die Flak, sagt er am Fuß eines kleineren Hügels. Die Straße macht eine Schleife, dann sind sie oben.

Siehst du, ruft Zygler, das ist der Marktplatz und dort hinten, das große Gebäude, das ist die Schule, der Obstgarten ist auch noch da, von dort aus haben wir die Panzer kommen und wieder gehen sehen.

Alles ist wie ausgestorben. Es sind Schulferien, so wie in Nieszawa, und die Bauern arbeiten wahrscheinlich auf dem Feld. Zygler steht und schaut, aber was er sieht, ist ein ganz normales Städtchen, eher ein Dorf, eines wie viele andere, durch die sie gekommen sind.

Er legt seinen Arm um Ewas Schulter.

Ich bin so froh, daß du mitgekommen bist, sagt er.

Sie lächelt.

Ich auch, sagt sie dann. Und es ist ihr, als spürte sie, wie eine Last von den Schultern ihres Vaters abfällt, wie er sich streckt und zu wachsen scheint. Als sei ein kleiner Teil von ihm hier geblieben, denkt sie, und jetzt holt er ihn ab.

Frankfurt/Oder? fragt er sie.

Sie nickt und geht zum Wagen. Laß uns auf Schlittentour gehen, sagt sie, wie war das? Das Ding hat dir das Leben gerettet?

Ein kalter Wind pfeift von Osten. Mit gesenkten Gesichtern stapfen die Jungen durch den Schnee. Sie sind nicht die einzigen. Die Ratten verlassen das sinkende Schiff, hört Jan einen Mann sagen und hinter ihnen herspucken. Das ganze Städtchen ist auf den Beinen, alle verlassen sie ihre Häuser, tragen schwer an ihrer Habe, wer kann, lädt ein Fuhrwerk voll, oder doch wenigstens einen Leiterwagen. Mühsam kämpfen sie sich durch die Massen, Jan muß achtgeben, seinen Schlitten heil hindurch zu bekommen, und als sie auf die Landstraße nach Frankfurt/Oder gelangen, wird klar: Die Straße ist verstopft, ganz Polen scheint unterwegs, ein riesiger Treck nach Westen.

Schneller, ruft der Alte, wir müssen schneller sein als die anderen, und so überholen sie die Menschenkolonnen am Rand der Straße, vorbei an Pferdewagen und Handkarren, die alle naselang hängenbleiben und den ganzen Flüchtlingsstrom zum Stocken bringen.

Jan schwitzt trotz der Kälte. Immer wieder bekommt sein Schlitten Schlagseite und klappt in sich zusammen. Aber er gibt nicht auf. Richtet das Gestell wieder auf. Drückt es zurecht, so gut er kann. Während er es weiterzieht, beobachtet er genau seine Schwächen. Sicherlich. Ein richtiger Schlitten wird das nie, er hat keine geschwungenen Kufen und natürlich keinen Metallbeschlag. Die Querverstrebungen. Das sind die Schwachstellen. In seiner Jackentasche hat er noch ein Stück Schnur, für alle Fälle, und mit dem verstärkt er die Streben …

Zygler, schreit Lehmann, aufschließen.

Ja, ruft er zurück, ich komme schon.

Jan zieht seinen Schlitten. Wie angenehm das ist. Viel leichter, als wenn er das ganze Gepäck … Aber da legt er sich ächzend zur Seite, gleich wird er unter der Last zusammenbrechen. Also wieder runter mit dem Gepäck. Jan arbeitet konzentriert. Und tatsächlich. Diesmal hält das Gestell etwas länger, er ist auf dem richtigen Weg. Wenn er doch nur noch ein Stück Holz hätte, um dem Ganzen mehr Stabilität zu geben. Jan schaut nach seiner Truppe, wie weit sind die denn schon voraus? Er fängt an zu rennen. In der Ferne sieht er Lehmann, der auf ihn wartet, er erkennt ihn an seiner seltsamen Mütze. Wer weiß, wo er die her hat.

Zygler, schreit ihn Lehmann an, wenn du noch einmal so weit zurückbleibst, kannst du etwas erleben. Hast du verstanden?

Jan nickt.

Sieh dich doch um, sagt der Ausbilder dann ernst. Wer hier verlorengeht, der ist wirklich verloren. Also. Jetzt Marsch. Und zügig geht er voraus, Jan folgt ihm, der Schlitten ruckelt brav hinter ihm her.

Langsam wird es hell. Jetzt erst sieht Jan, welch eine endlose Kolonne sich die kerzengerade Landstraße entlangwälzt. Dann bemerkt er, daß sich ganz langsam die kostbaren Nägel aus dem Holz herausarbeiten. Einen hat er schon verloren. Gut, daß er den großen Stein mitgenommen hat. Mit ein paar

Schlägen treibt er die Nägel wieder tiefer in die Latten. Es muß doch gehen. Es muß. Jan genießt die kurzen Phasen, in denen der Schlitten durch den Schnee huckelt. Es geht nach Westen, zu seiner Mutter. Etwas singt in ihm, und er zieht seine Last leicht hinter sich her. Weit vorne am Rand der Kolonne sieht er immer Lehmanns Mütze.

So vergeht der Tag mit Reparieren, Zusammenflicken, dem Binden von Schnürchen, dem Verlagern von Gewichten. Jan ist zäh. Bau dir einen Schlitten, hat die Stimme gesagt. Bau einen Schlitten. Er hat ihn gebaut. Mochten die anderen doch spotten. Sie trugen schwerer als er.

Der Abend legt sich blau über die Schneefelder, die Sterne gehen auf, der Mond. Da. Ein Ruck. Sein Schlitten bleibt an einem Stein hängen, der im Schnee verborgen war, knirschend bricht er auseinander, und Jan sieht, da ist nichts mehr zu machen. Ganz neu müßte er wieder anfangen, und dazu ist keine Zeit. Zornig stampft er in den Schnee. Er schaut nach vorne. Er kann Lehmanns Kopf nicht mehr sehen. Gleich ist es Nacht. Schnell mustert er sein Gepäck. Dieses französische Gewehr, schwer wie eine Kanone, was für ein Unsinn, entschlossen wirft er es in den Straßengraben. Jetzt hat er es leichter. Jan versetzt den Schlittentrümmern einen wütenden Fußtritt, dann rennt er los. Er läuft und läuft, bis er wieder diese Mütze sieht, aber unter ihr ist ja gar nicht Lehmanns Gesicht, das ist nicht Lehmann, und die anderen, wo sind denn die anderen, Jan rennt erschrocken weiter, er hat seine Truppe verloren, all diese Menschen, ganz allein ist er inmitten all dieser verzweifelten Menschen, immer wieder hocken sie in Grüppchen am Rand, erschöpft, am Ende, Alte, Kranke, dann schaut er nicht mehr hin, steigt über sie hinweg, springt, immer hofft er, eine vertraute Gestalt zu erkennen, die Silhouette Lehmanns oder den Alten, wie sehr sehnt er das häßliche Narbengesicht herbei, er rennt und rennt, seine Füße schmerzen, die neuen Schuhe, noch immer reiben sie, besonders die linke Ferse, wo die blutige Blase von der letzten Flucht immer noch nicht richtig verheilt ist, einige Male rutscht er im Schnee aus, kann sich gerade noch fangen, daß er nicht in den Straßengraben fällt. Es ist tief in der Nacht. Der Schnee glitzert im

Mondlicht, wirft unwirkliche Reflexe über die fremden Gesichter, die angespannt sind, verzweifelt, übermüdet wie er. Wie spät mag es sein? Die Sterne werden schon blasser, in regelmäßigen Abständen stehen Bäume an der Straße, wie ein riesiges Maßband, er geht Baum um Baum und immer weiter, die Stimmen der Menschen um ihn herum verschwimmen, träum nicht, Jan schreckt hoch, war das Fredis Stimme oder Mieszkos, aber er ist allein, und Fredi ist tot, und Mieszko – und wieder verwischen die Bilder, er sieht sich rennen über die Felder von Poduchowne, sieht sich reiten, ein Pferd, das wäre fein. Seine Hände werden in den Handschuhen ganz fühllos, noch immer spürt er die Schnur, wo ist denn sein Schlitten, ja wo sind denn die anderen, da fällt ihm alles wieder ein, und er beginnt zu laufen, aber die Füße wollen nicht mehr so, wie er will. Und dann entsteht eine seltsame Aufregung, die Russen, die Russen, hört Jan, und dann hört er noch mehr, hört Schüsse und Detonationen, die Russen, die Panzer, sie sind nah, ganz nah, Panik bricht aus auf der Straße, Menschen rufen, treiben sich gegenseitig an, ein Pferd scheut, steigt auf, reißt das kleine Fuhrwerk um, in das es geschirrt ist. Schreie und Kreischen, dazwischen Explosionen und Schüsse, Jan rennt, kann auf einmal wieder laufen, immer am Abgrund des Grabens entlang, vorbei an Schicksalen und Familien und jedes Gesicht eine eigene Geschichte, denkt er, blickt kurz in die Augen eines Jungen, kaum jünger als er, mit zusammengepreßtem Mund zieht er verbissen einen Leiterwagen, den eine Frau schiebt, du hast es gut, denkt Jan und ist schon weiter, und eine Faust drückt sein ohnehin wild pochendes Herz zusammen, Mutter, wo bist du, und wo wohl sein Vater, inmitten all dieser Menschen ist er allein, so allein, und schneller rennt er, rennt, seine Füße in den neuen Schuhen brennen wie Feuer, aber es ist, als fühlte ein anderer diesen Schmerz, als keuchte ein anderer hier durch den Schnee, ist doch alles sinnlos, so sinnlos, Bilder flackern in seinem Gehirn auf und verlöschen wieder, seine Mutter am Tisch zu Hause, wie sie ihm eine Scheibe Brot abschneidet, Mieszko auf dem Pferd vom Großbauern, Fredi, liegt dort nicht Fredi im Schnee? Und Jan läuft und läuft, ach ja, seine Truppe, Lehmann, der Alte, aber von den anderen ist nichts zu sehen, das kann doch gar nicht sein, ja haben die sich denn in Luft aufgelöst, aber dann sieht Jan gar nichts mehr, hört nichts und fühlt nichts, in seinem Kopf gähnt eine große Leere, eine einzige weite Schneewüste, und das einzige, was zählt, sind seine Schritte im Schnee, sein Atmen und daß er nicht stürzt.

Hast du sie gar nicht mehr gefunden, fragt Ewa atemlos.

Sie fahren diese Straße entlang. Die Fahrbahn ist schmal, und sie starrt auf den Rand kurz vor dem Graben, als sehe sie einen Jungen dort entlanghetzen. Sie schüttelt sich. Versucht ein Lächeln.

Dann hat er dir ja nicht viel Glück gebracht, dein Schlitten, oder?

Ja, nickt Zygler, das hab ich auch erst gedacht. Hab ihn ziemlich verflucht. Ich bin so gerannt, daß ich vor Erschöpfung fast zusammengebrochen bin. Schließlich hatten wir die Nacht zuvor kaum geschlafen. Irgendwann war da ein Gasthaus, und ich dachte, vielleicht kann ich etwas Heißes zu trinken machen, etwas Schnee schmelzen, mich ein wenig ausstrecken auf einer Matratze, aber dieses Haus war vollkommen leer, kein einziges Möbelstück, gar nichts. Dort habe ich mich in einer Ecke zusammengerollt, hab ein Stück Brot aus meinem Proviantbeutel gezogen und festgestellt, es war steinhart gefroren.

Jan steckt es sich trotzdem in den Mund, lutscht es, bis es auftaut, kaut es dann lange, schläft fast darüber ein, süß schmeckt es, so süß, und gleitet hinüber in einen süßen Traum, watteweich und warm, und darin sieht er seine Mutter, wie sie ihm Brot reicht, warmes Brot, frisch gebacken aus dem Ofen des Bäckers, dazu ein Becher Milch, er lächelt und greift danach, aber er erreicht es nicht, streckt sich und reckt sich, Russenpanzer, zerschneidet es jäh seinen wunderbaren Traum, Russenpanzer vorm Dorf, und Jan schreckt auf, ein Mann stürmt herein mit wirren Augen, ein Gewehr im Anschlag und Tornister auf dem Rücken, die Russen sind vor dem Dorf, auf, ruft er, weiter. Und eine Frauenstimme, gellend, daß es die Luft in Stücke schneidet, eine Frau wird hereingeführt, aufgerissen die Augen, der Mund, dieser Schrei, der kein Ende nimmt, jagt Jan in die Höhe, da gibt ihr der Mann mit dem Tornister eine schallende Ohrfeige und der Schrei reißt ab, ein Schwall von Worten bricht aus der Frau ... die Russen ... die Panzer über alle Menschen ... über die Menschen hinweg ... walzen alles nieder ... Karren und Wagen und Fuhrwerk und Menschen ... ohweh ... ach die Menschen und Kinder – und wieder der Schrei, Jan reißt seine Sachen an sich und stürzt hinaus, fort, und da hört er es selbst, schrille Schreie in Todesnot und die Geräusche der Panzerfahrzeuge, fressende Ketten und berstendes Holz, Jan sieht es oder glaubt es zu sehen, Panzer geben Vollgas, bahnen sich einen Weg durch die übervollen Straßen, rollen malmend über alles hinweg, und die Menschen versuchen sich zu retten, zu fliehen, können ja gar nicht so schnell, und Jan rennt und rennt und rennt, der Leibhaftige ist hinter ihm her, das pure Grauen, aber da, eine riesige Explosion, Jan spürt, wie die Straße sich bäumt und bebt, unter ihm gerade noch hält, er fährt herum, Rauch steigt auf bis zum Himmel, eine düstere Fahne und Schreie, aber die Panzer rollen nicht mehr, wenigstens jetzt nicht, und Jan weiß wie alle anderen auf dieser Straße: Das ist seine Chance. Und läuft in den anbrechenden Morgen hinein.

Was ist denn da explodiert, will Ewa wissen.

Zygler schweigt und schluckt. Der Wagen wirft einen langen Schatten auf das Pflaster der Straße. So idyllisch führt diese Landstraße durch das Posener Land, wie kann denn das sein, daß so gar keine Spuren hier, aber er ist auch dankbar dafür. Die alten Bäume haben alles gesehen, denkt er, alles gesehen, aber dann schüttelt er den Kopf, was war, ist vergangen, muß Vergangenheit bleiben, darf nie wieder ...

Was war denn das, hat da einer ...

Wahrscheinlich hat da jemand eine Panzerfaust gegen sie abgefeuert, vielleicht ein flüchtender Soldat, keine Ahnung. Jedenfalls hat uns das ein wenig Vorsprung gegeben.

Und deine Gruppe, hast du sie noch erreicht? Wieso waren denn die so schnell?

Ich weiß auch nicht. Vielleicht wußten sie eine Abkürzung, sind querfeldein, ich weiß es nicht.

Jedenfalls, als ich endlich in Frankfurt war, kam ich in ein Auffanglager für wehrfähige Männer. Und mich steckten sie dazu. Meine Gruppe war kurz vorher auch dort gewesen und jetzt schon einer Ausbildungskaserne als Panzerjäger zugeteilt. Ich wollte unbedingt auch dorthin, aber es hieß, es geht nicht, die Kaserne ist überfüllt, für mich ist da kein Platz mehr. Ich müsse warten, bis die nächste Gruppe beisammen sei.

Panzerjäger, sagt Ewa. Was ist denn das?

Zygler starrt durch die Windschutzscheibe auf die Straße, die sich vor ihm hinstreckt, wie eine lange, silberglänzende, schuppige Schlange.

Mit Panzerfaust und Panzerschreck den Russen entgegen ...

Ewa bekommt eine Gänsehaut.

Diese Jungen?

Von denen kam keiner zurück. Keiner. Zygler räuspert sich. Hatten ja auch gar keine Chance. Vielleicht konnten sie einen Panzer in die Luft jagen, vielleicht. Aber dann wurden sie von den nachfolgenden zermalmt. Eingegraben. Untergepflügt.

Ewa schaut über die Felder. Es ist Erntezeit. Überall arbeiten die Bauern und bringen das Heu ein, das Korn. Ein riesiger Friedhof, denkt sie. Und so sinnlos.

Ja, sagt Zygler. So war das. Und siehst du. Dieser dumme Schlitten hat mir tatsächlich das Leben gerettet.

In dem Schlafsaal liegen viele Strohsäcke auf dem Boden. Jan wirft sein Gepäck in eine Ecke und streckt sich auf einem Strohsack aus. Wieso ist er hier ganz allein? Er zieht die Schuhe aus und stöhnt laut auf. Seine Füße brennen wie Feuer, ächzend holt Jan sein Messer aus der Tasche und schneidet die Blutblasen auf, begutachtet ein paar Frostbeulen, wickelt die Füße in ein Unterhemd und sich selbst in die Wolldecke, legt sich hin und fällt sofort in tiefen, traumlosen Schlaf.

Sie fahren durch ein kleines Städtchen. Es ist spät am Nachmittag, und die alten Leute sitzen auf den Bänken, schwatzen im Schatten der Bäume. Zygler fährt langsam.

Da, ruft Ewa, Kuchen, und zeigt auf einen Laden mit verführerischer Auslage.

Sofort hält Zygler an. Kuchen. Das muß man ihm nicht zweimal sagen. Wäre es nicht auch Zeit für eine gemütliche Tasse Kaffee?

Im Laden ist Ewa kaum zu halten. Dieser Bäcker scheint sich auf Obstkuchen spezialisiert zu haben. Pflaumen, Äpfel, Sauerkirschen und verschiedene undefinierbare dunkle Beeren geben den Schnitten ihren Duft und ihre Farbe. Und dann diese Kekse. Kokosplätzchen und Mandelmakronen, doppelstöckige Biskuits gefüllt mit Marmelade und Schokolade lassen Ewa das Wasser im Mund zusammenlaufen. Sie stellt ein Paket zusammen, das für mehrer Wochen gedacht zu sein scheint.

So etwas gibt es in Deutschland nicht, sagt sie entschuldigend zu ihrem Vater, aber bei ihm braucht sie keine Entschuldigungen, wenn es um Kuchen geht. Als das Paket geöffnet auf dem Tisch im Camper liegt, langt auch er kräftig zu. Ewa streckt die Beine aus, knabbert an drei Keksen gleichzeitig.

Sag mal, sagt sie mit vollen Backen, wollen wir nicht lieber noch einmal hier in Polen übernachten?

Zygler sieht sie überrascht an.

Von der Grenze bis nach Hause fahren wir doch auch noch einen ganzen Tag. Wenn wir morgen in aller Frühe ...

Oh ja, Zygler strahlt und nickt, das hab ich mir auch schon gedacht.

Dann sollten wir das tun, meint Ewa und sucht sich ein neues Stück Kuchen aus. Zygler betrachtet sie lange. Wie sie so in das Gebäck beißt, träge in die Nachmittagssonne blinzelt, so ganz entspannt und selbstvergessen, eine Sandale auf dem großen Zehen balancierend, so hat er sie schon lange nicht mehr erlebt.

Wolltest du nicht nach Hause? fragt er.

Sie schaut auf.

Nach Hause? nachdenklich zupft sie eine Beere aus dem Kuchen, betrachtet sie, steckt sie in den Mund.

Doch, sagt sie dann. Schon. Aber morgen ist auch noch ein Tag.

Sie rappelt sich auf, packt das Kuchenpaket zusammen.

Komm, sagt sie, laß uns irgendwo ein schönes Plätzchen finden und noch ein bißchen spazierengehen. Dieses viele Sitzen macht mich ganz steif.

Ja, sagt Zygler. Und morgen wird es ein langer Tag.

Als Jan wieder wach wird, weiß er nicht, wo er ist. Mühsam erinnert er sich. Frankfurt/Oder. Er hat es geschafft. Aber zu spät. Sechs Stunden zu spät. Die anderen sind schon wieder weiter. Und ihn halten sie hier zurück. Ächzend fällt er zurück auf sein Strohbett. Er hat keine Ahnung, wie lange er geschlafen hat. Er sieht sich in dem Schlafsaal um. Ein paar Männer liegen auf den Strohsäcken, drei packen gerade wieder ihre Sachen zusammen. Seine schmerzenden Füße lassen ihm keine Ruhe. Mühsam steht er auf und humpelt in das Aufnahmebüro. In einem der Zimmer sitzt eine Frau an der Schreibmaschine. Er fragt nach Verbandszeug, sie starrt ihn an, sucht dann in einem Schrank herum. Irgendwie treibt sie ein paar Pflaster auf, einen Tupfer Salbe.

Als er sich die Blasen zuklebt, schreckt er auf. Diese Geräusche. Einschläge. Granaten. Ganz in der Nähe.

Wann komme ich endlich zu den anderen, fragt er die Frau an der Schreibmaschine.

Du mußt warten, sagt sie, warten, bis wieder genügend beisammen sind. Deine Gruppe ist jetzt schon wieder draußen im Einsatz.

Jan starrt vor sich hin. Wieder eine Explosion. Die Frau scheint nichts zu hören. Ganz ruhig tippt sie etwas in ein Formular.

Warten, denkt Jan, warten, bis uns die Russen eine Granate aufs Dach werfen?

Warum sind hier so wenige Männer? fragt er die Frau. Wo sind sie alle?

Die Frau dreht sich verwundert zu ihm um.

Du kannst aber fragen. Wo die sind? Natürlich im Feld. An der Front. Dies ist ein Auffanglager für wehrfähige Männer, verstehst du? Viele kommen eben nicht mehr zurück. Und die wenigen, die tatsächlich überleben, die schicken wir gleich weiter. Zurück an die Front. Aber du. Ein seltener Fall. Hast ja noch nicht einmal den Vorbereitungsdienst abgeschlossen.

Geschweige denn den Arbeitsdienst. Und dann käme ja erst die Grundausbildung.

Sie wendet sich wieder ihrer Schreibmaschine zu.

Du mußt eben warten. Bis man weiß, was man mit dir tun soll.

Wie gebannt schaut Jan auf ihre Finger, die unerbittlich auf die Tasten schießen. Da. Wieder eine Explosion. Das muß in der Nachbarschaft sein. Jan humpelt ans Fenster. Ein paar Straßen weiter steigt dunkler Qualm zum Himmel auf. Die Frau scheint nichts zu bemerken.

Haben Sie denn keine Angst? fragt er sie leise.

Wieder sieht sie irritiert auf. Jans Fragen scheinen sie weit mehr zu stören als der Beschuß der Stadt.

Angst? fragt sie und zieht die Augenbrauen hoch.

Die Russen ..., stammelt Jan.

Die Frau lächelt. Sie hat schöne Augen, denkt Jan, besonders, wenn sie lächelt. Trotzdem wird ihm kalt, wenn er sie anschaut, wie sie aufrecht an ihrer Schreibmaschine sitzt.

Unser Führer wird es nicht zulassen, sagt sie mit fester Stimme. Diese Stadt ist der Brückenkopf zum Osten, mein Junge. Die Russen? Unser Führer spielt nur mit denen. Lockt sie in die Falle.

Jan denkt an die Soldaten bei Bentschen, die lettischen Soldaten in deutscher Uniform. An die Flakabwehr, die keine fünf Panzer mehr aufhalten konnte. Und er denkt an Fredi.

Bist du nicht ein Freiwilliger? Die Frau sieht ihn prüfend an. Du wirst doch keine Angst haben? Das Deutsche Reich ist noch lange nicht am Ende. Jetzt fängt es erst an. Der Führer hat da noch so manchen Trumpf im Ärmel. Und bald kommt der Zeitpunkt, wo er sie ziehen wird. Die Welt wird staunen. Glaub mir. Du wirst noch an mich denken.

Jan nickt. Er bedankt sich bei der Frau und geht. Legt sich wieder auf sein Lager. Schlafen. Sich in die Decke einwickeln und einfach schlafen. Er weiß, was die Frau meint. Hitlers Wunderwaffe. Aber wenn er die Augen schließt, sieht er immer diese Menschen. Und die Explosion. Die schreiende Frau. Die Bilder reißen nicht ab. Gesichter ziehen vorbei, er muß seine Mutter finden in der Menschenkolonne, irgendwo ist sie unter diesen gebückten Gestalten, seinen Bruder hat sie an der Hand, er weiß das, hetzt an dem Zug vorbei, starrt jeder Frau ins Gesicht.

Er erschrickt. Da ist Mieszko. Nein. Das Gesicht verwandelt sich. Henryk starrt ihn an. Aber dahinter steht der Alte mit den Narben. Nichts verraten, Henryk, sag kein Wort, aber Henryk öffnet den Mund, *Jeszcze Polska nie zginęła*, singt er, Noch ist Polen nicht verloren, und da lächelt der Alte ein böses Lächeln, *Póki my żyjemy*, Solange wir noch leben, der Alte holt seine Pistole aus dem Halfter, aber da dreht sich Henryk blitzschnell um, mit einer Panzerfaust, die er plötzlich über der Schulter hat, zielt er auf den Alten, der verwandelt sich in einen Panzer, der rollt, rollt rollt auf sie zu, Henryk zielt, keine zehn Meter ist er mehr von dem Panzer entfernt, *Co nam obca przemoc wzięła*, singt Henryk, Was uns fremde Macht genommen, und feuert. Aber der Panzer ist eine Stuka, ein ganzes Geschwader, und Fredi fällt, langsam fällt Fredi, und Henryk singt, *Szablą odbierzemy*, Hol'n mit dem Säbel wir zurück, Fredi fällt in den Schnee, und der Alte lacht, da geht die Panzerfaust los, eine Detonation reißt die Erde aus der Straße, reißt Jan in die Höhe, und Jan sitzt auf seinem Strohsack und reißt die Augen auf, eine Detonation, ganz in der Nähe, Jan springt auf, zieht seine Schuhe an, achtet nicht mehr auf seine Blasen und Frostbeulen, zieht sich an, nimmt seinen Rucksack und geht ins Freie.

Zygler steht auf. Es ist noch früh, aber er kann nicht mehr schlafen. Er geht um den Wagen herum, kontrolliert die Reifen, die Befestigung der Fahrräder, den Akku, sieht nach, wann er das Chemieklosett wieder leeren muß. Haben sie noch genügend Wasser in den Tanks? Vielleicht möchte Ewa heute morgen eine Dusche nehmen?

Als er den Kopf in den Wagen streckt, ist sie schon auf.

Möchtest du duschen? fragt er.

Ewa zögert, sie möchte schon, aber in diesem Naßkabuff ist es so eng …

Warte, sagt Zygler, als habe er ihre Gedanken gelesen, ich zeig dir was. Und mit einer kindlichen Freude zieht er den Wasserschlauch aus dem Bad durch eine Klappe hinaus ins Freie, installiert mit einem Griff den Duschkopf wieder auf den Schlauch, steckt ihn in eine Halterung.

Komm, sagt er, die Außendusche ist fertig. Ewa ist verdutzt. Draußen soll sie sich duschen, in aller Öffentlichkeit?

Aber als sie hinausschaut, muß sie lachen und kann gar nicht wieder aufhören. Mit wenigen Handgriffen hat Zygler eine kleine Duschkabine geschaffen, hier wurde eine Klappe geöffnet und in eine Seitenwand verwandelt, dort eine Schnur gespannt und ein Stück Plane darübergelegt. Fertig. Sogar eine Stange für das Handtuch ist da.

Denk bloß nicht, deine Mutter hätte nicht auch ihre Ansprüche, sagt Zygler. Ansprüche? fragt Ewa und schaut verschmitzt, welche Ansprüche, und Zygler lacht und geht in den Wagen, um ihr das Wasser anzuschalten.

Beim Frühstück sind sie bester Laune. Von gestern ist noch Kuchen übrig, der schmeckt fast noch besser, als der an der Weichsel.

Was hat denn dieser Wunderwagen noch an Überraschungen zu bieten, fragt Ewa zwischen Müsli und Streuselkuchen.

Och, meint Zygler stolz, so manches. Aber das ist doch nichts Besonderes. Wenn ich mit deiner Mutter unterwegs bin, was glaubst du, welche rollenden Luxushotels uns da begegnen.

Zygler streicht sich Honig aufs Brot und schüttelt den Kopf.

Nein. Das wäre nichts für mich. Mir macht es Spaß, diese Dinge selber auszutüfteln. Und so, wie ich das haben will, weißt du, da muß ich es schon selbst machen.

Ewa nickt. So einen Wagen wie diesen hier gibt es nirgends zu kaufen. Hier kann man in jedem Detail ihren Vater erkennen.

Das war schon damals so, sagt Zygler und schenkt sich Kaffee nach, was glaubst du, was ich aus diesem alten Bauwagen gezaubert habe.

Ewa hört zu kauen auf. Ja natürlich. Jetzt geht ihr ein Licht auf.

Weißt du, da war nichts drin. Gar nichts. Aber ich hatte wenigstens ein Dach über dem Kopf. Allerdings hatte das

Löcher. Hab ich dann alles hergerichtet, auf dem Ofen konnte ich kochen, der hatte einen richtigen Schornstein. Ein Bett hab ich mir gebaut und einen kleinen Tisch. Der Wagen damals hatte natürlich noch keine Dusche. Und rumfahren konnte ich auch nicht damit. Du siehst, ich habe Fortschritte gemacht im Lauf der Jahre.

Zygler lacht.

Ewa sieht ihn nachdenklich an.

Heute kommen wir nach Frankfurt/Oder. Willst du da auch in die Stadt, etwas Bestimmtes anschauen?

Nein, sagt Zygler entschieden. Die Brücke. Das ist das Wesentliche. Die Stadt ist wohl ohnehin nicht wiederzuerkennen. Wurde vollkommen zerstört. Und ist heute ja auch geteilt. Der frühere Ostteil der Stadt ist heute polnisch, heißt Słubice.

Und du warst da in einem … wie hieß das?

Auffanglager für wehrfähige Männer. Ja. Aber ich war da nicht lange. Ich hatte keine Lust zu warten, bis die Russen wieder hinter mir her waren. Und die Stadt stand unter schwerem Beschuß. Ich bin dann los und hab mich ein wenig umgesehen. Zurück nach Osten zur Verteidigung, oder nach Westen, zu meiner Mutter, das war die große Frage, aber etwas mußte ich tun, herumsitzen und warten war das Dümmste, was man tun konnte, schien mir.

Jan eilt durch die Straßen. Überall hört er das Grollen der Geschütze. Noch vor der Stadt, aber nicht mehr weit. Gar nicht mehr weit. Er fragt sich durch bis zum Bahnhof. Dort ist die Hölle los. Diese Massen, dazwischen Soldaten, die die Menschen zurückschieben, zurückdrängen, in Schlangen zu ordnen versuchen, Jan schüttelt den Kopf, da geht nichts mehr. Er versucht, sich zu den Gleisen durchzuschlängeln, ob denn überhaupt noch Züge fahren, das möchte er gerne wissen, »Berlin« sieht er auf einer Abfahrtstafel, und eine Sehnsucht zerrt in ihm, Berlin, das ist seine Richtung, nicht der Osten, dort ist der Russe, dort kommt er her. Da schnappt ihn jemand am Arm, eine eiserne Hand, es ist der Alte, der Offizier mit den Narben, Zygler, schreit er, wo bist du gewesen, wir zählen durch und du bist nicht mehr da, bist wohl ein Drückeberger, was?

Nein ... nein, stammelt Jan, ich bin so gerannt ... aber die anderen ...

Aber der Alte hört gar nicht.

Hast du dich gemeldet?

Jan nickt.

Die sagen, ich muß warten.

Der Alte zischt durch die Zähne.

Verdammte Verwaltung, Deutschland hätte dich gut gebrauchen können.

Jan nimmt seinen Mut zusammen.

Ich möchte gerne mitkommen. Sagen Sie mir, wo sind die anderen ..., aber der Alte sieht über ihn hinweg, zerstreut, in Gedanken schon wieder ganz woanders, vielleicht ist er auch krank, denkt Jan, er scheint ja gar nicht bei der Sache, die anderen, sagt der SS-Offizier, die anderen, es gibt keine anderen mehr, aber ich hab keine Zeit, melde dich, hörst du, jetzt brauchen wir jeden, und schon ist er weiter, Jan sieht noch einen Moment lang seine hohe, steife Gestalt in der Menge, sieht andere Männer in den langen Mänteln der SS, dann sind sie verschwunden, Richtung Ausgang, und wie Jan dort durch die Menschen schlüpft, die die Hoffnung nicht aufgeben, daß da noch ein Zug fahren wird, sieht er ein paar Militärfahrzeuge davonfahren. Jan blinzelt in die fahle Wintersonne. Westen. Richtung Westen fahren sie. Und dann sind sie verschwunden.

Was? Ewa hat rote Wangen vor Empörung, die sind einfach getürmt? Das ist ja wohl das letzte.

Na ja, meint Zygler, das hab ich damals auch gedacht. Aber vielleicht hatten sie auch Auftrag, nach Berlin zu kommen, das weiß man nicht ...

Ach was, Berlin, schnaubt seine Tochter. Die Ratten verlassen das sinkende Schiff. Und diese Sekretärin, das ist wirklich unglaublich, da stürmen die Russen zur Tür herein, und sie sagt noch, Moment, bitte, wie ist ihr Name, und legt eine neue Akte an ...

Zygler sagt nichts. In Gedanken ist er an der Brücke.

Jan steht und schaut. Auf der anderen Seite des Flusses, im Westteil der Stadt, da ist der Güterbahnhof. Aber um dorthin zu gelangen, muß man die Brücke überqueren. Sie wird bewacht. Wer hinüberfährt, zeigt ein Papier. Lange steht Jan dort, prägt sich alles genau ein. Er muß über diese Brücke. Aber nicht bei Tag. Bei Tag ist es unmöglich. Er hat keinen Passierschein. Jan horcht. Die Stadt ist hart umkämpft. Es könnte gefährlich sein, die Nacht abzuwarten. Nachts fliegen sie Angriffe. Wieder spürt er eine bleierne Müdigkeit. Seine Füße brennen. Wie spät ist es? Er darf die Essensausgabe nicht verpassen. Er reißt sich von der Brücke los und geht zurück. Will den Weg abkürzen, warum sind denn diese Straßen hier so ruhig, Schluchten von Straßen, lauter Wohnhäuser, wie ausgestorben. Wo sind denn die Menschen? Er weiß nicht mehr, in welche Richtung er gehen muß. Kein Mensch auf der Straße, den er fragen könnte. Und immer das Grollen der Front direkt hinter der Stadt. Er biegt um eine Ecke und sieht ein altes Mütterlein in einen Eingang huschen. Schnell ruft er ihr nach, aber die Tür wird ihm vor der Nase zugeschlagen. Der Himmel ist grau und fahl, von wo scheint nur die Sonne, muß er in diese Richtung oder in die andere? Mühsam setzt er einen Fuß vor den anderen. Hier in der Stadt ist der Schnee graubraun und sulzig. Irgendwie findet er wieder zum Bahnhof. Auf dem Vorplatz lagern Hunderte von Menschen in der fahlen Dämmerung. Von hier ist es nicht mehr so weit bis zum Lager.

Morgen, denkt er, während er das Stück Brot kaut, das er bekam. Morgen früh, noch bevor es hell wird. Das ist die Stunde.

In seinem Schlafsaal herrscht ein Kommen und Gehen. Aber Jungen in seinem Alter sind keine angekommen. Was hat der Alte gesagt? Es gibt keine anderen mehr? Jan starrt an die Decke. Es gibt keine anderen mehr. Und fährt selber nach Westen. Jan nickt. Das ist auch seine Richtung.

Schnurgerade nach Westen fahren sie, folgen der Sonne. Gartenzwerge bewachen heute diese Straße, die früher so heftig umkämpft war. Ob ich mir einen mit nach Hause nehmen soll, fragt sich Ewa.

Wann mußt du eigentlich wieder arbeiten? will ihr Vater wissen.

Ewa muß eine Weile nachdenken. Ihr Job. Die Termine. Alles ist so weit weg. Ach ja, der Architekturkongreß in Paris.

Nein, sagt sie laut, da fahre ich nicht hin.

Sie wird Marie-Claire fragen, ob sie das für sie übernimmt. Die wird froh sein, besser ins Geschäft zu kommen.

Das muß anders werden, sagt sie dann. Ich mache erst mal Urlaub. Geld habe ich schließlich genügend verdient in den letzten Jahren. Und danach – muß etwas Neues kommen. Ich hätte Lust, eine neue Sprache zu lernen.

Laß mich raten, sagt Zygler.

Kommst du nie drauf, lacht Ewa.

Ja, ich glaube auch.

Ewa horcht in sich hinein. Heute morgen war ihr gar nicht übel geworden. Ist sie etwa enttäuscht? Man wird sehen.

Ja, du wirst sehen, sagt Zygler, und Ewa wundert sich, denn sie hat doch gar nicht laut gesprochen.

Dann verändert sich die Straße mit einem Mal, verbreitert sich, der glatte Asphalt glänzt wie Pech. Schilder tauchen auf. Słubice. Und: Deutschland.

Es ist nicht mehr weit, sagt Zygler.

Jan hat sich vorgenommen, wach zu bleiben. Aber immer wieder fällt er in einen abgrundtiefen Schlaf. Wie ein saugendes Loch ist der, das ihn mit Gewalt hinunterzieht, um ihn auf seinem Grund mit Traumgestalten zu quälen. Dann schreckt er hoch, starrt in die Dunkelheit. Wie spät ist es? Über der Tür des Schlafsaals hängt eine große Uhr. Erst halb zwei. Jan seufzt. Wieder und wieder spielt er die Szene durch. Was wird er sagen, wenn ihn die Posten aufhalten? Es fällt ihm nichts ein. Aber er muß es versuchen.

Um drei steht er auf. Er fühlt, wenn er sich noch einmal hinunterziehen läßt in dieses Schlafdunkel, wird er nicht vor hellem Morgen wieder daraus auftauchen. Jan stöhnt. Er kann später wieder schlafen. Heute muß er wach sein.

Leise steht er auf. Zieht sich an. Um ihn herum lautes Atmen und Schnarchen. Keiner hört, wie er geht.

Die Straße teilt sich in mehrere Spuren. Ganz rechts kommen LKWs zum Stehen, reihen sich ein in eine endlose Schlange. Einen Moment lang denkt Ewa erschrocken, ihr Wohnmobil zählte auch zu den Lastwagen, das hätte ja Tage gedauert, sagt sie, während sie kilometerlang an den riesigen Brummern vorbeifahren, die wie geduldige Elefanten warten.

Die letzte Tankstelle vor der Grenze kündigt sich an.

Ich werde noch mal volltanken, sagt Zygler und setzt den Blinker.

Nirgendwo brennt auch nur ein einziges Licht. Blind wie ein Maulwurf tastet sich Jan durch die Stadt. Man will sich nicht als Zielscheibe präsentieren. Ist einmal die Brücke zerbombt, ist alles zu spät. Wie ein Nadelöhr wölbt sie sich über die Oder, diese natürliche Grenze, die zur Falle werden kann für die Flüchtlinge und Soldaten.

Jan duckt sich in den Schatten einer Mauer. Er weiß, wo die Posten stehen. Es ist zwischen vier und fünf in der Früh, und von seinen eigenen Nachtwachen weiß er, daß jetzt die Müdigkeit am größten ist, die Aufmerksamkeit am geringsten.

Heute ist die Nacht wirklich finster. Der Himmel ist bedeckt und der Schnee schmutzig und grau. Aber seine Augen gewöhnen sich an die Dunkelheit. Deutlich sieht er den Mann dort stehen. Jan starrt hinüber und versucht, sich ganz leer zu machen.

Während Zygler den Tank füllt, schaut sich Ewa die Gartenzwerge an. Einer hat es ihr besonders angetan, er reicht ihr bis an die Hüften. Seine Hand hält eine Laterne hoch, er sieht sie an, als wolle er ihr eine Entdeckung zeigen.

Willst du ihn haben, fragt Zygler.

Ewa schüttelt den Kopf. Sie nimmt schon genug von dieser Reise mit nach Hause.

Sie fahren weiter, immer an der Schlange der Lastwagen vorbei, die kein Ende nehmen will. Dann sehen sie den Übergang. Und dahinter die Brücke. Zwölf Autos zählt Ewa und atmet auf. Das geht ja noch. Jetzt nur noch elf. Ewa sieht sich um. Wellblechhütten mit einem bunten Angebot, vor allem Spirituosen, Flaschen in allen Größen und Formen. Wechselstuben. Imbißstände. Am Straßenrand Menschen zu Fuß mit riesigen Plastiktüten. Wo gehen sie hin? Dort vorne ist der Zoll. Eine lange Menschenschlange klebt an dem Gebäude.

Langsam rücken sie vor. Nur noch drei Autos sind vor ihnen.

Jetzt kommt Bewegung in den Mann an der Brücke. Irgend etwas scheint nicht zu stimmen. Auch die zweite Wache kommt angelaufen. Unter der Brücke ist etwas im Gange. Lautes Rufen. Das ist es. Seine Chance. Jan läuft los. Von ferne hört er das stete Brummen von Flugzeugen.

Dann sind sie an der Reihe. Ein Zöllner reißt die Beifahrertür auf, schreit etwas in den Wagen. Ewa starrt ihn an. Hält ihm ihre Pässe entgegen.

Du sollst aussteigen, sagt Zygler leise.

Beide klettern sie aus dem Wagen. Ewa erschrickt. Vor ihr steht ein Soldat in einem Tarnanzug. Sein Schädel ist kahlgeschoren. In der Hand hält er eine MP.

Der Zöllner hat die Pässe an den Soldaten weitergegeben. Dann beäugt er mißtrauisch den Wagen, ruft Zygler etwas zu.

Der öffnet ihm die hintere Tür. Der Zollbeamte stürmt hinein, reißt die Tür zur Naßzelle auf, zerrt an den Schranktüren. Zygler geht vorsichtshalber auch in den Wagen, wird erst einmal angebellt. Ewa schlägt das Herz bis zum Hals. Als sie sich umdreht, sieht sie gerade noch, wie der Kampfanzug mit ihren Pässen davongeht. Du wirst sehen, hier kommst du nie mehr weg, sagt eine panische Stimme in ihr. Unsinn, redet sie sich zu, bleib ganz ruhig, kein Grund zur Aufregung. Nur eine ganz normale innereuropäische Grenze.

Sie wirft einen Blick in das Innere des Wagens. Zygler öffnet vor den Augen des Zöllners jede Truhe, jedes Fach. Der wühlt in Decken, Luftmatratzen, Schlafsäcken, Kissen, mein Gott, denkt Ewa, was mein Vater immer mit sich herumschleppt, sieht wattierte Jacken und Fellschuhe, Friesennerze und Gummistiefel, Ewa wendet sich ab, hält Ausschau nach dem Soldaten. Schließlich stampft der Zöllner heraus. Ewa atmet auf.

Aber der Mann vom Zoll zieht die Brauen zusammen, macht ein finsteres Gesicht. Geht um den Wagen herum. Nein. Er ist noch nicht zufrieden. Ewa wird nervös, wo sind nur ihre Pässe geblieben, fragt sie sich, während ihr Vater Außenklappen und Luken öffnet, weißt du, hat er einmal zu seiner Tochter gesagt, das ist unheimlich praktisch, jeden Hohlraum habe ich zum Stauraum umgebaut, du glaubst nicht, was da alles hineinpaßt.

In geduckter Haltung läuft Jan wie ein Wiesel auf die Brücke. Unter sich spürt er eine große Aufregung, hört Rufe, er läuft noch schneller und spitzt die Ohren, aber er kann nichts verstehen. Vielleicht versucht jemand, über das Wasser zu gelangen? Aber die Oder ist nicht zugefroren, das hat er sich am Nachmittag genau angesehen, zwar treiben Massen von Eisschollen unter der Brücke hindurch, aber das ist Selbstmord, da kommt keiner hinüber, auch nicht mit einem Boot.

Endlich läßt der Zöllner von ihnen ab. Ohne sie eines Blickes zu würdigen, geht er einfach davon. Zygler schaut erleichtert drein, stopft die Decken und Planen und Kanister und Zeltgestänge und Folien, stopft alles wieder in seine geheimen Fächer.

Komm, sagt er dann, steig ein.

Die Pässe, sagt Ewa und zeigt zum Gebäude der Grenzer, in dem der Soldat verschwunden ist.

Jetzt hat Jan die Mitte der Brücke erreicht. Seine Schritte werden langsamer. So weit, so gut. Aber er muß vorsichtig sein. Er weiß nicht, was ihn auf dieser Hälfte erwartet. Das hatte er vom östlichen Ufer aus nicht herausfinden können.

Er hebt den Kopf, spitzt die Ohren. Das Brummen schwillt an. Bomber im Anflug. In der Stadt heulen Sirenen auf.

Einen Moment lang scheint Zygler ungehalten. Hinter ihnen hupt ein Auto. Der Zollbeamte, der sich bereits dem nächsten Wagen zuwendet, schreit ihnen etwas zu. Obwohl Ewa ihn nicht versteht, ist ihr klar, sehr freundlich war das nicht. Mit entschlossenen Schritten geht Zygler auf ihn zu.

Da. Dort vorne steht jemand. Also noch ein Posten. Jans Herz rast. Er richtet sich auf. Geht ganz ruhig. Es gibt keinen anderen Weg. Er muß an ihm vorbei. Unsinn, zu glauben, er könnte an ihm vorbeiflitzen und nicht gesehen werden. Also ganz normal, als wäre es das Selbstverständlichste von der Welt.

Halt, ruft eine Stimme. Kontrollschein.

Drüben heulen immer die Sirenen. Jan horcht angestrengt.

Na, was ist?

Es ist ein Soldat der Wehrmacht. Jan greift in seine Tasche. Sucht. Natürlich findet er nichts.

Ach, sagt er, als fiele ihm das gerade ein, den hat der andere Posten einbehalten, und er zeigt über seine Schulter.

Schon wieder, murmelt der Soldat, man hat es nur noch mit Idioten zu tun.

Jetzt steht er ganz nah vor Jan, starrt ihm ins Gesicht.

Und? Warum sollst du rüber?

Johannes Zygler, salutiert Jan, Ausbildungseinheit der Waffen-SS, unter dem Kommando von Offizier Walden. Habe Auftrag, am Güterbahnhof Dienst zu tun.

Jan hat nicht nachgedacht. Die Worte kamen einfach so über seine Lippen. Ob der Soldat ihm wohl glaubt?

Eine Weile starrt er Jan durchdringend an.

Zum Güterbahnhof, aha. Altersheime evakuieren. Als ob es nichts Wichtigeres gäbe. Schöne Scheiße.

Der Soldat spuckt in den Schnee.

Na dann geh schon, sagt er jäh und wendet sich ab.

Jans Füße setzen sich in Bewegung. Sein Herz hat ganz plötzlich wieder zu schlagen begonnen, es schlägt und schlägt, als wolle es ihn zersprengen.

He, ruft es hinter ihm, komm noch mal her.

Jan erstarrt. Natürlich. Es wäre auch zu einfach gewesen. Jetzt schickt er ihn zurück. Mit dem Aufgebot all seiner Kräfte widersteht er der Versuchung, einfach loszurennen. Willst du eine Kugel in den Rücken? Jan wendet sich um. Geht ruhig ein paar Schritte zurück.

Ja, sagt er scheinbar gleichgültig, was gibt es noch?

Wie sieht es denn aus da drüben, fragt ihn der Soldat, wo stehen die Russen?

Beide lauschen auf die Sirenen. Täuscht sich Jan, oder hört er jetzt deutlicher das Brummen der Bomber? Wieso läßt er mich nicht gehen, denkt er, was will er von mir?

Die Stadt ist unter Beschuß, sagt Jan.

Ja, sagt der andere. Das weiß ich auch.

Also dann, Jan tritt von einem Bein auf das andere, dann geh ich jetzt.

Der Posten scheint unschlüssig.

Schon komisch, sagt er, wieso mußt du mitten in der Nacht ... Er schaut mißtrauisch, kneift die Augen zusammen. Öffnet den Mund, will etwas sagen.

Und dann sind sie da, wie aus dem Nichts, die Jagdbomber, schon fallen die ersten Leuchtkugeln. Das Geschwader zieht eine gerade Linie über die Stadt, läßt die Bomben fallen wie eine Henne ihre Eier, der Bahnhof geht in Flammen auf, Jan denkt an die vielen Menschen, das große Feuer dort hinten muß das Rathaus sein, die Flugzeuge machen eine Schleife und fliegen davon, Richtung Osten, fünf brennende Herde zählt Jan, die Stadt wird noch einmal davonkommen, aber da drehen sie bei, kehren zurück, verdammt nah kommen sie, im direkten Anflug auf die Brücke, und Jan fängt an zu laufen. He, bleib stehen, schreit der Soldat hinter ihm her, aber Jan denkt nicht daran, ist schon egal, ob er eine Kugel in den Rücken bekommt oder mit der ganzen Brücke in die Luft fliegt, und tatsächlich, der Soldat feuert hinter ihm her, Jan rennt im Zickzack, läuft wie ein Hase, spürt die Kugeln um sich sausen, aber er läuft und läuft, wendet sich nicht mehr um, hört die Bomber über sich und den Soldaten hinter sich und läuft, um ihn herum wird die Nacht leuchtend rot und orange, das Pfeifen der Bomben und mächtige Explosionen, das Schießen hinter ihm hört auf, oder sind nur die Bomber lauter, nimmt denn diese Brücke kein Ende, er spürt, wie sie schwankt, sich schüttelt, und endlich, das andere Ufer, das rettende, hier sieht er das Feuerwerk der Flak, die Bomber ziehen sich zurück. Keiner ist getroffen. Jan schaut ihnen nach, und dann sieht er dort drüben, parallel zu seiner Brücke, wie eine feine Nabelschnur von einer Seite zur anderen die Eisenbahnbrücke, die bäumt sich auf, und dann, wie ein Kartenspiel fällt sie in sich zusammen, stürzt in den Fluß.

Endlich. Ewa ist erleichtert. Ihr Vater kommt aus dem Gebäude, ihre Pässe in der Hand.

Das hat aber gedauert, sagt sie beim Einsteigen. Fast hätte ich dich da herausgeholt.

Zygler lacht. Aber auch er ist nervös. Diese Grenze hat es in sich.

Sie fahren los. Der Streifen Niemandsland zwischen den Grenzstationen ist hier die Oderbrücke. Direkt an der Auffahrt stehen noch einmal zwei polnische Soldaten in Kampfanzügen und vollen Waffen. Sie sehen furchterregend aus mit ihren geschorenen Schädeln, dem Pelzbesatz an den Anorakkapuzen, als wäre tiefster Winter und nicht Sommer.

Dann sind sie auf der Brücke. Frankfurt/Oder liegt im hellen Sonnenlicht vor ihnen wie ein träger, schwarzer Koloß, der behäbig seine mächtige Silhouette ans andere Ufer schmiegt. Eine riesige, gelbliche Dunstglocke hängt über ihr. Deutschland, denkt Ewa, ganz schön häßlich, aber trotzdem atmet sie auf.

Jan klettert über ein Geländer, springt von der Straße hinunter auf die Gleise, läuft in Richtung Güterbahnhof. Ein Blick über die Schulter, nein, hier verfolgt ihn niemand mehr. Ganz plötzlich wird es hell, fahlblau und rosenrot leuchtet es über dem anderen Ufer. Sein Atem geht wie ein Blasebalg. Er springt von einer Bahnschwelle zur nächsten. Da vorne stehen Züge. Was sie wohl transportieren? Ob sie noch fahren? Er muß weg von hier, raus aus dieser Stadt. Er erreicht das äußerste Ende des Verladebahnsteigs, läuft an verschlossenen Waggons vorüber, wohin fahren die denn, gibt es denn nirgends eine Aufschrift? Hier. Berlin. Das ist es. Ein Ruck läuft durch den Zug. Jan greift nach dem Riegel. Spürt, wie sich der Wagen in Bewegung setzt. Er reißt an der Tür, sie gibt nach. Mit einem Sprung schwingt er sich auf das Trittbrett, zwängt sich durch den Spalt. Dann tritt er auf etwas Weiches, das aufstöhnt. Paß doch auf, sagt eine Stimme. Als er sich an die Dunkelheit gewöhnt hat, sieht er viele Augen, die auf ihn gerichtet sind.

Wer bist denn du? fragt eine alte Frau und rückt zur Seite. Jan atmet auf. Der Zug fährt.

Am Ende der Brücke sehen Zygler und seine Tochter die deutsche Grenzstation.

Glaubst du, du fährst irgendwann wieder dorthin? fragt Zygler und weist mit dem Daumen über die Schulter.

Die deutschen Zöllner schauen auf ihr Nummernschild und winken sie durch. Ewa atmet auf. Noch einmal dreht sie sich um. Aber es ist nichts mehr zu sehen. Eine Grenze. Eine wie viele. Sie läßt sich entspannt in ihren Sitz fallen. Eine Grenze, wie sie nie eine überschritten hat. Am Straßenrand die vertrauten Schilder. Willkommen in Deutschland.

Ja, sagt sie dann. Ganz sicher. Das war doch erst der Anfang. Und du?

Zygler fährt. Die grüne Weite von Mecklenburg-Vorpommern nimmt sie auf.

Wer weiß, sagt er, vielleicht schon. Eines Tages.

Danksagung

Mein erster und herzlichster Dank gebührt Johann Rygiert, der mir geduldig und in aller Offenheit seine Kindheits- und Jugenderinnerungen erzählte und sie mir für diesen Roman zur Verfügung stellte, im Vertrauen, daß die einzelnen authentischen Begebenheiten im fiktionalen Rahmen eines Romans um so deutlicher ihre Wahrheit entfalten.

Daniel Oliver Bachmann danke ich herzlich für kollegialen Rat, konstruktive Kritik und die ständige Ermutigung, auch unter persönlich schwierigen Verhältnissen unbeirrt an dem Buch weiterzuarbeiten. Unzählige seiner Anregungen gingen in den Roman ein – als Beispiel sei Mieszkos Episode im Schwarzwald erwähnt. Genauere Details über die polnischen Zwangsarbeiter in der Firma Junghans und die Hinrichtung eines Polen in Tennenbronn erfuhr ich von Erich Maier vom Schramberger Stadtarchiv.

Meine Großtante Anna Riegert nahm sich die Zeit, mir von ihren Erinnerungen an meine Großmutter zu erzählen. Jutka Romek und Maria Kubacka samt ihren Angehörigen danke ich herzlich für die Gastfreundschaft und ihre Erinnerungen. Meine Darstellung der Verwandschaft Ewa Zyglers in Polen ist natürlich frei erfunden, wenn auch manche Konstellationen ähnlich scheinen.

Bei meinen Recherchen in Polen traf ich auf großes Interesse und ermutigende Hilfe: Der Lyriker Eugeniusz Wachowiak half mir in Posen die festen Mauern des Staatsarchivs, in dem die gesamte schriftliche Hinterlassenschaft der Nationalsozialisten gesammelt liegt, zu überwinden. Auch den dortigen Mitarbeitern, die nach anfänglichem Mißtrauen meine Sache unterstützten, gilt mein Dank. Ich fand dort die fast vollständige Sammlung des »Amtsblatt des Landrates zu Turek«, in der ich die Erinnerungen meines Vaters bestätigt und zahlreiche zusätzliche Details fand.

Der Schriftsteller Jerzy Korczak erzählte mir von Teodor Müller – im Roman Otto Hiller – und gab mir wertvolle Informationen über die Armia Krajowa.

Grażyna Piasecka, der Direktorin des Webereimuseums in Turek, danke ich herzlich für die großzügig bemessene Zeit, die sie sich genommen hat, mir meine vielen Fragen zu beantworten, in Turek selbst wie in dem sich anschließenden Briefwechsel.

Iwona Zitsch, meine geduldige Polnischlehrerin und Übersetzerin der polnischen Begriffe und Sätze im Buch, hat bis heute die Hoffnung nicht aufgegeben, ich würde irgendwann einmal ihre Sprache doch noch erlernen. Dank für ihre Hilfe und die Begeisterung für mein Buch.

Meine Arbeit an »Bronjas Erbe« wurde durch zwei für mich äußerst hilfreiche Stipendien unterstützt: 1996 durch den Förderkreis deutscher Schriftsteller in Baden-Württemberg und 1997 durch die Kunststiftung Baden-Württemberg.

Sieben Jahre Arbeit an diesem Buch führten mich auch an verschiedene Orte. Ich begann den Roman in Pforzheim – dank an Jörg Schmidt für das Begleiten der ersten drei Kapitel –, arbeitete dann in Karlsruhe, Posen, Turek und im »Häusle« von Gemaingoutte in den französischen Vogesen weiter daran. In Wien schließlich fügten sich die einzelnen Erzählstränge zum Finale.

Zu guter Letzt danke ich denen, die nach Beendigung des Manuskripts halfen, daß aus vielen Seiten ein Buch wurde: Sibylle Knauss für den besten Rat aller Zeiten, Ingeborg Rose für ihre kompetente Beratung, Doris Janhsen für ihre Begeisterung an der Geschichte und Anne Halfmann für ihr einfühlsames und unbeirrbares Lektorat und schließlich Herrn Henning von der Württembergischen Landesbibliothek für die freundliche Überlassung der Landkarte Polens aus dem Jahr 1940.

Glossar

63 *Danka Przyskowa, gdzie mieszka?* Wohnt hier Danka Przyskowa?
89 *Jesteś zmęczona, ciociu Ewo?* Bist du müde, Tante Ewa?
90 *Tam daleko to kopalnia, w której pracuję.* Dort hinten in dem Kohlekraftwerk, dort arbeite ich.
90 *Jestem Andrzej.* Ich bin Andrzej.
90 *Ty zapewne jesteś Ewa.* Du mußt Ewa sein.
91 *Nie rozumiem.* Ich verstehe nicht.
112 *Mój ojciec … Józef Zygler.* Mein Vater war Józef Zygler.
114 *dobrze, dobrze:* gut, gut
114 *nie mamusiu:* nein, Mama
120 *Dobry wieczór, Panie Krzeszewski:* Guten Abend, Herr Krzeszewski
124 *Przepraszam, czy można zapytać …* Entschuldigung, dürfte ich Sie fragen …
125 *Moja córka Ewa:* Meine Tochter Ewa
132 *Gdzie byłaś, szukałem Ciebie wszędzie.* Wo warst du denn, ich suche dich schon überall.
132 *Ach tak, Danka … Wsiadaj!* Ach, ja, Danka … Steig ein!
134 *I tutaj pracuję, jestem elektrykiem, a pracuję tam w tamtym budynku.* Und dort arbeite ich, ich bin Elektriker und arbeite hier, in diesem Gebäude.
134 *Wiesz, mam wrażenie, że świetnie rozumiemy się.* Also ich finde, wir verstehen uns großartig.
134 *Polska dziś, to rozgrabiony kraj.* Polen ist ein gebeuteltes Land.
134 *Po co tutaj przyjechałaś, Ewciu?* Warum bist du hierhergekommen, Ewchen?
134 *Moja kuzynka, z niemiec:* Meine Kusine, aus Deutschland
134 *Tak, ty jesteś z Niemiec.* Ja, du bist aus Deutschland.
135 *Ja jestem z Polski.* Ich bin aus Polen.

135 *Teraz pokażę Ci pokłady węgla. Rozumiesz? Węgiel. Ach, zobaczysz sama.* Und jetzt zeig ich dir die Kohlehalden. Verstehst du? Kohle. Ach, du wirst schon sehen.

135 *Chodź!* Komm!

137 *Węgiel:* Kohle

143 *Jesteś prześliczną kobietą, Ewo Zyglerówo.* Du bist eine schöne Frau, Ewa Zygler.

148 *Twoja sukienka jest całkiem przemoczona.* Dein Kleid ist ja ganz naß.

149 *Słodka, mała kobietka, kochana mała kobietka:* Süße kleine Frau, liebe kleine Frau

153 *Spróbuj teraz ty, a ja popchnę.* Versuch's du einmal, und ich schiebe.

154 *Ale to jest naprawdę daleko.* Aber das ist wirklich weit.

154 *Nic:* Nichts

157 *Od mamusi:* Von Mama

174 *Szukam Pana Olszaka.* Ich suche Herrn Olszak.

228 *kochany:* Geliebter

228 *mój oiciec jest Polakiem.* Mein Vater ist Pole.

228 *nie mówię po polsku.* Ich spreche nicht polnisch.

228 *tutaj:* hier

Polen 1940
Grenze Polens
vor 1939
B A L T I C O
Stolp
Lauenburg
Stolzenberg
Neustettin
Konitz
Tuchola
Stargard
Deutsch Krone
Schneidemühl
Bydgoszcz
Bromberg
Landsberg
Küstrin
Frankfurt
Inowrocław
Gniezno
POSNANIA
POZNAN
POSEN
Kalisz
Krotoszyn
Ostrów
Lissa
Rawicz
Glogau
Sagan
Neusalz
Grünberg
Guben
Sommerfeld
Forst
Spremberg
Bautzen
Görlitz
Bunzlau
Liegnitz
BRESLAU
Ohlau
Brieg
Oppeln
Neisse
Schweidnitz
Hirschberg
Glatz
Liberec
Reichenbach
Frankenstein
Leobschütz
Ratibor